*Ece Temelkuran*

# STUMME SCHWÄNE

Aus dem Türkischen
von Johannes Neuner

Roman

Hoffmann und Campe

Die Originalausgabe erschien 2015 unter dem Titel *Devir*
bei Can Yayınları, Istanbul.

1. Auflage 2017

*www.hoca.de*
Satz: Arnold & Domnick GbR, Leipzig
Gesetzt aus der Adobe Jenson Pro
Druck und Bindung: CPI books GmbH, Leck
Printed in Germany
ISBN 978-3-455-60042-1

HOFFMANN
UND CAMPE

*Ein Unternehmen der*
GANSKE VERLAGSGRUPPE

*Meinen Neffen Max Ali und Can Luka,*
*die bei dem Putschversuch am 16. Juli 2016*
*ungefähr so alt waren wie ich bei dem Putsch*
*vom 12. September 1980.*

*Ich bin gespannt, was ihr nicht vergessen*
*und woran ihr euch erinnern werdet.*

~~

Die Leute, die die kleinsten Dinge nicht vergessen können, sind auch diejenigen, die jene Erinnerungen, die am weitesten zurückliegen, nicht vergessen können. Wegen der unglücklichen Intensität ihres Erinnerungsvermögens werden sie auch sterben, ohne jemals in einer Stadt oder einem Land Fuß zu fassen, sie werden einfach alles, jede Gegend lieben.

Sait Faik Abasıyanık, DER ALTE STUDENT

~~

Der Schwan seufzte, reckte den schlanken Hals, schlug mit den Flügeln, erhob sich und flog davon. Er stieg immer höher und höher, einsam flog er über die dunklen Wolken.

Leo Tolstoi, SCHWÄNE

~~

# PROLOG

Die Türkei, gegründet als ein guter böser Traum, liegt in der Mitte zwischen Asien und Europa. Die Hauptstadt Ankara wiederum liegt ziemlich genau in der Mitte der Türkei, und in der Mitte dieser Hauptstadt gibt es einen Park. In einem kleinen Teich schwimmen dort Schwäne. Man nennt sie »die stummen Schwäne«, und sie kämen niemals auf den Gedanken davonzufliegen. Auf ihrem täglichen Weg durch die Stadt bleiben die Menschen oft bei den Schwänen stehen und betrachten sie, als wüssten die Schwäne etwas, das einst vergessen zu haben sich die Menschen selbst nicht mehr erinnern.

Im Sommer 1980 verlief durch die Türkei eine der Frontlinien im Kalten Krieg, an denen es besonders heiß herging. Der Frühling von 1968 hatte bewaffnete linke Studenten und vom Staat unterstützte rechte Milizen zurückgelassen. Wie heute erlebte das Land eine Zeit, in der das Gute und das Schlechte, das Schöne und das Hässliche, das Wahre und das Falsche von Blut besudelt wurden. In den Städten wütete der Bürgerkrieg, aber die Menschen versuchten weiter, ein normales Alltagsleben aufrechtzuerhalten. Das Land war längst unregierbar geworden, doch noch taten alle so, als würde der Putsch der Militärs, von dem jeder wusste, dass er unmittelbar bevorstand, niemals kommen.

Die Geschichte dieses Buches spielt in Ankara und damit im Herzen der Türkei, in jenem Sommer, den die Menschen versucht haben zu vergessen, sie beginnt in den frühen Sommermonaten und zieht sich bis zum Tag des Putsches, dem 12. September 1980.

# 1. KAPITEL
## Meine Familie

**Familie Bakar**
*Kurtuluş, Ankara*

»Ob sie mich wohl lieber haben, wenn ich sterbe?«

Das denke ich, als Papa mich von unserem Balkon zu dem von Samim und Ayla rüberreicht. Erst rutschen mir alle Lichter im Viertel von den Augen in den Bauch. Dann klingt aus der Wohnung von Jale Hanım einen Stock unter uns das Lied *Das kann doch nicht sein, oder träume ich?*. Es duftet gelb nach Pommes frites. Unten rennen junge Männer durch die Dunkelheit und spielen Fangen. Der Maulbeerbaum vor der Polizeiwache flüstert. Auf der Straße hupen Autos. Alles ist wunderschön, aber weil sie Angst haben, dass ich abstürzen könnte, schreien die Erwachsenen laut durcheinander.

Mama: »Aydın, Vorsicht! Lassen wir das besser …«

Oma: »Ihr bringt sie noch um! Ach, pass doch auf, Aydın!«

Samim, unser Nachbar: »Ich hab sie, Aydın, du kannst loslassen, ich hab sie. Gleich wird Ayşe das Stadion sehen, in dem die Olympischen Spiele stattfinden! Heute Abend legen wir Ihnen Moskau zu Füßen, verehrtes Fräulein! Wir machen Kino! Und Wodka gibt's natürlich auch, Ayşejewitsch!«

Als gerade alles so wunderschön ist und aus Jale Hanıms Wohnung immer noch Musik klingt – *Wenn ich vor Kummer sterbe, sag es, kleiner Mann, wird dann dein Herz nicht bluten?* –, fällt plötzlich der Strom aus. Nur der Maulbeerbaum flüstert noch. Ich mache die Augen zu und denke: »Ob sie mich wohl lieber haben, wenn ich sterbe?«

Mit geschlossenen Augen kommt es mir vor, als wäre die ganze Welt stehen geblieben. Alles nur noch ein Bild in meinem Kopf.

**Ayşe Bakar**

Davor war Mittag. Es war sehr heiß. Weil Sommer ist. Der heißeste Sommer seit Menschengedenken, hat Oma gesagt. Mit Wassermangel und so. Es war Zeit für ihren Mittagsschlaf. Als sie mit ihrem *sssss* anfing – auf ihrem Bauch hob und senkte sich das Buch *Ein Pfirsich, tausend Pfirsiche* –, konnte ich endlich aufstehen. Mir war langweilig. Ich musste meine Wange ganz vorsichtig von Omas verschwitztem Arm ablösen. Es schmatzte. Oma machte immer noch *sssss*. Ein Glück, nicht aufgewacht! Vom Bett aus konnte ich runter zur Polizeiwache schauen. Aber heute spielte da keiner. Also unternahm ich eine Entdeckungsreise durch unsere Wohnung.

Von manchen Sachen bei uns zu Hause weiß nur ich, wo sie sind. Die Haarklammer unter dem Wohnzimmerteppich zum Beispiel, die Stecknadel in der Ecke vom Bücherregal oder der Hemdknopf auf dem Fensterbrett. Und natürlich die platt gedrückte Glühbirnenschachtel hinten in der Schublade vom Garderobenschrank. Die haben sich alle versteckt. »Pst!«, sagen sie. »Verrat uns nicht!« Ich muss ab und zu kontrollieren, ob sie noch da sind.

Papas Hemdknopf ist abgerissen, als er Nachrichten schaute – *Militante Anhänger des Revolutionären Weges* … Ohne den

Bildschirm aus den Augen zu lassen, hat er ihn aufs Fensterbrett geworfen. Der Knopf rollte los, wurde langsamer und blieb in einer Ecke stehen wie ein Autoreifen. Ich wunderte mich damals, aber dann sagte ich mir: Aha! Papa sieht mich nicht – »Das darf doch nicht wahr sein, die haben die Jungs hingerichtet!« –, weil er nur den Fernseher sieht. Da lachten wir. Der Knopf und ich, meine ich.

Die Haarklammer hat sich wehgetan. Mama hatte die Zeitung aufgeschlagen und wollte nebenbei Frühstück machen – Knoblauchwurst und Eier. Sie beugte sich über die Zeitung wie eine Taube, die ein Hirsekorn aufpickt; da fiel ihr die Klammer aus den Haaren. »Aaah!«, schrie die Haarklammer beim Runterfallen, dann machte es *pling!*, und wahrscheinlich wäre sie da liegen geblieben, wenn Mama nicht mit dem Fuß nach ihrem Pantoffel geangelt und sie dabei aus Versehen unter den Teppich geschubst hätte. – »Aydın! Wach auf, Aydın! Die haben İrfan geholt!« – Die Klammer verschwand unter dem Teppich. Ich schaute nach: Sie lebte noch. Aber sie wollte da bleiben. »Pssst!«

Die Stecknadel, die es sich im Bücherregal bequem gemacht hat, ist ganz schön gemein. Sie kichert immer wie der Fuchs, der dem Raben den Käse geklaut hat. Sie lacht Oma aus. Als ich einmal aus dem Haus rennen wollte – es hatte schon zur ersten Stunde geschellt! –, riss ausgerechnet da der Saum von meiner Schuluniform, und Oma kam mit zwei Stecknadeln an. »Stell dich ins Licht, hier kann ich ja gar nichts sehen.« Eine Nadel reichte aber schon, also legte sie die andere ins Bücherregal. Die kullerte ganz leise davon und blieb in einer Ecke liegen. »Gib acht, mein Spatz, dass sie dir nicht ins Knie sticht.« Die Stecknadel fing an zu kichern. »Oma! Die Nadel lacht dich aus!« Wenn Oma aufsteht oder sich bückt, tauchen auf ihren Wangen immer so blau-rote Adern auf. »Dann lass sie lachen, mach dir nichts daraus.« Ich lachte selber ganz viel. Aber daran, dass die Stecknadel gelacht hat, erinnert Oma sich nicht mehr. So, wie sie sich auch nicht mehr an die platt gedrückte Glühbirnenschachtel ganz hinten in der Garderobenschublade erinnert.

Das Telefon klingelte. Oma ging dran. »Wie war Ihr Name? Önder? Nein, Sevgi ist nicht zu Hause. Einen Augenblick, ich notiere mir Ihre Nummer. Im Hotel *Ankara*, sagten Sie?« Oma drückte eine leere Glühbirnenschachtel platt und schrieb mit dem Bleistiftstummel aus der Garderobenschublade die Nummer auf. Als Mama nach Hause kam, flüsterte Oma ihr was ins Ohr und drückte ihr die Glühbirnenschachtel in die Hand. Kurz danach kam Papa rein, und Mama warf die Schachtel in die Schublade, ganz nach hinten. »Ach, nichts Besonderes. Leyla hat angerufen, und Mutter hat sich die Nummer notiert.« Mama hatte Angst. Aber wovor? Als ich später nachgeschaut habe, stand da gar nicht Leyla. Da stand auch nicht Önder. Nur die Nummer eben. Vielleicht hatte Oma seinen Namen ja vergessen. Oder sie wusste nicht, wie man Önder schreibt. »Pssst!«, machte die Glühbirnenschachtel.

Auch die meisten Gerüche in unserer Wohnung kenne nur ich, glaube ich. Oma zum Beispiel hat keine Ahnung, wie gut sie riecht. Sogar ihr Zimmer duftet nach Oma. Die Kopftücher, die innen an der Zimmertür hängen, riechen nach »Gerade lag's mir doch noch auf der Zunge«. Die Gästepantoffeln riechen nach »Na, du bist mir vielleicht eine!«. Ihre Schublade riecht nach Puder, und ihr Nachthemd nach Butterkeksen. Wenn sie mich zum Lachen bringen will, muss Oma nur die Augen zumachen. Ihr Mittagsschlaf riecht nach dem Rattern von ihrer Nähmaschine. Das ist eine Zetina, und sie riecht braun, wie Öl mit Zucker.

Wenn ich so allein durch die Wohnung laufe, passiert auch immer was mit den Möbeln. Die haben zwar keine Augen und keinen Mund, aber wenn ich ganz genau aufpasse, dann passiert mit allem was. Der Tisch zum Beispiel brummt vor sich hin. Am Abend, wenn alle zu Hause sind, ist er mucksmäuschenstill. Aber tagsüber, wenn Oma schläft, brummt er. Und die Sessel haben manchmal Bauchweh oder Gliederschmerzen. Dann riechen sie nach Salbe, nach Omasalbe.

Das Wohnzimmer riecht irgendwie traurig. Und still. Ganz anders als die Wohnung von Jale Hanım. Weil da dauernd der Kassettenrekorder läuft und sie roten Nagellack benutzt, riecht es bei ihr nach Duftradiergummi. Aber wahrscheinlich liegt es daran, dass die Nachrichten sie nicht traurig machen. Ihr Mann hat ja auch keinen Schnurrbart. Meine Eltern mögen Jale Hanım und ihren Mann nicht so richtig, weil die sich irgendwie nicht benehmen können. Wir sind eben anders, weil uns die Nachrichten traurig machen. Weil Papa genau so einen Schnurrbart hat wie die toten Männer im Fernsehen.

Wenn ich groß bin, will ich auch mal so sein wie die Frauen in den Nachrichten, und dann soll Mama mein Bild in der Zeitung entdecken. Und Papa soll es in den Nachrichten sehen. Dann soll Papa »Sevgi!« rufen und Mama »Aydın!«. Eigentlich reden sie nur miteinander, wenn »die« mal wieder einen »geholt haben«. Und dann hätten sie eben mich geholt.

»Kannst du nicht schlafen, Ayşe? Was hast du denn, mein Spatz? Weinst du etwa? Hast du was Schlimmes geträumt? Träume sind Schäume, mein Liebchen. Komm her zu mir. Ihr geht heute Abend zu Samim und Ayla. Lass uns russischen Salat machen, bevor deine Eltern wieder da sind. Du darfst das Öl in die Mayonnaise gießen, aber ganz langsam!«

Wie schön der Schweiß glänzt zwischen Omas Brüsten …

## Aydın Bakar

»Was ist das denn, Aydın? *Bericht über die Todesfälle in der Türkei und deren Ursachen?* Lässt unser allseits gepriesener Staat dich jetzt schon über seine Auftragsmorde schreiben? Weiß die Planungsbehörde etwa im Voraus, wie viele von uns noch krepieren werden? Bring so ein Zeug bloß nicht mehr in meine Kneipe!«

»Ist ja schon gut, Reşit. Nimm mir lieber mal das Paket hier ab und erinnere mich nachher dran, es wieder mitzunehmen.«

Die Luft im Tavukçu ist rauchgeschwängert. Ob der Detektiv wohl schon da ist?

»Er wartet an seinem Stammplatz, Aydın. Hat seine Ration schon intus. Für dich auch einen Doppelten?«

Der Detektiv hat sich das Nagelkauen noch immer nicht abgewöhnt, wie ein kleines Kind. Da er mich unbedingt treffen wollte, muss er wohl etwas Wichtiges herausgefunden haben.

»Aydın, hier bin ich! Wie geht's?«

»Bin ziemlich geschafft, Nahit. Hab dieses Paket den ganzen Weg von der Behörde hierhergeschleppt …«

»Was ist denn drin?«

»Ob du's glaubst oder nicht, Detektiv, ein Kronleuchter!«

»In einem Land, in dem es nicht mal Glühbirnen gibt?«

»Ein ehemaliger Kollege von mir verkauft jetzt Kronleuchter. Der Mann hat in Harvard studiert, aber die Nationalistische Front hat ihn durch einen dieser sogenannten Idealisten ersetzt. Der hockt jetzt bei uns im Büro. Möchte gar nicht wissen, wie viele Morde der auf dem Kerbholz hat …«

»Und du hast schon wieder …«

»Er ist doch gerade erst Vater geworden, Detektiv.«

»Letzte Woche die Bettbezüge, in der Woche davor das Stahltopfset – wenn du weiter den ganzen Plunder aufkaufst, verdient sich die türkische Linke an dir noch dumm und dusselig!«

»Und du jagst mitten im Bürgerkrieg vereinzelte Mörder. Ist das vielleicht sinnvoller?« Der Versuch eines Lachens bleibt uns im Halse stecken. »Liest du schon wieder diesen Mist, Detektiv? Tu mir den Gefallen und bring die *Hergün* wenigstens nicht mit in die Kneipe.«

»Dein Wort in Gottes Ohr, Aydın, aber das musst du dir anhören.«

»Bitte, Nahit, wenn man sowieso schon jeden Tag Angst haben muss, von diesen Typen auf dem Büroflur abgestochen zu werden, dann ...«

»Nennt sich *Ode an den Idealisten*. Hör zu: *Du, in dem der Gottlose das Hässliche, der Vaterlandslose das Wilde, der Ehrlose das Schreckliche, der Unbeherzte das Protzige, der Taugenichts das Mühsame, der Revoluzzer das Tyrannische, der Opportunist das Böse, der Krüppel das Unterdrückerische, der Anarchist das Staatliche und der Kommunist das Kranke sieht, was treibt dich als Feind all dieses Negativen dazu an, das Positive zu betonen?*«

»Ach, Nahit, hör doch auf damit ...«

»Warte, ich bin gleich fertig. *Sich Verräter in so großer Zahl zum Feind gemacht zu haben, ist das nicht der schlagende Beweis dafür, dass du die Pflicht hast, ihrem Bilde zu entsprechen? Sei also der, für den man dich hält und als den man dich kennt!* Und?«

»Ganz große Klasse, Nahit!«

»Wenn man der Einheit gegen rechten Terror angehört, muss man sich zwangsläufig mit so was befassen.«

»Schon gut, aber legen wir die hochgeistige Literatur jetzt mal wieder beiseite und ...«

»Wir müssen doch auf dem Laufenden bleiben, Aydın.«

»Danke, aber mir reicht's jetzt. Also, warum hast du mich herbestellt? Gibt's was Neues?«

»Gibt es, Aydın, gibt es. Aber was ist eigentlich los mit dir? Besonders euphorisch bist du ja nicht gerade.«

»Ach, Nahit, was soll schon sein, in drei Teufels Namen! Unser Bürodiener, Hasan Efendi, wohnt in Seyranbağları. Ihm ist das Haus abgefackelt. Abgefackelt worden, besser gesagt. Er meint, es waren die Rechten – aber er ist natürlich auch ein Linker …«

»Ich finde das heraus, wenn du willst. Also, wer das Feuer gelegt hat, meine ich.«

»Wozu soll das gut sein? Das Haus liegt in Schutt und Asche, die Familie sitzt auf der Straße. Und weil ich diesen verdammten Kronleuchter gekauft habe, konnte ich ihm keinen roten Heller mehr geben. Ich frage mich, was all dem zugrunde liegt, Nahit.«

»Was meinst du mit ›all dem‹?«

»All dem Hass. Wie können Menschen einander so was antun?«

»Mit politischen Analysen kennst du dich besser aus als ich.«

»Ach, Politik – findet die überhaupt noch statt? Ich sage dir: Es liegt ein Fluch auf diesem Land. Eine Art Ursünde. Denk an 1971, als unsere Leute aufgeknüpft wurden. Aber damit hat es nicht angefangen. Die dreißiger Jahre vielleicht? Als die Fundamente für die Türkische Republik gelegt wurden? Nein, auch das war nicht der Anfang. Wir müssen bis zurück in die Zeit, als die Osmanen ihre Zelte gegen Paläste eingetauscht haben. Als sie überall, auf dem Balkan und so, den Familien ihre Söhne weggenommen und zu Janitscharen gemacht haben. Die haben sich ihren Staat von Waisenknaben aufbauen lassen. Wenn du mich fragst, Detektiv, dann lastet auf unserem gottverdammten Land der Fluch dieser Waisen. Das ist der eigentliche Grund für die ganze Brutalität. Oder …«

»Warte, Aydın, der Typ, der da gerade reingekommen ist … He, Timur! Na, du journalistisches Greenhorn? Was soll der Trenchcoat mitten im Hochsommer, spielst du Inspektor Columbo? Aydın, das ist Timur, neuer Gerichtsreporter bei der *Cumhuriyet*. Der gute Junge trägt in dieser Bullenhitze einen Mantel, um seine Waffe zu verstecken. Ist aber ein anständiger Kerl.«

Der »gute Junge« namens Timur stützt sich mit beiden Händen auf den Tisch und holt tief Luft. »Es gibt Neuigkeiten, Detektiv! Gün Sazaks Rache hat begonnen!« Seine Stimme überschlägt sich.

Sämtliche Kneipengäste drehen sich zu uns um.

»Tatsächlich? Timur, das ist Aydın, Experte für Demographie bei der Staatlichen Planung.«

Doch so einfach lässt sich Timur nicht abspeisen. »Nahit, können uns eure Experten für linken Terror nicht irgendwelche Hinweise …«

»Junge, die holen sich Studenten und foltern sie noch zwei Tage extra, nur um an unsere Namen zu kommen. Weil wir ja linke Polizisten in eine Organisation einschleusen könnten. Wir können froh sein, dass uns bislang noch kein Haar gekrümmt wurde, was stellst du dir eigentlich vor! Übrigens, Aydın, wegen eurer Sache, da gibt es wohl eine neue Augenzeugin …«

Dieser Detektiv hat manchmal wirklich Nerven! Ich sollte wohl besser das Thema wechseln, damit er nicht noch mehr ausplaudert.

»Und, Reporter, wie ist die Lage in Kurtuluş?«

»Oh, da wird heute Abend die Post abgehen. Die Rechten haben in ihrem Studentenwohnheim einen Verhörraum eingerichtet. Dort, heißt es, foltern sie die Linken, denen sie im Kurtuluş-Park auflauern. Wenn die von der Politikwissenschaft jetzt dagegenhalten, fliegen heute Abend die Fetzen.«

»Und wir wohnen mittendrin!«

Ich muss unbedingt zu Hause sein, bevor es dunkel wird. Am Eingang zum Kurtuluş-Park haben zwei Anzugträger Mitte zwanzig eine ostanatolische Familie angehalten: Vater, Mutter, vier Kinder. Sie sehen aus, als kämen sie direkt vom Dorf, und haben offensichtlich keine Ahnung, dass der Park unter Kontrolle der Rechten steht. Einer der Anzugträger hat sich breitbeinig vor dem etwa vierzigjährigen Familienvater aufgebaut.

»Wo kommst du her? Bist du'n Linker?«

»Nein, auf keinen Fall.«

»Ausweise zeigen! Bist du'n Kommunist?«

Die schwangere Mutter zerrt ihre herumwuselnden Kinder an sich; eines beginnt zu weinen. Es muss etwa in Ayşes Alter sein. Ob ich rübergehen soll? Und wenn sie mich dann auch mitnehmen? Neulich haben sie sogar den Gymnasialdirektor von Kurtuluş mitgenommen, als er jemandem helfen wollte, und ihn dann tagelang gefoltert. Die Frau verpasst einem der Kinder eine Ohrfeige. So reagieren meine Mitbürger auf Gewalt: Anstatt Widerstand zu leisten, heben sie die Hand gegen Schwächere. Und da fragt mein Chef hat mich allen Ernstes: »Wollen wir diesen Abschnitt nicht lieber streichen?«

*Was aber die Todesfälle von Kindern angeht, so spielt neben den bereits genannten Gründen auch die Tatsache eine Rolle, dass Kinder hierzulande nicht ausreichend wertgeschätzt werden. Sobald ein neues Baby unterwegs ist, sorgt sich die werdende Mutter nur noch ungenügend um das Wohl ihrer übrigen Kinder. Stirbt eines von ihnen, so heißt es häufig: ›Bald kommt ja ohnehin ein neues.‹*

Das soll ich nicht schreiben dürfen? Es muss einen tieferen Grund für all das Blutvergießen in diesem Lande geben.

## Sevgi Bakar (geb. İzmirli)

»Auch wenn man sich nach Jahren wiedertrifft, fängt man doch trotzdem mit ›Wie geht's dir?‹ an. Der eine sagt ›Gut‹, der andere ›Auch gut‹. Man denkt immer, es liefe wie im Film. Dabei enthält das Leben – unser Leben – so viele Szenen, die rausgeschnitten werden müssten, Önder.«

Die Tischdecken des Restaurants Hülya leuchten weiß im Sonnenlicht.

Önder versucht ein Lachen von 1971 wiederzubeleben. »Da kommen einem ja die Tränen! Fast könnte man meinen, wir wollten den Barsch hier nicht essen, sondern zu Grabe tragen.«

Mir ist nicht zum Scherzen zumute, also frage ich: »Weshalb bist du hier, Önder?«

Ich presse die Lippen aufeinander, als wäre es der Mund, mit dem man weint. Önder scheint meine Hand berühren zu wollen, hält sich aber stattdessen an seinem Rakıglas fest und blinzelt in die Sonne. Er greift nach einem gelben Briefumschlag, der auf dem Stuhl neben ihm liegt. »Würdest du den hier für mich verwahren?«

Der Umschlag liegt jetzt neben dem Barsch. Jemand anderes hätte vielleicht gefragt: »Was ist denn drin?«

Ich sage: »Wo soll ich ihn verwahren?«

»Im Parlamentsarchiv.«

Da sehe ich ihm zum ersten Mal direkt in die Augen. Önder kann ich nur anschauen, wenn es um ernste Angelegenheiten geht, um Dinge, die der Geheimhaltung bedürfen. Bevor wir lernen konnten, einander verliebte Blicke zuzuwerfen, haben wir beide schon im Gefängnis gesessen. »Für wie lange?«

»Bis diese Epoche vorüber ist.«

Nun bin ich diejenige, die sich am Rakı festhält, in die Sonne blinzelt und den Blick in die Ferne schweifen lässt. »Diese

Epoche wird nicht vorübergehen, Önder. Und falls doch, so werden wir es kaum erleben.«

»Doch, das werden wir, und ich erkläre dir auch gleich, wieso.«

Önder lacht wissend, ehe er sich dem Barsch widmet. Wie geschickt er ihn zerteilt! Welche Flüche er ausstößt, wenn er gefoltert wird, wie er bei Versammlungen spricht, wie er auf Demos Slogans skandiert, wie er Zeitschriften verkauft, wie er weint, wenn er den Abschiedsbrief liest, den ihm ein Freund vor der Hinrichtung geschrieben hat – das alles weiß ich. Aber wie er einen Fisch filetiert?

»Der faschistische Putsch wird kommen, Sevgi.«

So also trennt er ihm den Kopf ab …

»Was dann aus mir wird, steht in den Sternen. Als du damals plötzlich verschwunden bist …«

Er weiß sogar, wie man die Bäckchen herauslöst; eines lässt er über sein Messer auf meinen Teller gleiten.

»Nachdem du dich … entschieden hattest zu … zu heiraten, hat sich vieles verändert, es ist härter geworden. Erinnerst du dich an Nasuhi? Der sagte nach dem Putsch von 1971: ›Eines Tages werdet ihr nicht mehr die Zeit finden, eure Freunde zu Grabe zu tragen.‹«

Er entfernt dem Fisch das Rückgrat, ohne dass Fleisch daran hängen bleibt.

»Vielleicht bin ich einfach alt geworden. Damals waren wir beide ungefähr gleich alt, erinnerst du dich?«

»Das sind wir doch immer noch.«

»Das würde ich nicht unbedingt sagen, meine liebe Sevgi.«

Mit einem einzigen Possessivpronomen kann man also einen Menschen töten. Ihm das Rückgrat entfernen, ohne dass Fleisch daran hängen bleibt.

»Wenn du mich fragst, altern die, die sich in Sicherheit

bringen, langsamer als die, die sich ins Feuer werfen. Oder was meinst du?«

Natürlich, irgendwie muss er sich ja dafür rächen, dass ich ihn damals im Gefängnis sitzen gelassen und Aydın geheiratet habe. Wie er mir jetzt wohl die Bäckchen herauslösen wird?

»Mach doch nicht so ein Gesicht. Du brauchst nichts zu bereuen und auch kein schlechtes Gewissen zu haben. Es kam, wie es kommen musste. Man kann mit dem Leben nicht abrechnen und fragen, was gewesen wäre, wenn … Gehen wir einfach davon aus, dass wir keine andere Wahl hatten. In die Vergangenheit zu blicken, das ist, als würde man in ein Kaleidoskop schauen. Wir brauchen nur zu blinzeln, und schon stürzt unser Bild von der Vergangenheit in sich zusammen und es entsteht ein neues.«

Auch die Gräten der Rückenflosse löst er in einem einzigen Stück heraus.

»Vielleicht lässt sich das Leben eines Menschen auch erst im Nachhinein begreifen. Wir werden nie verstehen, was mit uns geschieht. Sämtliche Studien und Analysen, meine liebe Sevgi, sind für die Katz! Puh, Lenin würde sich bei diesen Worten wohl im Grabe umdrehen.« Er lacht, und ich falle lustlos mit ein. »So denke ich eben in letzter Zeit. Alles, was wir erlebt haben, wird irgendwo aufgezeichnet. Was nicht vergessen wird, bleibt. Aber was ist mit dem, woran wir uns nicht erinnern können? Ob du in den Umschlag schaust oder nicht, ist dir selbst überlassen. Ich weiß doch, dass keine Macht der Welt imstande wäre, dir dein Wissen zu entlocken.«

Wie eine Streichholzflamme flackert in mir eine Frage auf, um gleich wieder zu erlöschen: Ob Aydın unter Folter wohl jemanden verraten würde? Ich bin seit neun Jahren mit ihm verheiratet und habe nie darüber nachgedacht. Ich weiß, Önder würde es nicht tun, ich auch nicht, aber Aydın?

»Wenn du erlaubst, werde ich dir später noch mehr Umschläge geben. Zur sicheren Verwahrung. Auch wir müssen doch irgendwie in diesem verdammten Parlament vertreten sein, Sevgi. Ich werde also eine Weile in Ankara bleiben.«

»Weshalb, Önder?«

»Weil in Ankara die Fische noch frischer sein sollen als in Istanbul!«

Wieder lacht er, und es fühlt sich an, als streichelte er mir die Wange. Bei wem hat er in den zehn Jahren so lachen gelernt? Ich nehme den gelben Umschlag. Önder mustert mich. Behiye Aksoy beginnt zu singen, so als wüsste sie, dass wer auf diese Weise sündigt, sich immer jemanden wünschen wird, der ihm vergibt.

*Du bist nicht hier, du weißt es nicht, mir fehlt jede Kraft ...*

Das Lied verrät mir nicht, was ich tun soll. Ich spüre, wie Önder mich beobachtet. Als ich den Umschlag in meine Handtasche stopfe, zerknickt eine Seite des Buches *Die verliebte Wolke,* das ich für Ayşe aus der Parlamentsbibliothek ausgeliehen habe, die Papiere über die Volkszählung von 1971, die ich für Aydın habe abziehen lassen, zerknittern, und das Honigglas kippt um. Dieses verdammte Honigglas!

~~

»Lesen Sie dem Kind etwa Nâzım Hikmet vor, Sevgi Hanım?«

Ich hatte mich gerade früh von meinem Arbeitsplatz stehlen wollen, als mich der von seiner dröhnenden Stimme selbst am meisten eingenommene Vizedirektor der Parlamentsbibliothek, Abdullah Bey, aufhielt. Mit einem spöttischen Lachen, dem Markenzeichen der Gerechtigkeitsparteiler. Mit einem Lachen, das einen unweigerlich in die Enge treibt. Ich hatte jedoch meine Strategien entwickelt und wechselte schnell das Thema: »Abdullah Bey, die Stenographen haben die Protokolle der Generalversammlung von letzter Woche abgeliefert, aber da das nötige Quorum nicht erreicht wurde, sind es nur zwei Seiten. Ich schlage vor, dass wir sie zusammen mit denen von dieser Woche zum Binden schicken.«

»Es sind Ihre Leute, die das Parlament lahmlegen, Sevgi Hanım. Ecevit müsste nur einen Präsidentschaftskandidaten akzeptieren, und alles würde wieder laufen wie geschmiert. Aber nein! So sind eben die Linken; die haben nichts Besseres zu tun, als zu interpellieren, zu blockieren und zu sabotieren …«

»Abdullah Bey, ich hatte Ihnen ja schon gesagt, dass ich heute früher gehe, weil die Kleine zum Arzt muss. Der Direktor weiß Bescheid.«

»Natürlich haben Sie das schon mit Ihrem kommunistischen Herrn Direktor geregelt.«

Unter Abdullah Beys Schnauzbart glänzten wulstige Lippen. Angewidert wich ich seinem lüsternen Blick aus, was dieses Rhinozeros wahrscheinlich als weibliche Schüchternheit wertete. In den Augen des gottverdammten Kerls lag ein seltsames Funkeln, als wäre jeder nackt, den er erblickte.

Dann plötzlich eine Freundlichkeit, die mich aus der Fassung brachte, als er sich mit treuherzigem Blick in den Dörfler Abdullah Emmi verwandelte. »Sevgi Hanım, ich habe Ihnen ein Glas Honig mitgebracht. Unser Erzurum ist dafür berühmt. Der stärkt die Abwehrkräfte. Für Ihre Tochter!«

Sollte ich ablehnen? Nein, das konnte ich nicht machen. Ich bedankte mich halbherzig und nahm das Glas entgegen.

»Nur einhundert Lira, Sevgi Hanım. Nicht mehr als für zwei Schachteln *Samsun*. So gut wie geschenkt!«

Es verschlug mir die Sprache. Ich konnte ihm den Honig ja schlecht zurückgeben. Also zog ich wortlos das Geld aus der Tasche, damit die Farce ein Ende hätte.

»Sevgi! Hast du noch einen Moment?« Nazlı kam angerannt, die Praktikantin, mit einem Buch in der Hand – dass sie die Rückseite nach oben hielt, ließ darauf schließen, dass Abdullah Bey es nicht sehen sollte. »Können wir das hier ins Archiv aufnehmen?«

»Was ist es denn?«

»*Mini-Manual of the Urban Guerilla,* von Carlos Marighella.«

»Das ist wieder auf dem Markt? Das Buch mit den drei Löchern …«

»Wie meinst du das?«

»Wegen der drei Einschusslöcher auf dem Cover haben wir es 1971 so genannt. Als alle möglichen Bücher schon verboten waren, war das hier immer noch zu haben. Es geht um Waffen …«

»Deine Generation hält die Waffen für das Problem, dabei sind Waffen keine Ursache, sondern ein Resultat!«

Dass dieses Buch genau an dem Tag auftauchen musste, an dem ich mich mit Önder treffen wollte! Denk nicht an die Monate, die du nach dem Putsch von 1971 im Gefängnis gesessen hast. Denk nicht daran, wie du Knall auf Fall Aydın geheiratet hast, noch bevor Önder entlassen wurde. Denk nicht daran, dass du dir nach Ayşes Geburt – »Jetzt, wo das Kind da ist, ist Schluss mit den Abenteuern«, hatte Mutter gesagt – geschworen hast, nie wieder zurückzublicken! Nazlı, die Revolutionärin der neuen Generation, wog mit erhobenen Augenbrauen ab, wie weit es mit meiner linken Einstellung her war. »Und, können wir es aufnehmen?«

Eigentlich hätte ich Nazlı ein paar Dinge erklären, hätte sie warnen müssen, aber wenn sie so die Augenbrauen hob, dann sollte sie ruhig die Wege gehen, die ich gegangen war, dann sollte sie sich ruhig mit Honig bekleckern.

»Frag doch Abdullah Bey.«

Ich ertappte mich dabei, wie ich mit dem Fingernagel an den Brandnarben auf meiner Wange herumkratzte.

~~

Weil Önder direkt in mich hineinzusehen scheint, verstecke ich meine Narben hinter meiner Hand. Sie sind zwar kaum noch zu erkennen, aber Önder würde sie dennoch entdecken. Aydın hat nie danach gefragt, rücksichtsvoll, wie er ist. Önder betrachtet seufzend meine Wange.

»Wir hatten nie Zeit zu reden, Sevgi.«

»Wir brauchen auch nicht zu reden.«

»Du hast recht. Vielleicht später …«

»Es gibt kein Später, Önder. Das Später hat sich für uns aufgezehrt.«

Er hat nie gefragt, warum ich ihm die Schuld daran gebe, dass ich Angst bekommen habe und weggelaufen bin.

Ob wir, nachdem ich das gesagt habe, den Fisch essen oder ob der Fisch uns verschluckt, ob wir über Ecevit sprechen, über das Parlament, oder ob wir nur so daherreden? Bilder aus dem Film *Zwei Liebende, die sich nach Jahren wieder begegnen.*

Wir schütteln einander die Hand. Haben wir uns früher auch die Hand geschüttelt? Hat er mich nicht immer auf die Wange geküsst? Man kann also ein Liebespaar sein, ohne je Liebe gemacht zu haben … Ob Önder wohl ein guter Liebhaber ist?

Ich muss laufen. Ich muss ein Stück laufen. Um aus dem Film mit der weißen Tischdecke und dem Rakı zurückzukehren in die Gegenwart. Aber diese Schuhe machen mich fertig. Da Önder sie jetzt ohnehin nicht mehr sehen wird, trete ich sie hinten herunter. Mit an die Ferse schlappenden Schuhen gehe ich die Jinnah-Straße hinunter. Die gesamten neun Jahre jenes Bürgerkriegs, der seit 1971 immer stärker aufgeflammt ist, laufe ich ab. *Schlapp, schlapp, schlapp* …

»Glühbirnen, es gibt neue Glühbirnen!«

Die Menschenmenge, die sich vor dem Gima drängelt, gibt die frohe Kunde lautstark weiter. Ich stelle mich dazu. Glühbirnen kann man immer gebrauchen. Neulich hat Jale Hanım, nachdem sie mit grellroten Lippen von der Versammlung ihres »Vereins der Kinderfreunde« zurückgekehrt war, meiner Mutter im Treppenhaus erzählt: »Du wirst es nicht glauben, Nejla, aber wenn man heutzutage ins Krankenhaus kommt, muss man nicht nur seine eigene Decke, sondern sogar seine eigenen Glühbirnen mitbringen. So tief ist dieses Land schon gesunken! Keine Glühbirnen in den Krankenhäusern! Hier herrscht Anarkismus; da wird ein Bruder gegen den anderen aufgehetzt.«

»Es heißt nicht Anarkismus, sondern Anarchismus. Und hier werden auch keine Brüder gegeneinander aufgehetzt, sondern rechte Kommandos mit Waffen versorgt, damit sie die Linken erschießen«, hätte ich diesem Rhinozerosweibchen am liebsten entgegnet.

Als ich an die Reihe komme, kaufe ich zwei Glühbirnen, ohne mich darum zu kümmern, wie viel Watt sie haben. Da fasst mich ein alter Mann am Arm. »Hier, für Ihren Fuß.«

Er hält ein Pflaster in der Hand. Ich frage mich, ob er es mir schenken oder verkaufen will.

»Jetzt nehmen Sie schon, Sie bluten ja schon.«

Wortlos drehe ich mich um und gehe davon. Ich ekele mich vor mir selbst. Ob Aydın wohl schon zu Hause ist?

**Nejla İzmirli (Oma)**

»Ob alt oder jung, dem Tod sind wir alle gleich nah, meine liebe Jale, und dass sie dafür keine Lösung finden können, macht den Kindern eben zu schaffen.«

Ich überfliege im Treppenhaus einen Artikel aus der *Hafta Sonu – Entscheiden Sie selbst: Welche Brille steht Bülent Ersoy am besten?* –, aber die Nachbarin versteht mich nicht. Wahrscheinlich will sie mich nicht verstehen. Oder sie hat einfach nichts gehört, wegen des Liedes, das in ihrer Wohnung läuft. *Honki ponki torino …*

Als Jale mir die *Hafta Sonu* aus ihrer Wohnung gebracht hat, rief sie lachend: »Deine Tochter und ihr Mann sind solche Miesepeter, Nejla! Wenn es nach ihnen ginge, dürfte man überhaupt keinen Spaß haben. Aber ohne Nachrichten über Prominente, immer nur mit Schwarz-Weiß-Zeitungen, nicht wahr, ist dieses Leben doch unerträglich!«

Ich gab keine Antwort, doch Jale störte sich nicht daran und krakeelte weiter durchs Treppenhaus.

»Ach, schau dir das an, Nejla! Zeki Müren hat sich in Frankreich operieren lassen. Und hier, Bülent Ersoy mit knallroten Lippen. Sieht aus wie eine Frau! Willst du einen Nescafé, meine Liebe?«

»Was ist ein Nescafé, Jale?«

»Den haben uns Freunde aus Deutschland mitgebracht, in Plastikbeuteln zwischen der Unterwäsche in ihren Koffern versteckt. Man gießt heißes Wasser drüber, dann wird Kaffee daraus.«

»Mach dir keine Umstände, Jale.«

»Ach, bleib doch für zwei Minuten. Du kannst ihn trinken, während wir *Dallas* schauen.«

Wie hätte ich das, was sie da über Sevgi und Aydın dahergeredet hatte, unkommentiert lassen können? Deshalb sage ich also: »Ob alt oder jung, dem Tod sind wir alle gleich nah …«

Jale schaut mir auf den Mund, als wäre kein Ton herausgekommen, und schüttelt lachend und mit erhobenen Brauen den Kopf. Auf den Nescafé verzichte ich. Ich habe die Nase voll. Als ich mit den Zeitungen die Treppe hinaufsteige, kommt mir wieder dieses Lied in den Sinn:

*Konnt mein Leid ihm nicht klagen, eh der Augenblick enteilte.*

Dieselbe Melodie hat mich heute Morgen geweckt. Wenn du von einem Lied nicht loskommst, dann birgt es deine unausgesprochenen Sorgen in sich.

*Fand auch keinen Gefährten, der den Kummer mit mir teilte.*

Und wie schön sie singt, Nesrin Sipahi. »Ihre Stimme flattert wie ein Banner im Frühlingswind«, sagte mein İlyas immer.

*Entblößte dem Geliebten meine Wunde, die nicht heilte. Kurz, ich sah, wie meine Welt mir entschwand und nicht verweilte.*

Ganz unrecht hat Jale ja nicht. »Tritt Nesrin Sipahi nicht inzwischen in den Music Halls auf, Sevgi? Wir könnten doch mal hingehen und sie uns anhören«, habe ich neulich vorgeschlagen, aber meine Tochter und mein Schwiegersohn verzogen das Gesicht. Aydın sah von seiner Zeitung auf und sagte: »Deine Nesrin Sipahi singt inzwischen für die Faschisten, Nejla.« Und Sevgi fügte hinzu: »Da gehen wir auf keinen Fall hin, Mutter.« Jetzt darf man also nicht mal mehr Nesrin Sipahi hören!

Wir sind ja in unserer Jugend selbst ernsthaft gewesen, aber wenigstens haben wir uns ab und an ein Theaterstück im Volkshaus angesehen. Aber die jungen Leute heutzutage gönnen sich überhaupt nichts mehr. Als ich gefragt habe: »Gibt es denn im Sozialismus gar keine Feiertage, Sevgi?«, da haben sie mich anstelle einer Antwort nur ausgelacht. Und das Kind langweilt sich auch. Sie darf nicht auf die Straße – »viel zu gefährlich« –, nicht in den Kurtuluş-Park – »da wimmelt es von Faschisten« –, ja, nicht einmal in den Schwanenpark – »es kann einem überall was passieren«. Ja, was soll die Kleine denn den lieben langen Tag tun?

Und dann hat Sevgi auch noch gesagt: »Mutter, von jetzt an kann alles Mögliche passieren, Ayşe darf nichts davon mitbekommen.« Wie soll das gehen? Wir wohnen genau zwischen dem Wohnheim der rechten Studenten und der Fakultät für Politikwissenschaft, wo die Linken studieren, und gegenüber ist die Polizeiwache. Von ihrem Fenster aus kann Ayşe direkt darauf schauen. Als die Studenten in ihren Zellen hungern gelassen wurden und ihre Mütter ihnen Kekse durchs Fenster warfen, musste ich mir notgedrungen etwas ausdenken.

»Sie spielen mit ihren Müttern ein Spiel, mein Kind. Wer es schafft, die meisten Kekse durchs Fenster zu werfen.«

Immer, wenn jemand verhaftet wird, wirft Ayşe jetzt – ach, hätte ich bloß den Mund gehalten! – weiße Kichererbsen in Richtung Wache, als wolle sie Vögel füttern.

So ist auch unser »Manöverspiel« entstanden. Seit Sevgi gesagt hat: »Wenn sie an der Tür klingeln, Mutter, dann darfst du keine Angst verbreiten«, ist jeden Tag Manöver! Sobald ich rufe: »Die schwarzen Männer kommen«, rennt das Mädchen los. Wenn sie durchs Schlüsselloch schaut und ich die Hände über dem Kopf zusammenschlage, dann heißt es: ab ins Versteck!

Ich bin auf meine alten Tage noch richtig abergläubisch geworden. Solange ich nicht jeden Morgen eine unsichtbare Kuppel um Ayşe herum zeichne, habe ich keine Ruhe.

»Ich schließe Ayşe ein / In hellen Lichterschein / In Atlas und in Perlen / Geschützt vor bösen Kerlen / So sei es, toi, toi, toi / O Herr, steh du ihr bei!«

Ayşe lacht sich darüber immer kaputt. Wenn sie nicht wäre, würde hier niemand mehr lachen. Sevgi ist seit dem Anruf sehr schweigsam geworden. Ich kann sie nicht fragen, wer dieser Önder ist. Denn dann würde Sevgi zurückfragen: »Als sie uns 1971 geholt haben, Mutter, wieso bist du da nicht ins Gefängnis gekommen? Wie konntest du mich einfach dort lassen?«

İlyas hat damals gesagt: »Die Soldaten tun den jungen Leuten doch nichts, Nejla. Es hat sogar sein Gutes, dass sie im Gefängnis ist. So kann sie sich nicht den Kommunisten auf der Straße anschließen. Das wird ihr eine Lehre sein!«

Ich wäre ja zu ihr gegangen, aber … Habe ich auch gemeint, dass es ihr eine Lehre wäre? War damals je von Folter die Rede gewesen?

Önder ist sicher einer von damals. Da sie nicht will, dass Aydın von ihm erfährt, war da vermutlich noch etwas mehr zwischen den beiden. Aydın sollte sich lieber ein bisschen männlicher geben und sich um seine Frau bemühen. Mit ihr ausgehen, einen Spaziergang machen. Aber wer weiß, vielleicht ist das im Sozialismus verboten. Bierernst oder leichenbitter, mehr ist nicht erlaubt.

Jales Mann gibt sich religiös, aber sie selbst ist eine durchaus mondäne Frau. Wenn Jale nicht wäre, würde im Haus nie darüber gesprochen, was gerade bei *Dallas* passiert, wer in den Music Halls auftritt und was die neueste Mode ist. Aber immer, wenn Ayşe etwas herausrutscht, bekommen wir beide eine Standpauke. So wie neulich, als Jale sich ein Abendkleid hat schneidern lassen und aus dem restlichen Satin ein Kleid für Ayşe machen ließ, das aussah wie ein Brautkleid. Aydın hat mich angefahren: »Wir erziehen unsere Tochter nicht dazu, möglichst schnell erwachsen zu werden und zu heiraten, Nejla!« Er hat eine Art, das zu sagen, so von oben herab. Und Sevgi hat dazu geschwiegen.

# 2. KAPITEL
# Mein Viertel

**Familie Akgün**
*Seyranbağları (Gecekondu-Siedlung)*

»Ich glaube, er fliegt. Was meinst du, Ali? Zieh mal ein bisschen an der Schnur, dann wissen wir es.«

Je fester ich ziehe, desto tiefer schneidet mir die Schnur in die Hand. Es ist Nacht und so dunkel, dass ich nichts sehen kann. Aber ich höre den Drachen flattern: *flapp flapp flapp …* Heißt das, er fliegt, Hüseyin?

Im Garten von unserem abgebrannten Haus ist es laut. Asche wirbelt durch die Luft, weil die jungen Frauen tanzen und dazu ein Volkslied singen:

*Ich konnte das Heu nicht aus dem Schober holen, Zühtü …*

Wir feiern wieder mal »falsche Verlobung«. Die »falsche Braut« ist diesmal sehr schön. Sie hat grüne Augen.

Fliegt er, Hüseyin?

Hüseyin studiert Bauingenieurwesen an der Technischen Universität. »Dem Jungen ist das Haus abgebrannt, wir müssen ihn auf andere Gedanken bringen«, habe ich Hüseyin sagen hören. Darum hat er mir einen Drachen gebastelt. Aus rotem Papier.

Der Drachen ist nicht zu sehen. Jetzt tanzen die jungen Frauen im Licht von Gaslampen, damit die jungen Männer hinten im Garten reden können. Die Mütter klagen, damit die

Väter stumm auf die Asche schauen können. Der Strom ist ausgefallen. Morgen früh – vielleicht kann ich dann genauso schnell sprechen wie die anderen – werde ich allen davon erzählen: »Hüseyin hat einen roten Drachen für mich gemacht. Und in der Nacht haben wir ihn fliegen lassen.«

Hüseyin überprüft die Schnur schnell mit seiner Hand. Weil die falsche Verlobung nämlich zu Ende ist, sobald es wieder Strom gibt. Dann ziehen die jungen Frauen die Verlobungskleider aus und haben wieder nur Hosen an. Und die geheime Versammlung ist dann auch zu Ende. Wenn das Licht wieder da ist, hört alles auf. Da rufen die jungen Männer schon: »Hüseyin! Wir fangen an!«

»Ich komme gleich!«, sagt Hüseyin. Er ist ihr Chef. »Ali, ich glaube, der Drachen ist irgendwo hängen geblieben.«

Ich bekomme nicht sofort was raus. Ich bin nicht »zurückgeblieben«, ich bin »in mich gekehrt«. Das hat Opa gesagt, als er aus dem Dorf zu Besuch gekommen ist. »Er ist eben ein ernsthafter Junge.«

Hüseyin zieht an der Schnur. »Wir müssen ihn abschneiden, Großer, er hat sich irgendwo verfangen. Es ist zu dunkel, um ihn zu suchen.«

Aber dann glaubt mir morgen früh doch keiner, dass es den Drachen überhaupt gegeben hat. Gökhan wird sagen, ich hätte alles nur geträumt.

»Hüseyin, komm jetzt, sonst kriegen die Faschisten doch noch was mit!«

Hüseyin nimmt sein Springmesser und schneidet die Schnur durch. Da ist die Schnur in meiner Hand plötzlich tot.

»Sei nicht traurig, ich baue dir einen neuen.«

Hüseyin zwirbelt seinen Schnurrbart, er streichelt mir über den Kopf und fasst mich an den Schultern. »Ein Revolutionär trauert nicht wegen so etwas! Es gibt immer ein nächstes Mal.«

Weil ich die Schnur nicht loslasse, schneidet Hüseyin sie noch mal durch, um an das Knäuel zu kommen. Da habe ich nur noch die Schnur in der Hand. Sie ist ganz leicht. Das Buch ist auch verbrannt. *Die Jungen der Paulstraße* sind verbrannt. Ernő Nemecsek ist in unserem Haus verbrannt.

»Komm, gehen wir zur Versammlung.«

Sogar meine Schuluniform ist verbrannt. Jetzt kann ich nicht mehr in die Schule gehen, und auch nicht in die Bibliothek. Ohne Schuluniform darf ich nicht mehr ins *Konservationslexikon* schauen.

Ich stecke die Schnur in meine Hosentasche. In die linke. Hüseyin zwirbelt wieder seinen Schnurrbart. »Sei nicht traurig, weil euer Haus abgebrannt ist. Wir werden es wieder aufbauen, alle zusammen. So ein kleines Häuschen. Das haben wir in einem Tag erledigt.«

Wir gehen am Feuer im Vorgarten vorbei; da wird Bulgur gekocht. Viel Bulgur. Davon werden alle satt. Das Wasser, das ich vom Brunnen auf dem Hügel gegenüber geholt habe, ist schon wieder alle, der Kanister liegt auf der Erde. Ich habe mich ganz schön angestrengt, aber das Wasser hat nur für eine Kanne Tee gereicht. Die Frauen bringen den Männern Tee. Unter den Verlobungskleidern kann man ihre Hosen sehen. Man darf sie aber nicht sehen. Der Kühlschrank steht gerade, weil er am Fernseher lehnt. Der Lase hat beide gerettet.

Mama sitzt im Schneidersitz auf dem Boden und hält ihren Kopf in den Händen. Die älteren Frauen streicheln ihr den Rücken. Dabei reden sie die ganze Zeit, wie immer, wenn jemand traurig ist.

»Aliye, bis euer Haus wieder aufgebaut ist, bleibt ihr bei uns.«

»Aber sicher, meine Liebe, in drei Tagen habt ihr wieder ein Dach über dem Kopf. Gott sei Dank ist den Kindern nichts passiert!«

»Woher wussten diese Schweinehunde eigentlich, dass niemand zu Hause sein würde?«

»Woher wohl! Sie beobachten uns doch ständig vom Hügel gegenüber, diese Mistkerle! Aliye, es waren doch keine Wertsachen im Haus, oder?«

Mama schaut die Frauen an. »Nur ein Foto meines Bruders Said. Das einzige.«

Papa und die anderen älteren Männer starren in die schwarze Asche. Sie haben ihre Hände hinter dem Rücken verschränkt. So macht man es, wenn man alt ist. Papa redet gar nicht, nur die Männer reden.

»Schau, Hasan, selbst unser muslimischer Lase hat offenbar ein Gewissen. Hätte ich ihm gar nicht zugetraut. Ganz allein hat er den Kühlschrank da rausgeschleppt, und den Fernseher auch. Mut hat er, dass muss man ihm lassen!«

»Wir müssen diesen Faschisten aus Samsun einen Denkzettel verpassen. Die stecken noch alle unsere Häuser in Brand, die Hurensöhne!«

Hüseyin schaut den jungen Frauen beim Tanzen zu, als wir an ihnen vorbeigehen. Sie singen:

*Der Wind trägt den Duft meiner Geliebten herbei, Zühtü.*

Hüseyin lacht. »Unsere Freundinnen hier tanzen sich schon seit Tagen die Füße wund! Selbst die Polizisten von der Wache dürften bald kapiert haben, was Sache ist. Dann kommen sie und wollen wissen, wie man in einem abgebrannten Haus eine Verlobung feiern kann. Aber wir lassen sie nicht rein, denn sie sind dumm, weißt du, Ali? Dumme Bullen! Mensch, jetzt lach doch mal!«

Woher wissen immer alle, wann und worüber man lachen muss?

»Hör mal, ich muss dir was Wichtiges sagen. Die anderen Jungen hänseln dich doch immer, weil du nicht so viel redest, aber du bist klüger als sie alle zusammen. Also nimm es dir nicht so zu Herzen. Okay, mein Großer?«

Da geht der Strom plötzlich an, und die Straßenlaternen leuchten wieder. Auf einmal kann man alle sehen. Mama ist aufgestanden. Papa und die anderen Männer fangen an, zu dem Lied zu klatschen. Ich hole die Schnüre aus meiner Tasche. Alle Schnüre. Ob sie vielleicht auch wieder lebendig geworden sind, als der Strom angegangen ist?

## Ali Akgün

»He, Ali! Und was, wenn sie bei dir aus Versehen zu viel abschneiden?«

Wir sitzen hinten auf dem Lastwagen und sind auf dem Weg zu unserer Beschneidung.

»Ach Gottchen, der kleine Ali hat mal wieder vor Angst seine Zunge verschluckt!«

Jetzt lachen alle. Aber es klingt, als würden sie weinen. In den Beschneidungskostümen von der Stadtverwaltung sehen sie aus wie Prinzen, bloß ohne Pferde.

Hamit der Lase ruft Gökhan zu: »Dein Freund hat wohl Schiss bekommen!«

»Lass ihn in Ruhe!«, sagt Gökhan. So macht Gökhan es immer. Weil Gökhan riesengroß ist und ich ganz schmächtig. Er schubst Hamit. Der Lastwagen schwankt, aber Gökhan klettert trotzdem zu mir.

»Fang bloß nicht an zu heulen! Die schneiden ja nicht alles ab, okay?«

Ich werde nicht heulen. Aber alle schreien so laut durcheinander. Ich glaube, sie reden nur so viel, weil sie nicht daran denken wollen, wie sie sich mal den Pipimann im Reißverschluss eingeklemmt haben.

»Wenn du Angst hast, denk an die Kirmes. Der Bürgermeister hat den Gençlik-Park extra für uns reserviert. Es kommen Jungen aus allen Gecekondu. Es gibt sogar Autoscooter!«

Vorne hat Hüseyin das Radio angemacht. Es läuft Cem Karaca.

*Bin im Gefängnis gelandet, viele erteilen mir Rat …*

Es wird immer lauter. Die Stimmen von den anderen Jungen dröhnen in meinem Kopf. Gökhan reißt die goldene Schnur von seiner Beschneidungskappe ab.

»Hier, schau da drauf!«

Ich nehme die goldene Schnur in die Hand und beuge mich drüber. Ganz nah vor mein Gesicht halte ich sie. Ich muss nur die Schnur anschauen. Bis es wieder aufhört.

»Lass das nicht die anderen sehen.«

Ich nicke. Ich muss immer eine Schnur in der Hand halten. Weil dann alles andere unscharf wird. Wenn ich auf die Schnur schaue, verschwimmt alles, sodass ich es nicht mehr sehen kann. Nur die Schnur verschwimmt nicht. Aber wenn die anderen schauen, dann gleich in die Tasche damit. Sofort. In meiner Tasche kann ich sie halten. Zusammen mit den anderen Schnüren.

»Ali, haben die Faschistenjungs vom unteren Viertel dir dein Auto weggenommen? Wenn ja, dann sag's! Hast du nicht behauptet, Hüseyin hat dir eins gemacht? Oder hast du wieder nur geträumt?«

Es reicht, wenn ich nicke. Ich brauche gar nichts zu sagen.

»Hüseyin ist nett, stimmt's?«

Jetzt mache ich mal die Augen auf und schaue.

»Weil er nämlich ein Revolutionär ist. Wie wir. Die haben neulich den Hügel gegenüber eingenommen!«

Das weiß ich doch! Ich habe hinterher mit Hüseyin die Patronenhülsen eingesammelt. Die Polizisten dürfen die Patronen nicht sehen. Keiner darf sie sehen. Keiner. Wir haben die Hülsen ins dreckige Wasser vom Bademlidere geworfen. Gökhan will immer reden. Ich erinnere mich an alles. Vielleicht platzt mir eines Tages noch der Kopf. Weil ich nie was vergesse …

~~

»Was hast du denn da? Bist du Alevit? Wie heißt du?«

Sie hatten mir aufgelauert. Ich durfte nichts sagen. Weil man mit Faschisten nicht redet.

»Jetzt sperr doch den Mund auf. Bist du 'n Rechter oder 'n Linker?«

Ich sagte nichts. Mit Polizisten und mit Faschistenjungs redet man nicht.

»Lasst ihn, Leute, der ist behindert. Er kann nicht sprechen, der alevitische Bastard.«

Sie machten sich über mich lustig, weil sie Faschisten sind.

»Der Dummkopf kann nicht mal schreien! Nehmt ihm das Auto weg und seinen Kanister!«

Als ich an der Schnur zog, schnitt sie mir in die Hand, sodass es blutete. Jetzt habe ich die Schnur in der Tasche. Ich vergesse nichts.

»Kinder, vergesst euren alten Lehrer. Ich bin jetzt eure Lehrerin. Er musste gehen, weil er ein Terrorist war! Er hat euch anarchistische Bücher gegeben. Wer eins hat, rückt es jetzt bitte raus.«

Die *Paulstraße* konnte ich nicht hergeben! Ich war doch noch gar nicht fertig. Außerdem hatte unser Lehrer Ruşen Bey genau so einen Schnurrbart wie Hüseyin.

»Kinder, für die Jahresabschlussfeier werden wir einen Tanz einstudieren! Was werden wir tun?«

Ich antwortete nicht, weil nur die aus Samsun schrien.

»Einen Tanz einstudieren!«

»Sagt es euren Eltern. Für die Jungen weißes Hemd, schwarze Hose und Fliege. Nanu, was ist denn das? Ist das etwa ein terroristisches Zeichen?«

Die Lehrerin hatte sehr rote Lippen. Sie zog so fest an der Radiergummischnur, dass es wehtat. Gökhan hatte den Stern mit der Faust auf den Radiergummi gemalt, es war nämlich seiner. Aber das sagte ich der Lehrerin nicht, weil sie vielleicht auch eine Faschistin war. Einen neuen Radiergummi können wir uns nicht leisten. Nur die Schnur ist noch übrig. Die habe ich jetzt auch in meiner Tasche. Ich kann einfach nie was vergessen …

»Wo kriegt man denn so eine Fliege überhaupt her, mein Junge?« Woher sollte ich das wissen? »Und wie viel kostet so ein Ding? Wir haben doch gar kein Geld, Ali! Dein Vater hat die Hälfte von seinem Lohn wieder der Gewerkschaft gegeben. Hier, nimm, damit kannst du deine Schuhe binden.«

Die Schnur war zu kurz. Viel zu kurz. Ich steckte sie in meine Tasche.

Nichts kann ich vergessen. Mir platzt noch irgendwann der Kopf. Die anderen Jungen auf dem Lastwagen vergessen vielleicht alles sofort wieder. Vielleicht können sie darum so schnell reden.

Manchmal, wenn Mama sehr traurig ist – »Mit dem Jungen stimmt was nicht, wir müssten ihn zum Arzt bringen!« –, rede ich einfach drauflos: »Ich habe immer so viele Sachen im Kopf, Mama. Die gehen nur weg, wenn ich lese. Wenn ich ins *Konservationslexikon* schaue. Ich kann sogar schon Kleinbuchstaben lesen, Mama. Das kann ich der Lehrerin aber nicht sagen, weil die mich nicht mag. Sie mag nur die aus Samsun. Die Kinder aus Seyranbağları mag sie nicht. Hüseyin mag sie bestimmt auch nicht. Aber Hüseyin wird Bauingenieur, Mama! ›Ein Bauingenieur ist, wie der Name schon sagt, ein Experte für alle Arten von Bauten. Er ist zuständig für den Bau von Häusern, Straßen, Elektrizitätswerken und Staudämmen.‹ Bauingenieure können auch rote Autos bauen. Aber die Faschisten aus Samsun haben den Brunnen abgeriegelt und verprügeln alle Kinder, die mit Kanistern vorbeikommen. Und dann nehmen sie ihnen die Kanister weg. Weil wir nämlich *Ploretarier* sind. ›*Ploretarier*: Im alten Rom Angehörige der Klasse des niedrigsten Vermögensstandes. Lohnarbeiter ohne Besitz an Produktionsmitteln.‹ Faschisten mögen keine *Ploretarier*. ›Faschismus: ein totalitäres, extrem nationalistisches politisches System, in dem der Staat alles kontrolliert und die Opposition unterdrückt.‹ Faschisten machen sich über Jungen lustig, die Angst davor haben, beschnitten zu werden. Rotkopf steht nicht im *Konservationslexikon*, Mama. ›*Alevitentum*, siehe: der heilige Ali. Zu den Wundertaten des heiligen Ali zählt, wie er den Leichnam des heiligen Propheten exhumierte, um ihn dem heiligen Abubakir zu zeigen, wie er nach dem Tode des heiligen Propheten für dessen Waschung einen Eimer Wasser und ein kariertes Hemd vom Himmel herabbrachte, wie er mit bloßen Händen Eisen knetete, als wäre es so weich wie Teig.‹ Sei nicht mehr traurig, Mama. ›Der Widerstand wird siegen!‹ Wenn die Revolution kommt, verheddern sich meine Schnüre nie wieder!«

Wenn ich rede, bekommt Mama Angst. Wenn ich nicht rede, ist sie traurig, aber wenn ich rede, hat sie Angst.

~~

Der Lastwagen schwankt, es läuft laute Musik, und Gökhan redet die ganze Zeit.

»Und als sie drüben auf dem Hügel die Fahne mit dem Stern und der Faust gehisst hatten, hast du da Hüseyin gesehen? Und hast du gehört, was er geschrien hat?«

»Der Widerstand wird siegen«, sage ich zu der goldenen Schnur.

»Was? Lauter, Ali!«

»Der Widerstand wird siegen!«, schreie ich. So laut ich kann. Alle schauen uns an.

Gökhan ruft: »Habt ihr nicht gehört? Na los!«

Lachend schreien alle: »Der Widerstand wird siegen!«

Ich halte meine Schnur fest. Gökhan schlägt mir auf den Rücken. »Bravo, Ali!«

Da lachen alle. So sehr, dass ihnen die Mützen verrutschen. Ihre Prinzenkostüme sind ganz zerknittert. Als es am lautesten ist, nehme ich alle meine Schnüre in die Hand. Auch die in meiner Tasche.

**Aliye Akgün**

»Atmet er? Atmet er, Herr Doktor?«

Wenn ihm der Arzt nach der Geburt nicht diesen viel zu starken Klaps auf den Po gegeben hätte, wäre der Junge vielleicht nicht so geworden. Wir haben ihm nie ein Haar gekrümmt. Wehe, wenn Hasan die Hand gegen ihn erheben würde! Ach, Hasan! »Vom Gecekondu sehen wir direkt auf den Präsidentenpalast!« Ich hätte bei unserer Verlobung fragen sollen, ob wir uns auch Wasser aus dem präsidialen Garten hochpumpen dürfen.

Und dann sagt er auch noch: »Lass uns noch ein Baby machen, ein Kind reicht doch nicht.« Und wo sollen wir das unterbringen? Im Präsidentenpalast etwa? Als hätte der Staat je etwas für Leute wie uns getan! Sicher, das Leben im Dorf war hart, aber hier versuchen sie uns umzubringen! Das ganze Haus ein Aschehaufen, und dann noch diese gottverdammte Fliege. Als Sahnehäubchen obendrauf, sozusagen. Ach, hol sie doch der Teufel!

»Salem aleikum, haben Sie rotes Nylongarn?«

»Einen gesegneten Tag. Ich hätte gerne cremefarbenes Spitzengarn Nummer fünfzig. Fünfzig passt doch für einen Sofakissenbezug, oder?«

»Salem aleikum, die Damen. Ich schaue nach, was wir haben.«

»Ach, draußen ist es vielleicht heiß, das können Sie sich gar nicht vorstellen!«

»Ganz recht, die Damen, und noch dazu der Wassermangel!«

»Ja, wirklich, die Anarchisten sollten sich was schämen, uns das Wasser abzustellen. Seit Ankara von diesem Kommunisten regiert wird, haben wir weder Wasser noch Strom.«

»Wofür möchten Sie das Nylongarn denn verwenden? Es gibt nämlich dünnes und dickes.«

»Ach, wir nehmen an einem Handarbeitswettbewerb teil. Ich will ein rotes Kissen in Rosenform nähen. Geben Sie mir das billigere.«

»Apropos rot … Haben Sie's gehört, dass sie den Rotköpfen in Seyranbağları das Haus angesteckt haben? Es soll bis zum Morgen gequalmt haben!«

»Angeblich haben sie dort Handgranaten und Gewehre gelagert, sogar Maschinengewehre! Recht geschieht's ihnen, von mir aus hätte das Haus auch über ihnen einstür…«

In dem Moment wendete sich der Verkäufer von den beiden Schleiereulen ab und richtete seinen Blick auf mich.

»Ja, bitte? Womit kann ich dienen?«

Ihm war wohl aufgefallen, dass ich die Haare offen trug und unter meinem Rock eine Hose anhatte.

Während ich die Fliege aus der Handtasche holte, musterten mich die beiden Frauen von Kopf bis Fuß. Sie hatten es auch gemerkt. Einen Rotkopf erkennen sie immer sofort. Diese verdammte Fliege! Und diese verdammte Lehrerin!

»Nein, man kann nicht einfach ein schwarzes Band nehmen und selbst schnell was nähen. Alle müssen gleich aussehen. Wenn Sie sich keine Fliege leisten können, dann tanzt Ali eben nicht mit«, hatte diese blöde blonde Tussi gesagt! Wollte mit dem Stolz des Jungen spielen, das grausame Weib! Ja, sie als Kommandantentochter habe sich doch nur aus Idealismus ins Gecekondu versetzen lassen. Die Kinder hier brauchten mehr Obst und Proteine, weil sie sonst geistig zurückblieben … Bei diesen letzten beiden Worten hatte sie mir einen bedeutsamen Blick zugeworfen. Und ich konnte schlecht sagen: »Machen Sie sich etwa über uns lustig?«, ich konnte nicht sagen: »Wenn man Proteine essen muss, um so auszusehen wie Sie …« Und wie sie mir dann zuflüsterte: »Sie müssen den Jungen zum Arzt bringen«, aber so laut, dass alle es hörten.

Noch bevor der Verkäufer den Mund aufbekam, sagte eine der beiden Frauen: »Das Ende ist ja ganz verkohlt!« (Was geht dich das an?), und die andere flüsterte: »Die ziehen die bestimmt bei ihren Orgien an.« Sie kicherten dümmlich.

Anstatt ihr mal so richtig die Meinung zu sagen, stand ich nur da. Gottverdammt, ich stottere: »Du hast doch überhaupt …« Aber dann fand ich die Sprache wieder und sagte, was mir gerade einfiel: »Diesen ganzen Schlamassel haben wir doch nur euch Frömmlern zu verdanken! Wenn du's nicht weißt, dann lerne: Das hier ist eine Fliege, eine Fliege! Etwas Modernes!«

Da brüllte der Verkäufer mich an: »Politik hat in meinem Laden nichts zu suchen! Und die Fliege ist ja sowieso verkohlt. Die nehme ich nicht zurück. Raus mit Ihnen!«

Ich war selbst erstaunt über mich. Fast war es mir ein bisschen peinlich. Ich stürmte nach draußen. Wie kam ich dazu, mich für eine Fliege einzusetzen? Als würde ich mir selbst eine um den Hals binden! Ich musste lachen. Lachen und weinen zugleich. Wahrscheinlich wegen all dem, was zuvor passiert war …

~~

Wir standen vor dem abgebrannten Haus und starrten auf die Asche. Endlich hatten die Flammen nachgelassen. Alle Nachbarn riefen durcheinander. Ich fühlte mich leer. So hatte ich mich schon gefühlt, als sie meinen Bruder Said zu Tode gefoltert hatten. Und als die Gendarmen meinen Vater zum ersten Mal abführten. Da war ich noch ein kleines Mädchen gewesen. Mir kam es so vor, als wäre überhaupt nichts passiert, mein Herz verkrampfte sich nicht, ich spürte keinen Kummer. Nur eine große Leere. Als hätte es das Haus nie gegeben. Wenn mich jetzt jemand fragen würde: Wo war die Küche? Wann hat dir dein Vater die Haarklammer aus der Stadt mitgebracht? Weißt du noch, wie er dich mit einem lauten »Kikeriki« zum Lachen bringen wollte, als er dir den aufgeweichten Lutscher überreichte, der eigentlich die Form eines Hahns hätte haben sollen? Wie klang die Stimme deines Bruders, wie fühlten sich seine Hände an?

Es war, als hätte ich das alles nie gewusst. Ich erinnerte mich einfach nicht. Mein Herz war durchlöchert. Vollkommen leer. Ob ein Loch dazugekommen war, konnte ich nicht sagen. Ich wusste nicht einmal mehr, ob es das, was sich jetzt in Luft aufgelöst hatte, überhaupt je gegeben hatte.

Während ich so auf die Asche starrte, erinnerte ich mich an

ein Volkslied. Bercuhi aus unserem Dorf hatte es immer gesungen. *Seine Rose ist im Glas*, an mehr konnte ich mich nicht erinnern. Sie war die Einzige gewesen, die von den Armeniern übrig geblieben war, die Ärmste, niemand kannte ihre Sprache. Hasan würde sich bestimmt an dieses Lied erinnern, aber den konnte ich vor den qualmenden Trümmern unseres Hauses schlecht danach fragen.

~~

Wenn Ali doch nur schon erwachsen wäre! Wenn er zur Universität geht, werde ich ihm den Parka seines Onkels schenken. Ohne den Blutfleck rauszuwaschen. Jetzt hat er nicht mal mehr ein Foto seines Onkels. Zum Glück habe ich den Parka im Kohlenkeller aufbewahrt. Die jungen Leute sollen ihre Waffen da rausholen, was auch immer sie damit anstellen wollen … Die alten Zeiten sind vorbei. Hat das Sterben überhaupt noch einen Sinn? In den Zeitungen stehen nicht einmal mehr ihre Namen. Zwei linke Studenten getötet, drei linke Lehrer umgebracht, fünf Anwälte ermordet. Wir Aleviten erziehen unsere Söhne dazu, mutig zu sein, deshalb stehen sie in vorderster Linie. Und werden als Erstes erschossen. Ali ist zu zart besaitet.

*Huuuuuuup!* »He, Aliye! Na?«

Teslim mit seinem Dolmuş. »Mann, erschreck mich doch nicht so!«

»Die Hupe ist neu! Willst du nach Hause? Ich kann dich mitnehmen. Dann musst du nicht zu Fuß den Berg hoch. Stimmt was nicht, Aliye? Hat der Händler die Fliege nicht zurückgenommen?«

»Hat er nicht, der gemeine Fanatiker! Von dem Geld wollte ich den Studenten, die uns das Haus wieder aufbauen, was zu essen kaufen.«

»Gib sie mir, mein Bruder heiratet demnächst, da kann ich sie gut gebrauchen. Hier sind hundert Lira.«

»Nichts da.«

»Jetzt gib sie schon her! Und nimm das Geld. So viel kosten zwei Zigaretten, was ist schon dabei!«

»Gut, dann nimm sie eben. Aber dein Geld behältst du gefälligst. Die Fliege ist mein Hochzeitsgeschenk. Hier!«

»Um die Studenten brauchst du dir keine Sorgen zu machen. Die meisten sind doch reich und kriegen schon genug zu essen.«

»Na und? Anstrengen müssen sie sich trotzdem. Übrigens steige ich hier aus. Ich muss noch beim Krämer vorbei.«

Teslim tickt wohl nicht mehr ganz richtig. Zwei Zigaretten! Bezahlen wir einander inzwischen? In Mustafas Laden riecht es säuerlich nach Dosenkäse.

»Schön, dich zu sehen, Aliye. Du, das mit eurem Haus tut mir leid. Braucht ihr irgendetwas?«

»Na ja, ein paar von Hüseyins Freunden wollen kommen, um das Haus wieder aufzubauen ...«

»Soll ich dir Brot und Oliven für sie einpacken?«

»Ich habe bloß keine Marken mehr, Mustafa.«

»Das macht doch nichts, was denkst du denn von mir? Schwamm drüber! Mein Lehrling bringt dir die Sachen, dann musst du sie nicht selber schleppen. Eigentlich kannst du froh sein! Bisher hattet ihr eine Außentoilette, jetzt wird sie nach drinnen verlegt. Das Gecekondu wird modern!«

Wir lachen, und ich fühle mich nicht mehr ganz so leer.

Bercuhis Lied will mir einfach nicht mehr aus dem Kopf. Vielleicht soll ich doch Hasan fragen, wie es weiterging.

*Seine Rose ist im Glas ...* Und dann? *Schicksal, trägst die Berge ab ... Lässt uns klagen nicht zu knapp ...*

»Atmet er? Sag doch was, Hüseyin! Lebt er?«

Als ich das in den Brunnen hineinschrie, brach es mir das Herz. Und es ist nie mehr ganz zusammengewachsen.

»Er atmet, Hasan! Komm, mein tapferer Junge, wir klettern jetzt hoch. Zieh, Hasan, zieh!«

Vielleicht ist der Junge ja damals so geworden. Er hat vor lauter Angst nicht einmal geweint. Aliye hätte mich sofort verlassen, wenn sie gehört hätte, dass er in den Brunnen gefallen war.

»Wir verraten nichts der Mama, okay, mein Junge? Hüseyin, ich bitte dich, du darfst Aliye auch nichts sagen.«

»Warte mal, Hasan. Hast du Wasser geschluckt, Ali? Das muss raus! Mach mal den Mund auf, Großer. Ich stecke jetzt meinen Finger rein, hab keine Angst!«

Der Junge hat einen schwarzen Klumpen Dreck ausgekotzt, aber trotzdem hat er seiner Mutter nichts gesagt. Seit dem Tag spricht er fast überhaupt nicht mehr.

Der Tag, an dem Ali in den Brunnen gefallen ist, zieht vor meinem inneren Auge vorüber wie im Kino, als ich höre, wie Aydın den Fachleuten aus seiner Abteilung die Geschichte von Amtsleiter İcen Bey erzählt. Ich bin gerade dabei, in der Behörde Teegläser zu verteilen.

»Die hatten also Traubensirup in so einem großen Tontopf, und von dem hat die Familie den ganzen Winter über immer wieder genascht. Der Sirup war dermaßen süß und lecker, dass sie den Topf am Ende umgekippt haben, um auch noch den letzten Rest herausfließen zu lassen. Und was sahen sie da?« Alle haben gespannt die Augen aufgesperrt. »Auf dem Boden lag eine Ratte!«

»Mach keinen Scheiß!«

»Oh, oh!« Ekel allenthalben.

Aydın lacht. »Stellt euch vor, was für ein Schock das war! Da hast du einen ganzen Winter von dem Zeug gegessen und dann …« Aydın Bey wendet sich mir zu. »Tolle Geschichte, was, Hasan?«

Ich nehme meine Mütze ab und setze mich. Ich bin eh schon niedergeschlagen wegen des Hauses. »Wenn euer Faschist nicht da ist, erzähle ich auch mal eine Geschichte.«

»Der ist weg, Hasan. Ist zur Moschee gegangen, mit seinen Betbrüdern.«

»Gut. Also, da, wo ich herkomme, gibt es die *çîrokvan*, das sind Männer, die als fahrende Sänger über Land ziehen. Sie übernachten mal in diesem, mal in jenem Dorf und tragen Gedichte vor. Außerdem können sie die Zukunft voraussagen. So jemand kam eines Tages auch in unser bescheidenes Heim. Eines seiner Augen war blind und hatte einen blauen Schleier. Ich war noch klein und hatte Angst vor dem Mann. Aber meine Mutter wollte sich von ihm wahrsagen lassen. Ob die Herde bald Junge werfen würde, ob sie selbst im Frühjahr ein Baby bekäme und ob es ein Sohn sein würde. Dabei waren wir ohnehin schon genug und hatten kaum zu essen. Meine Mutter stellte also Fragen über Fragen, und der *çîrokvan* starrte mit seinem blauen Auge in die Luft. Schließlich sagte er: ›Legen Sie den Brunnen trocken, trinken Sie sein Wasser nicht.‹ Wir hatten nämlich einen Brunnen im Garten, was eigentlich ein großer Segen war. Mit gesenktem Blick fügte der *çîrokvan* hinzu: ›Es liegen Leichen darin. In diesen Brunnen haben sie die Armenier geworfen, die aus Elazığ vertrieben wurden. Trinken Sie sein Wasser nicht.‹

Meine Mutter – Gott hab sie selig – zündete vierzig Tage lang Kerzen am Brunnenrand an, um für die Toten zu trauern. Jahrelang hatten wir von dem Wasser getrunken, aber seit jenem Tag musste meine Mutter sich ständig übergeben.«

Alle zünden sich Zigaretten an. Außerdem scheint die Sonne in den verqualmten Raum, und es wird noch stickiger. »Nimm auch eine.« Aydın hält mir seine Schachtel hin, und da überkommt es mich zu sagen, was ich nicht hätte sagen sollen: »Unser Haus wurde niedergebrannt.«

»Wer, wie, was?«, fragt Aydın. Ich sage: »Alles liegt in Schutt und Asche.« Daraufhin erklärt er mir, er hätte gerade einen Kronleuchter gekauft und also kein Geld.

»Was denn für Geld, Aydın! Ich habe dir doch nur von meinen Sorgen erzählt, weil ich dich als meinen Freund betrachte. Geteiltes Leid ist halbes Leid.«

»Du hättest dir heute wenigstens freinehmen sollen!«

»Wie das? Wenn ich einen Tag nicht komme, setzen sie mich kurzerhand vor die Tür, die rechten Arschlöcher. Und meine Frau verdient ja nichts.«

Die anderen reden durcheinander: »Die CHP ist wirklich zu nichts zu gebrauchen. Ecevit hat gesagt: ›In der Türkei geht es zu wie unter den Nazis.‹«

»Ja, und was tut er? Die Leute metzeln einander nieder. ›Sammle die Kräfte der Demokratie und tritt hinaus auf die Straße.‹«

»Jetzt, wo Gün Sazak erschossen wurde, wird alles noch chaotischer.«

»Wie soll es denn noch chaotischer werden? Die haben einen linken Polizisten getötet und seinem zwölfjährigen Sohn einen Nackenschuss verpasst. Sie mähen die Studenten einen nach dem anderen nieder, die Mistkerle.«

»Meine Herren«, sage ich, auch wenn ich das besser gelassen hätte, »Ecevit war unsere Hoffnung, jetzt ist er unser Albtraum. Er taugt weder für die Regierung noch für die Opposition!«

Da beugt sich Aydın zu mir und fragt: »Deine Frau arbeitet nicht?«

»Na ja, sie würde ja schon gerne, aber …«, erwidere ich und sage schnell: »Ich hole neuen Tee, willst du auch welchen?«

Während ich so davongehe und das Tablett schwenke, kommt mir plötzlich das Volkslied in den Sinn, das die Armenierin in unserem Dorf immer gesungen hat.

*Schicksal, trägst die Berge ab / Lässt uns klagen nicht zu knapp / Nun zerstörst du mir mein Nest / Eh mein Junge flügge ist …*

Wie fing das denn gleich wieder an? Aliye wüsste es wahrscheinlich, aber ich kann sie schlecht nach Volksliedern fragen, wo unser Haus abgebrannt ist! Wenn wenigstens die Versammlung und die Verlobung heute Abend unfallfrei über die Bühne gegangen wären …

# 3. KAPITEL
# Gehen wir früh schlafen, stehen wir früh auf

## Abends müssen wir früh ins Bett
*Kurtuluş*

»Samim, frag Aydın doch mal, wen er mit nach Hause bringen will.«

Wir sitzen auf der Terrasse von Samim und Ayla. Es ist sehr schön hier. Weil sie gerade erst eingezogen sind, haben sie noch keine Sessel, aber »sie sind ja auch verliebt und brauchen deshalb keine«. Sie arbeiten beim Türkischen Rundfunk TRT. Ayla will mich den Kindern aus dem Radio vorstellen. Aber jetzt reden sie gerade über Politik. Bei Jale Hanım läuft das Lied *Wir sind jung und lebensfroh*. Meine Eltern mögen es nicht, aber ich finde es toll. Wenn die Erwachsenen über Politik reden, ist mir nämlich langweilig.

Papa: »Das schaukelt sich alles immer weiter hoch. Der Mord an Gün Sazak war nicht umsonst.«

Ayla: »Im Parlament geht auch nichts mehr voran. Beim wievielten Durchgang der Präsidentenwahl sind wir jetzt inzwischen?«

Mama: »Man verliert den Überblick! Heute hat jemand achthundert Gurken ans Parlament geliefert, und die Herren Abgeordneten von der CHP haben sie im Plenum verteilt. Niemand hat abgelehnt. Die sind selber Gurken.«

Samim: »Aber so richtig schlimm ist es auf der Straße.«

Samim lacht eigentlich immer, aber wenn von Faschisten die Rede ist, runzelt er die Stirn und sagt nichts. Ich finde Samim hübsch.

»Papa! Warum sagt Jale Hanım zu russischem Salat amerikanischer Salat?«, frage ich, aber er gibt mir keine Antwort.

Mama ist sauer auf Papa, weil er einen Kronleuchter mit nach Hause gebracht hat. Weil er nämlich davor schon »diese kitschigen Bettbezüge« angeschleppt hat. Darum sagt sie jetzt: »Samim, frag Aydın doch mal, wen er mit nach Hause bringen will. Als wäre dieser spießige Kronleuchter nicht genug!«

»Mensch, Sevgi.« Wenn andere dabei sind, lachen Mama und Papa sogar, wenn sie eigentlich sauer sind.

»Erzähl es ruhig, Aydın. Der feine Herr möchte sich nämlich eine *Putzfrau* zulegen.«

»Es ist doch nur, weil denen das Haus abgebrannt ist und er kein Geld annimmt. Unserem Bürodiener haben sie nämlich das Haus angezündet. Und da dachte ich …«

Samim lacht. »Die Wege zum Kleinbürgertum sind mit besonders dekorativen Steinen gepflastert. Wie sagte unser Krämer immer? ›Nimm dich vor den kleinen Bürgern in Acht, Samim!‹ Aber das mit dem Kronleuchter war doch gut. Jetzt könnt ihr uns eure alte Lampe schenken. Zwecks Übertragung jenes revolutionären Erbes, das ihr habt verwaisen lassen!«

Weil Samim so hübsch ist und weil er jeden zum Lachen bringt, wenn über Politik geredet wird, mag Ayla ihn sehr. Jetzt sagt sie: »Samim, die Flaschen stehen bereit. Du kannst den Alkohol erhitzen.«

Samim nimmt mich auf den Arm. Er ist lustig. »Komm, Mädchen! Lass uns Wodka brennen. Du auch, Aydın, na los!«

Papa ist gerne bei Samim und Ayla. Weil Mama dann immer nur aus Spaß sauer ist. Und wenn sie doch in echt sauer ist, kann Papa gleich mit Samim reden. »Ich habe immer noch nicht begriffen, was ihr mit dem ganzen Wodka wollt.«

Ayla wirft ihre Haare zurück und zündet sich eine Zigarette an; ich finde sie auch sehr schön. Außerdem hat sie einen ganz besonderen Geruch. Weil Samim und sie sich dauernd küssen, riecht sie irgendwie fröhlich und ein bisschen unanständig. Samim hebt mich hoch. Er riecht nach Abenteuer, nach galoppierenden Pferden.

»Samim, warum sagt Jale Hanım zu russischem Salat …«

»Weil sie bei *Dallas* zu J. R. hält, meine liebe Ayşe!«

»Und zu wem halten wir?«

»Die, zu denen wir halten, werden im Fernsehen nicht gezeigt. Komm, wir gehen in die Küche, um zu zaubern.«

Mama und Ayla sind auf der Terrasse geblieben, Samim und Papa zaubern in der Küche, und ich stehe in der Tür. Weil ich da alle sehen kann und nichts verpasse.

»… das machen wir, sobald der Alkohol den Siedepunkt erreicht. Du, Aydın, die haben in Moskau phantastische Vorbereitungen für die Olympiade geleistet. Ich zeige dir die Bilder gleich. Habe ich extra für euch aus den Resten vom Montagetisch zusammengeschnippelt. Samim, der Sultan der herausgeschnittenen Bilder! Habe ich dir von den Schnittresten aus Maraş erzählt? Von den Sachen, die TRT nicht gesendet hat? Weißt du, dass sie manche Bilder sogar verbrennen?«

Mama und Ayla sitzen am Tisch und haben die Beine übereinandergeschlagen. Wenn sie ihre Zigaretten in den Aschenbecher drücken, sehen ihre Hände aus wie Vögel, die Futter aufpicken.

»Ayla, warum bittet ihr euren Vermieter nicht, dass er euch dieses Zimmer aufschließt?«

Ayla spielt mit ihren Haaren und lehnt sich zurück. »Wozu? Wir brauchen es doch gar nicht.«

»Vielleicht kommt ja irgendwann ein Baby. Was ist denn überhaupt darin?«

»Öh, gar nichts. Was ich dir noch erzählen wollte, dieses Restaurant Hülya in Çankaya …«

Mama rutscht auf ihrem Stuhl rum und nimmt die Arme vom Tisch.

»Ich wollte es dir nur sagen. Unsere Leute vom Rundfunk gehen da oft hin, Sevgi.«

»Es ist nicht so, wie du denkst, Ayla. Ömer ist ein alter Freund. Er hat mir nur …«

»Keine Angst, ich wollte dir nichts unterstellen …«

Jetzt schweigen sie.

Ayla kaut an ihrer Lippe, dann versucht sie zu lachen. »Jetzt ist wirklich nicht die richtige Zeit für ein Baby! Bei dem Gemetzel da draußen.«

Manchmal antwortet Mama einfach nicht. Bei Papa macht sie es genauso.

»Sevgi, ihr konntet früher nachdenken, konntet kreativ sein. Jetzt versuchen die Menschen nur noch, am Leben zu bleiben.«

Als Mama endlich was sagt, haben sie ihre Zigaretten gerade wieder ausgedrückt. »Wo bloß die ganzen Waffen herkommen …«

»Selbst wenn man die Zeit hätte zu reden, würden einem doch die Worte fehlen. Heute sind schon wieder …«

Samim stellt sich neben mich und streichelt meinen Kopf. »Sevgi, nötigst du meiner Frau etwa politische Selbstkritik ab? Wir brauchen euch, dein Mann kriegt nämlich überhaupt nichts hin!«

Ayla und Mama rauchen jetzt an der Küchentür.

»Ich habe Sevgi nur erzählt, dass bei TRT heute drei weitere Wörter das Zeitliche gesegnet haben.«

»Und wer sind die Verstorbenen, meine liebe Frau?«

»›Relativ‹, ›inspizieren‹ und ›kritisch‹ wurden aus den Ansagetexten gestrichen.«

»Bei uns in der Planungsbehörde ist es das Gleiche. Die Berichte, die wir schreiben, kommen aus den oberen Etagen bunt wie ein Blumengarten zurück. Sogar ›Chance‹ ist anrüchig, man muss ›Möglichkeit‹ sagen, und statt ›exemplarisch‹ heißt es jetzt ›beispielhaft‹. Und wie ist das bei euch im Parlament, Sevgi?«

Mama antwortet Papa nicht, sie fragt Ayla: »Was sollen wir denn statt ›inspizieren‹ sagen?«

»Sevgi, hör auf, meine Frau zu inspizieren, und halt um Gottes willen den Topf fest!«

Samim hat eine Zigarette im Mundwinkel. Er stellt sich auf einen Stuhl. »Schau, Ayşe, wie wir aus den russischen Klassikern wissen, ist beim Wodka das Wasser das Wichtigste. Es muss viel Sauerstoff enthalten. Was das heißen soll? Wir waren doch mal bei dem Staudamm von Çubuk, da fällt das Wasser von oben herab und nimmt dabei Sauerstoff auf; es holt also sozusagen tief Luft. Deshalb gießen wir jetzt auch von ganz weit oben, damit das Wasser tief Luft holen kann und …« Ich glaube, dass Samim das alles nur macht, um mich zum Lachen zu bringen. »Aydın, schau du doch mal nach, ob der Alkohol schon heiß genug ist. Na gut, dann springe ich jetzt eben elegant vom Stuhl und schaue selber nach, weil unser Aydın von solchen Dingen offensichtlich keine Ahnung hat. Jawohl, der Alkohol ist heiß genug. Nun, meine liebe Ayşe, sind wir beim Hokuspokus-Teil der ganzen Sache angekommen. Du gehst jetzt mal zur Tür zurück. Ja, da bleibst du stehen, du musst mir nämlich noch helfen.« Samim nimmt den Topfdeckel ab und zündet ein Streichholz an. »Nicht erschrecken, Ayşe. Jetzt!«

*Poffff!* Eine riesige Flamme schießt aus dem Topf, aber

Samim hält sofort den Deckel drauf. Er ist nicht mal zusammengezuckt.

»Zähl bis zehn, Ayşe! Eins, zwei, drei … zeeehn! Wir heben den Deckel hoch, dann werfen wir drei Stück Würfelzucker in unser Wasser, und deine Mama fügt zwei Tropfen Glyzerin hinzu. In unseren Trichter legen wir schön ordentlich den Kaffeefilter, den Samim aller politischen Kritik zum Trotz auf dem Amerikanischen Markt gekauft hat. Eigentlich müssten wir in den Filter Holzkohle füllen, aber weil wir keine kriegen konnten, benutzen wir das Magenmedikament Eucarbon, das wir uns in der Apotheke besorgt haben. Unser Land ist heutzutage nämlich dermaßen in den Fängen des Imperialismus, dass es nicht einmal mehr Holzkohle produzieren kann. Aydın, ich mache eure Tochter gerade mit revolutionärem Gedankengut vertraut, du hast doch nichts dagegen?«

»Sevgi«, sagt Papa, »dann sage ich Hasan, dass seine Frau kommen soll, in Ordnung?«

»Also gut, dann soll sie eben kommen.«

»Und an welchem Tag?«

»Donnerstag.«

»Soll ich Donnerstag sagen?«

»Sie soll einfach kommen. Ist schon okay.«

»Na, das ist ja gerade noch mal gut gegangen! Diese Klippe wäre umschifft.« Samim ist hübsch, wenn er lacht. »Unsere Aufgabe ist es, indem wir Wodka brennen, Wörter retten und so weiter, dem Leben die Tage zu stehlen. Du hast ihm jetzt zum Beispiel einen Donnerstag gestohlen, könnte man sagen! Aber wo ist eigentlich Ayla?«

Endlich lachen auch meine Eltern. Da hören wir von draußen: *Peng! Peng! Peng!*

»Wo ist Ayla?«

*Peng! Peng! Peng!*

»Eine Schießerei! Wo ist Ayla?«

Samim lässt alles stehen und liegen. Es hat geklingelt. Er rennt zur Tür. Mama versucht, mich festzuhalten, aber ich bin schon hinter Samim hergerannt. Als er die Tür aufmacht, sehe ich Mischa auf der Fußmatte!

»Mischa ist gekommen, Mama!«

Plötzlich steht Ayla hinter uns. »Na, so was! Mischa, der Olympiabär, ist gekommen. Extra wegen Ayşe!«

Samim umarmt Ayla. »Ayla! Als ich die Schüsse gehört habe …«

»Schon gut, Samim, beruhige dich. Ich wollte Ayşe überraschen und bin über die Terrasse …«

Ich nehme Mischa in den Arm. Er ist extra aus Moskau gekommen.

»Sevgi!«, ruft Oma aus dem Fenster. »Geht es euch gut, mein Kind?«

»Es geht uns gut, Mutter! Geh weg vom Fenster und mach es zu!« Dann sagt Mama leise: »Ja, es geht uns gut. Es geht uns sogar sehr gut!«

»Sehr gut mit Sternchen!«, rufe ich. Alle lachen.

Jale Hanım hat die Musik aufgedreht: *Halte, halte du mein Herz …* Weil sie ja zu J. R. hält.

Wenn die Studenten auf der Straße spielen, sind meine Eltern immer ganz aufgeregt. So wie ich, wenn ich zu doll schaukele. Als die Schüsse aufhören, stellt Samim seinen *Protektor* auf. Da laufen ganz viele Leute über einen riesigen Platz, mit Fahnen in den Händen. Das ist Moskau. Das Licht vom *Protektor* kommt mir sogar dann in die Augen, wenn ich sie zumache. Nicht so, wie wenn einem vor dem Mittagsschlaf die Sonne ins Gesicht scheint und einem dann diese Fische und Krabbeltiere in den Augen rumschwimmen. Wenn man erst ganz lange auf den *Protektor* und dann ins Dunkle schaut, sieht man ganz viele Lichter. Wenn man dann auf alle möglichen Sachen schaut und mit den Augen blinzelt, wird der ganze Himmel zu einem *Protektor*. Mischa der Bär riecht nach anderen Ländern. Wie das Landkartenzimmer in der Schule.

**Morgens müssen wir früh aufstehen**
*Seyranbağları*

»Hüseyin, frag Hasan doch bitte mal, wer in den Brunnen gefallen ist! Jetzt frag ihn schon!«

Gleich fangen sie an zu streiten. Dann wird es ganz laut. Zum Glück ist Hüseyin noch da.

Alles ist zu Ende. Die Verlobung ist zu Ende, und die Versammlung auch. Die aus Bademlidere haben nicht geschossen. Können wir jetzt schlafen gehen? Los, lasst uns schlafen gehen. Dann ist es endlich ruhig. Mir platzt gleich der Kopf!

~~

Kurz nachdem der Strom wieder angesprungen war, haben die jungen Frauen bei der Verlobung das Zeichen gegeben. Sie haben gesungen: *O mein Petr'oil, liebes Petr'oil!* Das heißt, die Polizei kommt.

Die Männer lauschten. »Wir müssen Schluss machen. Schnell, was sagst du, Genosse Hüseyin? Die Faschisten von Bademlidere sind ziemlich schwer bewaffnet. Mit den Revolvern kommen wir nicht gegen sie an. Können wir nicht deinen Verbindungsmann einschalten?«

Die Gaslampe leuchtete nicht mehr so hell. Wenn der weiße Glühstrumpf angezündet worden ist, darf man ihn nicht mehr berühren. Weil er sonst zerfällt.

Hüseyin spielte mit seinem Feuerzeug. »Was wollt ihr mir damit sagen, Genossen? Sollen wir jetzt Flugabwehrkanonen kaufen, oder was?« Hüseyin hat ein ganz besonderes Feuerzeug. Ein silbernes Ibelo. Wenn er nachdenkt, dreht er an dem Rad von seinem Feuerzeug.

»Hüseyin, wir haben zu wenig Munition.«

»Okay, das habe ich verstanden. Was brauchen wir sonst?«

»Wir brauchen zwei Tommy Guns.«

»Okay, okay. Ich frage nach. Und jetzt verteilt euch. Die Polizisten sind bald hier. Rechnet genau aus, wie viel wir dafür eintreiben müssen. Die Leute haben kaum noch was zu geben. Wir wollen nicht als Erpresser dastehen.«

»Die zünden unsere Häuser an! Wenn wir jetzt nicht stopp! sagen, schießen die uns alle über den Haufen.«

Die jungen Männer standen auf. Sie spielten mit ihren Schnurrbärten und gingen auseinander.

Die Frauen redeten mit den Polizisten. »Ja, wir feiern hier eine Verlobung!«

»In einem abgebrannten Haus? Was soll das für eine Verlobung sein?«

»Wir brauchten eben einen Ehemann, und wir brauchten ihn heute Nacht!«, sagte die schönste von den jungen Frauen. An Silvester hat sie ein Heft aus alten Blättern gemacht und mir geschenkt. Weil sie Hüseyin liebt, deswegen. Die anderen jungen Frauen zogen sie weg.

Der eine Polizist schob sich mit dem Schlagstock den Schirm von seiner Mütze aus dem Gesicht. »Es geht das Gerücht um, die Samsuner hätten das Haus angesteckt. Da ist nichts dran. Eure Männer sollen sich ruhig verhalten. Keine Späße wie neulich, als sie die Flagge auf dem Hügel hissen wollten. Wir sehen das alles, aber damit keine Unruhe aufkommt ... Wo sind die Männer überhaupt?«

Die schöne junge Frau rief: »Die sind zum Tennisclub gegangen!«

»Hör mal, ich bin ja ein geduldiger Mensch. Aber ihr erzählt mir was von einer Verlobung …«, sagte der Polizist. Bestimmt schlagen sie die schöne junge Frau gleich.

Da kam Dürüst, mit seinen weißen Haaren. Er ist eigentlich noch gar nicht so alt. Seine Haare sind weiß geworden, weil er beim »Memorandum 71« so oft gefoltert worden ist. Weil sie seinen Pipimann unter Strom gesetzt haben. Darum ist er verrückt geworden. Und weil er so viel nachdenkt. Er hat immer ein Buch dabei. Und Blumen. Er sammelt Blumen auf dem Friedhof, um sie den jungen Frauen zu schenken. Jetzt hielt er dem Polizisten eine hin. Hoffentlich schlägt der ihn nicht.

»Mensch, hör auf damit und geh arbeiten! Jedes Mal, wenn dieser Typ mich sieht, gibt er mir Blumen. Was soll das? Der hat sie doch nicht mehr alle!«

Die schöne junge Frau lief zu Dürüst, nahm die Blume und steckte sie sich in die Haare. Dann fasste sie Dürüst an der Hand und zog ihn ans Feuer.

Dürüst lächelte. »Macht ein Kind, mein Mädchen. Macht viele Kinder.«

Das sagt Dürüst immer. Sonst sagt er ziemlich wenig. Als die Polizisten weg waren, tauchten die Männer wieder auf. Sie bewegten sich jetzt anders, weil sie bei den Frauen waren. Sie machten ernste Gesichter, hatten aber überhaupt keine Angst. Das haben sie nie, wenn die Frauen dabei sind.

Die schöne junge Frau stemmte ihre Hände in die Hüften. »Also, wie wird's gemacht, Genossen?«

Hüseyin zog sie mit sich. »Ich erzähle es dir. Wart's ab!«

Mama setzte sich wieder ans Feuer. Sie sagte kein Wort, nur die älteren Frauen sprachen.

»Die gehen hier auf Streife, als wären sie so richtige Polizisten mit Mumm in den Knochen! Dann geht doch ins Viertel von den Samsunern, wenn ihr euch traut!«

»Ihr Mut reicht nur so weit wie das elektrische Licht, und dann auch nur für uns. Und da wundern sie sich, dass ihnen die Faschisten von Bademlidere auf der Nase herumtanzen!«

»Kommt, löschen wir das Feuer … Aliye, ihr könnt heute Nacht bei uns bleiben.«

Mama nickte. Als alle weg waren, fing sie an zu weinen. Dürüst saß am Feuer. Ihn bringt zum Schluss immer irgendjemand weg. Wohin sie ihn wohl bringen? Er hatte einen schwarzen Anzug an. Einen sehr alten Anzug. Er hat den Verstand verloren, weil er so viel nachdenkt.

~~

Endlich sind alle gegangen. Nur Hüseyin ist noch da, weil er Papa was sagen will. »Hasan, die Jungs meinen, dass …«

Mama geht durch das abgebrannte Haus. Papa und Hüseyin schauen zu ihr rüber, während sie reden.

»Ihr müsst das Viertel besser schützen.«

»Du hast recht, mein Freund. Aber was sollen wir tun?«

»Also, die Jungs und ich haben Folgendes beschlossen …«

Mama weint leise im Haus. »Mein hübscher Said …«, sagt sie. Said war mein Onkel, aber gesehen habe ich ihn nie.

»Wir haben uns auf zwei Tommy Guns geeinigt, Maschinenpistolen also.«

Als Mama in dem Aschehaufen laut seufzt, geht Papa zu ihr. »Aliye, steh auf! Steh auf! Wir bauen ein neues Haus. Ein viel schöneres! Und den Brunnen schütten wir zu. Dann fällt Ali auch nie wieder …«

Mama hört auf zu weinen. Ihre Augen werden ganz groß. »Was? Mein Ali ist in den Brunnen gefallen?« Sie schaut mich an. »Ali, mein Schatz, bist du in den Brunnen gefallen, mein Junge? Sag mir die Wahrheit, Hasan! Hast du das Kind in den Brunnen fallen lassen?«

Wir sagen nichts. Wenn Papa Angst hat, zündet er sich immer eine Zigarette an. Mama ist aufgestanden. So wütend habe ich sie noch nie gesehen. In diesem Moment sagt sie: »Hüseyin, frag Hasan doch bitte mal, wer in den Brunnen gefallen ist! Jetzt frag ihn schon!«

»Es ist doch nichts passiert, Aliye.«

»Hasan! Ist der Junge darum so?«

Wie bin ich denn?

Mama tritt das Feuer aus. »So, Hasan Efendi, damit hat sich unsere Abmachung wohl geändert. Du lässt das Kind in den Brunnen fallen und sagst nichts davon? Dann werde ich von jetzt an auch arbeiten. Ich brauche dein Gehalt nicht, das du sowieso nur der Gewerkschaft in den Rachen wirfst. Das wollen wir doch mal sehen. Ich werde mein eigenes Geld verdienen und mit dem Kind zu einem Arzt gehen! Und glaub ja nicht, dass ich dich um Erlaubnis bitten werde! Komm, Ali, wir gehen zu Nuran.« Sie fasst mich an der Hand und schreit: »Und komm mir bloß nicht hinterher, Hasan Efendi! Du kannst woanders schlafen! Hüseyin, nimm ihn mit, er soll mir heute Nacht nicht unter die Augen kommen!«

Papa tritt in die Asche.

Dürüst haben sie am Feuer vergessen. Er redet leise vor sich hin: »Lasst uns auf keinem Friedhof in der Mehrheit sein. Macht ein Kind, bevor ihr sterbt. Macht viele Kinder.«

Warum haben sie ihn vergessen? Ich gebe ihm eine Schnur, die er sich anschauen kann.

In der Nacht schlafe ich neben Hamit. Er tritt mich die ganze Zeit in die Seite. Ich schiebe ihn weg. In unserem Viertel leben sehr viele Menschen. Deswegen ist es hier immer so laut. Und niemand hat ein *Konservationslexikon*. Als der Morgen graut, schlafe ich ein.

# 4. KAPITEL
## Meine Stadt

**Wir lieben unsere Stadt**

»Sie sind da, Oma! Komm schnell! Sonst gehen sie wieder!«
Ich renne zur Tür. Unsere neue Haushaltshilfe hat nämlich ein Kind. »Putzfrau« sagt man nicht, das gehört sich nicht.

»Ayşe, sie hat ein Kind in deinem Alter.« Eine Freundin!
Papa ist sauer auf Oma, weil sie den ganzen Morgen schon die Wohnung putzt. »Nejla, wieso machst du denn jetzt sauber, wo doch unsere Haushaltshilfe kommt?«
»Sollen wir uns vor der Frau etwa blamieren, Aydın?«
Oma hat ein ganz rotes Gesicht, weil sie sich so angestrengt hat. Deswegen kann sie auch nicht so schnell die Tür aufmachen.
»Also wirklich, Ayşe! Warum sollten sie denn wieder gehen, mein Kind?« Oma greift nach dem Briefumschlag. Dann legt sie ihn wieder weg. In dem Umschlag steckt Geld. Oma hat nämlich zu Mama und Papa gesagt: »So geht das nicht, das gehört sich nicht. Man drückt einem doch nicht einfach so Geld in die Hand! Ich stecke es in einen Umschlag.«
Da geht endlich die Tür auf. Oh! … Ein Junge!

»Ali, wenn wir da jetzt gleich reingehen, sag am besten gar nichts, okay? Ich habe dich lieb.«

Wenn Mama so was sagt, dann hat sie Angst, das weiß ich. Sie drückt meine Hand so fest, dass es wehtut. Aber ich sage nichts. Ständig zupft sie an mir herum. Mein gutes Hemd hat sie zweimal mit Schmierseife gewaschen. Die Leute haben ein Kind. Und wenn es mit mir spielen will? Aber es gibt auch Bücher.

Die Tür geht auf … Oje! Ein Mädchen!

»Herzlich willkommen! Sie sind Aliye, nicht wahr? Und wie heißt du, junger Mann?«

Alle schauen mich an. Ich schaue Mama an. Warum hat sie meine Hand losgelassen? Das Mädchen brüllt: »Ich heiße Ayşe!«

Alle lachen.

Ich renne in mein Zimmer und schaue, ob er mir nachkommt. Tut er nicht. Klar, er ist ja ein Junge. Ich höre sie lachen. Oma sagt: »Ayşe hat sich sehr auf dich gefreut, junger Mann. Jetzt könnt ihr zusammen spielen.« Musste sie das unbedingt sagen?

Die alte Frau hat mich an der Schulter gefasst. Ich schaue Mama an. »Geh ruhig«, sagt sie, aber ganz leise. Das Mädchen hat sehr viele Bücher in ihrem Zimmer. Zehn Stück! Jetzt schreit sie wieder und hüpft auf ihrem Bett rum. Die ist bestimmt verrückt.

»Ich habe ganz viele Bücher. Ich habe *Ein Pfirsich,* ich habe *Tausend Pfirsiche* …«

Ich setze mich auf einen Stuhl. »Das ist das Gleiche. Es ist nur ein Buch.«

Jetzt hüpft sie nicht mehr. Aber sie schreit wieder. »Oma!«

Sie rennt aus dem Zimmer. Mit der alten Frau kommt sie

wieder. Die ist also ihre Oma. Sie hat einen Teller mit Börek dabei.

»Also, meine liebe Ayşe, schau, das ist Ali. Ihr spielt jetzt schön, solange Aliye und ich die Hausarbeit erledigen. Ali, magst du Börek?«

Das hat Oma gesagt. Ich finde diesen Jungen eigentlich sehr hübsch. Aber er ist zu dünn. Wahrscheinlich, weil er so arm ist. Und wie braun seine Haut ist! Während wir Börek essen, halte ich meinen Arm an seinen und lache, weil meiner so weiß ist. Er lacht nicht. »Ich kann noch keine Kleinbuchstaben lesen, und du? Die *Cumhuriyet* zum Beispiel kann ich nicht lesen. Kauft ihr die *Hafta Sonu*? Wir nicht, aber Jale Hanım schon. Und ihr?«

Das Mädchen redet zu viel. Mehr als Hamit der Lase. Jetzt flüstert sie mir ins Ohr: »Jale Hanım hält bei *Dallas* zu J.R.«

Was ist überhaupt die *Hafta Sonu*?

Sie springt wieder aufs Bett. »Sollen wir Music Hall spielen? Erst wäre ich die Sängerin und dann du. Warte mal kurz! Ich muss meinen Schleier holen.«

Sie ist schon wieder aus dem Zimmer gerannt. Die kann wohl nie stillhalten.

»So, jetzt muss ich den Schleier nur noch anziehen … und schon bin ich Seyyal Taner! Verehrte Zuschauer, Applaus für Seyyal Taner! *Hab mein Herz aus dem Dienst entlassen, wie nur konnte dieser Mann mich verlassen …*«

Sie springt vom Bett und hält mir den Schleier hin. »Hier, jetzt bist du Bülent Ersoy!«

Ich kann doch nicht nach Mama rufen.

»Na gut, dann bist du eben nicht Bülent Ersoy. Daaann … bist du Cem Karaca!«

Der Junge will nicht mit mir spielen. Soll er doch nach Hause gehen. Ich mag ihn sowieso nicht.

»Sollen wir uns die Polizeiwache anschauen? Die spielen da nämlich manchmal Spiele.«

Das Mädchen steht auf ihrem Bett und lehnt sich an die Fensterscheibe. Polizisten, die spielen? Ich will nach Hause.

»Komm her. So kannst du doch gar nichts sehen! Von hier siehst du was. Schau, da! Da sperren sie die Studenten ein, und die versuchen wieder rauszukommen. Dann werfe ich ihnen immer Kichererbsen zu. Aber heute sind keine Studenten da.«

Ali sieht traurig aus. Ich muss mir was einfallen lassen. Irgendwas Lustiges, um ihn zum Lachen zu bringen.

»Die spielen da keine Spiele«, sage ich. Ich glaube, das hat sie erschreckt. Jedenfalls hat sie aufgehört zu reden.

»Ayşe, mein Schatz, geht bitte ins Wohnzimmer, damit Aliye dein Zimmer putzen kann!«

Was soll das heißen, die spielen da keine Spiele? Was machen sie denn dann? Das sagt er bestimmt nur, weil er die Kichererbsen nicht so weit werfen kann wie ich.

Jetzt ist sie endlich ruhig. Alles ist ganz still. Ah! Hier gibt es ein ganzes Regal mit Büchern! »Habt ihr ein *Konservationslexikon?*«

»Und wenn? Kannst du überhaupt schon Kleinbuchstaben lesen?«

»Ja.«

»Es sind aber ganz kleine Kleinbuchstaben!«

»Trotzdem.«

»Aber ganz, ganz, ganz kleine Kleinbuchstaben! So winzig.« Sie presst ihren Daumen auf ihren Zeigefinger und wedelt vor meinem Gesicht herum. Ich glaube, sie spinnt ein bisschen.

»Na, dann lies mal vor, dann werden wir ja sehen! Hier ist nämlich das *Konservationslexikon*! Was sollen wir nachschlagen? Also, ich finde …«

»Ankara!«

»He!«

Ich habe ihr das Lexikon aus der Hand genommen. Aber sie redet schon wieder. Sie kann wohl nie den Mund halten.

»Weißt du was? Ich schwöre, dass ich auch gerade Ankara sagen wollte. Echt! Weil … weil …«

Jetzt stottert sie so wie ich. Warum sie wohl unter Ankara nachschlagen wollte? Ich habe wegen Hüseyin daran gedacht …

~~

Mama und ich haben schon zweimal bei Nuran übernachtet. Da hat Papa gesagt: »Gut, dann geh eben arbeiten. Aydın Bey braucht jemanden zum Saubermachen.«

Und Hüseyin hat laut gelacht und gesagt: »Der Widerstand hat also gesiegt, was, Aliye?«

Hüseyin ist mit uns nach Kurtuluş gefahren. »Wir können zusammen fahren, Aliye. Ich habe sowieso in der Gegend zu tun. Und dann weißt du den Weg.«

Die Leute im Dolmuş waren sehr müde. Ich schaute auf die Gebetskette am Handgelenk vom Fahrer. Immer wenn er einen anderen Gang einlegte, schaukelte sie hin und her. Im Dolmuş war es sehr laut. Es lief Musik, und alle redeten durcheinander.

»Er kann nicht den normalen Weg fahren, da wird demonstriert.«

»Streiken die immer noch?«

»Nicht deswegen. Da bauen sie die U-Bahn, das wird jahrelang eine Baustelle sein!«

»Mein Restgeld bitte, Herr Fahrer!«

Obwohl es laut ist, fahre ich gerne mit dem Dolmuş. Weil man da aus dem Fenster schauen kann. Wir waren jetzt in der Gegend mit den teuren Mietshäusern, das war eine ganz andere Stadt. An den Hauswänden stand: »Nieder mit dem Faschismus«. Hüseyin hatte eine Zeitschrift in der Hand. Die *Gong*. Aber dahinter hatte er eine andere Zeitschrift versteckt, hatte ich gesehen. Hüseyin drehte wieder an seinem Ibelo-Feuerzeug.

»Ali, in den Sommerferien musst du viel lesen, sonst verlernst du es noch. Versprochen, mein Großer? Kannst du lesen, was hier in Kleinbuchstaben steht?«

Eigentlich konnte ich es nicht lesen, weil der Dolmuş so ruckelte, aber wenn ich Hüseyin das gesagt hätte, hätte er noch geglaubt, ich könnte überhaupt nicht lesen. Dabei wurde mir davon schlecht.

»Niemand sollte aus dem Gedächtnis verl… verlie…«

»›Verlieren‹. Ja?«

»… verlieren, dass es keinen anderen Weg gibt, als das zu tun, was auch immer dieser Überlebenskampf erf…«

»›Erfordert‹. Bravo, mein Großer. Du liest gut. Aber mach weiter, sonst vergisst du es wieder.«

Hüseyin hatte sein Feuerzeug wieder eingesteckt. Ich fragte ihn: »Sind … sind … sind wir denn in einem Überlebenskampf, Hüseyin?«

Er streichelte mir über den Kopf und legte seinen Arm um mich, dann drückte er seinen Finger gegen die Scheibe. »Schau, Ali, in Ankara wird eine U-Bahn gebaut. Deshalb werden sie sehr tief graben. Was aber befindet sich in den Tiefen Ankaras?

Was, meinst du, kommt zum Vorschein, wenn Ankaras oberste Schicht abgetragen ist?«

Die Tiefen Ankaras? Was war das?

»Ich glaube, dass aus den Tiefen Ankaras sehr vieles zum Vorschein kommen wird, Ali. Der erste Zeltmast, den der erste Mann und die erste Frau, die vor Tausenden von Jahren in diese Steppe gelangten, dort aufpflanzten, weil sie den Wind vor dem mittäglichen Regenschauer für ein Zeichen hielten. Die irdenen Töpfe jenes Mannes, der den Spatz in der Hand der Taube auf dem Dach vorzog. Oder die Kelche, aus denen ein römischer Herr seinen Wein trank, nachdem er, im Reich in Ungnade gefallen, in die Steppe gekommen war, um dort zwei improvisierte Säulen errichten zu lassen und sich des Lebens zu freuen, während sein Thron geschleift wurde. Ankara ist der Ort, wo zum ersten und letzten Mal ein osmanischer Sultan gefangen genommen wurde, wusstest du das, Ali? Irgendwo muss hier noch die Asche aus der Haschischpfeife liegen, die Tamerlan nach seinem Sieg über Sultan Bayezid I. rauchte. Außerdem die Mützen all jener Dorfbewohner, die mit gestempelten und unterschriebenen Papieren in den Händen über den Ulus-Platz irrten. Und die auf ihrem Weg zur Uni durchgelatschten Schuhe all der jungen Leute, die in kratzigen Unterhosen davon träumten, Kernphysiker zu werden, und die gefangen waren zwischen den Sternen und den von Fliegen heimgesuchten Kindern ihres Dorfes. Dann die Lebensmittelkarten aus dem Zweiten Weltkrieg von Ärzten, Lehrern und Buchhaltern, die allesamt Gedichte verfassten, mit denen sie das Land zu retten hofften. Schreibmaschinen, Hektographen und bleierne Lettern, mit denen über die Befreiung dieses Landes geschrieben wurde, liegen dort vermengt mit Schnipseln der Erotikfilme aus dem Yeni Maltepe und den Schalen der Kürbiskerne, die während dieser Filme gegessen wurden. Die Reste von Barrikaden, gegen die römischen Imperatoren errichtet aus Büchern über Verfassungs- und Verwaltungsrecht, die voller Hoffnung aufgesetzten, doch niemals abgeschickten Briefe aus der Provinz an Intellektuelle, die sich, von den Menschen hierzulande enttäuscht, im Bosporus ertränkten, die Trommelstöcke von Mädchen einer Musikkapelle, die bei Tausenden offizieller Paraden stets denselben Weg zurücklegte, und die Mandolinenplektren von Kindern der Dorfinstitute. Die Koranausgaben, die unsereiner in dem vergeblichen Bestreben studierte, ›die Leute zu verstehen, ehe wir ihnen etwas beibringen können‹. Das alles wird zum Vorschein kommen, Ali. Genau wie die zerbrochenen Fingerhüte von Mädchen, die an der Hauswirtschaftsschule bordeauxroten Samt mit dem Halbmond und dem Stern der türkischen Fahne bestickten, und die zerschlissenen Zügel berittener Banditen, die vergeblich darauf hofften, in einem auf Waffenbruderschaft begründeten Land gleich und frei zu sein. Auch könnten natürlich die Räder der Ochsenkarren aus dem Befreiungskrieg gleich neben den geplatzten Gummireifen liegen, die wir immer verbrennen. Die Hörner, aus denen die Kelten, die es hierher verschlagen hatte, Bier tranken, wenn sie das Meer vermissten, und die Knochen von Soldatenarmen und -beinen, amputiert an der militärmedizinischen Akademie von Gülhane. Die Scherben des von der arabischen Prinzessin Zenobia gegründeten Staates und die Knöpfe der Schuluniform von Nergis, die im Alter von zwölf Jahren an einem Nackenschuss starb. Die zerfetzten Flaggen der blutig niedergeschlagenen Aufstände gegen die osmanische Herrschaft. Vor allem aber einzelne Schuhe. Millionen Schuhe von den Bergarbeitern aus Zonguldak, von den Arbeitern der Union landwirtschaftlicher Absatzgenossenschaften aus Izmir, von Arbeitern, Bauern und Dienstwagenfahrern, und von

Frauen, die auf den Bällen der Republik nicht fanden, wonach sie suchten. Ich weiß nicht, haben sie euch das schon beigebracht? Ankara, das kommt von ›Anker‹. Stell dir vor, du machst dich mit einem Traum auf den Weg, und dann bist du plötzlich gezwungen, irgendwo vor Anker zu gehen. In der Stadt von König Midas, dessen Diener das Geheimnis der königlichen Eselsohren einer Grube anvertraute, woraufhin das Schilfrohr es in alle Winde flüsterte. Telefonnummern, Passfotos unserer Liebsten, gefälschte Ausweise, all das, was uns so aus den Taschen fällt, wenn wir gerufen haben: ›Der König hat Eselsohren!‹ und uns aus dem Staub machen müssen. Graben ist gefährlich, Ali.«

Hüseyin schwieg. Sein Arm lag auf meiner Schulter.

Ich fragte ihn: »Sind wir im Krieg, Hüseyin?«

Hüseyin schaute mich ganz komisch an.

Da fragte Mama, weil sie Hüseyin nicht zugehört hatte: »Was hast du eigentlich in Kurtuluş zu tun, Hüseyin?«

»Ich muss jemanden treffen.«

»Wegen der Knarren in unserem Kohlenkeller?«

»Mach dir keine Sorgen. Um die kümmere ich mich auch noch.«

Mama schaute Hüseyin ernst an. Hüseyin schaute zurück. Dann sagten sie nichts mehr.

»Also, ich finde Ankara total schön!«, rief ich.

Ich war auf den Couchtisch geklettert. Weil Jale Hanım mir nämlich auf die Nerven ging, und die Hausiererin auch. Was mussten die denn auch so lachen!

Als Oma fragte: »Wie viel gibt man denn einer Putzfrau?«, und Mama antwortete: »Woher soll ich das wissen?« und Papa es auch nicht wusste, bin ich mit Oma zu Jale Hanım gegangen.

»Jale, meine Liebe, wie viel gebt ihr eigentlich eurer …«

»Ah, Nejla, komm doch rein. Die Hausiererin ist gerade da, vielleicht finde ich ja was für Ferides Aussteuer. Willst du uns nicht Gesellschaft leisten?«

Jale Hanıms Wohnung riecht nach Tipitip-Kaugummi. Und nach Gekicher. Jale Hanım lacht nämlich die ganze Zeit. Und wenn sie mit ihren Stöckelhausschuhen läuft, wackelt ihr Po hin und her. Ihre Tochter Feride hat ganz lange Haare und kaut dauernd Kaugummi. Ich darf keinen Kaugummi kauen, weil Mama das Schmatzen nicht mag. Ferides Aussteuer riecht nach Seife, aber auch nach »Fass das nicht an, du machst es noch schmutzig«. Jetzt war gerade eine Hausiererin da. Die Hausiererinnen haben in ihren Bündeln viele Spitzen und Stoffe. Sie sitzen im Schneidersitz auf dem Boden und können aus Saubohnen wahrsagen. Das ist ein bisschen unheimlich. »Schauen Sie, Jale Hanım, das hier ist ein Fünferset für Couchtische, der große passt auf einen mittleren Couchtisch oder auf einen Teetisch. Die gibt es auch in Rosa, schauen Sie …«

Als die Hausiererin ihre Spitzen zeigte, duftete es im Wohnzimmer nach Rosen.

»Und schauen Sie, diese Babydecke, wie fein bestickt die ist. Mit Silber, schauen Sie, die gebe ich ganz billig her, es ist die letzte. Haben Sie von den Feiern anlässlich des Geburtstags des Propheten gehört? Dazu werden junge Frauen eingeladen, erst wird eine Prophetengeschichte vorgelesen, und dann erzählen sie alle möglichen Sachen. Erst behaupten sie: ›Wir lesen für Gotteslohn‹, und nachher wird gepredigt: ›Wenn ihr ohne Kopftuch herumlauft, werdet ihr in der Hölle brennen.‹ Die pensionierte Lehrerin gegenüber hat ganz schön über die geschimpft. Schauen Sie, und für die Aussteuer von der jungen Braut sollten Sie besser so eine Lochspitze nehmen, die ist heute modern. Davon gibt es auch Kissenbezüge, alles ein

Set. Hier in der Nachbarschaft treffen sie sich manchmal in der Wohnung von Şule Hanım. Das soll ja eine sehr gebildete Frau sein. Sie lesen bei ihr den Koran und danach reden sie darüber. Als ich neulich dort war, platzte doch tatsächlich der Mann von der einen rein! ›Was, du triffst dich mit diesen Radikalen?‹ Ich kann Ihnen sagen, der hat seine Frau regelrecht davongeschleift. Jale Hanım, schauen Sie, das sind die Kissenbezüge, alles ein Set …«

Auf dem Bücherregal von Jale Hanım lagen Spitzen. Alles ein Set. Es ist wichtig, dass alles immer ein Set ist. Wir haben keine Sets. Ich finde Sets schön, so schön wie Hochzeiten.

Im Regal stand das Buch *Der Gebetslehrer*, da betet ein Mädchen auf einem Teppich. Daneben das Kochbuch *Der goldene Teller* und das Buch *Unser Geschlechtsleben*, außerdem gab es noch Bücher aus der »Rosa Serie«. Da geht es um Liebe und so. Feride liest die. Sie sammeln Coupons, weil sie Ferien auf Zypern machen wollen. »Das Putzmittel Moderno bringt Sie nach Zypern!« Weil sie aus Deutschland orangene Kaffeetassen mit Goldrand bekommen hatten, standen die jetzt in ihrem Bücherregal. Staub lag nirgendwo, obwohl es hier immer danach riecht.

»Nejla, meine Liebe, der Bräutigam kommt doch aus Istanbul, und wenn ich für die Brautwerbung dahin fahre, sollte ich wohl besser was mitbringen. Ich dachte an Häkeldecken. Die sehen sehr vornehm aus, meinst du nicht?«

»Oh, du fährst nach Istanbul!« Wenn sie zu Jale Hanım kommt, passiert immer was mit Oma. Sie lacht irgendwie anders. Das macht mich ein bisschen wütend.

»Frag nicht, Nejla, in Istanbul haben sie viel besseres Wasser und viel bessere Luft. Da ist es nicht so grau wie hier. Außerdem kann man auf der Straße den ganzen Schauspielern begegnen. In Ankara gibt es überhaupt keine Prominenten.«

»Ja, ja …«

Ich fühlte mich einsam, weil Oma so seltsam war.

»Die Platanen in Istanbul sind so hoch, dass man ihre Spitzen nicht sehen kann. Na ja, aus osmanischer Zeit eben noch. Nicht wie diese mickrigen Maulbeerbäume in Ankara, sondern richtig majestätisch.«

»Ja, ja …«

Oma hatte mich vergessen. Wahrscheinlich hatte sie auch die Wohnung vergessen. Sie war genau wie Jale Hanım geworden.

Da rief ich: »Also, ich finde Ankara total schön!«

Sie sollten nicht so blöd lachen!

Jale Hanım lacht nämlich anders. Anders als wir. Papa lacht, als würde er Wasser trinken. Mama lacht, als kämen Vögel aus ihr raus. Oma lacht wie ein Tablett Börek. Samim lacht, als würden Pferde galoppieren. Ayla lacht wie Heidi, wenn Heidi den Berg runterrennt. Aber Jale Hanım lacht, als hätte der Lehrer, wenn alle sich in eine Reihe stellen müssen und geschlagen werden, nur sie nicht geschlagen.

~~

Das Mädchen redet und redet. Sie lässt mich nicht ins *Konservationslexikon* schauen.

»Ich finde Ankara schön. Und du?«

Vielleicht ist sie ja still, wenn ich ihr keine Antwort gebe. – Nein, ist sie nicht …

»Wie in *Ein Pfirsich, tausend Pfirsiche*, oder? Wo sie diesen Baum großziehen; der Baum gehört den Jungen, der Garten zwar nicht, aber der Baum schon, weil sie ihn großgezogen haben. Stimmt's?«

»Ja.«

»Und weil wir Ankara lieben, gehört es auch uns. Weil wir es großgezogen haben, oder?«

»Ja.«

»Sollen wir raus auf den Balkon und auf die Straße schauen?«

Wir gehen auf den Balkon. Jetzt lehnen wir uns gegen das Gitter.

Das Mädchen flüstert mir ins Ohr: »Sollen wir Freunde sein?«

Hüseyin! Da unten rennt Hüseyin vorbei! Er rennt und schaut nach rechts und links. Ich kann ihm nichts zurufen. Schau zu mir, Hüseyin! Lauf nicht weg. Das Mädchen redet immer noch.

»Wenn man die Gitterstäbe anfasst, riechen die Hände nach Eisen, findest du nicht?«

Ich gebe ihr eine Schnur. Damit sie vielleicht mal still ist. Fast wäre mir die Liste aus der Tasche gefallen. Ist sie aber nicht. Ich habe ihr die goldene Schnur gegeben. Sie freut sich. Sie wickelt die Schnur um ihren Finger und macht sich einen Ring daraus. Mädchen sind eben anders.

Oma hat Nudeln mit Hackfleischsoße zum Mittagessen gemacht. Ich gebe Ali den Teller, auf dem mehr ist. Ich muss ihm noch erklären, welches Spiel die bei der Wache immer spielen. Das hat er nicht verstanden.

Das Mädchen hat mir den Teller gegeben, auf dem mehr Nudeln sind. Da habe ich ihr von meinem Hackfleisch gegeben, als gerade keiner hingeschaut hat. Das wäre ja sonst unfair.

Als Jale Hanım das Fenster aufmacht, hören wir das Lied:

*Wir beide sind der Zweig des blühenden Rosensprosses …*

Ali kennt andere Lieder, aber er will mir keins vorsingen.

Das Mädchen war ein bisschen traurig, als ich ihr die goldene Schnur wieder abgenommen habe. Auf der Rückfahrt steigen Mama und ich beim Gima aus. Da gibt es das Fleisch aus *Wickie und die starken Männer*. Davon kaufen wir ein bisschen. Wir kaufen auch ein bisschen Hähnchenhals. Mama weint ein bisschen. Freudentränen, sagt sie. Weil sie Geld verdient hat. Ich sage Mama nicht, dass ich Hüseyin gesehen habe. Ich sage ihr auch nicht, dass Hüseyin gerannt ist und dass er vielleicht Angst hatte. Wenn ich diesem Mädchen von unserem Viertel und von Hüseyin erzähle, würde sie sowieso nichts verstehen. Ayşe heißt sie.

# 5. KAPITEL

## Unsere Freunde, die Tiere

### Ayşe im Parlament

»Sevgi Hanım, ich kann mich zwar nicht so gut ausdrücken wie Sie, aber … *Ich streu Rosen, sogar für meinen Feind,* wie es bei Sezai Karakoç heißt. Ich meine …«

Muzaffer ist mir ein bisschen unheimlich mit seinen Augen, die hinter den braunen Brillengläsern so klein sind wie Läuse. Von den Leuten im Parlament mag ich am wenigsten Abdullah Bey, und danach Muzaffer. Er hat immer zu kurze Hosen an. »Damit er sich vor dem Beten besser die Füße waschen kann.« Eigentlich mögen wir ihn nicht, aber weil Mama ihn jetzt so anschaut, als würden wir ihn doch mögen, bin ich sauer. Darum trete ich Muzaffer unten im Archiv. Weil er Mama Angst gemacht hat. Glaube ich jedenfalls.

Vorher waren wir aber oben, in der Bibliothek. Mama hat gerufen: »Ich gehe selbst ins Archiv.« Weil da so ein Mann gekommen war: »Der Wichtigtuer von der CHP.«

»Sevgi Hanım, ich brauche die Zeitungsausschnitte zu den Vorfällen in Maraş 1978. Lassen Sie die aus dem Archiv kommen. Und dann muss ich noch wissen, wie oft seitdem in Ankara der Ausnahmezustand verlängert wurde. Lassen Sie das prüfen.«

Zuerst hat Mama gesagt: »Ich gehe selbst ins Archiv«, und

dann hat sie geschimpft. »Als würde der Herr General im Restaurant einen Ayran bestellen! Hat dieser Modus überhaupt einen Namen, Nazlı?«

Nazlı ist, weil sie gerade erst angefangen hat, *Pratikantin*. Mama war so wütend, dass ihre Adern am Hals ganz dick wurden. »Lassen Sie machen, lassen Sie tun! Der ›Ich befehle dir, jemand anderem was zu befehlen‹-Modus. Der doppelte osmanische Imperativ. Hat die Ausrufung der Republik offenbar unbeschadet überstanden!«

Mama hatte einen Briefumschlag in der Hand. Einen gelben. Ich hatte gesehen, wie sie ihn heimlich aus ihrer Handtasche geholt hat.

Abdullah Bey schaute sich seine Honiggläser unter dem Tisch an. Aber ich redete nicht mit ihm, weil wir ihn nämlich nicht mögen.

Da kam eine von Mamas Kolleginnen. »Sevgi, wir gehen in der Mittagspause in den Gençlik-Park. Wir wollen zu der Wahrsagerin. Und falls du deine Nylonstrümpfe dabeihast, entfernt uns die Näherin in Ulus noch die Laufmaschen.«

Das hörte Ali Rıza Bey, der Direktor. Den mögen wir sehr. Er ist nämlich »einer von uns«. »Wenn Sie in Ulus zum Markt gehen, werte Damen, könnten Sie doch im Büro meines ehemaligen Lehrers Rasim vorbeischauen und die *Cin-Ali*-Bände kaufen. Den hätte ich nämlich gern im Parlamentsarchiv.«

*Cin Ali!* Ich freute mich, und Mama lachte.

»Was ist denn, Sevgi Hanım? Gehört *Cin Ali* etwa nicht ins Archiv der türkischen Republik? Rasim Beys Kinderbuchfigur sieht vielleicht ein bisschen abgemagert aus, hat aber doch einiges auf dem Kasten! Ob im Zirkus oder im Zoo, ganzen Generationen hat er schon das Lesen beigebracht! Nicht wahr, Ayşe? Kaufen wir *Cin Ali* für die Bibliothek?«

»Ja, kaufen wir!«, rief ich. Alle lachten.

Auch Mama freute sich ein bisschen. »Richtig, Ali Rıza Bey. Cin Ali, das Strichmännchen, Idol für die Kinder dieses gebeutelten Landes – ist doch klar, dass wir den brauchen!«

Da kam Muzaffer rein. Er trug wie immer eine grüne Hose. Sein Schnurrbart sieht ganz anders aus als der von Papa, viel schmaler und dünner. Ich glaube, deswegen mögen wir ihn nicht.

Ali Rıza Bey war plötzlich nicht mehr so freundlich. »Ah, Muzaffer, komm doch mal her. Wenn du die Zeitungsseiten auf Mikrofilm ziehst, warum packst du dann immer mit dem Finger darauf? Auf allen Zeitungsnegativen im Archiv ist dein Finger! Machst du das eigentlich absichtlich?«

»Soll nicht wieder vorkommen, Herr Direktor, bitte nehmen Sie es mir nicht übel«, sagte Muzaffer und sah dabei aus wie Salim, der als Letzter in unserer Klasse lesen gelernt hat. Da schaute Mama ihn an, als hätte sie Mitleid mit ihm. Darum sagte sie mit fröhlicher Stimme: »Also, ich finde das toll, Herr Direktor. Wir sollten alle unsere Finger auf Mikrofilm verewigen.«

Ali Rıza Bey guckte jetzt wie der Lehrer von der 1 B, der die Schüler manchmal schlägt. »Nichts da! Es reicht, wenn Muzaffer in die Gemeinschaft unvergessener Archivare eingeht! Was machen Sie eigentlich hier, wollten Sie nicht das Kind zum Arzt bringen?«

Als alle wieder draußen waren, griff Mama nach dem gelben Umschlag. Und als Abdullah Bey gerade wieder seine Honiggläser zählte, nahm Mama mich an der Hand, und wir gingen aus dem Büro.

»Mama, bin ich krank?«

»Erst mal gehen wir ins Archiv. Aber du machst da keinen Mucks. Versprochen, meine Tochter?«

Mama und ich hatten jetzt ein Geheimnis. Weil sie nämlich »meine Tochter« gesagt hat. Vielleicht würden wir ein Abenteuer erleben!

Ich liebe das Archiv. Wie immer sagte Mama zu mir: »Hier wird alles aufbewahrt, Ayşe, damit du und alle anderen Kinder, wenn ihr groß seid, erfahrt, was wir so getan haben! Damit ihr euch daran erinnert und es nicht vergesst!« Und damit auch alles reinpasst, ist das Archiv sehr groß, und die Schränke sind ganz hoch. Sogar Mama sah klitzeklein aus. Ich würde Ali vom Archiv erzählen, weil er ja nicht selber hierherkommen konnte!

»Mama, was nicht vergessen und sich daran erinnern, das ist das Gleiche, oder?«

Mama guckte verwirrt. Wie so oft, wenn ich schwierige Fragen stelle. »Eigentlich ... na ja ... ich glaube nicht ... das erkläre ich dir ein anderes Mal.« Dann streichelte sie meine Wange. »Ich bin gespannt, an was du dich erinnern und was du nicht vergessen wirst!«

Dann ließ sie mich allein. Ich strich mit den Fingern über die Bücher. Erwachsenenbücher riechen anders als Kinderbücher. Ein bisschen schwarz riechen sie. Und ernst. Von den Erwachsenenbüchern konnte ich nur die Titel lesen. Ali kann vielleicht sogar lesen, was drinsteht. Wenn Ali ganz viele Bücher liest, wird er sehr klug. Dann verwandelt er sich in Cin Ali. Er hat mir einen Ring geschenkt! Na ja, ich habe ihn selber gemacht. Aber trotzdem könnte man sagen, er hat ihn mir geschenkt.

Mama hatte den gelben Umschlag jetzt hinter die Haf... Haf-ta ... hinter die *Hafta Sonu* gelegt. Die Zeitung von Jale Hanım! Aber die mögen wir doch gar nicht. Liest Mama etwa heimlich die *Hafta Sonu*?

Sie hatte noch einen anderen Umschlag dabei. Den kannte

ich schon! Von zu Hause! Er hatte in der Schublade mit Mamas Unterhosen gelegen. Da hatte ich ihn gesehen. Es waren Briefe darin, die ich nicht lesen konnte, weil sie mit der Hand geschrieben waren. Mit grüner Tinte. Auf dem Umschlag stand »ERLEDIGT«. Oma hatte ihn sich auch heimlich angeschaut. Sie denkt, ich wüsste nichts davon, aber ich habe genau gesehen, wie sie ihn sich angeschaut hat. Als Mama in der Küche gebratenes Gemüse machte, hat Oma ihr zugeflüstert: »Das sind doch Briefe von diesem jungen Mann, der neulich angerufen hat, von diesem Önder. Die darfst du nicht hierbehalten, Sevgi, sonst sieht Aydın sie noch.«

*Kawumm!* Die Archivtür ist zugeknallt! Mama hat einen Riesenschreck bekommen. »Ist da wer?«

»Sevgi Hanım, ich bin's, Muzaffer.«

Muzaffer ist mir richtig unheimlich.

»Ach so, du warst das!«

»Sevgi Hanım, ich muss Ihnen was sagen.«

»Einen Moment, die Register von 1978 und die CHP- …«

»Ich möchte mich nämlich bedanken. Dafür, dass Sie mich gerade beim Herrn Direktor verteidigt haben.«

»Aber das ist doch selbstver-«

»Bitte hören Sie mir nur kurz zu. Als ich zum ersten Mal meinen Finger auf Mikrofilm sah, gefiel mir das irgendwie. Wie soll ich sagen …« Muzaffer nimmt seine Brille von der Nase. Seine Augen sind viel größer, als ich gedacht hatte. »Es kam mir lustig vor, ihn so zu sehen. Als würde damit die Schusseligkeit eines Beamten der Mikrofilmabteilung dokumentiert. Vielleicht, dachte ich, lacht irgendwann jemand darüber, wenn er sich die Mikrofilme anschaut. Und jemanden zum Lachen zu bringen, das ist doch eine gottgefällige Tat.«

»Also, was gottgefällige Taten angeht, Muzaffer …«

»Und so eine gottgefällige Tat haben eben auch Sie gerade vollbracht. Vielleicht benutzen wir ja nur verschiedene Wörter und meinen doch das Gleiche. Nicht wahr?«

»Wir sollten uns besser draußen weiterunterhalten, Muzaffer.«

»Draußen müssen wir jeder unsere Rolle spielen, Sevgi Hanım.«

»Ich verstehe.«

»Wirklich? Wie soll ich sagen? *Ich streu Rosen, sogar für meinen Feind.* Ich meine … *Nicht mal unser Schatten ist zwischen denen, die wir zu den unsren zählen* … Ich schreibe auch Gedichte, Sevgi Hanım. Sie brauchen keine Angst zu haben. Ich verstecke hier selbst so einige Dinge.«

»Dinge?«

»Dinge, die in diesem Chaos unter die Räder kommen könnten. Wer weiß, vielleicht verstecken noch ganz andere Leute irgendwas im Parlament. Sie können mir vertrauen, Sevgi Hanım. Wirklich. Sie sind genauso wenig für diesen Krieg geschaffen wie ich oder sonst jemand.«

Da gebe ich Muzaffer einen Tritt. Warum muss er Mama auch Angst machen! Mama guckt, als wäre sie sauer auf mich, aber ich weiß schon, dass sie nur so tut.

Dann gehen wir schnell nach draußen. In den Parlamentsgarten. Mama zittern die Hände, aber sie schafft es trotzdem, sich eine Zigarette anzuzünden. Da sehe ich plötzlich ganz viele Schmetterlinge. Tausendmillionen Stück! Mamas Kolleginnen kommen aus der Mittagspause zurück. »Na so was! Eine Schmetterlingsinvasion!«, rufen sie. Die Schmetterlinge sind wie eine Wolke. Sie fliegen gegen die Mauern vom Parlament.

»Die Schmetterlinge wollen da rein, Mama!«

»Sie können aber nicht rein«, sagt Mama, und dabei klingt ihre Stimme, als würde sie weinen.

Mamas Kolleginnen erzählen aufgeregt, dass sie gar nicht in Ulus gewesen sind. »Beim SEK-Gebäude herrschte so ein Chaos, dass wir umkehren mussten.«

»Wir waren stattdessen im Schwanenpark, und du glaubst nicht, was wir da beobachtet haben! Ein paar Männer vom Ordnungsamt haben versucht, einen von den Schwänen mitzunehmen. Sie haben es natürlich nicht geschafft. Du hättest mal sehen sollen, wie der Schwan sich gewehrt hat!«

»Was die wohl von den Schwänen wollen?«, sagt eine von den Kolleginnen.

Das interessiert mich auch. »Mama, wollen die den Schwänen was tun? Sie sollen ihnen nichts tun!«

Aber ich kriege keine Antwort, weil Mama und ihre Kolleginnen angefangen haben, über *Dallas* zu reden.

Auf dem Nachhauseweg kaufen wir für Ali *Ulduz und die Raben*. Mama sagt, da geht es um ein Mädchen und einen Jungen, die ein Rabenjunges retten.

Im Dolmuş frage ich: »Hast du eigentlich auch Angst, Mama?«

»Wieso? Wer hat denn noch Angst, Ayşe? Du etwa?«

Aber dass Papa Angst hat, sage ich ihr nicht. Ich fände es toll, wenn die Schmetterlinge ins Parlament könnten.

**Ali in der Behörde**

»Steig ein, Hasan!«

»Şeref!? Bist du das, Şeref?!«

»Jetzt steig schon ein!«

Papa und ich warten auf den Bus. Wir waren in der Behörde. Weil Mama mit einer Nachbarin beim Arzt ist, hat Papa mich mit zur Arbeit genommen. Ich musste die ganze Zeit in der Teeküche bleiben. Niemand durfte mich sehen. Während wir auf den Bus warten, liest Papa die *Cumhuriyet*. Er liest mir vor. Eine Zeitung kann man nämlich nicht alleine lesen. Weil man sich sonst zu sehr darüber aufregt.

»Alle Beamten sollen in Zukunft unterschreiben, dass sie ihren Dienst gewissenhaft auszuüben geloben, ohne jemanden zu bevorteilen. Die Leute erschießen sich gegenseitig, aber die Vetternwirtschaft wollen sie abschaffen? Und hier, na, so was, jeder, der sein Leben in Gefahr sieht, darf sich in Zukunft eine Waffe zulegen. Als wären nicht sowieso schon alle bewaffnet! ›Das Studienjahr endete blutig. Innerhalb der letzten zwölf Monate wurden 395 Studenten und Dozenten getötet.‹ Aha, Staatssekretär Turgut Özal ist zur Konferenz des IWF nach Paris gereist, um Kredite zu beantragen. Der triefäugige Özal dreht ein Ding, na, warten wir's ab. ›Ecevit, Führer der Sozialdemokraten, grenzt demokratische Kräfte aus, indem er sie als aktivistische Linke bezeichnet.‹ Auf diesen Ecevit könnt ihr noch lange warten! … Aha, die Müllmänner haben ihren Streik beendet und müssen nun vierzehn Tonnen Müll einsammeln. Und die Bahn will Katzen einsetzen, gegen die Mäuseplage in den Zügen. Die haben doch alle den Verstand verloren!«

Da sehe ich was, was Papa noch nicht gesehen hat. Es kommen ganz viele Männer die Straße entlang und rufen: »Allahu akbar!«

Papa faltet schnell die *Cumhuriyet* zusammen und steckt sie in seine Tasche. »Verflucht! Das sind Alaaddins Leute, diese räudigen Hunde!«

Er greift nach meiner Hand, aber es gibt keinen Ausweg

mehr. Die Männer kommen immer näher. Der vorderste von ihnen zeigt schon auf Papa. Da hält plötzlich dieses Auto vor uns an.

»Steig ein, Hasan!«

Papa kennt den Fahrer. Er heißt Şeref.

»Şeref! Dich schickt der Himmel!«

Papa ist ganz schön durcheinander. Wieso Himmel? Das ist doch kein Flugzeug!

Şeref schaut uns nicht an. Papa sagt zu mir: »Ali, das ist Şeref, ein Genosse von deinem Onkel Said!«

Auf der Ladefläche von Şerefs Auto sitzen zwei Männer. Das Auto ist vom Ordnungsamt.

»Wir fahren zum Schwanenpark. Sollen einen Schwan holen …« Danach sagt Şeref nichts mehr. Papa sieht ein bisschen aus, als wäre er sauer auf ihn. Die Männer auf der Ladefläche sagen zu Papa: »Şeref spricht mit keinem, nimm's nicht persönlich!«

»Wir nennen ihn den ›roten Şeref‹. Nicht schlecht übrigens, wie ihr den Faschisten noch entwischt seid, Glück gehabt.«

Şeref ist älter als die beiden Männer auf der Ladefläche, aber sie haben überhaupt keinen Respekt vor ihm.

Papa berührt Şeref am Arm, wie um ihn aufzuwecken, und sagt: »Bist wohl zurück aus Istanbul, was?«

»Ja. Bin jetzt beim Ordnungsamt.«

»Geht's dir gut, Şeref?«

»Jepp.«

Die Männer hinten lachen. »Wir haben's dir doch gesagt, der redet nicht!«

Papa beißt in seinen Schnurrbart. Dann fragt er: »Wie ist die Lage in Istanbul, Şeref? Da soll's ja noch schlimmer zugehen als hier, wie man hört?«

»Viele Kämpfe, viel Radau. Interne Probleme gibt's auch.«

»Tja, früher haben wir das alles auf die leichte Schulter genommen. Erinnerst du dich noch an diese Raziye, von der Said mal erzählt hat? Als es die Arbeiter nach drei, vier Monaten Streik nicht mehr aushielten und sich unbedingt mit dem Chef einigen wollten, hat Raziye – war sie nicht Witwe und Mutter zweier Kinder? – ihre rosa Blümchenunterhose ausgezogen und gesagt: ›Also, wenn ihr euch schon unbedingt einigen müsst, dann wenigstens in diesem Höschen.‹ Was haben wir gelacht, als Said erklärte: ›Raziyes rosa Unterhose hat größeren Einfluss auf die Arbeiterklasse als Lenin!‹« Je weniger Şeref redet, desto mehr redet Papa. Als wäre er wieder ein kleiner Junge. »Und weißt du noch, als Said und du den Schmied in die Fabrik gebracht habt? Den dann der große Fabrikant Sabri Ülker höchstpersönlich aufsuchte und um Hilfe anflehte: ›O weh, meine Kekse sind oben schon schwarz, aber unten noch ganz weich. Was soll ich bloß machen?‹ Worauf dieser Schmied an der Maschine rumwerkelte, die Kekse aufrecht stellte und von der Seite befeuern ließ, und von da an waren sie immer gleichmäßig durchgebacken. Da sagte Sabri Ülker, er dürfe sich von ihm wünschen, was er wolle. Tja, und obwohl dieser Schmied gar nichts verlangte, bekam er einen Haufen Geld, das er komplett der Partei zukommen ließ. ›Hauptsache, sie haben endlich mal kapiert, dass die Kommunisten es am besten können‹, war Saids Kommentar dazu. Wie hieß der Mann bloß?«

»Osman«, sagt Şeref. Das ist alles. Da schaut Papa auch nur noch auf die Straße und sagt nichts mehr.

Bis Şeref fragt: »Und wie geht's Aliye?«

»Unser Haus ist abgebrannt. Wir haben's zwar schon wieder aufgebaut, aber …«

Da schaut Şeref Papa zum ersten Mal an. »Und Saids Parka?«

»Der hat's überlebt. Aliye will ihn unserem Jungen schenken, wenn er größer ist. Aber das einzige Foto von Said, das, was du uns damals zusammen mit seinem Parka mitgebracht hast, das ist verbrannt. Aliye ist darüber sehr traurig. Du hast nicht vielleicht noch andere Bilder von Said?«

Şeref tippt mit dem Finger an seine Stirn. »Die sind alle hier drin.«

Als wir aussteigen, beschreibt Papa ihm den Weg zu uns nach Hause und in die Behörde, aber Şeref kommt bestimmt nicht, er hört ja nicht mal zu.

»Du darfst nicht ganz allein bleiben«, sagt Papa.

»Ist aber besser so«, antwortet Şeref.

In unserem Viertel brennen die Gaslampen. Sie haben angefangen, unser Haus wieder aufzubauen. Mama lacht und hat ganz rote Wangen von der Arbeit. Sie hat Ziegel getragen. Die älteren Frauen haben den Kalk angerührt und die Studenten die Mauern gebaut. Dabei haben sie Lieder gesungen, erzählt Mama. Die Nachbarn bringen Tomaten mit und Brot. Wir essen. Weil Mama sich so angestrengt hat, beißt sie ein großes Stück von der Tomate ab. Mit der Tomate in der Hand sagt sie zu Papa: »Wir dachten, die Toilette machen wir hierhin, was halten Sie davon, Hasan Efendi?« Beiden tropft der Saft von den Fingern. Mama hat ganz rote Hände. Wenn man ein Haus baut, bekommt man solche Hände. Ich habe das schon oft gesehen; wenn sie ein Haus bauen, dann lachen die Erwachsenen so tomatig.

Am Morgen zeigen die Studentinnen und Studenten erst mal auf den Boden und reden und haben die Hände in die Hüften gestemmt. Ihre Teegläser müssen sie mit zwei Fingern halten, weil zwischen ihren Zeige- und Mittelfingern immer eine Zigarette steckt. Sie stehen im Kreis und rühren ihren

Tee um, und wenn sie sagen: »Dann machen wir es hier so und dort so«, stehen die Teelöffel still. Danach schlagen sie wieder klirrend gegen die Gläser. Damit die Erwachsenen sie beim Nachdenken besser festhalten können, sind die Gläser in der Mitte dünner. Dann stecken sie Stöcke in die Erde, spannen ein Seil über den Boden und malen das Haus auf. Ihre Teegläser stellen sie auf ein weißes Tablett mit Blumenmuster. Als sie anfangen zu graben, warten die Gläser auf dem Tablett. Die Studentinnen holen Ziegel vom Lastwagen und lachen dabei. Sie schwitzen und lachen die ganze Zeit. Wir Jungen sitzen in der Nähe und essen Brot. Manchmal ruft nämlich einer: »He, du, nimm mir mal den Hut vom Kopf!«

»Du da, komm und krempel mir die Ärmel hoch!«

Wenn die Erwachsenen die Hände voll haben, rufen sie uns Kinder zu Hilfe.

Wenn man die Augen zumacht, hört man überall Stimmen. Dann hört man: »Puh! Uiuiui! Hauruck! Und auf ein Neues!« Überall zieh-zieh-zieh, stopp-stopp-stopp, geh-geh-geh, gib-gib-gib, halt-halt-halt, nimm-nimm-nimm. Wenn aus den Stimmen Gesang wird, ist das Haus bald fertig. Am Mittag hocken sie sich auf den Boden und reden und essen, und wenn sie fertig sind, trinken sie Wasser. Viel Wasser trinken sie.

Wenn eine Mauer steht, wird sofort ein Bunsenbrenner angezündet und Tee aufgesetzt. Am nächsten Morgen werden die anderen Mauern gebaut und das Dach gelegt. Wenn das Haus fertig ist, stellen alle sich hin und staunen, als hätte jemand anderes es gebaut. »Das ist aber toll geworden!«, sagen sie, und: »Hier kommt später noch ein Zimmer dazu. Wenn nötig.« Dann stehen die Studentinnen und Studenten im Garten und machen Witze. Die anderen Leute lachen auch, obwohl sie die

Witze gar nicht verstehen. Dann ist es, als würden sogar die Ziegel lachen. Wenn alle lachen, werden die Studentinnen und Studenten als Erste wieder ernst, rühren ihren Tee um und fangen an nachzudenken. Weil es nämlich noch andere Häuser gibt, und noch andere Arbeiten, über die sie sprechen müssen. So ist unser Haus auch gebaut worden. Und alle haben sich tomatig gelacht.

## Spaziergang mit Papa

»Schmerz gebiert nicht automatisch Weisheit, Aydın. Verstehst du?«, sagt Selahattin. Die Vögel zwitschern ganz laut, weil Selahattin das sagt. Papa und ich waren zusammen in seiner Behörde. Oma ist nämlich zum Arzt gegangen, um ihm ihren Zucker zu zeigen. Und Mama hat gesagt: »Ich habe sie letztes Mal schon mitgenommen. Heute bist du dran.«

Papas Behörde gefällt mir nicht so gut wie Mamas Archiv. Da gibt es nichts außer Heftern. Nicht mal Locher gibt es da. Zum Glück sind wir nicht lange geblieben, weil der Detektiv angerufen hat.

»Treffen wir uns in Sakarya«, sagte seine Stimme aus dem Hörer, »in Selahattins Vogelhandlung.«

Papa war nicht so gut gelaunt am Telefon. »Bitte, Detektiv. Solange wir nichts Konkretes in der Hand haben, sollten wir Selahattin da raushalten.«

Aber wir sind trotzdem nach Sakarya gegangen. Zu einem Imbiss. So heißt das nämlich, wenn die Leute irgendwo im Stehen Sandwiches essen. In einem Imbiss haben die Menschen viel bessere Laune. Weil alles so schön nach getoastetem Brot riecht.

Während Papa und ich rumstanden und auf den Detektiv warteten, erzählte Papa mir was über die Leute: »Schau mal, Ayşe, wie sie ihre Hände bewegen. Sie haben bei diesem Waffenspiel mitgespielt, und jetzt erzählen sie, wie sie vor den anderen Spielern weggelaufen sind. Siehst du, wenn einer die Hand ausstreckt, heißt das, er ist geradeaus gegangen bis zum Ende der Straße. Wenn er abgebogen ist, biegt er seine Hand nach außen. Und schau, wenn er die Finger zusammennimmt, sodass seine Hand aussieht wie ein Vogel, ist er einen Abhang hinuntergelaufen. Lustig, nicht wahr?«

Ich sagte sofort ja, damit Papa nicht aufhörte zu reden.

»Deine Mama ist sauer auf mich, Ayşe. Weil wir bei diesen Spielen nicht mitspielen.«

»Weil wir nämlich Angst haben, Papa?«

»Glaubst du?«

»Aber Mama hat doch auch manchmal Angst, oder?«

Da lachte Papa. »Ich weiß es nicht, das musst du sie selber fragen. Vielleicht hat sie ja Angst, wenn sie ganz alleine ist.«

Der Detektiv kam. Er hatte eine Jeansjacke an. Beim Laufen wackelte er immer so mit dem Kopf. Papa und er unterhielten sich ein bisschen im Stehen.

»Ich wollte nicht ohne dich reingehen, Detektiv. Selahattins Schweigen lähmt einen geradezu.«

»Cihan war dein Freund, aber er war auch Selahattins Bruder. Meinst du, er wüsste nicht über den Stand der Ermittlungen Bescheid?«

»Ich weiß es nicht, Detektiv. Er wirkt, als wäre er tot. So viele Menschen sind müde und verstecken sich in Schreibwarenläden, in Fotostudios oder, wie Selahattin, in Vogelhandlungen.«

»Ich verstehe nichts von diesen Dingen, das weißt du doch. Ich spüre Verbrecher auf und mache sie dingfest. Gehen wir ein Stück, Aydın?«

Wir gingen. Das heißt, ich rannte eher, weil sie so große Schritte machten. Wenn sie mich vergessen, muss ich immer rennen. Mama vergisst mich nie, aber Papa manchmal schon.

Papa erzählte, der Detektiv hörte zu. »Als Cihan getötet worden war, haben sie ein griesgrämiges Foto von ihm abgedruckt. Der wäre vielleicht sauer geworden, wenn er das gesehen hätte! Cihan hatte Humor. Bei seiner Beerdigung riefen sie: ›Cihan lebt weiter!‹ Darüber hätte er sich auch aufgeregt. ›Von wegen weiterleben! Diese Dreckskerle haben mich abgemurkst! Ich hab ins Gras gebissen!‹, das hätte er wohl gesagt.« Papa lachte, aber er lachte in sein Hemd hinein. So machen es die Erwachsenen, wenn sie über was Trauriges lachen. Der Detektiv klopfte ihm zweimal mit der Hand auf die Schulter. Papas fröhliche Freunde sind immer alle schon tot.

»Detektiv, kennst du Inspektor Columbo?«, fragte ich. Papa und der Detektiv lachten.

Dann zupfte der Detektiv an seinem Schnurrbart und sagte: »Gehen wir rein, Aydın. Dann erzähle ich dir und Selahattin, was ich weiß. Wir haben nämlich eine neue Augenzeugin gefunden, eine alte Frau … Grüß dich, Selahattin. Ich hoffe, wir kommen nicht ungelegen.«

Selahattin gibt mir immer einen Kaugummi, wenn er mich sieht. Die Vogelhandlung riecht nach Vogelflügelpuder. Wie Kichererbsen, die zu lange im Schrank gelegen haben.

Der Detektiv redete ganz schnell. »Wir haben neue Erkenntnisse, was den Mord an Cihan und seiner Familie betrifft …«

Da wurde Selahattin plötzlich ganz klein, und Papa presste die Beine aneinander, so als müsste er mal.

»Detektiv …«, sagte Selahattin, schaute dabei aber Papa an.

Plötzlich fingen alle Vögel laut zu zwitschern an. Sie wollten wegfliegen. Darum konnte ich Selahattin nicht mehr richtig hören.

»Ich will es nicht wissen. Du kannst mich als ehrlos bezeichnen, Aydın, oder mir vorwerfen, ich hätte meinen Bruder vergessen, aber …«

Selahattin zündete sich eine Zigarette an. Erwachsene rauchen nämlich immer, wenn sie traurig sind. Der Detektiv sagte nichts mehr. Er sah aus, als schämte er sich. Als gerade alle still waren, kam eine Frau in den Laden, die aussah wie Jale Hanım.

»Haben Sie Nachtigallen?«

Ohne sie anzuschauen, antwortete Selahattin: »Nein, haben wir nicht.«

»Aber da ist doch eine, ich kann sie ja von hier aus sehen!«

Die Vögel zwitscherten ganz laut. Ich kriegte ein bisschen Angst vor Selahattin.

»Wozu brauchen Sie denn einen Vogel?«

»Verrückter Kerl!«

Der Detektiv lachte heimlich. Selahattin machte eine schnelle Bewegung mit der Zigarette durch die Luft und lachte auch, glaube ich. Sogar Papa lachte, aber damit es keiner sehen konnte, tat er so, als würde er sich mit der Hand den Schnurrbart abwischen.

Die Vögel waren endlich wieder still, und Selahattin bat Papa und den Detektiv um Entschuldigung. »Jungs, nehmt es mir bitte nicht übel. Schmerz gebiert nicht automatisch Weisheit, Aydın. Verstehst du?«

Dann zieht Selahattin so stark an seiner Zigarette, dass sie bis zur Hälfte abbrennt, toll!

»Dauernd kommen Freunde von Cihan hier an. ›Brauchst du irgendwas?‹ sagen sie, ›Wir werden Cihan niemals vergessen‹, ›Ich habe meinen Sohn nach Cihan benannt‹, und so weiter. Sie sollten sich lieber einen anderen Jungen heranziehen. Pflanzen wir nach einem Waldbrand nicht auch neue Bäume?«

»Selahattin …«, sagt Papa, aber Selahattin hört ihn wohl nicht.

»Schau, im Schwanenpark gibt es drei Bäume, in deren Rinde haben sie die Namen von Deniz, Yusuf und Hüseyin eingeritzt. Aber was sie nicht bedacht haben: Je größer die Bäume werden, desto höher wandern diese Schriftzüge, und irgendwann wird sie niemand mehr sehen. Die Leute beruhigen ihr Gewissen, indem sie sagen: ›Wir haben nicht vergessen und wir werden nicht vergessen.‹ Aber unsere Kinder werden sich an andere Dinge erinnern, nicht an das, von dem wir wollen, dass sie es nicht vergessen. Die Menschen erinnern sich nicht an den Tod, sie erinnern sich an das Leben, Aydın. Wenn du ständig über den Tod nachdenkst, dann stehst du selbst mit einem Bein im Grab, verstehst du, Detektiv?«

»Selahattin, es ist eine Augenzeugin aufgetaucht. Sie sagt, sie habe vier Personen über Cihans Haus- und Wohnungsnummer sprechen hören. Sie ist zwar ziemlich eingeschüchtert, aber wir können sie sicher zu einer Aussage bewegen.«

»Detektiv, du hast mich nicht verstanden. Ich bin wütend, weil ich noch am Leben bin, verflucht noch mal! Bitte versteht mich nicht falsch, Jungs. Ich halte es nicht mehr aus. Das mit den Vögeln hier …«

Da habe ich plötzlich das Gefühl, als würde Selahattin gleich anfangen zu weinen. Ich schäme mich. Aber er hat sich nur umgedreht, um die Vögel zu füttern.

Und Papa versucht, einen Witz zu machen. »Selahattin, was ist denn das da? Die schematische Zeichnung eines Flügels? Willst du deine Vögel etwa operieren?«

»Ach ja, das ist eine kuriose Geschichte. Die Zeichnung hat mir ein befreundeter Tierarzt mitgebracht. Die haben irgendwas mit den Schwänen im Schwanenpark vor …«

Mit den Schwänen? Was haben die mit den Schwänen vor?

Das Funkgerät vom Detektiv fängt an zu rauschen und zu knistern. Er geht raus.

»Na, dieser Chef der Notstandsregierung, wie hieß der Dreckskerl noch gleich? Jedenfalls hat er sich zu seinem Privatvergnügen einen der Schwäne aus dem Park holen lassen.«

»Ojemine!«

»Wen interessiert das in diesem Chaos schon? Allerdings hat der Schwan sich offensichtlich gesagt: ›In diesem Garten gefällt's mir nicht‹ und hat versucht, zurück in den Schwanenpark zu fliegen.«

Da lacht Papa. »Klar, einem Ankaraner Schwan liegt die Revolte im Blut!«

Während sie weiterreden, gehe ich dem Detektiv hinterher. Ich bin neugierig auf dieses Funkgerät. Da sind ganz unheimliche Männer drin. Aber nicht so wie im Radio. Es läuft nämlich nie Musik. Und der Detektiv riecht auch nach irgendwas, was ich nicht kenne. Nach irgendwas Unheimlichem. Nach ... nach ... Da merke ich, dass Papa gekommen ist, weil er mich nämlich an der Hand genommen hat. Papa schaut den Detektiv an, ohne was zu sagen.

Und der Detektiv redet wieder so schnell. »Aydın, sei bitte nicht sauer! Was soll ich denn machen? Anders ertrage ich das nicht. Sonst würde ich Selahattin doch niemals ... Ich muss einfach jemanden erwischen.«

Die Frau, die gerade noch nach einer Nachtigall gefragt hat, ist jetzt im Aquariengeschäft. Fische frieren im Winter nicht, darum braucht man sie nicht auf die Heizung zu stellen. Davon würden sie sogar sterben. Aber Kinder, die das trotzdem machen, damit die Fische es warm haben, werden vom lieben Gott nicht dafür bestraft, weil sie es ja nicht wussten.

## Spaziergang im Schwanenpark

»Was sagst du da, Bahri? Unseren Turgay? Von der TU?«

Wir sind im Schwanenpark. Hüseyin lässt meine Hand los. Er greift in die Hosentasche. Vielleicht hat er ja auch Schnüre dabei.

Bahri ist Hüseyins Chef. Als Bahri sagt: »Wir haben Turgay verloren«, fangen die Töpfe, die Hüseyin in der Hand hält, zu klappern an. Ich weiß, was darin ist. Aber ich darf es nicht sagen.

»Bleib ruhig, Hüseyin! Stell doch die Dinger mal ab.«

Als Hüseyin die Töpfe auf den Boden stellt, klappern sie nicht mehr.

»Bahri, ihr habt gesagt, ihr würdet nicht zulassen, dass Turgay sich an Waffen die Finger schmutzig macht! Wie wurde er erschossen?«

Hüseyin ist ganz klein geworden. Ich bin zum ersten Mal im Schwanenpark. Wir wollten uns zusammen die Schwäne anschauen. Sie gefallen mir sehr. Weil … weil sie stumm sind.

Bahri nimmt die Töpfe. »Komm, lass uns da drüben einen Tee trinken. Es ist nicht so, wie du denkst.«

Für mich bestellen sie eine Limonade. Ich mag keine Limonade, aber Erwachsene bestellen für Kinder immer Limonade. Hüseyin rührt lange in seinem Tee. Er hört gar nicht mehr auf. Er merkt wahrscheinlich nicht, wie der Löffel klirrt. Bahri nimmt ihm den Löffel aus der Hand. Er legt ihn auf die Untertasse und beugt sich über den Tisch.

»Hüseyin, wir haben Turgay in keine Waffengeschichte mit reingezogen. Es war alles ganz anders. Hör zu, ich muss bald los, ich muss mich mit dem Genossen treffen, der deine Knarren nach Dikmen bringen soll.«

»Erzähl, Bahri. Ich höre.«

»Turgay wurde nicht umgebracht. Er hat Selbstmord begangen.«

Selbstmord bedeutet, dass jemand sich selber tötet. Hüseyins Gesicht sieht aus, als würde es in seinem Schnurrbart versinken.

»Er wurde vor ein paar Tagen auf offener Straße verhaftet. Sie haben ihn drei Tage dabehalten und dann wieder freigelassen. Er ist nach Hause gegangen und hat Selbstmord begangen. Das war's.«

»Bahri ...«

»Du solltest mit den Genossen an der TU besprechen, ob wir für Turgay plakatieren sollen. Die Sache ist kompliziert, weil es Selbstmord war. Können wir ihn als ›Märtyrer der Revolution‹ bezeichnen oder nicht?« Dann legt Bahri seine Hand auf die Töpfe. Als wollte er fragen, was drin sei.

»Eine Port Said, die manchmal Ladehemmung hat, eine Vierzehner, und eine Sten Gun«, sagt Hüseyin.

»Dafür bekommt ihr zwei Automatik. Die musst du bei dem Genossen in Kurtuluş abholen. Er erwartet dich.«

»Okay, Bahri.«

»Wie besprochen sind die Waffen nur geliehen. Ihr nehmt ein paarmal das gegenüberliegende Viertel unter Beschuss, und in zwei Wochen bekomme ich sie wieder zurück. Bis die da drüben kapiert haben, dass ihr nicht mit leeren Händen dasteht. Sobald ihr die Automatik nicht mehr braucht, bekommt ihr die Knarren hier wieder zurück. Damit werdet ihr bei der Nachtwache schon zurechtkommen.«

»Okay, Bahri.«

»In ein paar Monaten wird das alles vorüber sein, Hüseyin. Es gibt nur noch drei oder vier Viertel in Ankara, die nicht von uns kontrolliert werden. Die Sache wird bald ein Ende haben. Trauern können wir dann, nicht jetzt.«

»Okay, Bahri.«

»Hüseyin, bleib nicht allein. In Zeiten wie diesen ist es nicht gut, allein zu sein.«

Revolutionäre bleiben nicht allein. Wenn einer allein bleibt, dann wird er ein *Opatunist*. Und das ist schlecht. Ein *Opatunist* ist einer, der nur an sich selber denkt. Wenn man allein bleibt, dann wird man ganz traurig, so wie Şeref. Und weil Hüseyin jetzt auch gerade traurig ist, kann ich mir die Schwäne nicht anschauen gehen. Weil ich dann nämlich ein *Opatunist* wäre. Aber wenn ich von weitem schaue, geht's. So aus dem Augenwinkel.

Da kommen zwei Männer. Sie rennen hinter einem von den Schwänen her. Die kenne ich doch! Das sind die Männer, die bei Şeref im Auto saßen. Aber davon sage ich Hüseyin nichts. Vielleicht ist das nämlich auch geheim.

»Ganz ruhig, mein Vögelchen!«

»Mann, ist der groß!«

»Halt seinen Flügel fest, Mann! Nicht, dass uns wieder das Gleiche wie neulich passiert ...«

»Was soll schon passieren! Wenn diese Gören nicht so rumgeschrien hätten, hätten wir den auch gekriegt! Mann, der General hat doch gesagt, wir sollen uns nur einen schnappen, warum rennst du jetzt noch einem anderen hinterher? Wenn wir sie alle mitnehmen, was sollen sich die Leute denn dann noch anschauen, du Schlaumeier? Jedes Mal nur einen, hat der General gesagt!«

Hüseyin schaut zu den Schwänen und zu den Männern, aber er sieht sie nicht. Er sagt: »Ali, es gab mal einen Mann, der hieß Tschaikowski. Wenn du größer bist, wirst du ihn noch kennenlernen. Er hat ein Stück komponiert, das heißt *Schwanensee*.

Turgay hat es mir vorgespielt, auf der Gitarre. Er war nämlich sehr klug. Klüger als wir alle zusammen. Aber sein Leben fiel in der Millionen Jahre langen Menschheitsgeschichte ausgerechnet mit diesem verfluchten Bürgerkrieg zusammen. Und jetzt sollen wir diskutieren, ob er ein Märtyrer ist oder nicht, Ali. Sollen wir die, die ungewollt unter die Räder kommen, als Märtyrer zählen, mein Großer? Turgay war Physiker. Er war gegen Waffengewalt, ein wirklich feiner Kerl! ›Aber ich kann einen einwandfreien Überfall planen‹, sagte er zu Bahri, als ich die beiden miteinander bekannt machte. Bahri pflaumte ihn an: ›Wir organisieren das tägliche Leben. Wir brauchen keine Überfälle. Verstehst du was von Innereien, Turgay?‹ Darüber mussten wir lachen, Ali. Aber es dauerte nur fünf Tage, und Turgay war zum ›Innereienexperten‹ geworden. Drei Tage lang hatte er die Kokoreç- und Gobit-Verkäufer auf dem Beşevler-Platz beobachtet, dann legte er Bahri seinen Bericht vor. ›Wenn wir die Kokoreç-Stände auf die von mir dargestellte Art aufmöbeln und die Produktpalette der Gobit-Verkäufer folgendermaßen erweitern, so wird der tägliche Gewinn meinen Berechnungen zufolge von fünftausend auf achttausend Lira steigen.‹ An dem Tag bekam er von Bahri seinen Spitznamen verpasst: Innereienexperte Turgay! Wenn er den Finger durch seine glaslose Brille steckte und sich am Auge kratzte, war einem sofort klar, dass er mal wieder was ausgeheckt hatte: ›Bei der Produktion von Zitrusfrüchten im Süden stellt die menschliche Arbeitskraft bekanntlich den größten Kostenfaktor dar. Wenn wir dort unsere Leute einsetzen und diesen Sommer die Ernte einiger Felder vorab einkaufen, könnten wir die Früchte mit hoher Gewinnmarge in Ankara wieder absetzen. Und da wir auch in der Markthalle unsere Männer haben …‹ Er las Spinoza und kritzelte an den Rand die Einnahmen und Ausgaben unserer Geschenkartikelhändler in Kuşadası. Er lachte viel, Ali. In seiner Jackentasche trug er stets Waffeln mit sich, die er den Mädchen schenkte. ›Ein Mädchen, das mit einer Waffel nicht glücklich zu machen ist, ist mit nichts glücklich zu machen‹, hat er mir mal gesagt. Vergiss das nicht, Ali. Erinnere dich immer daran, Großer!«

»Ist sich erinnern und nicht vergessen nicht dasselbe, Hüseyin?«, frage ich, aber Hüseyin hört mich nicht.

Ich schaue die Schwäne an. Die Männer jagen einen von ihnen. Aber der Schwan schreit nicht.

## Allein mit Oma

*Bäumen deine Sorgen sich auf …*

»Hör mal, Ayşe, dieses Lied kommt ja wohl wie gerufen!«

Oma gießt sich einen Schluck von dem Mandellikör ein, den wir zu Hause haben. Und dann noch einen. Ich nasche ein bisschen von der Schokella. Und dann noch ein bisschen. Am Ende ist es dann viel. Meine Eltern sind zu Samim und Ayla gegangen, darum sind Oma und ich allein zu Hause. Oma hat das Radio angemacht und sich hingesetzt. Sie hat nur ihr Nachthemd an. »Weil das so schön luftig ist.« Sie nimmt sich eine von Mamas Zigaretten und zündet sie an. Aber sie raucht anders als Mama. Sie stülpt ihre Lippen nach vorne, als würde sie jemanden küssen wollen. Da fängt im Radio dieses Lied an.

»Deine Eltern singen immer: *Bäumen deine Sorgen sich auf, schick einen Fluch zu Gott hinauf,* dabei heißt es eigentlich nicht *Fluch,* sondern *Wunsch,* meine liebe Ayşe«, sagt Oma, und dann: »Ach, der arme Sabahattin Ali! Dass diese jungen Leute ihm dermaßen die Worte im Mund herumdrehen müssen …«

Wer ist wohl dieser Sabahattin Ali?

»Sabahattin Ali war ein so höflicher Mann. Wenn er 1945

in trüben Gedanken versunken vom Konservatorium nach Cebeci lief, schauten wir Mädchen von der Hauswirtschaftsschule ihm immer hinterher, aber er war so bekümmert, dass er gar nicht merkte, wie sehr wir ihn liebten.«

Manchmal ist es bei Oma wie bei Papa, dann redet sie zwar irgendwie mit mir, aber irgendwie auch ohne mich.

»Ich habe es erst letztes Jahr erfahren, als deine Mutter mir einen Artikel aus der *Cumhuriyet* vorlas. Er soll nämlich Briefe an eine Lehrerin namens Ayşe Sıtkı geschrieben haben, aber die gute Frau zeigte ihm die kalte Schulter. Die Leute heutzutage sind ja sehr interessiert an den Geheimnissen anderer Menschen. Als eröffnete sich ihnen das Mysterium des Lebens, wenn sie das alles erführen. Wenn es doch so einfach wäre! Aber wie wundervoll Behiye Aksoy singt, nicht wahr, Ayşe? Manche Leute sagen, das sei arabesk, aber das stimmt nicht, es ist eher Music Hall.«

Oma fängt wieder an zu paffen. Sie gießt sich noch einen Mandellikör ein. »Warte, du sollst auch ein Schlückchen kriegen«, sagt sie und gießt mir ein winziges Glas ein. Dann sagt sie: »So musst du es halten. Du musst deinen kleinen Finger abspreizen.« Ich setze mich neben sie an den Tisch.

Oma schlägt ihr Heft auf. Sie schreibt nämlich Gedichte.

»Hör mal, Ayşe, wie gefällt dir das: *Das Blatt fällt nicht, es verweht / Der Geist bleibt, der Körper geht*. So weit war ich schon. Und so soll es jetzt weitergehen: *Kommst du nicht zurück zu mir / Führt der Lauf der Welt zu dir*. Eigentlich sind diese Vierzeiler ja an meinen İlyas gerichtet, also in die Vergangenheit. Ich frage mich, ob du sie einmal lesen wirst, wenn du groß bist, mein Spatz!«

Sie lacht in sich rein. Da kriege ich ein bisschen Angst. An Omas Lachen höre ich, dass sie schon ein bisschen betrunken ist.

»Ich sammle das für dich, Ayşe. In dieses Heft klebe ich lauter lustige Zeitungsartikel, Gedichte, Glückwunschkarten und so weiter, damit dir die heutige Zeit später mal nicht wie ein einziges Trauerspiel erscheint.«

Oma hat schon ganz viel in das Heft geklebt, was sie aus der Zeitung ausgeschnitten hat. Aber es riecht nicht nach Papier, sondern nach Omas Händen. Weil Papier nämlich plötzlich anders riecht, wenn Oma es angefasst hat. Nach Puder zum Beispiel, oder nach Börek. Ich schnuppere daran.

»Du magst Ali, stimmt's, mein Spatz? Er ist ein gescheiter Bursche, steckt seine Nase ständig in irgendwelche Bücher. Und gut erzogen ist er auch. Ich werde Sevgi sagen, dass der Junge uns ab und zu mal besuchen soll. Und bald ist Zuckerfest, da sollte man ihm was Festliches nähen.«

Oh ja, Oma soll ein Hemd für Ali nähen! Ich glaube, er hat nur eins.

»Wir könnten mit Ali hoch auf die Burg gehen, Ayşe. Oder vielleicht auch ins Museum. Hättest du Lust? Außerdem ist mir die Hautcreme ausgegangen, ich müsste also sowieso mal wieder zu Cavit Beys Apotheke. Ach, Cavit Bey! Was für ein gutaussehender Mann der immer noch ist, mit seinem eleganten Schal und dem weißen Kittel. Und er verbreitet gute Laune, lässt einen Kummer und Sorgen vergessen. Als ich letzten Winter zu ihm ging und meinen Rock aus echter Schurwolle angezogen hatte, da sagte er: ›Nejla Hanım, mir blieb für einen Augenblick das Herz stehen, denn ich dachte, Sophia Loren wäre hereingekommen …‹«

Oma lacht und drückt ihre Brust raus. Dann setzt sie sich wieder hin, als hätte sie einen Buckel.

»Deine Mutter findet die Bezeichnungen ja lächerlich, die er seinen Tinkturen gibt. Aber Jale sagt immer zu mir: ›Nejla, du hast noch keine einzige Falte auf deinen Wangen.‹ Das habe ich ganz allein Cavit Beys Hautcreme zu verdanken. Wie sollte er sie anders nennen als ›Caviderma‹!«

Jetzt habe ich wieder ein bisschen Angst. Weil Omas Träger runtergefallen ist. Sie soll ihn wieder hochziehen! Ich fürchte mich davor, wenn man ihre Brüste sehen kann. Außerdem habe ich Angst, weil Oma mit mir redet, als wäre ich kein Kind mehr, sondern schon erwachsen.

»Als 1967 über Ulus diese Flugzeuge zusammenstießen und mitten auf den Marktplatz stürzten, bekamen unzählige Leute Verbrennungen in den Gesichtern, und nur bei denen, die Cavit Beys Tinkturen benutzten, blieben keine Narben zurück. Aber davon hat Sevgi natürlich keine Ahnung.«

Jetzt ist auch noch Omas anderer Träger runtergefallen. Von dem Likör habe ich einen ganz klebrigen Mund.

»Und als sie 1962 das Monster von Adana auf dem Samanpazarı-Platz aufhängten und eine der Schaulustigen fast eine Fehlgeburt erlitten hätte, da eilte ihr natürlich Cavit Bey zu Hilfe. Ja, damals wurden die Monster noch aufgehängt, und heutzutage beherrschen sie die Straßen, auch wenn sie niemand mehr Monster nennt. Früher schmierten sich die jungen Frauen Cavit Beys mentholhaltige Hämorrhoidencreme unter die Augen, weil sie gut gegen sogenannte Veilchen war.«

Oma streicht sich mit der Hand über die Wange und kämmt sich mit ihren Fingern die Haare. So, als wäre sie Ajda Pekkan.

»Ich war schon so lange nicht mehr bei ihm, dass er sich vielleicht schon Sorgen macht. Heutzutage ist jeder mit seinen Sorgen allein. Auch Sevgi. Sie glaubt zwar, ich hätte es nicht bemerkt, aber ich weiß genau, dass sie diese Briefe mitgenommen hat, damit Aydın sie nicht sieht. Und neulich kam sie beschwipst nach Hause. Da läuft etwas, aber ich kann sie natürlich nicht darauf ansprechen. Am liebsten würde ich ihr sagen, dass sie sich zu wenig um ihre Tochter kümmert.

Sonst wird das Kind irgendwann keine Erinnerung mehr an sie haben.«

Ich bin doch hier, Oma! Du sollst nicht so reden, als ob ich gar nicht da wäre!

»Aydın lässt sich so vieles gefallen. Und meine Sevgi ist ein wenig hochnäsig. Wenn sie ein bisschen sanfter mit ihm umspränge, würde das für Aydın die Welt bedeuten, aber dazu lässt sie sich nicht herab. Vielleicht hat sie ja auch recht, und ich habe keine Ahnung! Ja, sie wickelt ihn um den Finger. Sie wickelt ihn um den Finger und genießt es, wie er sich abstrampelt. All die Jahre hat sie ihn nie richtig an sich herangelassen. Dabei war sie doch diejenige, die unbedingt heiraten wollte, die sich Aydın an den Hals geworfen hat, kaum dass sie aus dem Gefängnis entlassen worden war. Aber sie ist eben die Offizierstochter und er der Arbeitersohn, der ihr noch nie das Wasser reichen konnte. Dabei bräuchte Sevgi bloß mal wieder Angst zu bekommen, dann sähe alles völlig anders aus. Wer wüsste das besser als ich? Sie ist schließlich meine Tochter! Sie wirkt so selbstbewusst, aber im Grunde ihres Herzens ist Sevgi ein Angsthase. Ständig wirft sie Aydın vor, er habe dies nicht gemacht, das nicht gemacht. Hätte sie es eben selbst tun sollen! Dermaßen undankbar und verwöhnt kann nur sein, wer einen Mann an seiner Seite hat. Wäre sie allein, könnte sie sich das nicht erlauben. Dabei würde sie doch sowieso immer wieder zu Aydın zurückkehren. Aber da Aydın das nicht weiß, wird er ihr auch weiterhin alles recht machen, damit sie ihn nur nicht verlässt. Ob ich mir noch ein Glas genehmigen sollte? Na, es wird schon nicht schaden.«

Oma hat mich total vergessen. Wann kommen endlich Mama und Papa zurück?

»Jetzt schau dir das an, Ayşe! Der Bauchtänzerin Özcan Tekgül wurde die Parlamentsmedaille verliehen. Und einer von der Gerechtigkeitspartei hat natürlich gefragt: ›An welchem Kleidungsstück wollt ihr so einer die Medaille denn anheften?‹ Recht hat der Mann! Das ist ein guter Artikel. Den will ich dir einkleben, damit du später mal darüber lachen kannst, Ayşe. Oje, was ist denn das? Gott behüte! Ein Abgeordneter der Gerechtigkeitspartei hat einen Löwen in seinem Garten einquartiert! Soso, von einer Afrikanerin will er den bekommen haben. Wer ist denn die Wilde, die Löwen aus Afrika importiert? Das kommt auch in dein Heft ...«

Oma beachtet mich gar nicht mehr. Ich glaube, ich weine gleich. Sie steht auf und schwankt dabei.

»Jeder frisst seine Sorgen in sich hinein. Jeder. Hui, mir dreht sich der Kopf. Du hast zu tief ins Glas geschaut, Nejla! Na, du bist mir vielleicht eine!«

Endlich zieht Oma ihre Träger hoch. Und da klingelt es auch endlich an der Tür. Mama und Papa sind wieder da!

## Was passiert auf einer Beerdigung?

Ich wollte eigentlich gar nicht mit Mama zur Beerdigung fahren, aber weil ich sonst allein gewesen wäre, bin ich doch mitgekommen. Die älteren Frauen drängen sich alle in den Bus. Weil Seher so eine Art Chefin ist – in Wirklichkeit ist natürlich Hüseyin der Chef –, zählt sie nach, ob alle da sind. Unsere Nachbarin Nuran, die Lasin, ist auch da. Seher redet mit ihr, ihre Stimme klingt unfreundlich.

»Hör mal, Nuran, du willst ja unbedingt mitkommen, aber diese Beerdigung ist anders, nicht dass du dich nachher noch wunderst.«

»Werden die Toten im Kommunismus etwa nicht begraben?«

»Gut, dann komm eben mit. Aber falls etwas passieren sollte, weichst du nicht von meiner Seite. Genauso wie Hinke-Şükriye. Ihr zwei bleibt bei mir.«

Mama ist nicht Chefin geworden. Obwohl Hüseyin bei uns übernachtet hat und wir die Waffen im Kohlenkeller verstecken und sie den Fernseher bei uns aufgestellt haben, damit alle immer zu uns kommen, will Mama nicht Chefin werden. Weil sie sich »damit nicht auch noch herumschlagen will«. Weil wir »unsere Schuldigkeit bereits getan haben«. Weil mein Onkel nämlich gestorben ist.

Im Bus ist es sehr laut. Die älteren Frauen reden die ganze Zeit. Die schöne junge Frau steht auf. Inzwischen weiß ich, dass sie Birgül heißt. Je länger sie redet, desto schöner sehen ihre Wangen aus. Hüseyin streichelt manchmal darüber.

»Meine Damen, bei der Beerdigung darf keine von euch für sich bleiben. Alle müssen füreinander da sein. Nach der Zeremonie werden wir gemeinsam ins Viertel zurückfahren. Falls wir von der Polizei attackiert werden sollten, dürft ihr nicht auseinanderlaufen ...«

Hüseyin kommt zum Bus. Mit einem Gewehr! Weil wir ganz hinten sind, sieht er uns als Erstes, und Mama sagt zu ihm:

»Wo hast du das Gewehr her, Hüseyin? Und die Revolver? Habt ihr sie aus dem Kohlenkeller geholt?«

»Ist erledigt, Aliye. Das hier ist neu. Lass das meine Sorge sein. Du bist zusammen mit Seher für die Frauen verantwortlich, und Birgül ist ja auch noch da. Also, macht's gut.«

»Hüseyin, jetzt warte doch mal. Was ist los mit dir? Du bist so seltsam.«

»Wir haben einen Genossen verloren, Aliye. Ich erzähle dir später davon.«

Die schöne Birgül hat Waffeln dabei. Sie schauen aus ihrer Tasche raus. Sie hat mir gar keine angeboten. Hüseyin hätte das gemacht.

Dann ist die Beerdigung. Alle haben sich in eine Reihe gestellt. Vorne steht ein alter Mann. Er hat einen riesigen weißen Schnurrbart, nur die Spitzen sind gelb. Sein Gesicht ist voller Falten, als hätte es jemand mit einem Messer zerschnitten. Und seine Augen sind voller Tränen.

»Im Namen Alis! Der Verstorbene kam in diese Welt, er aß, trank, lachte, weinte und ging wieder von uns. Seite an Seite mit den Unterdrückten, den Unterdrückern die Stirn bietend, ging er zu seinem Schöpfer ein. Er schlüpfte in ein anderes Gewand. In welchem Gewand er uns das folgende Mal erscheint, ob als Taube, als Löwe oder als Schwan …«

Die schöne Birgül flüstert Mama ins Ohr: »Der war wohl heute im Schwanenpark spazieren.«

Aber Mama lacht nicht, sie ist sogar ein bisschen sauer. Der alte Mann redet weiter mit ganz weinerlicher Stimme.

»Nur Gott weiß, in welchem Gewand der Verstorbene wieder zur Welt kommt. Als was kanntet ihr ihn zu Lebzeiten? Erlasst ihr ihm seine Schuld?«

Nuran ruft am lautesten: »Wir erlassen sie ihm!«

»Gott, Mohammed und Ali mögen es jenen Zungen lohnen, die da sprachen: ›Wir erlassen sie ihm.‹ Der Übergang seiner Seele möge ewig sein!«

Ich höre, wie Nuran »Amen« sagt und ihr Kopftuch gegen ihren Mund drückt.

»Geteiltes Leid ist halbes Leid, geteilte Freude ist doppelte Freude, und so möge das Leid schwinden und die Freude sich mehren. Gott schenke den Hinterbliebenen ein langes Leben. Mögen Hadschi Bektasch Wali und Pir Sultan Abdal die Seele des Verstorbenen läutern. Ich rufe den Sitz der Wahrhaftigkeit an! O Ali!«

Jetzt fangen sie mit ihrem Singsang an. Sie sollen aufhören damit! Aufhören!

Papa kommt. Mama drückt ihre Handtasche gegen ihren Bauch und runzelt die Stirn. »Du hier? Hast du etwa freibekommen?«

»Die Leute aus dem Viertel demonstrieren für den Wasseranschluss. Da nicht hinzugehen, wäre unsolidarisch. Haben sie eigentlich die Revolver aus dem Kohlenkeller geholt, jetzt, wo Hüseyin ein neues Gewehr hat?«

»Das erzähle ich dir später. Übrigens, morgen ist Donnerstag. Da muss ich arbeiten. Den Jungen nehme ich mit.«

»Was gibt es zum Abendessen?«

»Wenn wir die Aktion hier heil überstehen, Mehlsuppe. Ja, du brauchst gar nicht so zu schauen. Seit gestern ist mal wieder kein Geld mehr da. Oder sollen wir lieber Steine essen?«

»Ach, Nuran ist auch hier? Ihr Mann ist nicht gekommen, obwohl ich ihn eingeladen habe.«

»Du hättest es ihm halt richtig erklären müssen. Was schaust du so?«

Danach werden wir von der Polizei angegriffen. Wir werden immer von der Polizei angegriffen. Die Polizei will uns töten. Am wildesten kämpft Nuran. Später im Bus klopfen Mama, Papa und Seher ihr immer wieder auf den Rücken und sagen: »Gut gemacht.« Erwachsene sind nach einer Prügelei irgendwie immer gut gelaunt. Sie lachen sogar, wenn sie verletzt wurden. Ganz aufgeregt sind sie dann. Und sie erzählen tausendmal, was passiert ist.

»Und als Hinke-Şükriye von diesem einen Polizisten festgehalten wurde, wisst ihr, was sie da sagte? ›He, lassen Sie mich los! Ich suche mir hier nur ein paar Trauergäste für meine eigene Beerdigung!‹«

Es wird viel geredet im Bus. Seher klopft Nuran auf den Rücken.

»Nuran, die Löwin von Seyranbağları!«

Nuran ist das peinlich. Sie hält sich beim Lachen ihr Kopftuch vor den Mund.

Als am Abend Versammlung ist, gehe ich raus in den Garten. Ich schaue mir die Seidenraupen an. Gökhan hat sie auf dem Markt gekauft, einen ganzen Haufen. Später kommen auch mein Papa und Gökhans Papa in den Garten.

Papa lacht. »Gibt es die zu dieser Zeit überhaupt noch? Die sind doch sonst im Mai immer schon ausverkauft.«

»Dieses Jahr haben die Raupenzüchter Widerstand geleistet. Als die Regierung Seidenraupen aus dem Ausland kaufen wollte, haben sie ihre eigenen so billig wie möglich abgestoßen.«

Ich werde Ayşe ein paar Raupen mitbringen. Sie wird sie mögen. Ich glaube, sie mag alles. Da sagt Gökhans Papa (er arbeitet nämlich beim Ordnungsamt): »Die wollen im Schwanenpark einen Schwan nach dem anderen einfangen. Damit sie nicht wegfliegen, wollen sie ihnen die Flügel brechen, habe ich gehört.« Wenn ich das Ayşe erzähle, bekommt sie vielleicht Angst. Sie soll keine Angst bekommen.

# 6. KAPITEL

## Die Museen und Sehenswürdigkeiten unserer Stadt

### Wir gehen ins Museum

Dann nimmt Ayşe mich an der Hand. Im Garten vom Museum. Sie steckt sich die Kamille in die Haare und dreht sich in der Sonne. Dazu singt sie ein Lied, das ich nicht kenne.

*Bist wie die Kamille, so weiß und so schlaaank …*

Ihr Rock wirbelt durch die Luft. »Du siehst aus wie Birgül«, sage ich. Ihre Haare kleben ihr an der Wange. Sie lacht. Dann kommt sie zu mir und nimmt mich an der Hand. Mama hätte es hier gut gefallen. Weil es hier Rosen gibt. Wie wir sie hatten, bevor unser Haus abgebrannt ist. Vor dem Foto von meinem Onkel Said.

Wenn Ali einen anschaut, bekommt man Lust, sich im Kreis zu drehen. Er kriegt kein Wort raus. Er traut sich nicht, mir die Kamille zu schenken. Ich nehme sie ihm aus der Hand, aber ich glaube, er wollte sie mir sowieso geben. Ali hat mir eine Kamille geschenkt! Da singe ich ein Lied. Denn wenn Ali einen anschaut, muss man einfach singen. Er war noch nie in einem Museum. Trotzdem finde ich ihn klüger als alle Kinder in meiner Klasse. Er kann sogar Kleinbuchstaben lesen, und Seidenraupen hat er mir auch mitgebracht.

»Was willst du denn mit denen, Ali? Solche Krabbeltierchen verschenkt man doch nicht.«

Mama ist manchmal ganz schön *opatunistisch*. Aber schließlich war sie doch einverstanden. Wenn ich mich stumm stelle, macht sie immer, was ich will. Die Raupen habe ich in eine Schachtel gelegt. Die Maulbeerblätter hatte Hüseyin gepflückt. »Wo bringst du sie denn hin, Großer?« Ich habe es ihm nicht gesagt. Das mache ich später. Die Leute glauben immer, Raupen würden keine Geräusche machen. Dabei kann man hören, wie sie an den Blättern knabbern. Ihre Zähne sieht man zwar nicht, aber sie fressen jede Menge. Irgendwann verpuppen sie sich und schlafen ein. Dann sind sie ganz still. Aber in unserem Viertel ist es viel zu laut für sie. Bei Ayşe zu Hause ist es viel leiser. Da können sie schlafen.

Als Ali zu uns nach Hause kam und mir die Raupen schenkte, gab ich ihm *Ulduz und die Raben*. Oma hatte mir das Buch schon vorgelesen. Es geht um ein Mädchen und einen Jungen, die ein Rabenjunges retten. Und weil die Erwachsenen die beiden Kinder nicht mögen, wahrscheinlich weil sie nie mit ihnen sprechen, fliegen sie mit den Raben zusammen weg. Wir haben die Raupen ins Bücherregal gestellt. Vor das *Konservationslexikon*. Weil Ali sie da haben wollte. Ali liebt dieses Lexikon. »Weil da alles drinsteht, was wir nicht verstehen«, hat er gesagt. Alles! »Aber alles ist doch im Parlament«, habe ich zu ihm gesagt. Und er hat geantwortet: »Nein, in den Tiefen Ankaras.« Da habe ich ihm von den orangenen Schmetterlingen erzählt. Und vom Parlament, weil sie da ja nicht reingekommen sind.

»Und als Mama später nach Hause kam, hat sie Papa von den Schmetterlingen erzählt. Dass die nicht ins Parlament gekommen sind, weil sie nicht dürfen. ›Das Schöne hat bei uns keine Daseinsberechtigung‹, hat sie gesagt. Wenn die Schmetterlinge doch nur ins Parlament kämen. Das wäre wunderbar! Findest du nicht?«

Außerdem erzählte ich ihm, dass sie diesen Schwan aus dem Park klauen wollten.

Weil Papa nämlich Mama erzählt hat: »Ich war mit dem Detektiv bei Selahattin, um … ach, egal … aber wusstest du, dass sie die Schwäne im Schwanenpark …?«

»Du hast es also auch gehört? Was genau ist denn da eigentlich los?«, hat Mama gesagt.

»Angeblich hat sich der Generalstabschef einen der Schwäne in seinen Garten bringen lassen. Und als der in den Park zurückfliegen wollte, ist er gegen ein Hochhaus geprallt und gestorben. Den restlichen Schwänen will der General jetzt die Flügel brechen lassen, damit sie nicht mehr fliegen können.«

Ayşe wusste auch von den Schwänen. Ich erzählte ihr von dem alten Mann bei der Beerdigung. »Die Menschen können nämlich im Schwanengewand wiedergeboren werden«, sagte ich. »Tragen die Schwäne etwa Gewänder?«, fragte sie. Manchmal war sie wirklich dumm. »Die Faschisten wollen den Schwänen irgendwas tun«, sagte ich. Ayşe wusste nicht, wer die Faschisten sind. Weil sie nie Wasser holen geht. Weil sie weiße Strümpfe hat. Und weil sie einen Duftradiergummi hat. Dann sagte ich: »Und aus den Kokons schlüpfen die Schmetterlinge.« »Orangene!«, rief sie. Wenn sie bloß nicht immer so schreien würde! Das mit den Schwänen hat Ayşe nicht verstanden.

Oma war heute Morgen ziemlich gut gelaunt. »Ach, Sevgi, was sollen wir denn immer nur zu Hause herumsitzen! Den Kindern fällt doch die Decke auf den Kopf. Ich gehe mit ihnen raus. Ich muss ohnehin zur Apotheke, das verbinden wir dann mit einem kleinen Spaziergang.«

Oma hat nur einen Lippenstift. Weil er fast aufgebraucht

war, kratzte sie die Reste mit dem Finger raus und schmierte sie sich auf die Lippen. Ich setzte mich neben sie an den Frisiertisch. Ich roch an ihrer Schublade. Darin riecht es nach Theater. Mama benutzt keinen Lippenstift. Aber wenn Oma sich schminkt, darf ich zuschauen.

»Komm, du flottes Bienchen, du kriegst auch rote Lippen. So, jetzt die Lippen aufeinanderpressen und hin und her bewegen.«

Ich sah wunderschön aus. Mama und Papa durften das auf keinen Fall sehen! Ich duftete nach Theater.

Als Ali mir die Raupen gab, sagte Oma: »Im Garten der Polizeiwache steht doch ein Maulbeerbaum, Ayşe. Wir werden die Polizisten um ein paar Maulbeerblätter bitten. Damit päppeln wir die kleinen Viecher auf, bis sie sich in Schmetterlinge verwandeln.«

Als Oma das sagte, wurde Ali ganz still. Bis wir in den Dolmuş stiegen, sagte er kein Wort mehr.

Als Hüseyin heute Morgen die Maulbeerblätter gepflückt hat, hat er in die Sonne geblinzelt, als würde er gleich weinen. Als ich noch klein war, ist Hüseyin einmal so zu uns nach Hause gekommen. Papa hat ihn gestützt. »Sie haben ihm bei der Folter den Arm gebrochen«, hat Papa damals gesagt. »Lasst uns das nicht vor dem Jungen besprechen«, hat Hüseyin gesagt. Da hat Mama gesagt: »Wir leben hier alle unter einem Dach, Hüseyin. Wie willst du hier etwas verheimlichen? Das ist doch kein Spiel!« Hüseyin hatte ganz dicke Lippen. Damals hat Hüseyin genauso geschaut wie heute Morgen. Als würde ihn die Sonne blenden.

»Was bedeutet, im Schwanengewand wiedergeboren zu werden, Hüseyin?«

Hüseyin holte eine Zigarette raus. »Oje!«, sagte er. Dann

suchte er sein Feuerzeug. Aber er konnte es nicht finden. Er fluchte leise. Hüseyin hatte sein schönes Ibelo-Feuerzeug verloren.

Wir setzten uns unter den Maulbeerbaum. Er umarmte mich so fest, dass ich meine Arme nicht mehr bewegen konnte und aussah wie ein I.

»Im Schwanengewand wiedergeboren zu werden, Ali … das bedeutet dialektischen Materialismus. Wenn jemand stirbt, dann verschwindet er eigentlich nicht. Nichts verschwindet. Alles geht weiter, wenn auch in veränderter Form. Deshalb kann ein Mensch, wenn er nicht mehr lebt, auch eines Tages als Schwan wieder auf die Welt kommen. Merk dir das: Di-a-lek-ti-scher Ma-te-ri-a-lis-mus. Ja, das ist so eine Art Perpetuum mobile.«

Hüseyin berührte mit seinem Finger nachdenklich die Glut von der Zigarette. Lass das, Hüseyin, das tut doch weh!

»Was haben sie mit den Schwänen gemacht, Hüseyin? Mit denen im Park.«

»Sagen wir mal, ich hätte einen Freund. Wenn der nicht mehr leben würde, wäre er vielleicht inzwischen zu einem Schwan geworden. Ich meine, er würde leben, aber er wäre zum Beispiel nicht mehr Turgay.«

»Was haben sie mit den Schwänen gemacht, Hüseyin?«

»Hm? Mit den Schwänen? Wahrscheinlich dasselbe, was sie mit uns auch immer machen, Ali. Die verdammten Faschisten haben das Chaos genutzt, um auch den Schwänen etwas anzutun. Vergiss nicht, für eine zusätzliche Gemeinheit oder Grausamkeit haben sie immer Zeit.«

Ich vergesse doch nie was! Ich merke mir alles, Hüseyin. Ich nahm die Maulbeerblätter und legte sie in die Schachtel. Eine nach der anderen setzte ich die Raupen darauf. Ich hörte mir die Geräusche an, die sie machten.

Hüseyin fragte: »Willst du die etwa diesem reichen Mädchen mitbringen? Was soll die denn mit diesen Krabbeltierchen? Kaufen wir lieber Waffeln für sie.«

Da wurde ich wütend. Ayşe ist nämlich nett. Ich habe ihr doch auch eine Schnur geschenkt. Manchmal wirkt sie ein bisschen dumm, aber in Wirklichkeit ist sie das gar nicht. Die Waffeln wollte Hüseyin natürlich eigentlich für die schöne junge Frau. Das war mir schon klar.

Weil Ali sich hier nicht auskannte, habe ich ihm alles erklärt. »Schau, das ist Kızılay, Ali, und das ist das Einkaufszentrum Sosyal Çarşısı. Das da ist das Kaufhaus Yeni Karamürsel, und das da hinten ...«

Ali holte eine Schnur aus seiner Tasche. Dabei rutschte ihm auch ein Zettel mit raus, aber den steckte er wieder ein. Was da wohl draufstand? Dann schaute er auf die Schnur. Ich nahm sie ihm ab. Ich musste ein bisschen ziehen, weil er sie mir erst nicht geben wollte. Ich machte einen Ring daraus und lachte. Er lachte nicht. »Man holt keine Maulbeerblätter von der Polizeiwache«, sagte er. »Die Faschisten können auch den Insekten was tun.« Allmählich wurde er mir unheimlich. »Den Schwänen tun sie auch was, aber davon hast du keine Ahnung«, sagte er. Vielleicht wollte er mir Angst machen. Ich nahm ihn in den Arm. Damit er keine Angst hat. Er wand sich raus. Da ärgerte ich mich. Das machte ihn traurig, glaube ich. »Ich kann dir doch keine Waffeln kaufen«, sagte er. Ich lachte. Er lachte auch. »Ich finde die Raupen süß. Sie sind so winzig«, sagte ich. Ich machte ein Raupengesicht, da lachte Ali noch einmal. Als der Dolmuş über einen Hubbel fuhr, sagte eine alte Frau: »Hoppla!« Da mussten wir ganz laut lachen. Alle schauten uns an. Es war das erste Mal, dass Ali gelacht hat.

Als ich lachte, kamen ganz viele Geräusche aus mir raus. Ich klang wie einer von diesen Jungen aus dem Fernsehen. Dann sagte ich den Namen von dem Mädchen: »Guck, Ayşe, hier ist der Gençlik-Park.«

Ayşe … Ich musste ihr sagen, dass das mit der Polizeiwache kein Spiel war. Weil sie da sonst vielleicht hingehen würde und sie ihr den Arm brechen. *Das ist doch kein Spiel!* Wir müssen rausfinden, was sie mit den Schwänen gemacht hatten. Ich glaube nämlich, dass Hüseyins Freund zu einem von diesen Schwänen geworden ist. Darum schaut Hüseyin schon seit Tagen so, als würde ihn die Sonne blenden. Aber Hüseyin und die anderen können die Schwäne im Moment nicht retten. Weil sie zu viel zu tun haben. Sie sind ja keine Faschisten, die immer Zeit haben.

Ali war noch nie bei der Burg gewesen. Aber er wusste mehr darüber als alle Kinder in meiner Klasse zusammen. Bevor wir losgingen, rannte er zum *Konservationslexikon* und schaute was nach. Er fand das D sofort, er wollte nämlich *maternalistischer Dialekt* nachschlagen.

Dann nahm er den Band mit dem S und las den Artikel über Seidenraupen.

Jetzt sagte er zu mir: »Nachdem die Raupen sich verpuppt haben, schlüpfen sie im Schmetterlingsgewand wieder aus. Verstehst du?«

»Und dann versuchen sie ins Parlament zu kommen. Aber das schaffen sie nicht. Stimmt's, Ali?«

»Ayşe, du darfst auf keinen Fall zur Polizeiwache gehen. Weil sie dir da vielleicht die Arme …«

»Guck mal, Ali, da ist Omas Lieblingsapotheke«, unterbrach ich ihn, weil er sonst vielleicht irgendwas Unheimliches gesagt hätte.

»Einen wunderschönen guten Tag, Cavit Bey!«

»Herzlich willkommen, Nejla Hanım. Treten Sie doch näher. Ich lasse Ihnen eine Erfrischung kommen. Für die Kinder eine Brause? Herzlich willkommen, junges Fräulein. Herzlich willkommen, junger Mann.«

Die schneeweiße Schürze von Cavit Bey sitzt immer wie angegossen. Oma schminkt sich nur die Lippen, wenn sie hierherkommt.

»Mein Lippenstift ist aufgebraucht, und da habe ich mir gedacht, ich komme vorbei und hole mir einen neuen. Und dann müssen ja auch die Kinder mal ein bisschen raus …«

»Wer ist denn der junge Mann?«

»Das ist der Sohn unserer P…, äh, unserer Haushaltshilfe. Er hat sich mit Ayşe angefreundet. Ali liest viel. Er ist ein richtiger Bücherwurm.«

»Hut ab!«

Cavit Bey bestellte zweimal Orangenbrause für uns. Und für Oma Limonade. Wenn Oma hierherkommt, hält sie die Limonade mit den Fingerspitzen, wie ihren Likör. Ali schaute sich Cavit Beys Arzneiflaschen an. Omas Stimme klang wie die von einer Sängerin.

»Kinder, ihr dürft alles anschauen, aber nichts anfassen!« Und zu Cavit Bey sagte sie: »Das ist vielleicht eine Hitze diesen Sommer, kaum auszuhalten!«

»Die Leute sagen, die zieht von Afrika herauf, Nejla Hanım. Nichts gegen unsere Mitmenschen, aber die staunen Jahr für Jahr, als wäre dies der erste Sommer hierzulande!«

»Wenn man doch nur irgendwohin gehen könnte, in den Biergarten von Atatürks Waldfarm zum Beispiel … Oder zu einem Picknick auf den Elma Dağ …«

Da wurde Cavit Bey erst ganz still, dann lachte er. Hatte Oma etwa was Unanständiges gesagt?

Ayşe stemmte ihre Hände in die Hüften. Ihr Glas stand auf dem Boden. Sie stupste mit ihrer Schuhspitze dagegen. Gleich würde es umkippen. Sie schaute ihre Oma an, aber ihre Oma schaute nicht zurück. Sie machte das nur, um ihre Oma zu ärgern. »Hör auf!«, sagte ich. Aber Ayşe zuckte nur mit der Schulter. Da hatte ich plötzlich eine Idee.

»Ich glaube, ich weiß, wie wir die Schmetterlinge ins Parlament kriegen.«

Da schaute Ayşe mich wieder so an, dass ich mich irgendwie größer fühlte. Ihre Oma sprach mit dem Apotheker, wie die schöne junge Frau mit Hüseyin spricht, wenn sie mit ihm alleine ist. »Zu Ihnen kommt bestimmt Ankaras gesamte Damenwelt, nicht wahr, Cavit Bey? Nun, es geht eben auch nichts über Ihre Tinkturen.«

»Wobei aber keine dieser Damen über so viel Anmut verfügt wie Sie, Nejla Hanım!«

»Lassen Sie mich Ihnen eine Frage stellen. Gehen Sie zu den Konzerten des Präsidialen Sinfonieorchesters? Mit Ihrer Frau vielleicht?«

»Also, wenn Sie diesen Sonntag nichts anderes vorhaben, können wir gerne gemeinsam hingehen.«

Oma schüttete sich ihre Limonade direkt auf die Hand. »O weh! Was habe ich bloß angestellt!«

»Aber das ist doch halb so schlimm, Nejla Hanım. Lassen Sie mich rasch Ihre Hand saubermachen. Ich habe da unlängst ein neues Eau de Cologne mit Tabaknote kreiert.«

Cavit Bey wischte Ayşes Oma die Hände ab.

Ayşe schaute mich immer noch so an. »Wie sollen wir es denn machen?«

»Das sage ich dir später.«

»Ah, Ihr Eau de Cologne duftet sehr apart, Cavit Bey«, sagte Ayşes Oma.

Wir gingen raus aus der Apotheke. Schließlich wollten wir ja ins Museum. Aber das wurde renoviert. Also setzten wir uns in den Garten, der dazugehörte. Oma schaute die ganze Zeit auf ihre Hände und summte gut gelaunt vor sich hin. Ali und ich rannten um die Rosen rum. Das heißt, meistens rannte ich, und Ali kam manchmal hinterhergerannt. Dann hat er eine Kamille gepflückt, und ich habe sie ihm abgenommen. Also hat er sie mir sozusagen geschenkt.

Ich glaube, Ayşe hält überhaupt nicht mehr an, so oft rennt sie im Kreis herum. Da sage ich zu ihr: »Ich habe mir einen Plan ausgedacht, wegen den Schmetterlingen.« Früher konnte ich so was wie »Ich habe mir einen Plan ausgedacht« gar nicht sagen. Es ist wie im Fernsehen. Ich bin wie Wickie aus *Wickie und die starken Männer*. Da bleibt Ayşe endlich stehen. Aber weil ihre Oma sagt: »Na los, gehen wir«, muss ich es ihr später erzählen. Im Dolmuş verrät man keine Pläne, weil da alle immer so viel reden. Ayşe hat die Kamille in ihr Knopfloch gesteckt. Ihre Oma hat gesagt, dass sie das machen soll. Der Dolmuş hält beim Kurtuluş-Park. Da gibt es nämlich eine Straßenschlacht. Ayşes Oma fängt an zu zittern. Sie sagt zu Ayşe: »Die spielen ein Spiel, meine Kleine. Du weißt schon, das Spiel, von dem ich dir immer erzähle.« Ayşe schaut mich an.

Oma schwitzt. »Habt keine Angst, Kinder! Wir gehen hier lang. Alle zusammen!«

Sie nimmt Ali und mich an der Hand. Wir rennen. Als müssten wir Oma retten. Weil sie ja nicht so schnell laufen kann wie wir. Also ziehen wir sie hinter uns her.

Die jungen Männer auf der einen Seite schreien: »Da habt ihr die Rechnung für das Pogrom von İnciraltı!« Und: »İbo lebt weiter!«

Die anderen jungen Männer schreien überhaupt nicht. Sie haben große Waffen. *Taka taka taka!* »Hier lang müssen wir!«, ruft Ali. Oma hört auf ihn. Wir laufen am Park vorbei und rennen, bis wir in unserer Straße sind.

Ich muss sie retten. Weil sie doch keine Ahnung haben. Als wir in Sicherheit sind, zittern Ayşes Oma immer noch die Hände. Sie holt eine Zigarette aus ihrer Handtasche. Aber sie kriegt das Streichholz nicht an, so sehr zittert sie. Wir setzen uns auf die Treppe vor dem Haus. Ayşes Oma sitzt zwischen uns. Das Streichholz zünde ich für sie an. Dann pustet Ayşes Oma ganz viel Rauch in die Luft. Ihre Haare sind zerzaust. Ayşe streicht sie glatt. Dann setzt sie sich neben mich. »Du bist so klug«, sagt sie. Später muss ich Hüseyin erzählen, was ich heute gemacht habe. Das ist doch kein Spiel!

Als wir bei uns zu Hause sind, schlagen Ali und ich im *Konservationslexikon* unter »Schwäne« nach. Da ist ein Bild von den Schwänen im Schwanenpark. Die heißen angeblich »Stumme Schwäne«. Weil sie nämlich überhaupt nicht sprechen können. Die Ärmsten! Später will Ali mir erklären, wie wir die Schmetterlinge ins Parlament reinbekommen. Oma sagt zu Alis Mama: »Lassen Sie Ali am Samstagabend bei uns übernachten, dann nehme ich die Kinder am Sonntagmorgen mit ins Konzert …«

Aliye hat einen Putzlappen in der Hand. Sie schaut Oma an und sagt: »Okay.«

# 7. KAPITEL
# Moralkunde

## Fleiß

Als es Nacht geworden ist, klettert Hüseyin mit der schönen jungen Frau auf das Dach von Gökhans Haus. Ich will ihn nach den Schwänen fragen und ob man ein *Opatunist* ist, wenn man von der Polizeiwache Maulbeerblätter mitnimmt. Aber ich kann nicht. Weil Hüseyin nämlich Wachdienst hat. Weil er traurig war, als er mit meinen Eltern gesprochen hat.

»Aliye, die Leute im Viertel sind nicht mehr wie früher. Sie weigern sich, den Wachdienst zu übernehmen. Was sagst du dazu, Hasan?«

Weil meine Eltern nicht geantwortet haben, hat er zu der schönen jungen Frau gesagt: »Na los, dann halten eben wir heute Nacht Wache.«

»Hüseyin, so geht das nicht«, hat Mama da gesagt, die schöne junge Frau angeschaut und die Augenbrauen gehoben. »Ihr müsst das offiziell machen. Die Leute im Viertel reden schon.«

Ich gehe Hüseyin und Birgül hinterher. Im Dunkeln sehen sie mich nicht. Sie hängen ihre Gewehre um die Schultern und klettern auf das Dach von Gökhans Haus. Ich klettere ihnen nach, aber am Ende von der Leiter bleibe ich stehen. Von da kann ich sie hören. Sie verstecken ihre Zigaretten zwischen ihren Händen. Weil die Faschisten von Bademlidere sonst die Glut sehen könnten.

Hüseyin redet mit der schönen jungen Frau: »Du hast abgenommen, Birgül. Machst du Diät?«

»Ich kämpfe und renne genauso viel wie du. Könnte es nicht vielleicht daran liegen?«

»Du lässt dich aber leicht provozieren, meine Liebe! Ich wollte was Wichtiges mit dir besprechen.«

»Dann sprich.«

»Tja, äh, also …«

»Die ganze Situation ist ziemlich kompliziert, nicht wahr?«

»Es ist so, Birgül … die faschistische Diktatur wird kommen, da führt kein Weg dran vorbei. Es ist nur noch eine Frage der Zeit. Unser Zentralkomitee berät darüber, ob wir eine Partei gründen sollen, ob wir, falls es Wahlen gibt, einen unabhängigen Kandidaten aus Adana oder Ankara entsenden sollen. Offenbar sähen sie uns gern im Parlament. Und unser Kleiner, der Ali, fragt mich: ›Hüseyin, wie kriegt man Schmetterlinge ins Parlament?‹ Mit uns ist es genauso. Die Leute wollen mehr, die Leute erwarten, dass jemand mal auf den Tisch haut. Aber wir hocken nur rum und beraten, wie viele Delegierte wir von A oder B entsenden sollen. Das reicht den Leuten nicht, Birgül. Wir sind der Sache nicht gewachsen. Es gibt so viel zu tun! Die revoltierenden Bergarbeiter von Yeni Çeltek brauchen Geld. Damit es in Çorum nicht ausgeht wie in Maraş, muss jemand sie dort unterstützen. Unsere Schriftsteller und Intellektuellen brauchen Schutz, denen müssen je zwei Männer zur Seite gestellt werden. In Gazi verprügeln sie linke Gymnasiasten, da muss einer hin, in Cebeci war eine Schießerei, da muss auch einer hin. Anstatt zu schlafen, muss man Bekanntmachungen schreiben. Da kommt Munition in Mandarinenkisten aus der

Ägäis, also muss jemand das mit den Männern in der Markthalle organisieren. Die Lehrer in Zentralanatolien brauchen Waffen zur Selbstverteidigung, die Kader in Kars Stiefel. Ich komme nicht mehr hinterher, Birgül. Es hat sich Wasser aufgestaut, sogar mehr, als wir erwartet haben, aber es weiß nicht, wohin es abfließen soll. Wir können es nicht in die richtigen Bahnen lenken, Birgül. Da wurde einer irgendwohin nach Adana geschickt, monatelang hat er den Landkreis selbst organisiert, unser Komitee hat ihn dort vergessen. Der Mann sagt: ›Wir sind hier inzwischen vierzig Personen, haben zwei Häuser und soundso viel Geld, was sollen wir machen?‹ Aber von unseren Leuten kommt keine Antwort. Dann haben sie die Mädels nach İskenderun geschickt, damit sie die Gymnasiasten organisieren, und sie haben eine schlagkräftige Truppe aus ihnen gemacht. Aber keiner weiß, was wir jetzt mit ihnen anfangen sollen. Sie alle fragen: ›Und was jetzt?‹ und bekommen zur Antwort: ›Na ja, wir könnten doch mal zwei Abgeordnete ins Parlament bringen.‹ Als ob sie sich damit abspeisen ließen! Wir haben den Menschen was von Revolution erzählt, ihnen das Paradies auf Erden versprochen. Und dann sagen wir: ›Bringen wir mal zwei Abgeordnete ins Parlament …‹ Den Leuten wird es zu bunt! Seit Jahren zanken wir uns herum, da haben die Menschen eben irgendwann die Nase voll, sie wollen sich ja nicht mal mehr zum Wachdienst einteilen lassen. Morgen gehe ich nach Çorum, und von dort gibt es vielleicht kein Zurück …«

»Wenn du mir damit etwas sagen willst, dann sag es, Hüseyin.«

»Was ich dir damit sagen will, ist: Heirate mich doch einfach!«

Da bekomme ich Schluckauf. Das war's. Jetzt haben sie mich.

»Komm her, Junge!«, ruft Hüseyin. »Sei mein Zeuge. Ich habe Birgül gerade einen Heiratsantrag gemacht.«

Hüseyin lacht. Er umarmt mich und drückt mich mal wieder gegen sein Bein. »Und, was sagst du dazu, Birgül?«

Am nächsten Morgen sagt Mama: »Jetzt wird geheiratet!« Mittags bringt Hüseyin die Ringe. Sie heiraten in unserem Garten. Beide legen ihre Gewehre auf den Tisch.

»Was sollen wir machen, Aliye? Auf irgendwas muss man doch schwören. So ist das eben bei uns. Eine Revolutionärshochzeit!«, lacht Hüseyin. Hüseyin lacht viel. Birgül ist an diesem Tag ganz rosa.

Danach geht Hüseyin nach Çorum. *Von dort gibt es vielleicht kein Zurück …*

Als Birgül am Abend ihren Lesekurs geben will, sagen die Frauen: »Wir machen einen Hennaabend mit dir, wie es sich gehört.« Also machen sie einen Hennaabend. Da wird Birgül noch rosaner. Die Frauen singen.

*Wer aus weiter Ferne kommt, der wird noch schwitzend geküsst …*

Birgül lacht und sagt zu Mama: »Aliye, wir können doch nicht singen und tanzen, wenn Hüseyin in Çorum alles Mögliche passieren kann!«

»Meine Liebe«, sagt Mama, »manchmal muss gefeiert werden, und wenn es in der ärmsten Hütte ist! Zerbrich dir nicht den Kopf darüber. So ist das Leben.«

Sie tanzen bis spät in die Nacht. Das ABC lernen sie nicht mehr.

Weil Hüseyin so viel zu tun hat, muss ich das mit den Schmetterlingen selbst erledigen. So machen es nämlich die Revolutionäre. Sie lassen sich selber was einfallen.

## Nächstenliebe

Ich weiß schon, dass ich ihn nicht treten darf. Denn wenn Mama mit Önder spricht, hört sich ihre Stimme an, als würden Glocken läuten. Ich ärgere mich, dass Mama so fröhlich ist. Aber Önder sieht wirklich sehr gut aus. Seine Haare glänzen in der Sonne. Deswegen ist Mama so fröhlich, das weiß ich schon. Aber es gefällt mir überhaupt nicht.

Ich bin wieder mal mit Mama zur Arbeit gegangen. Diesmal hat sie mir das Parlament gezeigt.

»Schau, Ayşe, hier ist der Plenarsaal. Hier sprechen die Abgeordneten über alles. Aber eigentlich sprechen sie über nichts.«

Es roch groß dort. Es roch nach den Sitzen im Bus und nach dem Pult von unserer Lehrerin. Wenn jemand »Parlament« sagt, dann stelle ich mir immer ganz viele Spielkarten auf einem Tisch vor. Manchmal haben die Wörter in meinen Augen Bilder. Wenn einer »Moskitonetz« sagt, sehe ich kleine gelb-weiße Vögel. Wenn Oma »Halbschuh« sagt, sind da blaue Blumen. »Schau, Ayşe, gleich spricht Ecevit!«

Ecevit mochten wir früher sehr. Inzwischen mögen wir ihn nicht mehr so. Weil er uns nämlich was versprochen und es dann nicht gehalten hat. So was in der Art. Als Ecevit sprach, lachten die Männer mit den dicken Bäuchen, und die dünnen Männer klatschten Beifall.

»Das Pogrom von Çorum ist nicht das erste seiner Art, und wenn unsere Regierung ihren Kurs beibehält, wird es nicht das letzte sein. Vierzig Provinzen sind inzwischen unter die Kontrolle faschistischer Kommandos geraten. Landesweit werden Massenmorde von Militanten verübt, die sich des Schutzes durch die Regierung erfreuen. Die Regierung ist zur Geisel einer kleinen Partei geworden.«

Die anderen Männer riefen Ecevit zu: »Die MHP ist keine kleine Partei!« Und: »Sie erscheint Ihnen klein, weil Sie von Moskau aus auf Ihr eigenes Land schauen!«

Demirel war auch da. Er lachte. Darüber ärgerte Ecevit sich. »Und der Herr Ministerpräsident lacht. Es ist beschämend! Sie bringen Menschen um, nur damit aus Keynes'scher Ökonomie Friedman'scher Raubtierkapitalismus wird!«

Ich kapierte überhaupt nichts.

Aber Mama nickte immer wieder, als würde sie »ja, ja« sagen.

Dann gingen wir zu Muzaffer. In die Mikrofilmabteilung. Mama gab ihm ein Buch. Von Nâzım Hikmet.

»Vielleicht liest du das ja mal, Muzaffer. Es wurde in Bulgarien gedruckt. Meine Lieblingszeile ...«

»Ich habe Nâzım gelesen, Sevgi Hanım. Nâzım muss man gelesen haben. Heimlich, denn unsere Leute sehen das natürlich nicht gerne.«

»Meine Lieblingszeile ist die hier ...«

Muzaffer las vor: »*... und wir müssen an die Menschen glauben.*«

Mama war seit heute Morgen schon so seltsam. Sie lachte sogar, wenn sie mit Muzaffer redete. »Vielleicht ist dir aufgefallen, dass es sich nicht reimt.«

»An die Menschen zu glauben, reimt sich ohnehin nicht auf das Leben, Sevgi Hanım.«

»Vielleicht hast du recht, Muzaffer. Vielleicht verstecken wirklich ganz viele Menschen irgendwelche Sachen hier im Parlament.«

Dann lachten sie.

»Das stimmt, Sevgi Hanım. Wie Nâzım schon sagte: ›Wir müssen an die Menschen glauben‹, nicht wahr?«

»Aber sogar der Glaube an Gott ist weniger enttäuschend, meinst du nicht auch, Muzaffer?«

Mama lachte, aber Muzaffer konnte darüber nicht lachen. Wir gingen.

In ihrem Büro schmierte sich Mama Uhu auf die Laufmasche von ihrem Strumpf, heimlich unter dem Tisch.

»Mama, was heißt *Opatunist?*«

»Wo hast du denn das her?«

»Was heißt es?«

»Hmmm … Das ist einer, der nur an sich selbst und an seinen eigenen Vorteil denkt. Nimm zum Beispiel den Lehrer von eurer Parallelklasse, der die Kinder schlägt. Wenn du sagen würdest: ›Hauptsache, er schlägt uns nicht‹, dann wärst du eine Opportunistin.«

»Aber so was zu sagen, gehört sich doch nicht, oder?«

»Natürlich nicht. Hast du das Wort von Ali?«

Ich fing an, ein bisschen gegen Mamas Schreibtisch zu treten. Weil ich es ihr nicht sagen wollte. Damit sie nicht wütend wurde auf Ali.

»Was hat er dir denn sonst noch erzählt?«

»Sind wir reich, Mama?«

»Haha! Nein, überhaupt nicht. Warum fragst du das?«

»Ali hat mir eine Kamille geschenkt. Aber er kann Kleinbuchstaben lesen!«

»Hmmm, na so was. Und was kann er sonst noch?«

Von den Schmetterlingen sagte ich lieber nichts. Das war Alis und mein Geheimnis.

»Ich glaube, du magst diesen Ali, stimmt's?«

Ich rannte weg, in das Büro von Mamas Kolleginnen. Dort wurde gelacht.

»*Petr'oil,* Öl, was ist das bitte für ein Liedtitel? Damit haben wir uns lächerlich gemacht beim Grand Prix, aber es läuft immer noch überall.«

»Ja gut, aber als Bülent Ersoy auf der Bühne stand, gab es Sprechchöre: ›Bleib zu Hause, Bülent!‹ Worauf er … oder sie … oder was auch immer sich auf der Bühne betrunken hat! Das wäre ja wohl auch keine Alternative gewesen! Und jetzt, wo so ein Chaos herrscht – das ganze Land ist moralisch verkommen!«

»Also wirklich, es liegt doch nicht an Bülent Ersoy, dass alles gerade in Gewalt versinkt!«

»Allah, Allah!«

Als Mama reinkam, machte ich mit dem Locher von ihren Kolleginnen gerade ganz viele Löcher in ein Blatt Papier. Ihre Kolleginnen hörten auf, über Bülent Ersoy zu sprechen. Sie benahmen sich, als wäre Mama ihre Lehrerin, und redeten stattdessen über Politik. Dann gingen wir raus, in die Sakarya-Straße. »Ich habe einen alten Freund, Ayşe, mit dem werden wir uns jetzt treffen«, sagte Mama. Und dass sie mir einen Hotdog kaufen würde. Einen echten Hotdog!

Und da ist eben Önder gekommen. Papa hat einen viel größeren Schnurrbart als er. Einen viel schöneren!

Sie trinken Bier. Jedes Mal, wenn ihr Glas an der Außenseite nass wird, wischt Mama ihre Hand an einer Serviette ab. Der ganze Tisch ist schon voller Servietten. Sie reden wenig. Önder gibt Mama noch einen gelben Umschlag.

»Sagst du mir irgendwann, was da drin ist, Önder?«

»Du kannst nachschauen, wenn du willst, Sevgi. Ich erlaube es dir.«

»Wenn es etwas mit mir zu tun hat …«

»Nun ja … dachtest du etwa, es wäre ein Brief?«

Mama tritt ganz leicht gegen den Tisch, so wie ich, wenn ich wegrennen will. Sie sagt nichts mehr. Deswegen fängt Önder an, über Politik zu reden.

»Hast du Demirel gehört? Dieser Idiot hat gesagt: ›Hören Sie mir auf mit Çorum, kümmern Sie sich lieber um Fatsa.‹ In Çorum metzeln sie die Aleviten und die Linken nieder, und der Kerl sagt mit breitem Grinsen: ›Kümmern Sie sich lieber um Fatsa.‹ Und die Schmierfinken von der *Hürriyet* hetzen die Leute noch zusätzlich auf. In Fatsa sei angeblich ein Staat im Staate gegründet worden, die Linken ließen niemanden mehr in die Stadt, und so weiter, und so weiter. Die Kerle werden in Fatsa einmarschieren, das ist abzusehen.« Weil Mama immer noch nichts sagt, redet Önder weiter über Politik. »Hast du verfolgt, wie dieser General seine Rundreise ausgeweitet hat? Der Mann bereist seit Wochen das Land. Momentan ist er in Çorum. Demnächst geht's weiter nach Fatsa. Und wozu das Ganze? Ist doch klar: Um vor dem Putsch noch mal schnell die Truppen zu inspizieren. Die Erlaubnis dazu haben sie sich bei den USA eingeholt. Sie werden diesen Putsch machen.«

Mama sagt: »Ayşe, soll ich uns gebackenes Hirn bestellen, mein Schatz?«

Da hebt Önder seinen Arm hoch, die Adern darauf sehen blau und schön aus. Mama schaut auch auf seinen Arm. »Önder, wenn du mir etwas zu sagen hast, dann sag es. Selbst wenn … einen Moment mal.«

Mama sagt zu mir: »Ayşe, schau mal, da drüben ist ein Kind.«

Ich zucke mit den Schultern. »Na und?« heißt das. Mama sagt: »Los, Ayşe, geh und spiel mit ihm!« Da gehe ich halt. Aber nur, weil ich beleidigt bin. Wie soll ich mit dem Kind denn spielen, das ist doch noch ein richtiges Baby.

Von weitem sehe ich, wie Mama mit den Händen in der Luft rumfuchtelt und alle möglichen Sachen sagt. Önder reibt sich das Gesicht. Dann lehnt Mama sich zurück und verschränkt die Arme. Önder lehnt sich auch zurück und kaut auf seinem Schnurrbart rum. Mama ruft mich. Aber Önder hält Mama am Arm fest. Erst als Mama ihn so wütend anschaut, wie sie Papa immer anschaut, lässt er sie los. Da hätte ich ihn am liebsten getreten.

»Sevgi, du warst die Zeit vor diesem Wahnsinn. Du warst eine Zeit, die noch Sinn hatte. Vielleicht ist es ja das, was ich suche. Vielleicht ...«

»Wir sprechen später darüber«, sagt Mama und nimmt mich an die Hand.

Mama redet kein Wort mit mir. Wir laufen.

Ich sage zu Mama: »Lass uns zum Laden von Selahattin gehen.«

»Das geht nicht.«

»Ich bin aber auch mitgekommen, als du dich mit deinem Freund treffen wolltest«, sage ich und stampfe mit dem Fuß auf.

Mama schaut mich an und sagt: »Genau das ist Opportunismus, Ayşe Hanım.«

Ich glaube ja, Mama hat Angst vor mir. Sie beißt sich ein bisschen auf die Lippe. Dann gehen wir zum Laden von Selahattin. Ich muss unbedingt diese Papiere holen. Weil Ali die braucht. Die Schwanenpapiere. Wo draufsteht, was sie mit den Schwänen vorhaben. Selahattin holt für Mama einen Tee. In einem Käfig draußen vor der Tür ist ein grüner Papagei, den zeigt er Mama. Ich tue inzwischen so, als würde ich mir drinnen die Vögel anschauen.

Die Papiere liegen immer noch an derselben Stelle auf dem Tisch; ich nehme sie und stecke sie mir unter mein Kleid. Direkt vor meinen Bauch. Die Schwanenpapiere berühren meinen Bauch. Das ist, als würden die Flügel von den Schwänen meinen Bauch berühren. Ich bin aufgeregt, weil ich sie bald Ali zeigen kann. Ich finde, wir sind richtige Helden, die richtige Abenteuer erleben. Mama hat nichts bemerkt. Dabei raschele ich die ganze Zeit bis nach Hause, aber Mama beachtet mich überhaupt nicht. Wenn sie fragen würde, würde ich es ihr vielleicht sagen. »Mama«, würde ich sagen, »ich habe die Schwanenpapiere mitgenommen, weil ich finde, dass Ali total klug ist.« Aber sie fragt mich nicht. Mama hat ihre schönen Schuhe an, und weil die ihren Füßen wehtun, läuft sie, als würde sie humpeln. Und ich gehe ganz langsam, damit man das Rascheln nicht so hört. Ali wird ganz schön staunen, wenn er die Schwanenpapiere sieht. Und wie!

## Hilfsbereitschaft und Freunde

Es ist Samstagabend. Weil Mama und Papa auf Samims Terrasse Rakı trinken und Ali bei uns übernachtet, damit wir morgen mit Oma ins Konzert gehen können, sind wir bei Samim und Ayla. Ali und ich gucken im Wohnzimmer fern. Auf der Terrasse ist auch Süheyla, eine Freundin von Samim und Ayla.

»Es war bei Tuncers Beerdigung. Dem Mann, der das Grab geschaufelt hat, fällt, als er gerade rausgeklettert ist, ein Lotterielos aus der Tasche ins Grab hinein. Da steigt er vor unseren Augen flugs wieder hinunter, nimmt sein Los und untersucht, ob es womöglich Schaden erlitten hat. Dann steckt er es in seine Tasche und klettert wieder raus. Singt mit uns gemeinsam noch den Marsch der Revolution, mit in die Luft gereckter Faust. Was ich damit sagen will: Unser Volk lebt vielleicht in einer Welt, die wir nicht kennen. In einer Welt des Halts und der Hoffnung, zu der wir keinen Zugang haben …«

Weil sie Istanbulerin ist, sieht Süheyla viel jünger aus, als sie in Wirklichkeit ist. Sie hat lange Haare und ein langes Blümchenkleid. Sie schreibt Bücher. Beim Reden schlägt sie immer die Beine übereinander und wippt mit den Füßen. Ihre Haare sind irgendwie blond, und bei Licht sieht sie aus wie Lucy aus *Dallas*. So sind die aus Istanbul. Das weiß ich aus Jale Hanıms *Hafta Sonu*, von den Bildern aus den »Istanbuler Nächten«. Als Süheyla redet, schaut Mama vor sich auf den Tisch und lacht heimlich. So wie die Kinder in meiner Klasse lachen, wenn einer an die Tafel muss und die Antwort nicht weiß.

»Aber unsere Männer stehen in regem Austausch mit dem Volk. Wenn es darum geht, Angst vor den Frauen zu haben, verstehen sie sich blendend!«

Süheyla lacht ganz alleine.

Mama reißt kleine Stückchen Zigarettenpapier ab und rollt sie. Dabei hebt sie die Augenbrauen und macht ihren Mund ganz klein. So wie sie es immer macht, wenn sie keine Lust hat zu reden. Vielleicht findet sie es blöd, dass Süheyla ein Blümchenkleid anhat. Oder dass sie so laut redet. Bei Jale Hanım läuft Musik.

… *die an deinem gramgebeugten Kopf / an deiner zerrissenen Seele …*

Ali denkt nach. Er muss sich nämlich »was einfallen lassen«. Der hat vielleicht gestaunt, als ich ihm die Schwanenpapiere gegeben habe! Tja, ich kann eben auch *resolutionär* sein! Aber erst müssen wir die Schmetterlinge ins Parlament kriegen.

Alles kann ich Ayşe nicht erzählen. Sie hätte sonst viel zu viel Angst. Im Kino haben sie es erzählt. »Den Leichen in Çorum wurden die Augen ausgestochen. Dort werden die Linken und die Aleviten regelrecht abgeschlachtet.« Aber Hüseyin wird sie retten. Wir waren in Öveçler im Freiluftkino. Wir sind alle zusammen mit dem Bus gefahren. Es lief *Die Rache der* Schlangen. Aber zuerst haben wir alle geschrien: »Keinen Fußbreit dem Faschismus!« Dann haben die Studentinnen und Studenten eine Rede gehalten. »Es wird eine faschistische Diktatur errichtet. Wir müssen weitere Widerstandskomitees gründen und ...« Solche Sachen eben. Hüseyin hätte besser geredet. Er hätte die Arme ausgebreitet, und alle hätten ihn verstanden. Wenn Hüseyin was erklärt, habe ich keine Angst. So muss ich es Ayşe auch erklären.

»Wenn wir zusammenhalten, kriegen wir die Schmetterlinge rein ins Parlament, Ayşe. Wenn wir zusammenhalten, kann uns nämlich niemand was anhaben.«

Ali ist aufgestanden. Er hat sich so vor den Fernseher gestellt, dass ich nichts mehr sehen kann.

Er sagt: »Der Weg der Revolution ist ... äh ... also, auf dem könnten Glasscherben liegen. Du und ich, wir ...«

Er fuchtelt mit den Armen. Dann stemmt er die Hände in die Hüften.

»Aber weil sie eine *Dickatur* errichten werden ... Ayşe, wir müssen Widerstand leisten, weil sie uns sonst nämlich vielleicht die Augen ausstechen. Aber wir müssen trotzdem die Blätter von der Wache holen. Man ist dann kein *Opatunist*, weil es ja keine andere Lösung gibt! Morgen früh musst du nach den Blättern fragen. Bei mir merken sie nämlich vielleicht, dass ich ein Linker bin.«

Ich lache. Weil ich Ali witzig finde. Da ist er ein bisschen beleidigt. Als er wieder mit seinen Schnüren spielt, sage ich: »Ich finde dich sehr klug.« Da steckt Ali die Schnüre in seine Tasche. Süheyla lacht draußen immer noch, aber sonst lacht niemand. Ich gehe Coca-Cola holen für Ali und mich.

»Wenn Sie mich fragen, sind diese Bemühungen völlig umsonst ...«

»Nun, Sie führen in Ihren Istanbuler Künstlerkreisen natürlich ein anderes Leben«, sagt Mama und zieht die Augenbrauen hoch.

»Ach ja?«, sagt Süheyla und lacht, aber nicht so, als hätte sie das witzig gefunden. »Und Sie fechten hier einen Guerillakrieg aus, Sevgi Hanım?«

Mama nimmt einen Teller vom Tisch und bringt ihn in die Küche. Ich gehe ihr hinterher. Ayla ist auch sofort da.

»Sevgi, nimm's ihr nicht übel. Seitdem ihr Verlobter zu Tode gefoltert wurde, ist Süheyla ein wenig …«

»Es dreht sich im Leben nicht alles um einen selbst, Ayla!«

»Sie hat eben schon ein bisschen was getrunken.«

»Hier herrscht Bürgerkrieg! Wenn jeder die Lage nur aus dem Blickwinkel eigener Verluste bewerten würde … Wenigstens heute könnte sie es lassen. Die marschieren in Fatsa ein. Da werden Menschen gefoltert! Also genau die Leute, die sie so abfällig als ›unser Volk‹ bezeichnet!«

Wir gehen zurück nach draußen. Ich halte die Colaflasche mit beiden Händen und versuche, Ali und mir genau gleich viel einzugießen.

Als Süheyla Mama sieht, verzieht sie die Lippen und sagt: »Wenn ich Sie in Ihren revolutionären Gefühlen gekränkt haben sollte, so bitte ich um Verzeihung, Sevgi Hanım!«

»Schauen Sie, Süheyla, ich weiß nicht, ob Sie diese Geschichte über Istanbul kennen: Da geht ein Mann nach Istanbul und scheffelt dort ein Vermögen, also fragt ihn sein Freund vom Dorf: ›Wie hast du das gemacht?‹ Darauf der Reiche: ›Ich verkaufe Wasser.‹ Sein Freund fragt: ›Was denn für Wasser?‹ ›Na ja‹, erwidert der Mann, ›eigentlich ist es Abwasser. Aber seit zwanzig Jahren findet sich immer ein Käufer.‹ So funktioniert Istanbul. Aber Ankara ist natürlich ein Kaff für Leute wie Sie …«

Die Colaflasche wackelt ganz schön beim Eingießen, aber auf mich achtet sowieso keiner. Alle achten nur auf Süheyla und Mama. Süheyla lacht dieses Mal wie Sue Ellen. Wenn Sue Ellen traurig ist, lacht sie immer mit einem Drink in der Hand. »In Ankara hat man Freunde. Unmoral erfordert Einsamkeit, Sevgi Hanım. Was ich nicht verstehe, ist: Was steckt hinter diesem stillen Ankaraner Stolz? Ich meine, was machen Sie denn schon? Was machen Sie, außer sich mit Freunden zu treffen und am Leben zu bleiben?«

Ich bringe die Colagläser rein. Ohne was zu verschütten. Ali sitzt auf einem Sessel, und seine Füße baumeln in der Luft. Sie sind gar nicht dreckig, es sieht nur so aus, weil er so dunkle Haut hat.

Ich muss jetzt mutig sein. Wie die Studenten. Aber auch wenn ich die Arme ausbreite, kann ich trotzdem nicht so sprechen wie Hüseyin. »Ayşe, du hast doch diese blaue Provianttasche ... lass uns da die Raupen reintun. Und dazu Blätter. Ganz viele Blätter. Damit sie keinen Hunger haben. Denn wenn man Hunger hat, kann man nicht schlafen. Insekten müssen aber schlafen. Um zu wachsen. Ihnen dürfen nicht die Mägen knurren. Sonst würde man sie nämlich hören. Und dann musst du mit deiner Mama zum Parlament gehen.«

Draußen schreit Mama Süheyla ein bisschen an, glaube ich.

»In Fatsa haben die Menschen ein Experiment gewagt. Sie haben sich ihr eigenes Leben aufgebaut. Mitten im Faschismus und unter Blockade haben sie versucht, sich ihr eigenes Leben aufzubauen.«

Süheyla lacht wieder, als wäre sie eine böse Fee. »Freunde von mir sind dabei gewesen, bei diesem Festival in Fatsa. Da sagte man ihnen: ›Trinkt besser keinen Alkohol, das wird hier nicht so gern gesehen.‹«

»Ach so, wenn man ihnen in Istanbul das Denken verbietet, macht ihnen das nichts aus, aber wenn sie in Fatsa keinen Rakı trinken können, ist das natürlich ein Riesenproblem!«

Papa und Samim sagen: »Ja, also, äh.« Sie sagen eigentlich nichts, aber sie tun so, damit Süheyla und Mama endlich still sind. Dann sagt Papa ganz leise: »Jetzt hat sogar schon Demirel gesagt: ›Hören Sie mir auf mit Çorum, kümmern Sie sich lieber um Fatsa.‹ Ich meine, schließlich hat er ja nicht gesagt: ›Kümmern Sie sich lieber um Istanbul.‹«

Mama nickt mit dem Kopf.

»Was ich damit sagen will: Letzten Endes können wir denen keine Angst einjagen, indem wir sie töten, sondern indem wir den Menschen zeigen, dass ein anderes Leben möglich ist. Was der Faschismus am meisten fürchtet, ist das Leben an sich. Und falls man uns etwas vorwerfen kann, dann nicht, dass wir nicht am Guerillakampf teilnehmen. Sondern dass wir zu träge sind, an der Weiterentwicklung dieses neuen Lebens mitzuwirken. Dann wäre ein anderes Leben nämlich tatsächlich möglich …«

»Sprichst du von diesem Leben, mein lieber Aydın?«, fragt Süheyla. »Aus diesem Mittelschichtdasein soll ein anderes Leben erwachsen? Ich bitte dich!«

Alle sind aufgestanden. Wenn die Erwachsenen sich aufregen, stehen sie meistens auf; da muss man keine Angst haben. Wenn sie über Politik sprechen, kommt das öfters vor.

Ali tut so, als würde er sie gar nicht hören. »Wir müssen ganz viele Maulbeerblätter von der Wache holen. Im *Konservationslexikon* steht nämlich, dass sie sich bald verpuppen werden.«

»Aber du musst mitkommen, Ali.«

»Geh doch mit deiner Oma.«

»Und wenn sie mir was tun?«

»Dir tun die nichts. Du bist anders.«

»Quatsch! Weil ich nicht arm bin, oder was? Du hast doch selber gesagt, dass die da keine Spiele spielen!«

»Na gut, wenn wir zusammen sind, dann tun die Prügel ja eh nicht so weh.«

Ich setze mich neben Ali. »Uns passiert doch sowieso nichts! Weil … weil …«

Da gibt mir Ali eine von den Schnüren aus seiner Tasche. »Weil wir doch eh gewinnen werden«, sage ich. Ali macht aus der Schnur einen Ring für sich.

»Ich habe schließlich schon die Papiere geholt«, sagt sie. Jetzt muss ich auch mit zur Wache gehen, weil wir ja *solidatisch* miteinander sind. Die Cola trinke ich in ganz kleinen Schlucken. Bei Cola kommt es mir immer so vor, als würde sie mich in die Lippen beißen. Aber Ayşe mag sie. Als sie den ersten Schluck getrunken hat, macht sie »Ahhh!«. Ihr tun die Lippen vielleicht nicht weh. Auf der Terrasse gibt es ganz viel Essen, das steht alles auf dem Tisch. Sie essen es überhaupt nicht auf. Es steht einfach nur da, und ab und zu nimmt sich jemand ein bisschen. Vielleicht könnte ich was davon mit nach Hause nehmen, aber wie?

Die Schwanenpapiere habe ich nicht verstanden. Ich lese sie in der Nacht noch mal, wenn alle schlafen. Hier kann man das Licht anmachen wie in der Schule, weil es hier ja Strom gibt. Auf den Papieren steht irgendwas von *musculus* und noch mehr komplizierte Wörter. Wenn die nicht im *Konservationslexikon* stehen, wie soll ich sie dann verstehen? Ich muss sie aber verstehen! Weil wir so viel zu tun haben. Ich muss mich noch mehr anstrengen.

Ich schaue auf die Papiere. Ich kann zwar nicht lesen, was da steht, aber irgendwas wollen sie mit den Flügeln von den Schwänen machen. Da ist ein Bild. Sie wollen den Schwänen irgendwie wehtun. Weil das in Kleinbuchstaben geschrieben ist, muss Ali es lesen.

Gestern habe ich Papa gefragt: »Papa, was wollen die mit den Schwänen machen?«

»Mit welchen Schwänen?«

»Mit denen im Schwanenpark.«

»Wieso, was ist mit denen?«

»Das hat Selahattin doch gesagt!«

»Was hat er gesagt?«

Papa hatte es vergessen. Er hatte es einfach vergessen! Aber Ali kann die Papiere ja sowieso lesen. Und außerdem verstehen die Erwachsenen auch nicht alles. Eben hat Papa zu Samim gesagt, dass er die Welt nicht mehr versteht.

Als Samim aus der Küche kommt und uns sieht, ruft er zur Terrasse raus: »Also, wenn man sich diese beiden so anschaut, da denkt man sich: Vielleicht ist ja die Wahrheit die kürzeste Gerade zwischen zwei Kindern.«

Ayşes Papa lacht über Samim und kommt zu uns. »Seid ihr denn noch gar nicht müde?«

Er hat eine Zigarette im Mund und sucht nach einem Feuerzeug. Auf dem Beistelltisch findet er eins. »Samim, da hast du dir aber ein schönes Feuerzeug gekauft!«, sagt er. Es ist ein Ibelo. Das Ibelo von Hüseyin! Als gerade keiner hinschaut, nehme ich es und stecke es in meine Tasche. Schließlich gehört es Hüseyin.

# 8. KAPITEL
## Musik ist geistige Nahrung

### Moderne westliche Musik

»Der Generalstabschef ist hier!«

»Evren Pascha ist ins Konzert gekommen!«

Die Leute tuscheln. Weil hinter uns nämlich zwei Männer angelaufen kommen. Zwei sehr große Männer. Und hinter den beiden kommt der Chef von diesem Generalstab. Alle haben die Lippen zu dünnen Strichen zusammengepresst und lächeln. Sie nicken ihm zu. Nur Oma achtet nicht auf den Chef vom Generalstab. Sie hat unsere Hände losgelassen und wühlt in ihrer Tasche. Weil wir auf Cavit Bey warten, glaube ich.

Hier ist es ganz anders als in Seyranbağları. Keiner schreit rum, alle flüstern.

»Der Generalstabschef ist da!«

»Schau nur, wie modern der Pascha ist, kein Vergleich zu den Bauern da vor uns. Und er geht gern ins Konzert oder in die Oper. Das lässt er sich nicht entgehen.«

»Von seiner Heimatreise ist er wohl zurück. Nach den Ereignissen von Çorum war er in Fatsa, stand in der Zeitung …«

Warum sagen sie die Ereignisse von Çorum? Heißt das nicht Pogrom? Hüseyin ist jetzt vielleicht schon zurück von dort. Ayşes Oma schaut dauernd zur Tür. Ich glaube, sie hat Angst, dass dieser Apotheker nicht kommen könnte.

Im Konzerthaus ist es wie im Staatstheater: Alle tun so, als wäre Feiertag. Ältere Männer mit schwarzen Jacketts und weißen Fliegen zeigen den Leuten, wo sie langgehen sollen. Bei denen muss man sich ganz höflich bedanken. Hier hat niemand staubige Schuhe. Hier riecht alles nach guten Manieren.

Sind wir gegen den Chef vom Generalstab? Ich glaube schon. Sind die das, die diese *Dickatur* machen, oder doch die Faschisten von Bademlidere? Das muss ich Hüseyin fragen. Ayşes Oma hat von solchen Sachen keine Ahnung. Auf dem Weg habe ich nämlich zu Ayşe gesagt: »Ich muss im Lexikon das Wort *Dickatur* nachschlagen.« Und da hat Ayşes Oma gesagt: »Das ist nichts für Kinder.« In Kurtuluş bringen sie den Kindern solche Sachen nicht bei. Weil man da Schokella isst. Sana isst da keiner.

Ali ist schlecht gelaunt, weil er kein Schokellabrot gegessen hat. Weil Sonntag ist, hat Mama Schokellabrote für uns gemacht. Mama lässt am Rand nie was frei, und außerdem ist es oben immer schön glatt. Wenn Oma das macht, schmiert sie ganz dünn, sodass man die Löcher vom Brot noch sieht, und am Rand bleibt auch immer was frei. Als Ali die Schokella vom Brot ablecken wollte, habe ich gesagt: »So isst man das aber nicht.« Da hat er sein Brot liegen gelassen. Und ich habe mich geschämt. Und dann hat Mama heute Morgen auch noch Alis Schuhe geputzt, da habe ich mich auch geschämt.

»Wo Cavit Bey nur bleibt?«, sagt Ayşes Oma. »Kinder, unsere Plätze sind in der dritten Reihe. Wahrscheinlich wird auch Cavit Bey … Ah, da ist er ja! Cavit Bey! Ich dachte schon, Sie kommen nicht.«

»Aber Nejla Hanım, ich wäre untröstlich, auf dieses Konzert und besonders auf Ihre Gesellschaft verzichten zu müssen. Hier bitte, falls Sie noch kein Programm haben, ich habe zwei besorgt.«

»Oh, wie aufmerksam! Das wäre doch nicht nötig gewesen.«

»Und darf ich vorstellen, das ist meine Frau. Zeliha, das ist Nejla Hanım, von der ich dir so viel erzählt habe!«

Oma macht ein Geräusch, das sich anhört wie ein Seufzer. Sie nickt nicht mit dem Kopf, sie sagt auch nicht: »Guten Tag, freut mich, Sie kennenzulernen.« Sie sagt überhaupt nichts. Sie schüttelt Zeliha Hanım nicht mal die Hand. Dann gehen wir zu unseren Plätzen. Als Oma sich hingesetzt hat, zieht sie ihr Taschentuch aus der Handtasche und wischt sich heimlich den Lippenstift ab. Danach ist ihr Mund ein bisschen verschmiert, aber das sage ich ihr nicht. Oma lässt mir das Blatt, das Cavit Bey ihr gegeben hat, auf den Schoß fallen. Wenn wir nicht im Konzerthaus wären, würde ich Cavit Bey einen Tritt geben. Aber hier gehört sich so was nicht.

Ich nehme Ayşe das Blatt aus der Hand und schaue es mir an. »Walzer« steht da. Ganz oben steht »Programm«. Weiter unten lese ich »Walzer«. Aber ich werde nie wieder Walzer tanzen! Außerdem habe ich ja gar keine Fliege an. Das hat mir schon beim Internationalen Kinderfest gereicht. Soll ich etwa mit Ayşe tanzen? Ich will hier weg. Alle anderen Kinder haben ihre Sonntagskleider an. Und wenn jetzt auch noch getanzt wird …

»Ali, steck die Schnur weg! Guck mal, Ali! Hast du gesehen, was da steht? *Schwa-nen-see*! Vielleicht wissen es hier ja schon alle.«

»Wissen sie nicht.«

»Vielleicht doch! Schau, da steht es: *Schwanensee*! Die wissen alle, was mit den Schwänen passieren soll!«

»Wissen sie nicht. Nur wir wissen es.«

»Und wenn doch?«

»Wenn sie es wüssten, würde da *Schwanenpark* stehen! Nur wir wissen es!«

Der Chef vom Generalstab setzt sich ganz nach vorne. Hinter ihn, genau vor uns, setzen sich die großen Männer. Ali steckt die Schnur in seine Tasche.

Beim Hinsetzen unterhalten sich die beiden riesigen Männer vor uns. Sie reden ganz leise. Ich kann trotzdem alles verstehen, aber Ayşe hört nicht zu.

»... haben das mit den Schwänen nicht hinbekommen. Der General ist ganz schön sauer. Es ist ihm wieder eingefallen, wegen *Schwanensee*.«

»Die Sache geht ihm nicht aus dem Kopf. Sogar zwischen Çorum und Fatsa hat er darüber gesprochen.«

»Und die Leute vom Ordnungsamt haben's versaut. Sind eben Zivilisten und keine Soldaten.«

»Dabei müssen sie sich nur einen Schwan nach dem anderen schnappen und ihnen diese Flügelknochen durchschneiden. So schwierig kann das ja wohl nicht sein!«

Ali legt den Finger auf den Mund. Aha, die beiden Männer reden über irgendwas, und er belauscht sie. Es geht um die Schwäne! Da greift Ali plötzlich nach meiner Hand. »Ich hab's kapiert«, sagt er. »Die Generäle wollen den Schwänen was antun!«

»Aber warum?«

»Weil sie Faschisten sind.«

»Hab ich doch gesagt, dass die es alle wissen.«

Ali stützt sich auf seine Armlehnen, macht seinen Hals ganz lang und schaut sich um. »Nein. Die wissen es nicht«, sagt er dann.

»Woher willst du das wissen?«

»Wenn die es wüssten, würden sie Widerstand leisten!«

Als Ali das mit dem Widerstand gesagt hat, drehen sich die beiden großen Männer vor uns um. »Pssst«, macht Oma und lächelt die Männer an. Mit dünnen, geschlossenen Lippen. »Genießen Sie das Konzert, die Herren Offiziere«, sagt sie. Dann schaut sie uns an, vor allem Ali. Sie kneift ihre Augen zusammen, als wäre sie wütend. Danach vergisst Oma uns wieder. Sie holt die Dose mit Caviderma-Creme aus ihrer Handtasche, dreht sie in ihren Händen und seufzt.

Ali flüstert mir zu: »Aber erst müssen wir die Schmetterlinge ins Parlament bringen, Ayşe. Erst die Schmetterlinge, dann die Schwäne. Okay?«

»Okay«, sage ich. Er legt den Arm auf die Lehne von seinem Sitz. Ich lege meinen daneben. Ich bin sehr gut gelaunt. Aber Ali ist ernst, weil wir ja *Resolutionäre* sind.

Es kommen Männer und Frauen auf die Bühne. Wir klatschen.

Als alle fertig mit Klatschen sind und bevor die Musik anfängt, wird es ganz still. Kein Geräusch ist zu hören. Kein einziges! Ich wünschte, das würde sehr lange dauern. In Seyranbağları ist es nie so still. Wenn man es still haben will, muss man also reich sein. Wenn es eine Revolution gibt, ist es dann ja vielleicht überall still. Sogar in Seyranbağları. Dann fängt die Musik an. Ich mache die Augen zu. Als die Musik anfängt, kommt ein Bild vor meine Augen:

Zuerst sehe ich Dürüst mit den Blumen. Er hält mich an der Hand. Seine Haare sind lang und weiß. Wir fangen an zu hüpfen. Und plötzlich fliegen wir. Ankara liegt tief unter uns. Die Häuser sind winzig. Als dann Instrumente spielen, die aussehen wie riesige Trompeten, fängt unter uns die Straßenschlacht an. Ich sehe Hüseyin und wie ihm die Faschisten hinterherrennen. Er will mit seinem Gewehr schießen, aber er hat keine Munition mehr. Da schießt Birgül mit ihrem Revolver, aber als sie auch keine Munition mehr hat, nehmen sie sich an den Händen und machen einen ganz großen Sprung. Mama springt ihnen hinterher, mit einem großen Brot in den Händen, und Papa auch. Jetzt fliegen sie alle durch die Luft. Alle lachen. Dann sehen wir einen Schwarm Schwäne durch die Luft fliegen. Das heißt wohl, dass wir gewonnen haben. Einer von den Schwänen ist Turgay. Wir winken ihm zu. Turgay lacht, also war die Revolution wahrscheinlich schon. Es ist so schön, dass ich fast weinen muss.

Als die Musik anfängt, macht Ali die Augen zu, und ich auch. Die Musik kommt ganz nah, bis in meinen Körper. Als die Trommeln geschlagen werden, ist sie in meinem Bauch. Als wäre da ein riesiger Schmetterling, der in meinem Bauch mit den Flügeln schlägt. Dann rieche ich den Duft von Blumen in meiner Nase. Als die Flöten spielen, setzt sich der Schmetterling auf meine Wangen und schaut mir ins Gesicht. Dann kommen Schwäne, ein ganzer Schwarm, der über unsere Köpfe fliegt. Alles duftet. Es ist, als wäre ich jetzt schon groß. Wenn so schöne Sachen passieren, kommt es mir immer vor, als wäre ich erwachsen. Als ob ich riesige Arme hätte, und als ob ich alle – Mama, Papa, Oma und Ali – damit beschützen könnte. Dann wird eine andere Musik gespielt, und es ist Pause.

»Nejla Hanım, guten Tag.«

Ich kenne diese Frau. Sie heißt Bala Hanım. Weil sie so dick ist, sind ihre Beine riesig. Sie hat ihre Strümpfe mit einem Gummi über ihren Knien festgemacht, und wenn sie sitzt, kann man das Gummi sehen. Oma hat gesagt, sie ist eine *Gewerkschaffnerin*. Was das heißt, weiß ich nicht, aber alle benehmen sich immer, als wäre sie die Lehrerin. Als wir früher mal im Konzert waren, saß Bala Hanım neben uns. Sie hat ihre Handtasche aufgemacht, und ich habe gesehen, dass da drin ein staubiges Taschentuch war, ein zerbrochener Spiegel, ein kleines Büchlein, auf dem »Verfassung« stand, weiße Pfefferminzbonbons.

»Guten Tag, Bala Hanım. Kein Konzert, bei dem wir einander nicht sehen. Wie geht es Ihnen?«

»Wie soll es mir schon gehen, angesichts der innenpolitischen Lage …«

Oma mag sie, aber nicht sehr. Bala Hanım ist nämlich »eine sehr nette Frau, aber wenn sie eine Frage stellt, interessiert sie sich nie für die Antwort, sondern guckt stattdessen in die Luft. Als würde sie sich ärgern, dass sie sich dazu herabgelassen hat, mit einem zu sprechen.«

Eigentlich ist Bala Hanım so, weil sie so groß und dick ist. Wenn man sie sieht, will man am liebsten woanders hingucken.

»Nejla Hanım, das Militär von heute ist ein anderes als das von 1960. Ankaras Oberschicht umringt Evren Pascha in der Oper oder im Konzert in der Hoffnung, er werde uns vor der Anarchie bewahren, aber er hegt finstere Pläne. Schauen Sie sich ihn doch nur mal an …«

Zwei Männer mit dicken Bäuchen gehen zu dem General. Ich höre sie reden.

»Herr General, wir von der Gerechtigkeitspartei haben Sie stets unterstützt. Sie haben recht: Es reicht nicht, den Ausnahmezustand zu verlängern. Auch Ihr Kompetenzbereich muss ausgeweitet werden. Aber die Abgeordneten der Volkspartei …«

»Mein Pascha, die Abgeordneten der Gerechtigkeitspartei versuchen einen Keil zwischen Volkspartei und Armee zu treiben. Ich bitte Sie inständig, ihnen keine Beachtung zu schenken.«

»Ignorieren Sie diese Anarchisten, Herr General. Ein Geniestreich übrigens, was unsere Armee da in Çorum zelebriert hat. Eine Militärkapelle spielen zu lassen, um das Volk zusammenzuschweißen. Hervorragende Idee! Wirklich ausgezeichnet!«

»Ich wollte genau dasselbe sagen, mein Pascha. Musik ist geistige Nahrung!«

Bala Hanım flüstert Oma was ins Ohr, aber Oma hört ihr nicht zu, sondern schaut zu Cavit Bey und seiner Frau rüber. Endlich schaut Bala Hanım auch dahin, wo Oma hinschaut. Cavit Bey hat einen Arm um seine Frau gelegt.

»Der Mann wickelt sämtliche Frauen Ankaras um den Finger mit seiner Antifaltencreme«, sagt Bala Hanım.

Da sagt Oma, ohne zu merken, wie laut sie spricht: »Da haben Sie allerdings recht, Bala Hanım!«

Als das Konzert vorbei ist, gehen wir als Erste raus, vor allen anderen. Wir müssten eigentlich auf den Dolmuş warten, aber Oma sagt: »Am besten gehen wir zu Fuß.« Eine Weile rennen wir fast. Erst als wir alle außer Atem sind, werden wir langsamer.

Ich frage Ali: »Kommt es dir auch so vor, als würdest du ganz groß werden, wenn du Musik hörst?«

»Nein, mir kommt es so vor, als würde ich fliegen.«

Ein bisschen später tauchen plötzlich ganz viele Menschen auf. In den Händen halten sie Pappdeckel, und sie rufen: »Für Fatsa werdet ihr bezahlen!«

Ali zieht an Omas Hand, damit wir rüber zu diesen Leuten gehen.

Wir müssen zu diesen Leuten rüber. Vielleicht ist Hüseyin da! Dann könnte ich ihm gleich das Ibelo-Feuerzeug geben. Das Feuerzeug, das er vergessen hat. Er würde sich ganz schön freuen, wenn ich es ihm gebe. Ich würde ihm sagen: »Ich habe auch kein Schokellabrot gegessen, Hüseyin.«

»Jetzt bleib doch hier, mein Junge!«, sagt Oma zu Ali und zieht an seiner Hand. Da lasse ich Omas Hand los und schreie: »Sind wir etwa keine *Resolutionäre,* Oma? Sind wir etwa wie Cavit Bey? Oder wie J. R.?!«

Oma nimmt uns beide wieder an die Hand und sagt: »Na gut, dann kommt!« Sie lacht. »Also wirklich, Ayşe!«, sagt sie zu mir und lacht noch lauter. Sie kauft Sesamkringel, die alle mit einer Schnur verbunden sind, und die hängen wir uns um den Hals. Dann geben wir die Sesamkringel den Leuten. Sie freuen sich und nehmen Ali und mich auf ihre Schultern. Oma kann zwar nicht so gut schreien wie die anderen, aber sie versucht es trotzdem. Mir gibt jemand ein Plakat an einem Stock. Darauf steht: »Ihr werdet in dem Blut ertrinken, das ihr vergossen habt!« Weil es in Großbuchstaben ist, kann ich es gleich lesen.

Auf dem Nachhauseweg tanzt Ayşe über die Straße. Mit ihr wäre vielleicht auch die Tanzvorführung nicht so schlimm gewesen. Vor dem Hauseingang begegnen wir dieser geschminkten Frau, die Ayşe »Jale Hanım« nennt.

»Also, das geht doch wirklich zu weit, meinst du nicht auch, Nejla? Natürlich wären die gern wie Bülent Ersoy, aber dass sie dafür demonstrieren müssen! In der Music Hall mag ich sie gerne hören, aber als ich sie eben fahnenschwenkend auf der Straße gesehen habe … Lauter Schwule! Ich meine, da sind doch Kinder!«

Jale Hanım hat sich die Lippen rot angemalt, weil sie bei einer Versammlung vom »Verein der Kinderfreunde« war. Je mehr sie redet, desto roter werden die Falten in ihren Mundwinkeln. Bei der Versammlung haben sie tscherkessisches Huhn, Palasthalwa und Reis gegessen, erzählt sie. Und die *Hürriyet* hat Fotos gemacht. Weil sie nämlich Geld sammeln für arme Kinder. Aber nicht für solche wie Ali. Als Jale Hanım Ali über den Kopf streichen will, als wäre er eins von diesen traurigen armen Kindern, und zu ihm sagt: »Was gibt es denn bei euch zu Hause zum Abendessen? Esst ihr Fleisch, mein Junge? Trinkst du morgens Milch? Du musst zum Frühstück eine streichholzschachtelgroße Portion Käse essen, das ist wichtig!«, da zuckt Ali mit dem Kopf und duckt sich weg.

Ali muss einem doch nicht leidtun! Er ist so klug und erzählt so spannende Sachen. Gestern Abend hat er mir seine Liste gezeigt.

Als wir in meinem Zimmer in den Betten lagen, habe ich zu Ali gesagt: »Wenn du dein Ohr so aufs Kopfkissen legst, hörst du dann auch dein Herz schlagen? Bei mir ist es richtig laut.«

»Du kannst dein Herz nur schlagen hören, weil es hier so still ist. In Seyranbağları ginge das nicht.«

»Aber wenn ich es höre, kommt es mir vor, als wäre eine riesige Höhle in mir drin.«

»Wir sind doch noch klein.«

»Na und, man kann trotzdem eine Höhle in sich drin haben.«

»Kann sein.«

»Ali?«

»Ja?«

»Meinst du, unsere Eltern hätten uns lieber, wenn wir sterben würden?«

»Ja, sicher. Und ich will sowieso sterben, aber das geht noch nicht.«

»Weil deine Eltern dann sehr traurig wären und weinen müssten?«

»Nein. Aber ich muss noch ein paar Sachen machen, bevor ich sterbe.«

Da holte Ali seine Liste hervor. Ich stand ganz leise auf, machte das Licht an und las.

Was ich noch machen muss, bevor ich sterbe:

1. Das *Konservationslexikon* durchlesen.
2. Den Parka von meinem Onkel anziehen und was sehr Wichtiges machen.
3. Für Hüseyin das größte Gewehr kaufen.
4. Mama eine ganze Kammer voll Brot kaufen (wie bei *Heidi*), und dazu Fleisch (wie bei *Wickie und die starken Männer*).
5. Die Schmetterlinge ins Parlament bringen. (Weil Hüseyin dann auch reinkommt.)
6. Die Schwäne retten. (Es könnte aber sein, dass ich nicht alle schaffe, weil sie so groß sind. Die Spannweite eines ausgewachsenen Schwans beträgt drei Meter.)

Ich knipste das Licht wieder aus.

»Aber du darfst es niemandem sagen«, sagte Ali im Dunkeln. Und ich sagte: »Das kannst du doch alleine gar nicht alles schaffen. Du brauchst meine Hilfe.«

Danach hörte ich mein Herz nicht mehr in meinen Ohren schlagen.

Endlich sind wir der geschminkten Frau entwischt und gehen hoch in Ayşes Wohnung. Da wartet Ayşes Papa auf uns. »Dein

Vater hat angerufen, Ali, und gesagt, du sollst noch eine Nacht länger bei uns bleiben. Also, natürlich nur, wenn du möchtest.« Ayşes Papa, ihre Mama und ihre Oma schauen mich an und lächeln. Irgendwas stimmt da nicht.

Ich rufe »Juhu!«, aber Ali freut sich gar nicht. Dabei kann er jetzt die Schwanenpapiere lesen, die er letzte Nacht nicht gelesen hat, weil er gleich eingeschlafen ist. Und ich kann auch lustige Sachen für ihn machen. Ali sagt überhaupt nichts. Er fragt nur: »Hat Papa gesagt, ob Hüseyin schon zurück ist?« »Nein, das hat er nicht«, antwortet Papa. Und dann ist auch schon Abend. Am Abend verstehen Ali und ich die Schwanenpapiere endlich.

# 9. KAPITEL

# Die Regierungsform der türkischen Republik ist die Demokratie

## Die Nation setzt sich aus Individuen zusammen, die den Wunsch haben, gemeinsam zu leben

Als ich mit Papa den Hügel zu unserem Viertel hochgehe, trete ich in den Staub. Papa sagt: »Jetzt hör doch auf, den Staub aufzuwirbeln!« Aber ich muss doch wieder Staub an die Schuhe bekommen, sonst merken Gökhan, Hamit und die anderen, dass ich im Konzert war. Ayşes Mama hat mir ein Schokellabrot in eine Blümchenserviette gewickelt. »Du hast ja gar nichts gefrühstückt, hier, das kannst du mitnehmen und später essen«, hat sie gesagt. Als wir zu Hause ankommen, umarmt Mama mich. Sie drückt mich ganz fest und sagt: »Ich habe dich so vermisst!« Dann lacht sie mit Tränen in den Augen und fragt: »Was hast du gegessen? Hast du gut geschlafen?« Ich gebe ihr das Schokellabrot, und sie wickelt es aus. Die Serviette ist ein bisschen fettig geworden. Aber Mama faltet sie ordentlich zusammen und legt sie ins Regal. »Wo ist Hüseyin?«, frage ich. Mama dreht sich von mir weg.

Hamit und Gökhan rufen: »Ali! Komm raus!«

Heute haben sie keinen Fußball dabei. »Wo ist Hüseyin?«, frage ich sie. Weil ich ihm doch das Ibelo-Feuerzeug geben muss. »Der hat gerade andere Probleme«, sagt Gökhan.

Gökhan raucht. Weil er schon groß ist und weil die Studenten auch rauchen. Sein älterer Bruder hat ihm vor kurzem ein Messer geschenkt, das trägt er ständig bei sich. »Haben sich deine Raupen schon verpuppt?«, frage ich. »Du mit deinen Raupen!«, sagt er. »Vergiss die Raupen, wir haben wichtigere Dinge zu tun.«

Wir gehen auf das leere Baugrundstück. Gökhan legt seinen Arm um meine Schulter. »Wo warst du?«

»Nirgends …«

»Du hast bei diesen Reichen übernachtet.«

»Die sind nicht reich. Jedenfalls nicht sehr.«

Es scheint was passiert zu sein, während ich weg war. Alle haben sich verändert. Die Jungen laufen rum wie die Studenten. Sie haben ihre Hände in die Taschen gesteckt und runzeln die Augenbrauen.

Gökhan sagt: »Während du weg warst, haben wir was beschlossen. Wir machen eine Protestaktion.« Seine Stimme klingt erwachsen. »Seit zwei Tagen sammeln wir Joghurtbecher. Die weißen, aus Plastik, zum Anzünden. Alte Autoreifen gibt es nirgendwo mehr, die dürfen nicht mehr verkauft werden. Wir haben schon ganz schön viele Becher …«

Während ich bei Ayşe war, scheint im Viertel viel Zeit vergangen zu sein. Bei uns vergeht die Zeit wahrscheinlich schneller als in Kurtuluş.

Weil die anderen Jungen dabei sind, kann ich meine Schnüre nicht aus der Tasche holen. Gökhan schaut die Jungen an, dann schaut er wieder mich an. Da muss ich schließlich was sagen.

»Weiß Hüseyin davon?«

»Nee, wir machen das auf eigene Faust.«

Als ich nichts sage, wird Gökhan ungeduldig. »Na los, Ali! Bist du dabei oder nicht?«

Als alle Jungen mich anschauen, würde ich am liebsten die

Augen zumachen. Ich wünsche mir, wieder im Konzert zu sein, und schäme mich sofort dafür. Hamit versucht, eine Zigarette zu rauchen. Er kann nämlich nicht rauchen. Ich schaue Gökhan an und nicke. Da lacht er und haut mir auf den Rücken. »Ich hab's euch doch gesagt, Leute! Stille Wasser sind tief, den Ali darf man nicht unterschätzen! Bravo, Ali!«

Keiner von den Jungen lacht. Sie sind wohl alle erwachsen geworden, während ich weg war. Ich will Gökhan von den Schwänen erzählen, ich will ihm erzählen, dass ich gestern Abend diese Papiere gelesen und verstanden habe. Aber weil er über Nacht erwachsen geworden ist, würde er mir wahrscheinlich gar nicht zuhören.

Wir hocken uns in einen Kreis, so wie die Erwachsenen bei ihren Versammlungen. Gökhan versucht die Zigarette in seiner hohlen Hand zu verstecken. Er hat gelernt, mit dem Mittelfinger so gegen die Zigarette zu schnippen, dass die Asche runterfällt. »Morgen früh starten wir die Aktion«, sagt er. »Wenn der Bus zwischen dem unteren Viertel und unserem Viertel ist.« »Okay«, sage ich.

Dann ist es Abend. Keiner kann mir sagen, wo Hüseyin ist. Nach dem Abendessen teilt Mama das Schokellabrot durch drei. Wir essen es zusammen. »Was ist denn das für ein Zeug?«, fragt Papa und lacht. Dreimal fragt er: »Wie heißt das?«

»Tschokella«, sagt Mama, und beim dritten Mal: »Kannst du dir das nicht merken?« Ich sage ihr nicht den richtigen Namen. Wir essen ja sowieso nie wieder welche. Ich klettere aufs Dach. Und da sehe ich Hüseyin! Er ist bei Gökhan zu Hause! Er sitzt da mit Birgül, einfach so. Eine Kerze brennt. Weil Gökhans Onkel bei einer Straßenschlacht gestorben ist, haben sie jetzt ein Zimmer zu viel, und Hüseyin schläft nicht mehr bei uns, weil er bei Birgül bleiben muss. Er sitzt nach vorne gebeugt und hat den Kopf zwischen den Händen. Birgül streichelt ihm über die Haare. Warum sitzt Hüseyin so da? Ich klettere vom Dach. Ganz leise gehe ich rüber und setze mich unter das Fenster. Es ist offen, deswegen kann ich sie hören.

Hüseyins Stimme klingt ganz anders. »Mir ist übel, Birgül. Ich habe ständig den Geruch von Blut in der Nase. Weißt du, die Faschisten haben Kindern die Augen ausgestochen. Kannst du dir das vorstellen?«

»Denk daran, dass wir am Ende die Gewinner sein werden, Hüseyin. Man wird sie zur Rechenschaft ziehen. So musst du denken.«

»Ich kann nicht mehr denken. Mein Kopf funktioniert nicht mehr. Nicht mehr so wie früher.«

»Quatsch! Das ist doch Unsinn. Morgen ist ein neuer Tag. Wir müssen uns vorbereiten. Die lassen die Gewalt eskalieren, aber da unsere Leute mit dem Krieg einverstanden sind, solltest auch du dich zusammenreißen, mein Geliebter …«

Ich höre Hüseyin schniefen.

Dann sagt er: »Habe ich dir eigentlich mal von Guerilla-Zeki erzählt, diesem älteren Mann im Dorf Gökçeali? Der hatte einen Narren an uns gefressen. Anderthalb Stunden lang hat er uns von der Ausbeutung bei der Haselnussernte erzählt und uns danach zu sich nach Hause eingeladen. Da hat er uns diesen Kalender gezeigt und gesagt: ›Lest mal!‹ Wir verstanden nicht. Es war ein alter Kalender, von 1968. Einen Tag hatte er sich mit Bleistift angestrichen und dazugeschrieben: *Heute waren Hüseyin Cevahir, Nahit Töre und Ziya Yılmaz hier*. Uns rutschte das Herz in die Hose, als er sagte: ›Ihr sitzt jetzt auf dem Platz, auf dem einst eure Vorgänger saßen.‹ Wir tranken Ayran mit dem Mann und weinten. Wie bescheuert!«

Hüseyin Cevahir? Den kenne ich doch. Er wurde umgebracht, zusammen mit zwei anderen. Das waren die Vorgänger von Hüseyin? Ich weine nicht, aber ich fühle mich wie in der Nacht, als der Drachen verloren gegangen ist, den Hüseyin mir gemacht hatte. Ich glaube, Birgül umarmt Hüseyin. Weil seine Stimme ein bisschen dumpf klingt.

»Diesmal gehe ich nach Fatsa, Birgül. Die haben die Einwohner der ganzen Stadt eingesperrt, um sie zu foltern. Unsere Leute sind hoch in die Bergdörfer gegangen. Was bleibt uns denn noch anderes übrig? Wenn wir uns kein Leben aufbauen dürfen, haben wir keine andere Wahl, als zu kämpfen.«

Ich höre die beiden atmen. Ich schaue heimlich. Hüseyin küsst Birgül. Auf den Mund. Und dann auf den Hals. Wie im Film. Dann schaue ich nicht mehr.

»Ali!« Am nächsten Morgen steht Gökhan vor der Tür und flüstert, so laut er kann. Papa isst gerade Brot und Oliven. Keine »streichholzschachtelgroße Portion Käse«. Brot und Oliven schmecken schließlich auch gut. Ich renne nach draußen. Alle Jungen aus dem Viertel sind schon da. Sie haben Tüten voller Joghurtbecher dabei. Hamit sagt zu Gökhan: »Birinci schmecken nicht, Gökhan, ich wünschte, wir hätten Bafra.« Als würde er sich mit so was auskennen!

Als wir runter zum unteren Viertel laufen, erzählt Gökhan: »Als du bei diesen Reichen warst, ist Hüseyin aus Çorum zurückgekommen und hat eine Rede gehalten. Er hat gesagt: ›Wir müssen jetzt Nägel mit Köpfen machen. Dieses beschissene System muss endlich geändert werden, verdammt noch mal!‹ Wir haben gelacht, als er so geflucht hat, aber er hat nicht gelacht. Deswegen haben wir jetzt diesen Beschluss gefasst. Um den Erwachsenen zu helfen. Wir haben siebenhundertzwei Joghurtbecher gesammelt, Junge!«

Es ist noch ziemlich früh am Morgen. Der Himmel ist fliederfarben. Hamit legt seinen Arm um mich. Gökhan lacht.

Wir haben riesige schwarze Plastiktüten auf dem Rücken. Wir haben gute Laune, weil unsere Füße *trapp trapp trapp* machen, und unsere Tüten bei jedem Hüpfer *schrapp schrapp schrapp*. Außer uns ist noch kein Mensch auf der Straße.

Bei den Müllcontainern gehen wir in Deckung. Dann machen wir es genau so, wie Gökhan gesagt hat. Immer zwei von uns gehen los und kippen die Joghurtbecher auf die Straße.

Als von unten der Bus kommt, schreit Gökhan: »Los, Ali! Zünd sie an!«

Da renne ich auf die Straße und zünde die Joghurtbecher an. Das weiße Plastik zischt erst und wird schwarz, dann fängt der ganze Haufen an zu brennen.

»Hau ab, Ali! Der Bus kommt!«

Wie diese Joghurtbecher brennen! Mindestens so gut wie Autoreifen. Und dann qualmt es auch noch fürchterlich. Die anderen schreien: »Hüseyin, Ulaş, Mahir! Für die Freiheit kämpfen wir!«

Dann rennen wir zurück zum Hügel. Gökhan brüllt: »Verteilt euch ein bisschen, verdammt noch mal!« Alle laufen auseinander. Auf dem Hügel treffen wir uns wieder. Wir drehen uns um und schauen.

»Ey, der Bus ist umgekippt!«

»Junge, wir haben einen Bus zum Kippen gebracht!«

Wir lachen. Gökhan baut sich vor uns auf. »Lasst uns den Revolutionseid schwören, Männer!«, sagt er. Sofort stehen alle Jungen stramm.

Gökhan fragt: »Kennt ihr ihn auswendig?«

»Ja, klar!«, schreien die anderen und rufen im Chor: »Wir Revolutionäre schwören, bis zum letzten Blutstropfen und bis zur letzten Gewehrkugel unermüdlich gegen den Imperialismus zu kämpfen! Wir schwören es! Wir schwören es!«

Wir wollen schon anfangen zu lachen, da sagt Gökhan: »Wartet! Es ist noch nicht zu Ende.«

»Der Tod kann kommen, wann er will ... solange unser Kampfruf von Ohr zu Ohr erschallt ... und unsere Waffen weitergereicht werden von Hand zu Hand ... und die anderen uns beweinen bei unserer Beerdigung, von Kriegsgeschrei und Salvenfeuer untermalt ... Tod, sei uns willkommen!«

Diese Stelle kannten wir noch nicht. Aber weil Gökhan plötzlich zu so einer Art Chef geworden ist, versuchen wir, ihm nachzusprechen. Wir schaffen es nicht so ganz. In dem Moment, als Gökhan gerade »Tod, sei uns willkommen!« brüllt, sehe ich Hüseyin. Ich weiß nicht, woher er gekommen ist, aber auf einmal ist er da. Und er gibt Gökhan eine schallende Ohrfeige. Ich meine, er schlägt so richtig zu, nicht einfach nur aus Spaß.

»Bei dir ist wohl 'ne Schraube locker! Was soll das Gerede vom Tod, der willkommen ist? Wo habt ihr das her, verfluchte Scheiße!«

Gökhan sagt: »Wir wollten doch nur ...«, aber Hüseyin ist stinksauer.

»Was soll das Geschwafel von Salvenfeuer? Junge, ihr seid Kinder! Kriegsgeschrei? Ihr habt sie wohl nicht mehr alle!«

Als Hüseyin Gökhan so anschreit, sind alle ganz still, als wären sie tot. Dann hört Hüseyin plötzlich auf. Er schaut mich an. Er hat schwarze Ringe um die Augen.

Gökhan weint. »Wir haben doch nur eine Protestaktion für euch gemacht! Bitte, Hüseyin!«

Hüseyin schaut mich immer noch an. »Ali!«, sagt er. Da laufe ich weg. Ich renne. Immer weiter. Ich renne, bis es in meiner Brust ganz eng wird. Ich bin zu einem Zwerg geschrumpft. Das Ibelo-Feuerzeug kann ich Hüseyin jetzt nicht mehr geben. Wenn Ayşe doch hier wäre!

## Das Parlament setzt sich aus den Vertretern unserer Nation zusammen

Mama und ich bleiben vor dem Garten von der Polizeiwache stehen. Bevor wir losgegangen sind, haben sich meine Eltern mit zusammengebissenen Zähnen gestritten.

»Als gäbe es woanders keine Maulbeeren, Aydın! Warum müssen es ausgerechnet die von der Polizeiwache sein?«

»Es reicht doch, wenn ihr in den Garten geht.«

»Ich kann das nicht, Aydın.«

»Was ist aus deinem revolutionären Geist geworden, Sevgi?«

Darauf hat Mama keine Antwort mehr gegeben.

Jetzt stehen Mama und ich also vor der Tür von der Polizeiwache. Mama zündet sich eine Zigarette an. »Also los, geh rein und frag, Ayşe!«

Nachher, also wenn ich die Maulbeerblätter geholt habe, gehe ich mit Mama zum Parlament. Ich musste ganz schön quengeln, damit sie mich mitnimmt.

Oma ist heute Morgen noch gar nicht aufgewacht. Aus ihrem Zimmer hört man sie schnarchen. Nach dem Konzert hat sie sich da eingeschlossen. Mit einer Flasche Bananenlikör. Sie hat die ganze Zeit Radio gehört. Mama hat Papa angeschaut und die Augenbrauen hochgezogen.

»Meine Mutter bläst Trübsal. Nimmst du Ayşe mit, oder soll sie mit mir kommen?« Papa hat geantwortet: »Besser, sie geht mit dir. Ich bringe Ali zu seinem Vater in die Behörde.« Papa hat »sowieso schon genug um die Ohren«. Gestern Abend hat er in Ordu angerufen, bei Opa. Da »gehen schlimme Dinge vor sich«. »Geh besser nicht raus«, hat Papa zu Opa gesagt. Als er aufgelegt hatte, hat er Mama gefragt: »Was sollen wir machen, Sevgi? Mein Vater sagt, er spüre wieder so einen Druck auf der Brust. Ob wir ihn besser zu uns holen?« Mama hat ihm nicht geantwortet. Opa »hat es am Herzen«.

Ich habe meine Proviantasche dabei. Dass da die Raupen drin sind, weiß Mama nicht. Ich habe nur gequengelt, dass ich die Tasche unbedingt mitnehmen will. Da hat Mama gesagt: »Ist ja schon gut, dann nimm sie halt mit.« Mama hat wieder ihre neuen Schuhe an. Sie hat Pflaster hinten auf ihre Füße geklebt. Wir sind alle zusammen rausgegangen. Papa und Ali sind schnell weggegangen. Ali hat sich zu mir umgeschaut. Ich habe ihm gewunken. Wir wären ja zusammen zur Polizeiwache gegangen, aber ich verstehe schon, warum Ali nicht hin kann. An dem Abend, an dem Ali die Schwanenpapiere gelesen hat und wir aus dem Fenster zur Wache rübergeschaut haben, habe ich nämlich kapiert, was sie auf der Wache mit ihm machen würden. Darum habe ich ihm gesagt, dass ich die Blätter holen würde. Mama zieht an ihrer Zigarette.

»Na los, Ayşe, geh rein und frag. Hol dir die Blätter, und dann gehen wir!«

Mama kommt nicht mit mir in den Garten von der Polizeiwache. Ein Polizist kommt raus. »Kann ich Maulbeerblätter haben?«, frage ich. Er hebt mich hoch, und ich pflücke die Blätter von den Zweigen. Da ist plötzlich von drinnen wieder diese Männerstimme zu hören, die gleiche Stimme wie gestern Nacht: *»Sei du der Stern und ich die Faust / Und treffen wir uns in Fatsa …«* Dann brüllt die Stimme »Ahhh!«, und es wird still, bis andere Männer schreien.

Der Polizist lacht. »Die großen Jungs spielen ein Spiel!« Ich lache nicht. Mama sagt: »Na los, Ayşe! Komm jetzt!« Mama läuft los, sie bleibt nicht stehen. Da reiße ich so viele Blätter ab, wie ich kann. Kein einziges Blatt will ich übrig lassen. Die sollen alle unsere Raupen fressen. Dann renne ich ganz schnell weg, ohne mich zu bedanken.

Ich renne, bis ich bei Mama bin. Wir gehen sehr schnell. Plötzlich bleibt Mama stehen, wirft die Zigarette auf den Boden und droht mir mit dem Finger. »Hör zu, Ayşe, dass du mir nie wieder … dass du mir ja nie wieder …«

Mama ist wütend. Aber nicht auf mich, sondern auf alles, das habe ich schon kapiert.

Wenn Mama heute gar nicht ins Archiv runtergeht, wäre das ziemlich schlimm. Dann könnte ich die Raupen nicht dahinbringen, und das wäre sehr traurig. Lieber Gott, bitte mach, dass Mama heute ins Archiv runtergeht! Jetzt ist schon bald Mittagspause, und sie war noch kein einziges Mal im Archiv.

Wir gehen zum Mittagessen in dieses große Restaurant, das Kantine heißt. Da sind alte Männer, wie im Konzerthaus. Wir setzen uns an den Tisch neben ihnen. Sie essen ganz langsam, ihre Gesichter glänzen, und sie sitzen kerzengerade. Weil sie nämlich Senatoren sind. Bei dem Wort »Senator« muss ich immer an diese Eisenstangen denken, die sich drehen und durch die man gehen muss, wenn man auf dem Jahrmarkt aufs Karussell will. Weil das ja auch so eine Art von Tor ist. Ali würde das verstehen, aber sonst niemand.

Die alten Männer haben Artischocken vor sich. Beim Essen drehen sie die Artischocken auf ihren Tellern im Kreis.

»Die wievielte Runde ist das inzwischen bei der Präsidentenwahl?«

»Die einhundertzwölfte!«

»Die Kompromissgespräche zwischen den Parteien werden auch nichts nützen. Alles vergebene Liebesmüh – der Staatsstreich kommt so oder so.«

»Also, wenn Demirel im Januar nicht gesagt hätte, was er

nun einmal gesagt hat, würden die Amerikaner den Putsch wahrscheinlich nicht unterstützen.«

»Wenn er was nicht gesagt hätte?«

»Dass die Amerikaner ihre Stützpunkte in der Türkei ohne unsere Erlaubnis nicht für andere Zwecke nutzen dürften. Da haben sie Demirel abgeschrieben. Was die Position der Militärs gestärkt hat. Und jetzt kommt es eben, wie es kommen muss.«

»Hoffen wir das Beste.«

Die Männer drehen weiter die Artischocken auf ihren Tellern, da ärgert sich einer von ihnen: »Meine ist voller Fasern … und Ihre?«

Über die Schwäne redet keiner. Ich belausche sie, ob sie nicht vielleicht doch darüber sprechen, aber sie sagen nichts dazu. Die Fenster von dem Restaurant sind so groß, dass bestimmt alle Schmetterlinge von Ankara reingekommen wären, wenn jemand sie aufgemacht hätte.

Nach dem Essen gehen wir zurück in Mamas Büro. Sie ist ganz schön traurig. Die ganze Zeit sagt sie: »Ach ja!«, genau wie Oma. Sie wissen es zwar nicht, aber eigentlich machen sie beide dasselbe. Irgendwann steht Mama auf. »Los, komm, gehen wir in die Mikrofilmabteilung, Ayşe«, sagt sie. Ich nehme sofort meine Provianttasche. Aber zuerst raucht Mama eine Zigarette im Garten vom Parlament.

»Warum schleppst du denn deine Tasche überall mit hin?«

»Nur so!«

»Wie war das Konzert gestern?«

»Mama, wenn man Musik hört, fühlt es sich dann so an, als würde man wachsen?«

Mama sagt nichts.

Dann gehen wir zu Muzaffer. Ich glaube, wir mögen ihn

inzwischen ein bisschen. Muzaffer schreibt was. Mama beugt sich über seinen Schreibtisch und liest, was er geschrieben hat. »Wahllos Fragen zu stellen, Dinge zu hinterfragen, die nicht hinterfragt werden, sondern in Ehrfurcht hingenommen werden sollten, das ist kein gottgefälliges Verhalten, und daher wurde es vom Propheten (Gott segne ihn und schenke ihm Heil) auch verboten. Wer sich sagt: ›Als gläubiger Muslim lebe ich im zwanzigsten Jahrhundert nun einmal in einer Epoche, in der Fragen gestellt werden, in der man den Dingen auf den Grund geht und neue Fragestellungen daraus ableitet, also mache ich das genauso‹, der wird daran zugrunde gehen.«

Mama lacht. »Wer Fragen stellt, geht daran zugrunde? Was ist denn das, Muzaffer?«

»Die Tonbandaufnahme der Predigt eines geistigen Führers, Sevgi Hanım. Ein paar von seinen Schülern baten mich darum, sie zu transkribieren.«

»Mit so reaktionärem Zeug würdest du dich ja sonst auch nicht befassen.«

»Apropos reaktionär, Sevgi Hanım …«

»Während wir darüber nachdenken, was wir mit diesem Brandherd von einem Land anstellen sollen, ziehen einige sich aus der Affäre, indem sie weder Fragen stellen noch sich Fragen stellen lassen, und sehen nur zu, dass sie überleben, nicht wahr? Wie intelligent! Wie überaus gerissen! Bauernschläue nennt man das.«

»Tun Sie diesen Menschen da nicht ein bisschen unrecht, Sevgi Hanım? Schließlich gibt der Prediger Beispiele aus der Lebenspraxis des Propheten und …«

»Hör bloß auf, um Himmels willen! Ich kenne einen Achtundsechziger, der sagte immer: ›Unser Prophet war Mitglied der Revolutionären Türkischen Jugend!‹ Diese Prediger verdrehen alles dermaßen, dass … Aber egal, eigentlich wollte ich dich fragen, ob ich Ayşe für eine Stunde oder so bei dir lassen darf. Ich muss dringend etwas erledigen.«

Davon hat Mama mir überhaupt nichts gesagt! Dabei hätte ich es mir ja schon denken können, als sie ihre neuen Schuhe angezogen hat. Klar, sie will sich mit Önder treffen.

Als ich mit Muzaffer alleine bin, ist mir sofort langweilig, und als ich ein paarmal gegen seinen Tisch getreten habe, sagt er: »Was machen wir denn jetzt mit dir, kleines Fräulein?«

»Wir können doch ins Archiv gehen!«

»Wieso das denn?«

»Weil ich es da schön finde. Wir können Verstecken spielen.«

»Also gut, aber deine Tasche lässt du besser hier.«

»Nein!«

Als wir im Archiv sind, trickse ich ihn aus. Als er anfängt zu zählen, hole ich schnell die Blätter und die Raupen aus meiner Tasche und lege sie hinter die *Hafta Sonus*. Da sehe ich auch Mamas gelbe Umschläge. Ich mache einen auf und schaue rein. Nanu! Was ist denn da drin? Als Muzaffer zum ersten Mal nach mir ruft, lege ich den Umschlag schnell zurück an seinen Platz. Zu den Raupen sage ich: »Seid schön brav! Macht bloß keinen Mucks!« Alle heben auf ihren Maulbeerblättern die Köpfe und hören mir zu. Sie bleiben auf den Blättern sitzen. Als ich losrenne, damit Muzaffer mich nicht hier findet, sieht er mich gleich. Er freut sich, dass er mich gefunden hat, und wir gehen zurück in die Mikrofilmabteilung.

Als Mama wiederkommt, hat sie ein ganz rotes Gesicht und schwitzt. Wahrscheinlich ist sie gerannt.

Als sie fragt: »Und, was hast du mit Muzaffer gemacht?« und ich sage: »Wir haben im Archiv Verstecken gespielt«, bekommt Mama ganz große Augen und packt mich am Arm.

»Was hat er mit dir gemacht? Hat er was mit dir gemacht?!«

Weil ich nicht verstehe, was sie meint, sage ich: »Wir haben Verstecken gespielt.« Muzaffer steht an der Tür von der Mikrofilmabteilung. Er schüttelt den Kopf, dreht sich um und geht weg. Jetzt verstehe ich überhaupt nichts mehr. Mama sagt: »Gottverdammt! Muzaffer, das war ein Missverständnis!« Aber er taucht nicht wieder auf.

Eigentlich wollte ich Mama von den Raupen erzählen, aber ich sage nichts. Weil sie in letzter Zeit nämlich ein bisschen seltsam ist. Als wäre sie gar nicht mehr Mama. Auf dem Nachhauseweg tritt sie ihre Schuhe hinten runter und redet kein Wort mit mir. Sie merkt nicht mal was, als ich so tue, als würde ich ihre Hand loslassen. Ich bin ein bisschen traurig. Wenn Ali doch bloß hier wäre! Aber der wird sich freuen, wenn ich ihm von den Schmetterlingen erzähle.

## Die Nation zeichnet sich durch eine gemeinsame Sprache aus

»Lass uns spazieren gehen, Ali!«

Hüseyin steht vor der Tür. Ich hole meine Schnüre raus und schaue sie an. Mama sagt: »Ali, hast du nicht gehört, was Hüseyin gesagt hat? Er will dich mitnehmen zu einem Spaziergang!«

Ich stecke meine Schnüre in die Tasche, aber ich gucke nicht zu Hüseyin hoch. Er drückt meinen Kopf gegen sein Bein, aber ich mache mich los und laufe raus in den Garten. Mama redet ganz leise mit Hüseyin, aber ich höre es trotzdem: »Bring es ihm schonend bei, Hüseyin, ich bitte dich.«

Hüseyin steht vor der Tür, die Sonne scheint ihm ins Gesicht. Da habe ich plötzlich so ein Gefühl. Als müsste ich mit meinen Augen ein Foto von ihm machen. Ich kann es nicht genau beschreiben, aber es kommt mir so vor, als wäre ich auf einmal erwachsen, als wäre ganz viel Zeit vergangen und als würde ich mich nur daran erinnern, wie Hüseyin vor der Tür steht.

Wir gehen den Hügel runter. *Trapp trapp trapp* machen unsere Füße. Wir haben die Hände in die Hosentaschen gesteckt. Hüseyin sagt kein Wort, bis wir unten sind. Ich habe sowieso nicht vor, mit ihm zu reden. Er hätte Gökhan ja nicht schlagen müssen!

Als wir unten angekommen sind, bleiben wir stehen. »Wo gehen wir hin, Großer?«, fragt Hüseyin. Ich schaue ihn nicht an und sage auch nichts. »Na los, gehen wir zum Schwanenpark.«

Hüseyin geht langsam. Sogar wenn er nichts sagt, sieht er normalerweise so aus, als würde er sprechen. Aber jetzt bewegt sich in ihm drin überhaupt nichts, das kann ich hören. Vielleicht ist in Çorum was mit ihm passiert. Vielleicht wollte er sich verstecken und schämt sich jetzt dafür. Oder es war ihm zu laut, und sein Kopf tut ihm weh. Ich nehme Hüseyin an der Hand. Wir laufen weiter. *Trapp trapp trapp …*

»He, Ali, was ist eigentlich aus unserem Drachen geworden? Hast du ihn wiedergefunden?«

Ich zucke mit den Schultern. Das bedeutet, dass ich keine Ahnung habe.

»Dann ist er wohl davongeflogen, in die Freiheit. Was für ein fabelhafter Drachen!«

Vor einer Konditorei bleiben wir stehen. Hüseyin schaut nach, wie viel Geld er in der Tasche hat. »Komm, Junge! Ich lade dich zu einer Biskuitrolle ein.«

Wir gehen rein. Drinnen duftet es ganz toll. Besteck klappert, und feine Damen unterhalten sich. Niemand sieht aus wie wir, aber wenn Hüseyin dabei ist, macht das nichts, dann kommt es einem so vor, als wäre man selber am besten angezogen.

»Für mich einen Tee, bitte. Und für den jungen Herrn eine Biskuitrolle. Trinkst du auch eine Limonade, Ali?«

Ich bin doch kein kleines Kind mehr! »Für mich auch einen Tee!«

»Also gut, zweimal Tee.«

Meine Arme kleben am Tisch fest. Man nennt diese Tische »Resopal«, und Resopal ist braun. Die Schreibtische in Papas Behörde und die Lehrertische sind auch daraus gemacht. Und eine Biskuitrolle scheint so eine Art Kuchen zu sein. Hüseyin klemmt sich eine Zigarette in den Mundwinkel, kneift die Augen zusammen, damit ihm kein Rauch reinkommt und schneidet den Kuchen in der Mitte durch.

»Also dann, Großer! Lass es dir schmecken!«

Die Serviette, die dabei ist, stecke ich in meine Tasche, damit ich sie Mama mitbringen kann. Der Kuchen besteht aus einem weichen Teil, der wie Joghurt aussieht, und einem gelben Teil, der ist so ähnlich wie Brot. Wahrscheinlich muss man von beiden immer gleich viel auf die Gabel nehmen. So mache ich es jedenfalls, und als die Gabel kurz vor meinem Mund ist, rieche ich was, was ich noch nie gerochen habe. Das riecht so gut, als wäre man in Mamas Schoß eingeschlafen, wenn sie gerade mit jemandem redet, und als hätte sie ganz vergessen, dass sie einem die Hand auf den Rücken gelegt hat. Ob Ayşe wohl schon mal Biskuitrolle gegessen hat?

Hüseyin sagt: »Ich muss mit dir reden, Ali. Denn du bist kein Kind mehr. Jawohl, hiermit erkläre ich dich offiziell zum Jugendlichen!«

Als ich schlucke, gluckst es irgendwie in meinem Hals. Wieso bin ich denn jetzt plötzlich kein Kind mehr?

»Ali, was da neulich passiert ist. Das war falsch von mir. Ich hätte das nicht tun dürfen …«

Ich lege die Gabel hin und schaue vor mich auf die braune

Tischplatte, aber am liebsten hätte ich jetzt meine Schnüre angeschaut.

Hüseyin flüstert, weil wir ja in einer Konditorei sind: »Revolutionär zu sein, das heißt nicht, einfach alles kaputt zu machen. Weißt du überhaupt, was es bedeutet, wenn ein Bus umkippt? Was, wenn Jungen wie du darin gesessen hätten? Revolutionär zu sein, das bedeutet Dinge zum Leben zu erwecken, sie zu verschönern, zu verbessern. Nur weil wir ständig mit diesen Knarren durch die Gegend laufen, glaubt ihr natürlich, dass es um Gewalt geht. Aber so ist es nicht! Revolution, das bedeutet nämlich zunächst einmal Geduld, Liebe, Hoffnung, Glaube und so weiter!«

Hüseyin ist auf sich selber sauer. Er zieht heftig an seiner Zigarette.

»Schmeckt dir die Biskuitrolle nicht?«

Ich esse weiter. Ich mache jetzt ganz große Bissen, um schneller fertig zu sein.

»Als ich zum ersten Mal in euer Viertel kam, wie alt warst du da eigentlich, Ali? Vier? Erinnerst du dich an diese Zeit? Vergiss sie nicht, Großer. Es war eine schöne Zeit. Wir hatten für den Wasseranschluss demonstriert, und du warst immer mit dabei.«

Ich erinnere mich nicht, aber ich nicke, weil Hüseyin bestimmt große Kopfschmerzen hat. Der süße Kuchen klebt mir im Mund. Je schneller ich aufesse, desto schneller gehen wir. Sonst erzählt mir Hüseyin nämlich gleich ganz traurige Sachen. Das weiß ich.

»Wir werden eben in die Dinge hineingeboren, Großer. Es ist unmöglich, durch diese Zeiten zu kommen, ohne ihren Staub zu schlucken. Und es sollte, verflucht noch mal, auch gar nicht möglich sein! Besser man stirbt, als dass man sich einigelt! Weißt du, Ali, über die ganze Geschichte dieses

Landes hinweg wurde dem Überleben stets die höchste Priorität eingeräumt. Hinterhältigkeit, Arglist, Heuchelei – all das erwächst nur aus dem Wert, den man dem Überleben beimisst …« Hüseyin schaut mich an und hört auf zu reden. Ich habe den Mund so voller Kuchen, dass ich nichts mehr runterschlucken kann. Meine Wangen haben sich richtig aufgebläht.

»Was machst du denn da! Du wirst noch ersticken! Trink Tee!«

Ich würge den Kuchen runter.

»Ali, das braucht dich alles nicht zu kümmern. Ich werde dir mal was erzählen, das ich noch niemandem erzählt habe.« Hüseyin steckt seinen Finger in das Joghurtzeug von dem Kuchen und leckt ihn ab. »Mhm, lecker, was, Ali?« Er lacht. »Meine Eltern waren Ingenieure. Und weißt du, woher wir ursprünglich kommen? Aus Istanbul. Am Bosporus. Da gibt es einen Stadtteil, der heißt Bebek. Ich war ungefähr so alt wie du, da gab es einen Mann, der immer unser Haus putzte. Eines Tages wollte ich ihm helfen, weil ich es ungerecht fand, im Garten zu spielen, während er arbeitete. Wir waren an dem Tag irgendwo eingeladen, deswegen hatte ich meine guten Sachen angezogen. Ich stürzte mich also voller Eifer in die Arbeit. Erst als ich die ganze Treppe geputzt hatte, hielt ich inne und sah, dass ich ganz dreckig und verschwitzt war. Der Mann aber rauchte seine Zigarette und lachte. Er hatte während der ganzen Zeit keinen Finger gerührt. In dem Moment kam meine Mutter aus der Wohnung, und als sie mich gesehen hat, hat sie mir die Ohren lang gezogen! Ich schaute zu dem Mann hinüber. Doch der drehte mir den Rücken zu und fegte den Hof … Und manchmal denke ich heute noch: Wenn das alles vorbei ist, wenn mir die Ohren lang gezogen werden, ob ich dann auch wieder ganz allein bin?«

Und da sage ich, ohne drüber nachzudenken: »Aber du hast doch noch mich, Hüseyin!«

»Oje, oje!«, sagt Hüseyin und lacht. »Ja, dich habe ich natürlich noch. Und deshalb ist mir alles andere auch schnurzpiepegal! Gut, dass es dich gibt, Ali! Eigentlich wollte ich dir heute noch etwas anderes sagen ... ich gehe weg, Großer. Vielleicht sehen wir uns nie wieder. Ich wollte nicht, dass wir im Streit auseinandergehen ...«

Diese Biskuitrolle hat mir sowieso nicht geschmeckt.

»Ich werde jetzt woanders gebraucht, Ali. In euer Viertel werden andere junge Männer kommen, gute Leute. Ich muss jetzt gehen, Ali. Verstehst du, Großer?«

Da wird es auf einmal draußen ganz laut. Der Kellner mit der dunklen Haut flüstert Hüseyin zu: »Besser, Sie gehen jetzt. Heute wurde Nihat Erim erschossen, und aus Kurtuluş kommen faschistische Kommandos heraufmarschiert. Die Rechnung geht selbstverständlich aufs Haus.«

Hüseyin nimmt meine Hand, wir gehen raus und laufen in Richtung Schwanenpark. Hüseyins Hand fühlt sich schwitzig an.

»Hab keine Angst, Ali! Sie kriegen uns nicht!«

Die Faschisten sind hinter uns. Alle Leute verschwinden in den Geschäften, als sie näher kommen. Wir laufen immer schneller. Als wir am Schwanenpark vorbeikommen, kann ich Hüseyin nichts von den Schwänen erzählen, weil wir jetzt rennen. Hüseyin nimmt mich auf den Arm, und ich halte mich an ihm fest. Die blaue Ader an seinem Hals pocht. Wir gehen durch eine Tür. Wir steigen eine Treppe runter, und plötzlich ist alles dunkel. Aber es gibt lila Lichter, die sich drehen. Leute tanzen. Wie die Amerikaner. Es läuft ein englisches Lied.

*One way ticket! One way ticket! One way ticket to the moon!*

Hüseyin lässt mich runter. Niemand achtet auf uns. Hüseyin sucht jemanden, auf seinem Gesicht blinkt das lila Licht. Da kommt ein junger Mann und sagt zu Hüseyin: »Sinan! Was machst du denn hier?« Warum nennt er ihn Sinan?

Hüseyin antwortet hastig: »Versteck den Jungen!«

Dann stellt er sich auf den runden Platz, wo die Leute tanzen. Als der Mann mich mit sich zieht, schaue ich die ganze Zeit zu Hüseyin. Er tanzt mit diesen Leuten, die aussehen wie Amerikaner. Woher kann Hüseyin sich wie ein Amerikaner bewegen?

Der Mann bringt mich in eine Küche. Ich warte lange. Wieso hat der Mann Sinan zu Hüseyin gesagt? Weiß er nicht, wie er richtig heißt? Vielleicht nicht. Als Hüseyin wiederkommt, steigen wir in den nächsten Dolmuş und fahren nach Hause. Als wir den Hügel raufgehen, sagt er zu mir: »Das darfst du niemandem erzählen, Ali.«

»Warum hat der Mann dich Sinan genannt?«, frage ich.

Hüseyin bleibt stehen und schaut mich an. Er will was sagen, aber er sagt nichts. Weil ich nämlich *doch* noch ein Kind bin. Da lasse ich Hüseyins Hand los. Und das Ibelo-Feuerzeug gebe ich ihm auch nicht.

Plötzlich wünsche ich mir, dass Ayşe hier wäre …

## Gegenseitiges Vertrauen

»Hast du schon mal gesehen, wie ein Baum ganz von alleine umgefallen ist, Samim? Wie sein Stamm einfach in der Mitte geborsten ist? Du traust deinen Augen nicht. Denn deine Augen haben gelernt, dass ein Baum steht. Sie weigern sich zu sehen, was da passiert. Auch wir beobachten gerade das langsame Umstürzen eines Baumes, und unsere Augen wollen es nicht wahrhaben. Es ist nicht wie früher. Wir stürzen um, Samim.«

»Bleib du bei deinem Vater«, hat Mama gesagt. Sie ist mit Oma rausgegangen, weil Oma »niedergeschlagen ist«. Papa und Samim sitzen in der Küche. Weil Mama nicht da ist, haben sie den Tisch ganz unordentlich gedeckt und das Essen nicht auf Teller getan. Sie lassen Melonensaft auf den Tisch tropfen, und den Käse schneiden sie, ohne ihn auszupacken. Ich schaue erst eine Kindersendung im Fernsehen, aber eigentlich belausche ich Samim und Papa. Samim sitzt da, als hätte er einen Buckel. »Hast du das Interview in der *Hürriyet* gelesen, Aydın? Der Provinzvorsitzende der Grauen Wölfe sagt: ›Unsere fünftausend Mitarbeiter haben für jeden ein offenes Ohr.‹ Wir werden also wirklich abgehört, Aydın, wir sind gar nicht paranoid! Bloß dass keiner weiß, wer ein Spitzel ist und wer nicht.«

»Immerhin weiß ich, dass ich keiner bin, Samim.«

Sie lachen, aber ihr Lachen klingt irgendwie falsch. Dann trinken sie Rakı.

»Hast du von dem Journalisten gehört, Samim? Als der Polizist, der sein Telefon abhörte, plötzlich zu husten anfing, hat er zu ihm gesagt: ›He, Sie da, Sie arbeiten zu viel. Jetzt pressen Sie sich mal eine Zitrone aus und mischen den Saft mit Lindenblütentee!‹ Und der Mann hat sich sogar bedankt!«

Samim lacht. »Wenigstens können wir noch lachen und fröhlich sein.«

»Das hat mit Fröhlichkeit nichts zu tun, das nennt man Galgenhumor.«

»Wie geht es eigentlich Sevgi?«

»Sie ist sauer. Sie ist immer sauer.«

»Wieso das denn, Aydın?«

»Samim, als der Ältere von uns beiden möchte ich dir einen guten Rat geben: Sieh dich vor, dass du nie bei einer Frau in Ungnade fällst. Und wenn du es nicht verhindern kannst, dann bemühe dich nicht vergeblich, ihre Gunst zurückzugewinnen.«

Samim sagt nichts.

Da sagt Papa laut: »Unser Detektiv hat mich gestern zu einer Vernehmung mitgenommen. Einer von den Jugendlichen, die bei dem Pogrom von Bahçelievler getötet wurden, stand mir sehr nahe. Jedenfalls hat er eine neue Augenzeugin gefunden. Und als ich sah, wie viel Angst diese Frau hatte … Sie hat natürlich keinerlei Vertrauen, wie sollte sie auch! Selbst wenn sie dem linken Polizisten vertrauen würde, stünde vor der Tür doch gleich der rechte Polizist. Und sie ist eine alte Frau. Es muss schlimm für sie gewesen sein.«

»Ist denn was dabei rausgekommen?«

»Ich weiß nicht, ich bin nicht dabeigeblieben.«

»Was? Du bist einfach gegangen?«

»Das Gleiche hat Sevgi auch gesagt. ›Wieso tust du nichts, Aydın?‹, ›Wieso kämpfst du nicht?‹, ›Wieso warst du noch nie im Gefängnis?‹«

»Nein, Aydın, so habe ich das doch gar nicht gemeint. Aber als du das gerade gesagt hast, da musste ich plötzlich … mein Bruder ist nämlich auch …«

»Schau, noch ein Ratschlag von mir als Älterem, Samim: Wenn du den Staub der Zeit nicht schluckst, dann zahlst du dafür einen Preis. Du zahlst zwar auch einen Preis, wenn du ihn schluckst, dann wirst du eben gefoltert, kommst ins Gefängnis, verlierst den Verstand, wirst arbeitslos, aber für all das gibt es eine Lösung. Wenn du jedoch den Staub der Zeit nicht geschluckt hast, während die um dich herum ihn geschluckt haben, dann ist es aus. Das kannst du nie wiedergutmachen.«

»Der Staub der Zeit? Woher hast du denn das?«

»Für den Staub, den du nicht schluckst, für den Preis, den du nicht zahlst, dafür musst du büßen. Dafür lassen sie dich büßen!«

»Du hast mich wirklich falsch verstanden. Ich wollte dir nur sagen, dass mein Bruder auch …«

»In mir hat sich so vieles aufgestaut, Samim …«

Papa trinkt das ganze Rakıglas auf einmal aus. Ich glaube, Samim hat es aufgegeben, das zu sagen, was er sagen wollte.

»Sevgi war eine von denen, die beim Putsch von 1971 ins Gefängnis kamen. Ich studierte damals an der Philosophischen Fakultät. Politisch war ich ein Mitläufer, und auf Demos kam ich mir albern vor. Ich interessierte mich vor allem für Literatur. Wenn Sevgi nicht ins Gefängnis gekommen wäre, wenn sie nicht so große Angst gehabt hätte, als sie wieder draußen war, dann wäre sie nie auf die Idee gekommen, sich ausgerechnet mit mir einzulassen. Erstens war sie viel zu schön. Zweitens war sie eine starke Frau und kein bisschen zimperlich. Eine, die in Diskussionen gern auf den Tisch haute. Aber als sie aus dem Gefängnis kam, traute sie sich kaum noch, über die Straße zu gehen. Ich begegnete Sevgi in Yenişehir. Sie hatte sich hinter ihren Büchern verschanzt, ihr Gesicht war kreidebleich. Auf ihrer Wange ein Brandmal. Sie versuchte, es unter ihren Haaren zu verstecken, aber ich sah gleich, dass sie dort eine Zigarette ausgedrückt hatten. Ich fragte natürlich nicht nach. Sie hatte noch keinen ihrer Freunde wiedergesehen, sich mit niemandem getroffen. Ohnehin war ja alles in Auflösung begriffen. Und dennoch … ich hätte es merken müssen. In ihren Augen flackerte ein seltsames Licht. Wie bei allen Frauen, die eine Entscheidung gefällt haben. ›Gehen wir einen Tee trinken‹, sagte sie. Dieser Tee wurde für uns zum Grund. Sie hatte sich ja sowieso schon längst entschieden. Vielleicht hatte sie auch einfach nur ihr Schicksal herausgefordert. Hatte sich zum Beispiel gesagt: ›Den ersten Mann, dem ich in Yenişehir begegne, heirate ich.‹ Am Anfang war sie richtig anhänglich. Wir gingen ja auch fast nie aus dem Haus. Ich war stolz. Sevgi liebte mich! Ich war zu einem Mann geworden. Dann, als Ayşe auf die Welt gekommen war, schaute sie beim Stillen plötzlich zu mir auf und fragte: ›Wie kommt es eigentlich, dass du nie im Gefängnis warst, Aydın?‹ Da hatte sie ihr Urteil schon gefällt. Du kannst nicht wissen, was eine Frau sich von dir erträumt, Samim, aber anhand ihres Zorns kannst du die Größe dieses Traums ermessen. Seit jenem Tag ... aber ach, ich langweile dich! Was macht eigentlich Ayşe? Um die haben wir uns ja gar nicht gekümmert.«

»Schau dir bloß dieses kleine Schlitzohr an! Unsere Ayşejewitsch sitzt auf dem Flur und hört uns zu!«

Papa nimmt mich auf den Schoß. Er hat rote Augen. Und er riecht nach Rakı. Es kommt mir vor, als hätten wir verloren. Als wäre alles zu spät. Jetzt ist nicht mehr nur Mama seltsam, sondern auch Papa. Plötzlich wünsche ich mir, dass Ali hier wäre ...

**Eine Einheit des Glaubens zwischen den Bürgern**

»Schauspielerinnen reißen sich um die Rollen in religiösen Filmen. Am heftigsten rivalisieren sie um die Rolle der Rabia Hatun. Um diese Heilige aus dem achten Jahrhundert spielen zu dürfen, schrecken die Starlets des türkischen Filmgeschäfts nicht einmal davor zurück, einander vor Gericht zu bringen. – Aua! Mir tut schon der Kiefer weh vor lauter Gähnen. – Die besten Chancen auf die begehrte Rolle werden derweil ausgerechnet einer Erotikdarstellerin eingeräumt. Wer Gefallen hat an dieser Art von Produktionen, dem empfehlen wir den Film über den heiligen Umar, der während des Ramadans zu sehen ist.«

Feride, Jale Hanıms Tochter, liest aus der *Ses* vor. Dann wirft sie die Zeitschrift gelangweilt auf den Couchtisch. Wenn ich das gemacht hätte, wäre Mama sauer geworden. Man wirft nichts durch die Gegend, das gehört sich nicht. Aber in der Familie von Jale Hanım darf man das. Sie schreien sich auch manchmal an und sagen sogar »du Idiot«, aber dann lachen sie. Sie spielen *Okey* auf dem Balkon und klappern mit den Spielsteinen, und manchmal tanzen sie sogar auf dem Balkon und schnipsen mit den Fingern dazu. Manchmal gehen sie auch in Pantoffeln raus, das schlappt dann. Und wenn sie ihren Tee umrühren, klirrt es. Aber in unserer Wohnung machen wir überhaupt keine Geräusche. Beim Umrühren muss man zum Beispiel den Löffel nur tief genug eintauchen, dann ist es ganz leise. Es gehört sich nämlich nicht, so viele Geräusche zu machen. Aber bei Jale Hanım darf man das. Wenn sie mich küsst, habe ich immer einen roten Fleck auf der Wange, und wenn ich dann reibe, sieht es aus wie Rouge.

Oma und ich sind zum Fastenbrechen bei Jale Hanım und ihrer Familie eingeladen. »Wir fasten zwar nicht, aber solange sie noch nichts essen, darfst du auch nichts essen, Ayşe«, hat Oma gesagt, bevor wir losgegangen sind. Weil Oma »niedergeschlagen ist«, müssen wir sie im Moment schonen. Das hat Mama gesagt. Ich darf zum Beispiel keinen Quatsch machen. Über die Einladung zum Fastenbrechen haben meine Eltern gelacht, aber wir sind trotzdem hingegangen. Fastenbrechen bedeutet, dass man erst mal Oliven isst. Das habe ich neu gelernt. »Ach herrje, dieses Kind hat ja überhaupt keine religiöse Erziehung genossen«, sagt Jale Hanım, verzieht die Lippen und hebt die Augenbrauen. Weil sie fastet, »liegen bei ihr die Nerven blank«.

Sie zeigt uns die »Pflegeserie Janine«. »Meine liebe Nejla, das ist was ganz Neues. Du lädst Frauen aus der Nachbarschaft ein, stellst ihnen die Produkte vor und verkaufst sie ihnen. Wenn die sie dann an jemand anderen verkaufen, verdienst du wieder Geld. Ohne einen Finger krumm zu machen! Ist das nicht phantastisch?«

Oma versteht das nicht. »Man verkauft doch seinen Gästen keine Hautcreme, Jale!« Sie legt die Creme auf den Couchtisch, hebt die Augenbrauen und hält den Kopf schief. So wie wenn jemand schlecht gekocht hat. Jale Hanım gibt mir so eine Art Fotoapparat, den ihr Freunde von der »Pilgerfahrt« mitgebracht haben. Wenn man reinschaut, sieht man lauter weiß angezogene Menschen rund um eine schwarze Schachtel. »Das ist die Kaaba, so was bringen dir deine Eltern natürlich nicht bei!«, sagt Jale Hanım. Feride hat von der Pilgerfahrt einen grünen Lippenstift bekommen, der rosa wird, wenn man sich damit schminkt. Wie kann das sein? Sie haben auch heiliges Wasser mitgebracht, aber Oma sagt: »Das ist doch inzwischen ganz abgestanden«, und will nichts davon trinken. Dann ist Fastenbrechen. Die Kanone hat gebollert! Das heißt, man darf endlich essen. Sie haben ganz viel Essen gemacht. Sie stopfen die gefüllten Paprikas, die gefüllten Weinblätter, die Frikadellen und das gebratene Gemüse richtig in sich rein. Weil sie nämlich nichts gegessen haben, überhaupt nichts! Seit gestern. Sie schlingen so, dass ich gar nicht hinschauen kann. Und sie machen Geräusche beim Essen. Sie schmatzen, und zwischen ihren Lippen hängt Salat. Der Mann von Jale Hanım erstickt fast, seine Augen werden ganz groß. Er trinkt Wasser, sagt: »Gott sei Dank!«, sagt: »Das Fasten hat schon was, Nejla« und lacht. Jale Hanım sagt: »O ja! Es entschlackt.« Und Feride sagt: »Ja, aber an Sommertagen ist es ganz schön hart.« Oma sagt nichts. Während sie essen, fangen im Fernsehen die Nachrichten an. Da lässt Oma ihre Gabel fallen und ruft: »O Gott! Nihat Erim wurde erschossen!«

Jale Hanım sagt mit einer Frikadelle im Mund: »Ach, war

das nicht …« Aber da sagen sie es auch schon in den Nachrichten: »*Nihat Erim, der im Wahljahr 1971 das Amt des Ministerpräsidenten innehatte, wurde heute vor seiner Villa im Istanbuler Stadtteil Dragos von militanten Mitgliedern einer illegalen linken Terrororganisation …*«

Auf einmal sagt Oma zu mir: »Dieser Mann hat deine Mutter gefoltert.« Dann macht sie den Mund sofort wieder zu und sagt nichts mehr. Zum ersten Mal hören alle auf zu essen. Oma schaufelt sich einen Haufen Salat auf den Teller, sie hört gar nicht mehr auf damit. Keiner redet mehr, bis die Nachrichten zu Ende sind. Jale Hanım ist wieder mit Essen beschäftigt. Als auf dem Fernseher »Unterhaltungsprogramm« steht, essen sie immer noch. Bestimmt platzen sie bald.

Feride sagt: »Die Frauen aus dem Nebenhaus machen jetzt jeden Morgen *Rezitation*, Mama, hast du schon davon gehört?«

»Ist das was zu essen?«

»Nein, sie lesen aus dem Koran, weil doch Ramadan ist.«

»Na, dann lass sie lesen. Die sind sowieso ein wenig zurückgeblieben da im Nachbarhaus. Kommen alle vom Land. Außer dieser Samim und seine Ayla, aber die sind ja auch Kommunisten. Am besten macht man es wie wir: im Ramadan fasten, an Feiertagen beten, das war's!«

Als ihren Eltern allmählich die Augen zufallen, nimmt Feride das Telefon mit in ihr Zimmer. Ich weiß schon, dass sie jetzt ihren Verlobten anruft, weil Jale Hanım uns nämlich erzählt hat: »Ach, die ruft so oft heimlich ihren Verlobten an! Eigentlich gehört sich das ja nicht, aber was soll man machen?«

Als der Film über den heiligen Umar anfängt, sagt Oma leise zu mir: »Weißt du, Ayşe, Allah hat gesagt, wer einen vollen Magen habe, solle fasten, damit er verstehen könne, wie es den Hungernden geht. Darum …«

»Aber Jale Hanım und die anderen haben viel zu viel gegessen!«

»Sie mussten ja auch seit gestern hungern, deswegen.«

»Aber wenn sie so viel essen, werden die Hungernden dann überhaupt satt? Und dieser Mann, wie hat der Mama eigentlich gefoltert? Und wann? Gab es mich da schon?«

»Ach, Ayşe vergiss, was ich gesagt habe. Da war nichts. Nanu? Jale Hanım und ihr Mann scheinen tatsächlich eingeschlafen zu sein. Aber wenn wir jetzt aufstehen und einfach gehen, sähe das auch komisch aus!«

»Sollen wir den Fernseher lauter stellen, Oma? Dann wachen sie bestimmt auf!«

Oma lacht und sagt: »Ja, mach das mal.« Als ich den Fernseher lauter gestellt habe und der heilige Umar losbrüllt, springen Jale Hanım und ihr Mann erschrocken auf. Jale Hanım geht in die Küche, um Tee aufzubrühen, und ihr Mann geht auf die Toilette. Als Oma auch in die Küche geht, schleiche ich mich auf den Balkon. Ich schaue zum Haus von Samim und Ayla, weil ich Ayla winken will. Aber von hier kann ich nur ihr abgeschlossenes Zimmer sehen. In dem ist es dunkel. Ich schaue zur Polizeiwache mit dem Maulbeerbaum. Die Raupen im Parlament wachsen jetzt bestimmt schon. Mama wird vielleicht staunen, wenn sie die Schmetterlinge sieht! Und wir haben sie ins Parlament gebracht! Mama hat gar nicht gemerkt, dass die Raupen nicht mehr bei uns zu Hause sind. Und Oma vergisst in letzter Zeit sowieso alles ... Da geht in dem dunklen, abgeschlossenen Zimmer von Samim und Ayla plötzlich das Licht an. Ich sehe den Schatten von Samim, dann geht das Licht sofort wieder aus. Ayla kommt raus auf die Terrasse und schaut zu unserem Haus rüber.

Aber ich winke ihr nicht. Ich dachte, das Zimmer wäre abgeschlossen?

»Ayşe!«, ruft Oma von drinnen. Feride macht den Kassettenrekorder an.

*Uns war alles egal, und wohin hat's geführt?*

## Die Nation teilt sich dasselbe Stück Land

»Unseren Genossen Vedat habt ihr fast alle schon im Café oder am Brunnen kennengelernt. Er ist sozusagen euer neuer Hüseyin. Ich möchte ihm zwar hier keinen Honig um den Bart schmieren, aber Vedat ist ein wackerer Bursche, der sich unser Vertrauen redlich erworben hat. Er wird sich von jetzt ab um alle Probleme des Viertels kümmern. Genosse Vedat ...«

Hüseyin stellt bei der Versammlung vom Widerstandskomitee seinen Nachfolger vor. Ich habe gehört, wie Hüseyin zu Birgül gesagt hat, dass er »ihm jetzt die Geschäfte überträgt«. Hüseyin muss gehen, weil er »abberufen« wurde, aber Birgül wird später vielleicht auch noch »abberufen«. Vedat redet wenig, und lachen tut er überhaupt nicht. Ich mag ihn nicht besonders.

Da sagt einer von den älteren Männern: »Einen Augenblick noch, Hüseyin!« Er ist sitzen geblieben, obwohl bei einer Versammlung sonst immer alle im Stehen reden. »Hüseyin, warum denn ausgerechnet jetzt, wo gerade so viel Blut vergossen wird? Der Putsch könnte inzwischen jederzeit kommen, darauf haben wir doch so gut wie keinen Einfluss mehr. Habe ich nicht recht? Also, nichts gegen Vedat, aber das kommt mir so vor, als würde man das Pferd wechseln, während man gerade den Bach überquert. Oder etwa nicht?«

»Folgendes ...«, sagt Hüseyin.

Alle schauen ihn an. Aber er sagt nichts mehr. Da steht Birgül auf und fängt an, über Sachen zu sprechen, die ich nicht verstehe. Ich glaube, es versteht sie auch sonst keiner. Weil nämlich niemand was sagt. Auch der ältere Mann, der gerade geredet hat, hebt nur die Augenbrauen und macht ein strenges Gesicht.

Zu Hause macht Mama wieder Mehlsuppe. Morgen, wenn wir zu Ayşe gehen, kriegen wir Geld. Dann kann Mama Hühnerhalssuppe machen, aber jetzt schauen wir uns das Mehl an, das in der Suppe schwimmt. Papa isst schnell, Mama isst gar nichts. Sie sprechen nicht. Als ich mich auf das Sofa lege und *Ulduz und die Raben* lese, pustet Mama die Kerze auf dem Tisch aus, und sie gehen vor die Tür. Da sprechen sie.

»Aber, Aliye, es geht wirklich nicht, dass die Organisation ständig jemanden abberuft. Der Mann hat recht, so zu fragen. Ich wollte Hüseyin nicht in Verlegenheit bringen, aber mir ging das Gleiche durch den Kopf. Über kurz oder lang wird die Diktatur kommen, sagen sie, aber wenn dann einer hierhin geht und der andere dorthin ...«

»Hüseyin geht nach Fatsa. Wahrscheinlich haben sie sich für den Guerillakampf entschieden. Ich wusste nicht, was sie vorhaben, Hasan ... jedenfalls haben sie wieder Waffen in unseren Kohlenkeller gebracht.«

»Davon weiß ich ja gar nichts. Was haben sie gebracht?«

»Neue Gewehre eben, oder was auch immer, sie haben sie in Säcken dort abgeladen. Hüseyin muss die Dinger da wegschaffen, bevor er geht, sag ihm das!«

»Ich muss dich noch etwas fragen. Hast du eigentlich heimlich Geld gespart?«

»Ja, na und? Ali muss zum Arzt. Zu einem Privatmediziner.«

»Sind Ihnen etwa unsere Ärzte nicht mehr gut genug, Aliye Hanım?«

»Denen wächst doch die Arbeit über den Kopf.«

»Haben dir das etwa diese Reichen eingeflüstert?«

»Hör auf, Hasan! Lass dir lieber was anderes sagen. Du

kennst doch Zarife. Bei der kreuzen jetzt andauernd PKK-Anhänger auf und sagen zu ihren Söhnen: ›Lasst uns runtergehen nach Kurdistan.‹«

Kurdistan? Wenn Kurdistan unten ist, dann ist es vielleicht die andere Türkei. Weil Zarife ein anderes Türkisch spricht und weil sie *tilil ili* macht, kommt sie bestimmt aus der anderen Türkei.

»Aliye, was machen wir denn, falls die jungen Leute jetzt ganz in den Untergrund gehen? Sie verhalten sich so seltsam, als hätten sie irgendwelche Befürchtungen.«

»Findest du etwa, wir sollten aus Solidarität gleich mit in den Untergrund gehen? Ist hier nicht trotz allem unsere Heimat, Hasan?«

Es gibt also in der Türkei auch noch einen Untergrund. Ein anderes Land unter der Erde. Dann sind vielleicht Hüseyin und seine Freunde so wie Ameisen, die sich durch die Erde graben? Gibt es unter der Türkei lauter Tunnel? Hüseyin hat mir doch erzählt, was es in den »Tiefen Ankaras« alles gibt, so ist es da vielleicht auch. Allerdings leben da anscheinend ganz viele Menschen, von denen wir keine Ahnung haben. Und wir gehen da vielleicht auch runter und kommen nie wieder rauf. Dann leben wir für immer in der Untertürkei.

»Aliye?«

»Hm?«

»Es heißt, viele gingen ins Ausland und hätten dort eine neue Heimat gefunden.«

»Was willst du mir damit sagen?«

»Wir könnten uns doch auch für eine Arbeit in Deutschland bewerben. Da soll es inzwischen eine eigene kleine Türkei geben, sagt man.«

»Ich kann hier nicht weg.«

In Deutschland gibt es auch noch eine Türkei? Dann muss es aber auch noch andere Landkarten geben als nur die rosablau-gelbe in unserem Klassenzimmer. Eine Untergrundkarte, eine Karte von der Untertürkei, dann noch welche von den ganzen anderen Türkeien …

Papa rülpst. »Diese Mehlsuppe hat mich aufgebläht, schau, ich bin dick wie ein Fass geworden!«

Mama und Papa lachen. In Papas Bauch gluckst es, wahrscheinlich hat ihm Mama dagegengeboxt. Weil ich die Mehlsuppe nicht ganz runterbekomme, habe ich immer noch Hunger. Wenn man raucht, soll man angeblich keinen Hunger haben, hat Gökhan gesagt. Aber ich hätte jetzt lieber ein Schokellabrot.

**Unser Eid**

»Sie sind da! Los, Oma! Mach auf!«

Oma macht sich keinen Dutt mehr, sie lässt die Haare jetzt immer offen und sieht jeden Tag verschlafen aus. Es dauert lange, bis sie durch den Flur an die Tür gekommen ist.

Mama hat geklingelt. Wir stehen vor der Tür und warten. Ich höre Ayşes Stimme, »Sie sind da!«, schreit sie. Aber niemand macht auf. Ob Ayşe vergessen hat, die Raupen ins Parlament zu bringen? So wie Hüseyin sein Feuerzeug vergessen hat?

Vielleicht hat Ali allen von den Schwanenpapieren erzählt. Dann bin ich sauer auf ihn. Weil das nur uns was angeht. Das ist unsere Sache!

Und ob Ayşe die Schwanenpapiere vergessen hat? Vielleicht war sie noch mal im Konzert oder hat Schokellabrot gegessen.

Bestimmt hat sie sowieso inzwischen neue Freunde. Mit denen sie über die Schwanenpapiere gelacht hat.

Ali hat Jungen als Freunde, mit denen er Fußball spielt und Cowboys und Indianer, draußen auf der Straße. Bestimmt hat er zu denen gesagt: »Ayşe ist so dumm! Die kann nicht mal Kleinbuchstaben lesen.« Vielleicht kommt er auch gar nicht mehr.

Als ich die Schwanenpapiere gelesen habe, hat Ayşe zu mir gesagt: »Das ist jetzt unsere Sache, das geht keinen was an.« Aber bestimmt hat sie es ihrer Mama verraten.

Oma macht die Tür auf. Ali ist da! War doch klar, dass er kommt.

Ayşe freut sich, als sie mich sieht!

Als ich Ali sehe, schreie ich: »Die Schmetterlinge sind im Parlament! Ist das nicht super?« Ich hätte das vielleicht nicht sofort sagen oder zumindest nicht so schreien sollen, aber weil ich so aufgeregt bin, ist es mir rausgerutscht. Aber Oma versteht das ja eh nicht, und Alis Mama hat auch keine Ahnung davon.

Ayşe hat die Raupen wirklich ins Parlament gekriegt! Zum Glück hat sie nur Andeutungen gemacht und keiner hat sie verstanden. Aber es war ja klar, dass sie das mit den Raupen macht … weil wir …

Ali und ich hatten das ja schließlich abgemacht.

… weil Ayşe und ich das ja abgemacht hatten.

»Hol die Papiere raus«, hat Ali gesagt, als alle glaubten, dass wir eingeschlafen seien. Am Abend nach dem Konzert gingen wir früh ins Bett. Ich hatte die Papiere in meiner Provianttasche versteckt. Sechs Seiten. In Kleinbuchstaben. Wir schalteten meine Schreibtischlampe an und beugten uns darüber.

»Wir müssen jetzt ganz genau lesen. Wir müssen alles richtig verstehen, weil jetzt nämlich alles von uns abhängt.«

»Wieso hängt alles von uns ab, Ali?«

»Hast du das echt nicht verstanden?«

»Wieso, was gibt es denn da zu verstehen?«

»Na, dass eine *Dickatur* errichtet wird! Das weiß doch keiner außer uns! Ich meine, es sieht nur so aus, als wüssten die das alle, aber eigentlich wissen sie es nicht. Dass die Faschisten bald kommen, meine ich. Und dann tun sie den Schwänen was an. Deswegen müssen wir die Schwäne retten. Weil wir Revolutionäre sind. Hast du das echt nicht verstanden?«

»Natürlich habe ich das verstanden! *Resolutionär* zu sein, das bedeutet, sich ganz große Mühe zu geben.«

Da fing Ali an zu lesen. Zuerst verstanden wir überhaupt nichts. Aber dann sagte Ali: »Hier ist es!« Ali las, und er las ganz genau, weil ab jetzt alles von uns abhing.

*Infolge eines Ersuchens an die Chirurgische Klinik der Veterinärwissenschaftlichen Fakultät der Universität Ankara wurde eine Operation an einem Schwan ausgeführt, die nummehr abgeschlossen ist. Besagter Schwan, der vom Schwanenpark in die Residenz des Generalstabschefs verbracht worden war, hatte sich fliegend aufgemacht, an seinen früheren Aufenthaltsort zurückzukehren, wobei er nach Zusammenstößen mit Gebäuden und hohen Bäumen in komatösem Zustand in unsere Klinik eingeliefert wurde. Trotz der vorgenommenen*

*Eingriffe konnte sein Leben nicht gerettet werden. Auf Geheiß der Notstandskommandatur Ankara ersuchten daraufhin die zuständigen Personen des Ordnungsamts darum, an den anderen Schwänen des Parks die notwendige Operation vorzunehmen, die eine Flucht der Tiere verhindern soll.*

*Bei einer Tenektomie des Musculus extensor pollicis brevis, die wir auf das an unsere Klinik gerichtete Ersuchen hin an einem der Schwäne durchführten, wurde das gewünschte Resultat erzielt. In Übereinstimmung mit der einschlägigen Fachliteratur stellte sich heraus, dass der Flügel nach dem operativen Eingriff auf eine dem Fliegen abträgliche Weise derart verkrümmt war, dass er sich nicht mehr vollständig ausbreiten ließ und ein Davonfliegen mithin unmöglich gemacht wurde. Es muss an dieser Stelle betont werden, dass eine Tenektomie ebenso unkompliziert wie zeitsparend zu bewerkstelligen ist. Zudem traten bei dem Schwan infolge der Operation keinerlei Komplikationen auf, die sich negativ auf sein alltägliches Leben im Becken auszuwirken drohten, und auch das Flugbedürfnis des Schwans ist augenscheinlich verschwunden. Festzuhalten ist, dass der Flügel bei dem angewandten Verfahren sein präoperatives Aussehen bewahrt hat und dass das Tier nach wie vor in der Lage ist, sämtliche für die Balz als auch für die Fortpflanzung notwendigen Aktivitäten durchzuführen. Eine Anwendung desselben Verfahrens ist daher auch bei den anderen Schwänen im Schwanenpark für geeignet zu halten. Angesichts der repräsentativen Funktion, welche die Tiere im Park zu erfüllen haben, erscheint es jedoch ratsam, jeweils nur einen Schwan zu operieren.*

Da gab es auch Bilder von den Schwänen, und wir schauten sie uns an. Ich musste fast heulen. Weil ich nämlich schon kapiert hatte, dass das eine ganz schreckliche Sache war.

Auf den Bildern sah man die Flügel von den Schwänen. Wie sie ihnen die Flügel festhielten und reinschnitten. Wie sie einen Knochen oder so aus dem Flügel rauszogen und ihn dann mit einer Schere durchschnitten. Das tat bestimmt total weh. Wenn die *Dickatur* kommt, machen sie das also mit allen Schwänen.

Die Faschisten sind sehr böse, das war mir jetzt klar. Als wir uns die Bilder anschauten, taten mir auf einmal die Arme weh. Als hätte ich Flügel und jemand würde da reinschneiden.

»Ayşe, nicht weinen!«

»Aber mir tun die Flügel weh! Was sollen wir denn jetzt machen, Ali?«

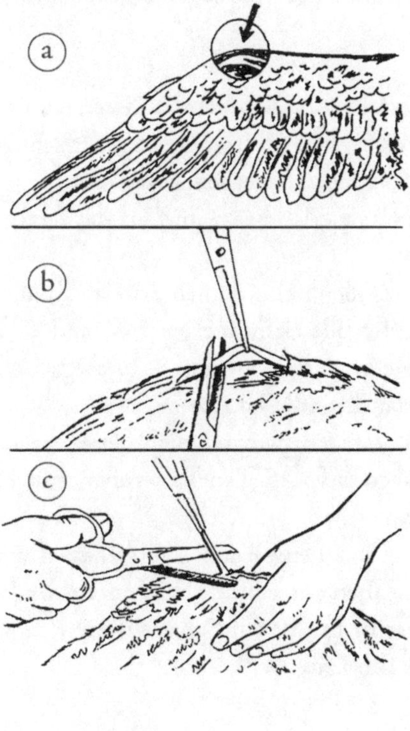

»Wir müssen halt die Schwäne retten.«

»Und wie?«

»Wir müssen schlau sein und uns was einfallen lassen.«

»Sollen wir es vielleicht meinen Eltern sagen?«

»Nein, das müssen wir selber schaffen.«

»Wir beide ganz alleine?«

»Ja! Lass uns einen Eid schwören.«

»Unseren Eid?«

»Nein, den nicht, unseren anderen Eid.«

»Was ist denn unser anderer Eid?«

»Ich spreche dir vor, und du sprichst mir nach, okay? Wir müssen schwören.«

»Okay.«

»Wo ist der Band vom *Konservationslexikon* mit den Schwänen?«

»Hier.«

»Leg ihn zwischen uns, und dann müssen wir unsere Hände drauflegen. Wir ... wir, Ali und Ayşe ... wir schwören ... dass wir Widerstand leisten werden gegen den Faschismus, bis unsere letzte Kraft erlahmt ... und bis der letzte Schwan gerettet ist ...«

»Die Seidenraupen müssen auch drin vorkommen!«

»Okay, bis also alle Schwäne gerettet sind ... und bis die Schmetterlinge im Parlament sind ... und egal, wie müde und erschöpft wir auch sind! Das war's.«

Eine Weile bewegten wir uns nicht. Nur die Lampe leuchtete. Dann sagte ich: »Sollen wir rüber zur Polizeiwache schauen, Ali?«

Wir machten das Fenster auf und schauten zur Polizeiwache. Drinnen sahen wir lauter Schatten. In der Polizeiwache brannte immer Licht. Als wir Schreie hörten, sagte Ali: »Jetzt foltern sie die Studenten.«

Es war was mit mir passiert. Als könnte ich zum ersten Mal richtig sprechen. Als hätte ich was im Hals gehabt, und das wäre jetzt draußen.

»Ayşe, wenn die Revolution kommt, haben alle Schokellabrot«, sage ich. Dann gibt es bei uns zu Hause Strom, und Mama kann im Garten Rosen züchten. Dann essen wir keine Mehlsuppe mehr. Dann kriege ich alle Sachen zurück, die an meinen Schnüren waren: den Drachen und das rote Blechauto. Weil die Faschisten von Bademlidere dann nämlich mit dem Faschismus aufhören. Dann ist alles ganz leise. Jeder hat dann ein *Konservationslexikon*. Und weil dann Turgay und alle, die gestorben sind, als Schwäne wiederkommen, also im Schwanengewand ... Ich meine, damit sie überhaupt wiederkommen können, müssen wir die Schwäne retten. Weil sie nämlich eigentlich lauter tote Revolutionäre sind. Und damit sie auch wirklich fliegen können, wenn die Revolution kommt, dürfen sie nicht operiert werden. Das heißt, wir müssen sie retten. Die toten Revolutionäre. Verstehst du?«

»Aber kann man Tote überhaupt retten?«

»Wenn wir die Schwäne retten, dann haben wir die sozusagen auch gerettet.«

»Ali?«

»Hm?«

»Mir haben meine Arme wehgetan, als wir diese Bilder angeschaut haben. Darum müssen wir die Schwäne retten. Wenn sie nämlich operiert werden, dann haben wir sozusagen auch keine Arme mehr. Stimmt's?«

»Stimmt.«

Danach sind wir einfach eingeschlafen. Darum weiß ich jetzt, als Ali kommt, dass er es nicht vergessen hat. Ich greife nach seiner Hand.

Sie hat es nicht vergessen. Sie hat die Raupen wirklich ins Parlament gebracht.

Ali erzählt mir ganz viele Sachen. Er erzählt mir von Hüseyin und von den Joghurtbechern, die sie angezündet haben. Es gibt da noch so eine andere Türkei, von der erzählt er auch, und unter uns ist noch eine. In die ist Hüseyin gefahren. Dann erzählt er sogar noch, wie Hüseyin Birgül auf den Mund geküsst hat.

Ayşe redet ganz viel. Ihre Mama hat irgendwas mit Muzaffer gemacht, erzählt sie, aber das verstehe ich nicht so richtig. Sie erzählt, dass was mit ihrer Oma passiert ist und dass die jetzt irgendwie krank ist. Sie erzählt auch, dass ihr Papa ganz rote Augen bekommen hat und so aussieht, als hätte er verloren. Aber dann erzählt sie, wie sie die Raupen ins Parlament gebracht hat. »Toll!«, sage ich.

»Hast du dir was einfallen lassen? Ich meine, um die Schwäne zu retten«, frage ich Ali. Ja, hat er.

»Ich habe mir was einfallen lassen«, sage ich zu Ayşe. Aber da kommt ihre Oma.

Oma hat Schokellabrote für uns gemacht. An den Rändern hat sie ausnahmsweise keine einzige freie Stelle gelassen.

# 10. KAPITEL

# Wie unsere Heimat vor den Feinden gerettet wurde

## Wir dürfen unser Land niemals im Stich lassen

Wir warten auf Günseli. Das ist Mamas beste Freundin. Mama sieht sie »nur alle Jubeljahre«. Günseli ist Geschichtslehrerin in dem Land mit den Stierkämpfen. Sie ist *Akademierin*. Das heißt, dass sie an der Universität Lehrerin ist. Es gibt ein Foto von Mama und ihr, das wurde gemacht, als sie noch Studentinnen waren, »vor dem Gefängnis«, darauf lachen sie. So habe ich Mama noch nie lachen gesehen. Darum schaue ich mir manchmal dieses Foto an. Mama hat ein altes Album mit schwarzen Seiten, von dem die letzten Seiten leer sind. Dazwischen sind durchsichtige Blätter. Da gibt es Fotos von ihr, auf denen sie so sehr lacht, dass sie dabei die Augen zumachen muss. Das waren »die glücklichsten Tage ihres Lebens«, also bevor es mich gab.

Papa und Oma haben wir aus dem Haus geschickt. Oma ist zu Jale Hanım gegangen, aber wo Papa hingegangen ist, weiß ich nicht. Mama wollte, dass ich mit Oma mitgehe, aber das habe ich nicht gemacht. »Aber wehe, du belauschst uns!«, hat Mama am Ende gesagt. Sie ist ganz aufgeregt. Sie hat Essen für Günseli vorbereitet. Ich will ihr helfen, aber sie macht alles selber. Mama hat für Günseli gebratenes Gemüse gemacht, das ist Günselis Lieblingsessen. Das Gemüse glänzt so schön auf dem Tisch! Wenn Günseli doch nur öfter kommen würde, weil Mama dann so gut gelaunt ist, genau wie wenn Papa und ich nicht da sind.

Mama macht sich einen Pferdeschwanz. Dann raucht sie drei Zigaretten. Mit der Zigarette zwischen den Fingern rückt sie die Teller und die Gläser auf dem Tisch zurecht. Sie drückt drei Zigaretten nacheinander im Waschbecken aus und schmeißt sie in den Müll. Damit der Aschenbecher nicht dreckig wird. Für mich schaltet sie den Fernseher an, da läuft der Sonntagsfilm, mit Cowboys und so. Für sich selber singt sie in der Küche Lieder. Dann klingelt es endlich. Mama richtet sich vor dem Spiegel die Haare. Als die Tür aufgeht, schreien sie: »Ah! Oh, wie schön! Hach!«

Sie umarmen sich und lachen die ganze Zeit. »Meine Liebe, meine Liebe!«, sagen sie. Sie haben Tränen in den Augen. Als Günseli mich sieht, sagt sie: »Ayşe!« und umarmt mich. Sie riecht nach Strand, als wäre es Morgen und der Wind würde wehen. Günseli hat mir ein Geschenk mitgebracht, das holt sie jetzt aus ihrer Tasche. Eine kleine rote Kiste mit einem Knopf. »Drück doch mal drauf«, sagt sie. Ich drücke, und … hä? Da kommt Gelächter raus! *Ha ha ha, hi hi hi, ho ho ho!* In der Kiste lachen ganz viele Menschen! Mama fängt auch an zu lachen. So, als wäre es früher. Günseli hat orangene Schuhe an. Sie hat sie nicht ausgezogen. Mama hat ihr zwar Pantoffeln hingestellt, aber die stehen immer noch da. Als sie in die Küche gehen, drücke ich immer wieder auf den Knopf. Ich drücke so oft, weil ich zählen will, wie viele Menschen in der Kiste sind. Es sind ganz schön viele. Ich wünschte, wir wären bei ihnen. Ali und ich. Weil sie aus einem anderen Land kommen, lachen sie so viel.

Mama und Günseli reden zuerst über lustige Sachen, aber als sie später über ernste Sachen reden, kann ich ihre Stimmen nicht mehr hören. Weil sie mich inzwischen vergessen haben, verstecke ich mich hinter der Küchentür und belausche sie.

»Önder? O mein Gott! Wieso taucht der denn jetzt wieder auf?«

»Er sagt, ich sei das Überbleibsel aus einer Zeit, die noch Sinn gehabt habe, und er sei eben auf Sinnsuche oder so was in der Art. Außerdem gibt er mir jede Woche Briefumschläge, die ich mitnehme und im Parlamentsarchiv verstecke.«

»Briefumschläge? Und was ist da drin?«

»Ich habe nicht reingeschaut.«

»Bravo, Sevgi!«

Ich weiß, was in den Briefumschlägen ist, aber ich verrate es Mama nicht. Nur Ali darf das wissen.

»Wie gut, dass du endlich da bist, Günseli! Mein Leben bricht gerade auseinander.«

»Was ist denn passiert?«

»Aydın hat sich quasi in Luft aufgelöst, ich bin gar nicht sicher, ob es ihn überhaupt noch gibt. Er macht sich keine Sorgen, stellt keine Fragen, will keine Antworten haben. Und als Önder wieder aufgetaucht ist … Ich weiß nicht, ob ich mit Aydın noch eine Zukunft habe. Und meine Mutter wird allmählich senil. Sie ist zerstreut und vergisst alles Mögliche. Ich habe ein mulmiges Gefühl, ihr Ayşe anzuvertrauen. Und Ayşe …« Mama redet plötzlich ganz leise, damit ich nichts hören kann, aber ich höre es trotzdem.

»Sie wächst in dieser angespannten Atmosphäre hier bei uns auf, und wie es in diesem Land zugeht, ist dir ja wohlbekannt. Manchmal möchte ich einfach vor allem davonlaufen, Günseli. Und Önder …«

»Was ist mit Önder?«

»Ach, das ist nur eine Schnapsidee.«

»Was denn?«

»Er will weg … ins Ausland. ›Komm mit‹, hat er gesagt.«

Sie sind still geworden. Aus der Küche riecht es nach Zigarettenrauch. Ich höre, wie Günseli aufsteht und etwas aus dem Schrank nimmt, den Wodka wahrscheinlich. Dabei ist es noch ganz früh. Sie holt auch Eis aus dem Eisfach. Dann stoßen sie an.

Günseli sagt, ohne zu lachen: »Wie auch immer du dich entscheidest, ich bin auf deiner Seite. Aber wegzugehen ist nicht so leicht, wie du glaubst, Sevgi. Es geht nicht nur darum, am Leben zu bleiben, sondern …«

»Ach, ich kann doch sowieso nicht weg. Da ist Ayşe, da ist meine Mutter …«

»Jetzt hör mir erst mal zu. Immerhin spielst du ja mit dem Gedanken, sonst hättest du mir nichts davon erzählt. Also lass mich erklären: Wegzugehen macht einen zum Kind. Zu einem Waisenkind. Man wartet darauf, dass die Heimat einen zurückruft wie einen treuen Hund. Wie ein aufmüpfiges Kind eben, das sich reumütig zeigt. Damit wirst du nicht fertig. Weißt du eigentlich, wo ich lebe, Sevgi?«

»Wie meinst du das?«

»Ich wohne in Spanien, aber ich lebe im Radio. Im türkischen Radio. Den ganzen Tag über sitze ich vor dem Radio. Ich höre keine andere Stimme. Ich lebe in diesen Nachrichten. In den Schallwellen zwischen zwei Ländern. Das ist ein ziemlich beschissenes Gefühl!«

»Ach, meine Liebe!«

»Manchmal benimmst du dich, als wäre das alles über dich hereingebrochen, Sevgi. Dabei hast du dir Aydın ja gerade deshalb ausgesucht, weil er so zurückhaltend ist. Du hast dich für ihn entschieden, *weil* er keine Fragen stellt, *weil* er sich keine Sorgen macht. Und jetzt willst du aus dem gleichen Grund ...«

»Ach, Günseli, ich mache doch gar nichts. Ich habe doch gar nicht vor wegzugehen, ich wollte mich ja nur mal bei dir aus-«

»Meine Liebe, sich zu erinnern ist ein Spiel. Ein Spiel, bei dem es darum geht, die Vergangenheit neu zu schreiben. Spiele mit dir selbst, aber spiele nicht zu viel mit der Geschichte. Das ist gefährlich!«

Sie sind wieder still. Dann sagt Mama mit lauter Stimme zu Günseli: »Also, willst du jetzt was essen oder nicht?«

»Wie könnte ich da nein sagen? Besonders die Peperoni habe ich so vermisst! Ach, meine Liebe! Was ich dir eigentlich ...«

Dann reden sie über lauter lustige Sachen. Mich rufen sie nicht. Ich gehe ins Wohnzimmer und drücke so oft auf den Knopf von der Lachkiste, dass ich es nicht zählen kann. Als Günseli geht, will sie mir einen Abschiedskuss geben, aber ich renne in die Küche.

Als Günseli weg ist, kommt Mama zu mir. Sie setzt sich neben mich auf den Boden vor dem Fernseher. »Na, was machst du denn?«, fragt sie. Ich gebe ihr keine Antwort. Ich bin sauer auf sie. Da umarmt sie mich ganz fest.

»Ich liebe dich sehr.«

Ich liebe Mama ja auch, aber im Moment bin ich sauer auf sie. Weil sie uns nämlich vielleicht verlässt. Das muss ich unbedingt Papa sagen.

Das Telefon klingelt.

»Önder? Nein, das geht nicht ... treffen wir uns nächste Woche ... Ich habe dir auch was zu sagen ... Okay.«

Mama schaut mich an, ob ich was gehört habe. Ich schaue auf den Fernseher. Weil Sonntag ist, darf ich den ganzen Tag fernsehen. Ich finde schon raus, an welchem Tag Mama sich mit Önder treffen will. Dann zieht sie nämlich wieder ihre schönen Schuhe an, die ihr so wehtun.

## Wenn der Befehl zur Mobilmachung ergeht, dann wird man eingezogen

In Bademlidere hat es eine Überschwemmung gegeben, nicht gestern, sondern vorgestern. Mama sagt: »Das ist, weil sie Kemal Türkler umgebracht haben.« Das war der Vorsitzende vom Gewerkschaftsverband. Sie haben ihn vor seinem Haus erschossen. Die Faschisten natürlich. Mama sagt: »Wenn gute Menschen sterben, dann gibt es sogar mitten im Sommer eine Überschwemmung.« Alle Häuser von den Faschisten in Bademlidere wurden überflutet. Unsere Häuser nicht. Die Straßen sind voller Schlamm. Die Kinder haben Durchfall und Fieber bekommen. Ich schaue mir ein Bild von Kemal Türkler in der Zeitung an. Birgül sagt zu den Frauen: »Weil er zum Aufstand der Arbeiterklasse aufgerufen hat, wurde er nun von Kräften, die eine faschistische Diktatur errichten wollen, ermordet.« Birgül lacht jetzt gar nicht mehr. Wegen dem, was gestern passiert ist.

Am Morgen bin ich früh aufgestanden. Ich schaute aus dem Fenster. Nuran und Seher waren noch früher aufgestanden als ich, sie hatten Wasser geholt und Bettlaken gewaschen. Das Wasser vom Brunnen fließt stärker, wenn alle noch schlafen. Im Garten wehten die Laken im Wind. Weiße und solche mit Blumenmuster. Das sah sehr schön aus. Es war ganz still. Nur das Flattern von den Bettlaken war zu hören. Da sah ich Hüseyin. Er trug ein Jackett und stapfte durch den Schlamm. Manchmal blieb sein Schuh im Schlamm stecken.

Dann machte er einen Schritt zurück, drückte den Fuß ganz tief in seinen Schuh und ging weiter. Danach blieb sein Schuh wieder stecken, er machte wieder einen Schritt zurück und so weiter … Es sah so aus, als ob Hüseyin gar nicht vorankommen wollte.

Er blieb mitten im Schlamm stehen, zwischen den Bettlaken. Je nachdem, woher der Wind wehte, konnte ich Hüseyin manchmal sehen und manchmal nicht. Da hatte ich wieder dieses Gefühl. Als wäre ich schon groß und würde mich nur an das erinnern, was gerade passierte. Hüseyin holte eine Zigarette raus. Er stand mitten zwischen den Bettlaken, drehte sich einmal langsam im Kreis und schaute über das Viertel. Mit einem Streichholz zündete er sich seine Zigarette an. Er schaute auch zu unserem Haus, sah mich aber nicht. Ich kam mir vor wie im Traum, wenn man schreien will, aber nicht kann. »Hüseyin, ich habe dein Ibelo-Feuerzeug!«, wollte ich rufen, aber ich kriegte nichts raus. Hüseyin rauchte seine Zigarette bis zur Hälfte, dann ließ er sie in den Schlamm fallen. So wie er angezogen war, wie er rauchte und das Viertel anschaute, bedeutete es, dass Hüseyin ging.

Die Bettlaken flatterten wieder, und Hüseyin verschwand. Ich hatte plötzlich schlimme Kopfschmerzen. Ich schlief ein. Dann war Mittag, und alle waren schon längst aufgestanden. Ich konnte nicht aufstehen, weil ich ganz hohes Fieber hatte. Mama saß neben mir. Als ich aufwachte, sagte sie: »Was machst du bloß für Sachen, mein Schatz?« Sie rief durch die Tür: »Hasan, der Junge ist von den Toten zurück. Er hat die Augen geöffnet. Gelobt sei Gott!«

War ich etwa schon gestorben?

»Mama, ich habe von Hüseyin geträumt, da waren Bettlaken, mit denen ist er weggeflogen«, sagte ich. Mama weinte. Sie nahm mich in den Arm.

Als ich wieder aufwachte, fühlte ich mich gut. Es war also alles nur ein Traum gewesen. Ich stand auf. Die Sonne ging gerade unter. Ich schaute da, wo die Bettlaken gehangen hatten, auf den Boden. Da waren Hüseyins Fußspuren. Genau da, wo ich ihn gesehen hatte, waren seine Fußspuren. Hüseyin war weg! Er war wirklich weggegangen!

Ich setzte mich hin. Die rote, untergehende Sonne schien mir ins Gesicht. Ich berührte die Fußspur. Dann beugte ich mich zu ihr runter und küsste sie. Weil Mama das nämlich auch immer sagt: »Ich küsse die Erde unter euren Füßen.« Danach legte ich mich auf den Boden, in den Schlamm. Mein Rücken fühlte sich kühl an. Ich wollte für immer hierbleiben. Es kam mir vor, als wäre ich tot. Wie sollte es nur werden ohne Hüseyin? Langsam wurde es Nacht. Ich stand auf. Ich stellte meinen Fuß in Hüseyins Fußabdruck. Mein Fuß sah darin winzig aus. Ich stellte mich mit beiden Füßen hinein. Ich blieb stehen, bis die Sterne aufgingen. Niemand konnte mich sehen. Vielleicht gab es mich schon gar nicht mehr. Vielleicht hörte man mich nicht mal mehr atmen. Dann kam Mama, nahm mich auf den Arm und brachte mich nach Hause. Ich sagte nichts. Ich schlief lange. Ich träumte von dem Drachen, den Hüseyin für mich gemacht hatte. Der Drachen ist drüben über Bademlidere. Genau drüber. Hüseyin sagt: »Warte, ich hole ihn dir«, aber er bleibt immer wieder im Schlamm stecken und muss rückwärts gehen. Ich höre den Drachen in meinem Traum flattern …

Birgül war gekommen, während ich geschlafen hatte. Als ich aufwachte, sagte sie: »Er wird zurückkommen.«

Ich dachte: »Hüseyin ist eigentlich Sinan. Er ist völlig erschöpft. Wenn wir ihm geholfen hätten, wäre er nicht weggegangen. Darum kommt er jetzt überhaupt nicht mehr wieder, solange ich nicht die Schwäne gerettet habe. Ich kann aber keinem von den Schwänen erzählen. Weil nämlich alle wichtigere Sachen zu tun haben. Aber damit Hüseyin zurückkommt, muss ich unser Land von den Feinden befreien. Nur wenn die Schwäne gerettet werden, wird unser Land von den Feinden befreit. Das ist kompliziert, das verstehst du nicht. Nur Ayşe versteht das.«

Aber das alles dachte ich nur. Ich würde ab jetzt gar nicht mehr sprechen. Vielleicht nicht mal mehr mit Ayşe. Birgül sagte: »Du musst dir einfach vorstellen, dass Hüseyin gegangen ist, um unser Land vor seinen Feinden zu schützen.« Als ob ich das nicht wüsste! Aber wo ist unser Land, wenn ich doch hier bin?

## An der Verteidigung des Landes muss sich jeder beteiligen

»Nein, Aydın, heute kommt Ayşe mit dir, ich nehme sie morgen. Sobald meine Mutter sich erholt hat, geht hoffentlich alles wieder seinen alten Gang.«

Das flüstert Mama in der Küche Papa zu. Sie stehen vor dem Topf, und in dem Topf ist Erdbeermarmelade. Oma hat ganz viel Pfeffer in die Marmelade getan, deswegen soll ich mit Papa gehen.

»Mutter ist in letzter Zeit vergesslich geworden, sie lässt das Essen auf dem Herd stehen und solche Sachen.«

Oma hat die Marmelade in der Nacht gekocht. Wir haben vielleicht Augen gemacht, als wir aufgestanden sind!

»Mutter! Was hast du denn da reingetan?«

»Erdbeeren.«

»Ist das etwa Pfeffer?«

»Haben wir nicht immer Pfeffer reingetan? Was haben wir denn reingetan, mein Kind?«

»Ach, Mutter, ruh dich ein bisschen aus, wir kümmern uns heute um Ayşe.«

Darum bin ich jetzt mit Papa mitgegangen. In der Behörde passiert bis zum Mittag nichts. Weil da so ein »Faschist« im Büro von Papa und seinen Kollegen ist. Der wurde von der »Regierung der Nationalen Front« geschickt, was das bedeutet, weiß ich nicht. Er hat eine Glatze. Und seine Schuhe hat er hinten runtergetreten. Er läuft ganz nervös durch die Gegend. Auf seinem Schreibtisch ist kein einziges Blatt Papier. Manchmal steht er auf und geht ans Fenster. Dann spielt er mit seiner Gebetskette. Darin ist er echt gut, er macht das total schnell. Wenn er an seinen Tisch zurückgeht, ordnet er seine Stifte, davon hat er ganz viele.

Weil niemand mit ihm redet, kommt der Faschist zu mir. Ich male gerade ein Bild. Er spielt mit seiner Gebetskette. Er betrachtet mein Bild und fragt: »Ist das ein Lamm?« »Nein, das ist eine Wolke«, sage ich. »Und das da, ist das ein Lamm?«, fragt er, und ich sage: »Es ist überhaupt kein Lamm auf dem Bild.« Da geht er aus dem Büro und kommt nicht wieder. Papas Kollegen lachen. »Bravo, Ayşe! Das hast du prima gemacht«, sagen sie. Dabei habe ich doch überhaupt nichts gemacht.

Als Mittagspause ist, gehen wir raus aus der Behörde. Papa und ich müssen uns mit Nahit treffen, dem Detektiv. Auf dem Weg will ich Papa das von Mama erzählen. »Es könnte sein, dass Mama uns verlässt, Papa«, will ich ihm sagen. Papa und ich sind schon ganz schön weit gelaufen.

»Papa?«

»Ja, mein Schatz?«

»Weißt du, Mama …«

»Ja?«

»Du darfst aber nicht sauer sein!«

»Wann wäre ich jemals sauer auf dich gewesen, Ayşe?«

»Nicht auf mich, auf Mama.«

»Wieso sollte ich denn auf deine Mutter sauer sein? Was ist los?«

Papa ist stehen geblieben. Er schwitzt. Sein Gesicht ist rot geworden. An den Augen hat er ganz viele Falten bekommen. Er hat Angst, das sehe ich.

»Meine Tochter, nun sag schon! Was hat deine Mutter getan?« Er hält mich an den Armen fest und schüttelt mich. Ich fange fast an zu weinen, weil ich nicht verstehe, was los ist, da tauchen plötzlich ganz viele Studenten auf. Wie aus dem Nichts. Mitten auf der Straße stehen sie und schreien: »Nieder mit dem Faschismus!«

In der Sonne glänzt der Schweiß auf ihren Gesichtern. Ein paar ältere Frauen rennen vor ihnen weg. Aber andere junge Männer und Frauen, die die Straße entlangkommen, schließen sich ihnen an. Sie strecken die Fäuste in die Luft und schreien auch. Ich ziehe an Papas Hand, damit wir zu den Studenten rübergehen, aber Papa zieht mich weg. Wir gehen in einen Laden für eingelegtes Gemüse. Sauer riecht es da. Der Verkäufer ist ein kleiner dicker Mann. Als wir drin sind, sagt er: »Gehen Sie von der Tür weg! Die Anarchisten fangen schon wieder an!« Da macht Papa einen Schritt auf die Tür zu, als ob er wieder rausgehen will, aber das geht nicht mehr. Der Verkäufer hat mit lautem Rasseln das Ladengitter runtergelassen. Jetzt sind wir eingesperrt. Wie im Gefängnis. Papa zieht eine Zigarette raus. Der Verkäufer sagt: »Davon kann ich jetzt auch eine gebrauchen.«

Papa gibt ihm eine, ohne was zu sagen. Der dicke Verkäufer lacht. »Die nennen sich Revolutionäre, aber eigentlich geht es denen doch nur um Randale. Was der kleine Mann für Sorgen hat, interessiert die doch nicht. Aber bald ist Schluss mit denen. Dann hat es sich ausrandaliert. Oder was denken Sie?«

»So bald ist da sicher nicht Schluss …«

»Und ob da Schluss ist! Die paar Chaoten. Wenn die mal einen Schlagstock über den Schädel gezogen kriegen, dann werden wir ja sehen, wie lammfromm die wieder in ihre Vorlesungen gehen.«

»Könnten Sie bitte das Ladengitter hochziehen, damit wir gehen können, wir haben es nämlich eilig …«

»Wohin denn, Landsmann? Jetzt schießen die auch noch in die Luft! Sogar Frauen sind dabei! Will das Fräulein vielleicht etwas trinken? Essigwasser, Mädchen?«

Ich mag diesen Verkäufer nicht. Ich bin ganz schön sauer auf Papa. Warum sind wir nicht mit den Studenten mitgegangen? Jetzt sind wir bei diesem Dickwanst gefangen!

»Sie sehen aus wie ein studierter Mann. Was sagen Sie denn dazu? Wie viele Tage noch, bis das Militär diese Rowdies davongejagt hat? Keine Woche, würde ich schätzen!«

»So einfach ist das nicht.«

Auf der anderen Seite vom Schaufenster bleibt ein Mann stehen und schaut zu uns rein. Er hat auch so einen Schnurrbart wie Papa. »Hasan«, sagt Papa, als würde er das nur denken. Der Mann schaut Papa lange an. Er runzelt die Stirn. Papa macht den Mund auf, als ob er was sagen will, aber er sagt nichts. Erst als der Mann wieder geht, sagt er: »Was soll Hasan jetzt von uns denken.«

»Wer war der Mann, Papa?«

»Alis Vater, Herrgott noch mal!«

»Was denkt er von uns?«

Als Papa mir keine Antwort gibt, stampfe ich mit dem Fuß auf. »Ich will hier raus, Papa!«

Dann verschwinden die Studenten. Als keiner mehr da ist, zieht der dicke Verkäufer das Ladengitter hoch, und wir gehen raus.

Papa versucht zu lachen. »Sollen wir was zum Spielen für dich kaufen, Ayşe?«

Ich antworte nicht. Ich bin sauer auf Papa, weil er uns in diesen Laden eingesperrt hat.

Dann fragt Papa ganz leise: »Was hat deine Mutter getan, Ayşe? Oder was will sie tun? Du hast doch vorhin angefangen, mir etwas zu erzählen.« Papa hält mich am Arm fest und geht in die Hocke.

Da kriege ich Angst und sage: »Mama zieht immer ihre schönen Schuhe an. Obwohl ihr davon die Füße wehtun.«

Papa runzelt die Stirn und sagt: »Ja, und?« Dann gehen wir weiter.

Später sage ich, dass ich doch was zum Spielen will, eine Schnur nämlich. Papa will erst blaue Wäscheleine nehmen. Aber ich binde sie ganz fest um meinen Arm und sage: »Die nicht, die ist zu hart.« Da kaufen wir eine dicke Schnur, die trotzdem ganz weich ist.

**Vor dem Feind läuft man nicht davon!**

»Hamit und Gökhan, bringt die Teller zu den Häusern auf der anderen Seite! Und wehe, ihr nascht davon, dann kriegt ihr den Hintern versohlt!«

Seit heute Morgen macht Seher Halwa. Sie hat einen Kessel in den Garten gestellt, Feuer gemacht und gekocht und gekocht. Sie füllt einen Teller nach dem anderen und lässt sie im Viertel verteilen. »Fast hätte sie auch denen in Bademlidere was bringen lassen«, sagt Mama. Weil Sehers Sohn nämlich heute ausgebrochen ist. Er war im Gefängnis, und er und seine Kumpel sind abgehauen! Sie haben einen Tunnel gegraben. Dann sind sie in die Untertürkei gegangen, und keiner konnte sie finden. Seher hat ihr Radio mit nach draußen genommen, und immer, wenn die Nachrichten kommen, stellt sie es ganz laut.

»Jetzt seid doch mal still! Wartet, gleich sagt sie es wieder. Hört genau hin!«

Sie streckt einen Finger in die Luft, als wäre sie in der Schule und würde sich melden. Dann sagt die Frau im Radio:

*»Heute Morgen gelang fünfzehn Terroristen, die illegalen linken Organisationen angehören, die Flucht aus den Gefängnissen von Niğde und Konya. Die Namen der Ausbrecher lauten: Halil Taşbaş, Fahrettin Elveren, Cem Tokmakçı …«*

Seher streckt ihren riesigen Holzlöffel in die Luft und macht einen Bauchtanz. »Habt ihr gehört? Sie hat Cems Namen gesagt!«

Die Frauen lachen, als sie ihre Hüften bewegt, und klatschen Beifall.

»Ich hoffe nur, dass sie auch außer Landes kommen …«

»Wer aus Metris ausbrechen kann, kommt überall raus. Schnell einen Tunnel gegraben, und schon sind sie weg! Dann soll sie erst mal wieder einer finden!«

Seher hört nicht zu. »Schwestern! Heute Abend wird gefeiert!« Dann erzählt sie, schon zum dritten Mal: »Ich habe geschworen, mein goldenes Armband zu verpfänden, wenn meinem Jungen die Flucht gelingt. Und bei Gott, jetzt werde ich es auch tun. Und wenn das Halwa alle ist, gibt es Weizengrütze mit Hühnerfleisch! Ich danke dir, Herr! Ich danke dir!«

Mama lacht über Seher. Heute sind alle im Viertel gut gelaunt. Genau wie damals, als sie aus Metris abgehauen sind. Da haben wir auch gefeiert. Damals hat Hüseyin mit einer Zigarette im Mund einen Harmandalı getanzt. Aber wer soll denn jetzt einen Harmandalı tanzen? Vedat kann nicht tanzen, er ist zu klein.

Birgül hilft Seher. Mama hat gesagt, seit Hüseyin weg ist, sind Birgül »die Flügel gebrochen«. Wie bei einem Schwan, und sie ist auch genauso still. Gestern habe ich ihr eine Schnur geschenkt. »Was ist das?«, hat sie gefragt. »Eine Schnur«, habe ich gesagt. »Ah, okay«, hat sie gesagt und ein bisschen gelacht. Sie hat mich nicht verstanden. Sie ist natürlich nicht wie Ayşe. Aber später, als ich Wasser holen gegangen bin, habe ich gelbe Blumen auf dem Hügel gefunden. Ich habe sie Birgül geschenkt, und sie hat sie sich ins Knopfloch von ihrer Bluse gesteckt. Genau wie Ayşe.

Jetzt gehe ich zu ihr. Sie streichelt mir über den Kopf.

»Hast du schon Halwa gegessen, Ali? Willst du auch einen Teller?« Ich sage nichts. Sie gibt mir eine Portion Halwa und nimmt sich selber auch eine. Wir sitzen nebeneinander.

»Birgül, tut es weh, wenn man gebrochene Flügel hat?«

»Was denn für Flügel?«

»Deine Flügel.«

»Was meinst du?«

»Die sind gebrochen, hat Mama gesagt.«

Birgül legt ihre Gabel auf den Teller und ihre Hand auf meine Wange. »Ein bisschen weh tut es schon, Ali. Tun deine Flügel etwa auch weh?«

Ich pike mir mit der Gabel ganz leicht in den Arm und schaue Birgül an. Ich pike ein bisschen fester und noch ein bisschen fester. Birgül schaut. Ich pike noch fester. »So weh tut das.«

Sie nimmt mich in den Arm und hält ganz still. »Hüseyin kommt wieder, Ali, mach dir keine Sorgen.«

Ich sage nichts.

Als es dunkel wird, sitzen wir immer noch da. Es wird ein Feuer angezündet. Es gibt ein Fest. Wenn man traurig ist, singt man dieses Lied ganz anders, aber weil jetzt alle gute Laune haben, singen sie, so laut sie können:

*Diese Brücke in Drama, Hasan, ist schmal, man kann nicht hinüber. / Die Berge sollen ächzen, Hasan, wenn du die Flinte knallen lässt! / Dass die Freunde es hören, Hasan, in ihrem Gefängnisarrest!*«

Als alle tanzen, langweilen wir zwei uns ein bisschen. Wir sitzen auf dem Betonboden vor unserem Haus. Mama kommt zu uns. Im Feuerschein sieht ihr Gesicht orange aus, dann wird es dunkel, dann wieder orange. Mama nimmt einen Stock vom Boden und stochert in der Erde rum. Sie will Birgül was sagen.

»Birgül?«

»Ja, Aliye?«

»Ich wollte dir was sagen, jetzt, wo Ali auch hier ist. Aber es bleibt zwischen uns. Selbst Hasan darf nichts davon wissen. Hast du gehört, Ali? Wir sagen es nicht mal deinem Vater. Weil es nicht nötig ist, nicht, weil wir irgendwas zu verheimlichen hätten.«

»Gibt es ein Problem, Aliye?«

Mama schaut zu den tanzenden Leuten hin. Sie stochert wieder mit dem Stock in der Erde. »Ich frage mich, ob die nicht alle verrückt geworden sind. Mal feiern sie, mal trauern sie. Schau nur, wie ausgelassen sie sind! Und dabei wissen sie nicht, ob sie lachen oder weinen sollen, siehst du das?«

Mit dem Stock zeigt Mama auf die tanzenden Menschen. Da sehe ich ihre Gesichter. Es sieht aus, als würden sie auseinanderfallen. Als würden ihre Wangen aufreißen, wenn sie lachen. Und ihre Augen sehen aus, als würden sie nirgendwohin schauen. Ich sehe etwas Schreckliches in ihren Gesichtern.

Mama seufzt. »Kennst du die Geschichte von dem Sultan, der die Bauern ausbeutet, Birgül? Er bürdet ihnen Steuern auf, und wer nicht zahlt, den lässt er am Galgen baumeln. Die Bauern wissen nicht mehr ein noch aus. So vergeht die Zeit, aber als der Gendarm das nächste Mal die Steuern eintreiben will, da sieht er alle Dorfbewohner freudig tanzen. Der Sultan sagt: ›Lass sie doch, sie sind nun einmal unverbesserlich!‹ Bei uns ist es genauso, Birgül. Wir sind ganz einfach unverbesserlich.«

»Aliye, sag das nicht, in ein paar Monaten sieht das alles schon ganz anders aus.«

»Aber begreifst du das, Birgül? Dieser neue Anführer, Vedat, sagt: Lasst uns Barrikaden errichten, lasst uns Bunker ausheben. Gut, er ist unser Anführer, aber will dir das in den Kopf?« Mama stochert wieder mit dem Stock in der Erde rum. »Was bringt das denn? Sollen wir ganz Ankara umgraben und mit Kind und Kegel unter die Erde gehen?«

»Aliye, das ist doch nur eine Idee. Wir werden doch sowieso …«

»Eigentlich wollte ich dir was anderes sagen.« Mama zeigt mit dem Stock auf mich. »Unser Ali hier, der spricht zwar nicht viel, aber er ist intelligent. Der wird mal studieren, Birgül. Jetzt hör zu … Wenn uns was zustößt, Hasan und mir, dann musst du dich um Ali kümmern, Birgül.«

»Aliye, hör auf damit, was soll euch denn zustoßen! Und könnten wir solche Dinge nicht lieber besprechen, wenn der Junge nicht dabei ist?«

»Glaubst du etwa, er wüsste es nicht, Birgül?«

»Also gut, sag mir, was ich tun soll, Aliye.«

»Diese Familie in Kurtuluş, bei der ich putzen gehe, das sind gute Menschen. Wenn uns hier was zustößt, bringst du Ali dorthin. Ali weiß, wo sie wohnen. Okay, meine Liebe?«

»Ich würde ja sagen okay, Aliye, aber …«

»Nein, du musst es schwören. Gib mir dein Wort.«

»Okay, Aliye, ich schwöre, dass ich mich um Ali kümmern werde.«

Mama stochert wieder ein bisschen mit dem Stock in der Erde rum. Dann lacht sie. »Also, die Weizengrütze ist Seher nicht besonders gut gelungen, wenn du mich fragst. Bei einer ordentlichen Weizengrütze muss das Fleisch so zart sein, dass es in seine Fasern zerfällt. Nicht wahr, Ali?«

Mama versucht uns aufzuheitern. Da kommen die anderen Frauen und ziehen sie mit sich. Mama tanzt ein bisschen mit ihnen. Dann ist es ihr peinlich, sie lacht und rennt ins Haus.

»Ali, was machen wir denn jetzt mit dir?«, fragt Birgül. Ich sage: »Ich brauche einen Sack, Birgül.« Und als sie fragt: »Was willst du denn mit einem Sack?«, da kommt mir wieder ein Einfall. »Ich will mit den anderen Jungen Sackhüpfen spielen!« Birgül lacht. »Wir finden schon einen Sack«, sagt sie. Und dann sagt sie noch: »Dein Wunsch ist mir Befehl, Nemecsek!« Birgül kennt Nemecsek! Sie kennt *Die Jungen der Paulstraße*! Da mag ich sie plötzlich noch mehr als vorher. »Ich kaufe dir eine Waffel«, sage ich. Und sie lacht laut. Zum ersten Mal, seit Hüseyin weg ist, lacht sie.

Ich schaue den Leuten beim Tanzen zu. Birgül auch. Was wir machen, wenn die Faschisten kommen, weiß inzwischen keiner mehr. Ich trete mit der Ferse auf die Stelle, an der Mama mit dem Stock rumgestochert hat. Die Untertürkei ist ganz schön hart, da kommt man nicht so leicht rein. Dafür braucht man viele Studenten. Die müssen alle von da, wo sie und Hüseyin hingegangen sind, wieder zurückkommen. Und dafür muss ich zuerst die Schwäne retten. Aber das versteht eben keiner. Sie tanzen einfach weiter. Sie heben ihre Arme in die Luft, als hätte ihnen niemand die Flügel gebrochen. Nur Birgül weiß, dass ihre Flügel gebrochen sind …

Ich küsse Birgüls Flügel. Da lacht sie. Sie versteht es auch nicht.

**Wer hat unser Land vor den Feinden gerettet?**

»Falls meinen Eltern was zustößt, soll ich zu euch ziehen«, sagt Ali. Wir liegen auf dem Boden im Wohnzimmer und lesen, was im *Konservationslexikon* über das Atatürk-Mausoleum steht. Dabei wackeln wir mit den Füßen. Oma sitzt schon seit heute Morgen im Unterrock am Fenster und raucht Zigaretten. Sie pafft. Und Alis Mama putzt die Wohnung.

Ich sage: »Mama geht vielleicht auch weg. Ohne mich. Aber das habe ich Papa nicht gesagt.«

»Weil deine Mama es dir verboten hat?«

»Nein. Ich bin mit Papa von der Arbeit gekommen, da haben diese Studenten die ganze Zeit geschrien, und als sie plötzlich Anarchie gemacht haben, hat Papa mich in einen Laden für eingelegtes Gemüse gezogen. Da waren wir dann eingesperrt.«

»Spontandemo nennt man das. Und was ist dann passiert? Ist die Polizei gekommen?«

»Nein. Aber dafür dein Papa. Als ich mit meinem Papa gerade in diesem Laden war. Ich glaube, er hatte Angst. Und da habe ich ihm nicht gesagt, dass Mama weggehen will, weil er sonst vielleicht noch mehr Angst gehabt hätte, meine ich.«

Ich zucke mit den Schultern. Ayşe und ich lesen uns den Artikel über das Atatürk-Mausoleum durch. Weil ihre Oma nämlich morgen mit uns da hingehen will, »in aller Frühe«. Ich übernachte wieder bei ihnen. Eigentlich will Mama mich ja sowieso hierlassen. Vielleicht holt mich morgen gar keiner mehr ab. Als ich Mama das gefragt habe, hat sie gesagt: »So was würde ich doch niemals tun, mein Schatz!« und mich in den Arm genommen.

Das Bild vom Atatürk-Mausoleum im *Konservationslexikon* ist ein bisschen unheimlich. *Die vierundzwanzig Löwenstatuen zu beiden Seiten des Löwenwegs, der zu dem Mausoleum führt, in dem der Große Führer Atatürk zur letzten Ruhe gebettet ist, symbolisieren die vierundzwanzig oghusischen Stämme, wobei die paarweise Anordnung der Löwen für Einheit und Zusammenhalt steht, ihre liegende Position hingegen für Friedfertigkeit. Damit die Menschen, die dem ›Vater der Türken‹ ihre Achtung erweisen, dies auch ›gebeugten Hauptes‹ tun, sind die Steine des Löwenwegs so ausgelegt, dass zwischen ihnen ein je fünf Zentimeter breiter Rasenstreifen bleibt.* Ich lerne so viel wie möglich über das Atatürk-Mausoleum, bevor wir da hingehen. Falls ich Ayşe was erklären muss. Sie wackelt ständig mit den Füßen. Außerdem schiebt sie ihr Gesicht immer wieder zwischen mein Gesicht und das Lexikon.

Ganz leise sagt sie: »Ali?«

»Was?«

»Ich habe eine Schnur besorgt. Hast du deine Aufgaben auch erfüllt? Ich habe nur noch eine Aufgabe.«

»Ich konnte nicht. Weil im Viertel so viele Sachen passiert sind. Ich musste ein bisschen mithelfen. Mich um Birgül kümmern. Weil ihre Flügel jetzt auch gebrochen sind … Ich brauche noch ein bisschen Zeit.«

Ich schaue Ali in die Augen, ganz aus der Nähe schaue ich. Um zu sehen, ob er vielleicht Angst hat.

»Ali, hast du Angst?«

»Nö!«

»Ali, wenn deine Mama dich bei uns lässt, dann machen wir die Lachkiste auf und schauen uns die Leute an, die da drin sind.«

»Ich mag diese Leute aber nicht. Worüber lachen die denn? Die sind wie die Amerikaner, andauernd lachen die.«

»Das sind Spanier, du Schlauberger, in Spanien lachen sie

über lustige Sachen. In anderen Ländern passieren doch ständig lustige Sachen. Ali, schau doch mal im Lexikon nach, ob die Raupen sich schon in Schmetterlinge verwandelt haben.«

»Noch nicht. Das weiß ich auch so. Aber in zwei oder drei Tagen ist es so weit.«

»Und wenn du dich verrechnet hast oder wenn sie verhungern?«

»Ich habe mich nicht verrechnet. Schau mal, im Lexikon steht auch *O türkische Jugend*.«

»Das ist doch total schwierig. Das lernt man erst in der vierten Klasse, oder, Ali?«

»Und wenn sie es uns morgen im Mausoleum abfragen?«

»Die fragen uns nicht ab, du Schlauberger. Ich war schon mal da, da gibt's keine Prüfung.«

Ayşes Oma hat uns Limonade und Börek gemacht. Wir sitzen in der Küche, aber Mama steht an der Küchentür und trinkt ganz schnell, und das Börek schlingt sie in sich rein. Ayşes Oma sagt: »Setzen Sie sich doch zu uns«, aber Mama setzt sich nicht. Sie lacht ein bisschen und schaut mich an, als würde ich hier wohnen. So als dürfte sie sich nicht hinsetzen, aber ich schon. Mama ist noch gar nicht fertig mit ihrer Limonade, da geht sie schon wieder. Ich schäme mich. Ich trinke auch ganz schnell und lasse die Hälfte übrig. Ich gehe ihr hinterher. Sie putzt das Klo. Ich bleibe an der Tür stehen.

Mama sagt leise: »Na los, mein Schatz, geh zurück und spiel mit Ayşe.«

Da verstehe ich, dass sie nicht sprechen darf, wenn sie bei Ayşe zu Hause ist, dass sie ganz schnell essen und trinken muss. Ich renne zurück in die Küche. Als Ayşe endlich mit ihrer Limonade fertig ist, sage ich: »Komm schon! Lass uns auf den Balkon gehen.«

Ali hat seine Limonade nicht ausgetrunken, weil er eigentlich lieber Tee trinkt. Jetzt schauen wir runter zur Polizeiwache. Heute haben sie ganz viele Studenten und Studentinnen da hingebracht. Aber im Moment hört man noch gar nichts. Die schreien immer erst in der Nacht. Ali hat alle gezählt, die reingegangen sind.

»Siebzehn waren das. Zwölf Männer und …«

»Warte, lass mich rechnen. Warte mal … siebzehn minus zwölf macht … Nicht sagen, ich hab's gleich! Vier?«

»Nein.«

»Das lernt man eben erst in der zweiten Klasse.«

Am Abend gehen wir zu Samim und Ayla. Ali will diesmal auf der Terrasse bleiben, er sitzt neben Samim. »Ich muss was rausfinden«, hat er gesagt.

Samim lacht. »Also, diese rumänische Turnerin ist noch unser Untergang, Aydın. Das Mädchen hat sich so entwickelt, dass sie kaum noch ihr Gleichgewicht halten kann und man sich fragen muss, ob der Sozialismus nicht kurz vor dem Ende steht.«

Papa lacht auch. »Die beten ja schon fast dafür, dass der Sozialismus bald ein Ende hat. Schau dir die Nachrichten aus Polen doch an. Ich find's gut, dass die jetzt auch in einem sozialistischen Land mal streiken …«

»Hier wird dauernd gestreikt, aber berichtet wird nur über Polen.«

»Hauptsache, der Streik ist weit genug weg, dann kommt er in der *Hürriyet* auch auf die erste Seite!«

»In der *Gırgır* war neulich eine Karikatur: ›Türkische Arbeiter wandern nach Polen aus, damit endlich über ihre Streiks berichtet wird.‹«

Wenn Hüseyin sein Feuerzeug hier vergessen hat, ist Samim bestimmt sein Freund. Außerdem zupft er sich genauso am Schnurrbart, wenn er jemandem zuhört.

Während er und Ayşes Papa lachen, unterhalten sich Ayla und Ayşes Mama ganz ernst und schauen dabei in die Zeitung.

»Aber jetzt schau dir das Foto doch mal genau an: Die Frau sieht aus, als wäre die Szene gestellt.«

»Ach was, Sevgi, das ist nicht gestellt. Aber Hut ab! Mitten in Istanbul mit gezogener Waffe den Verkehr anzuhalten … Wir stehen an einem Scheideweg!«

»Ach, Ayla, wie viele Scheidewege denn noch?«

»Je näher der Putsch rückt, desto weiter werden sich die Kompromissbereiten und die, die alles auf eine Karte setzen, voneinander entfernen. Diese Aktion ist ein erstes Zeichen dafür.«

»Na, ich weiß nicht, Ayla. Du, ich müsste mal zur Toilette.«

»Warte, Sevgi, da komme ich gleich mit.«

Ich gehe hinter Mama und Ayla her. Und als Mama wieder sagt: »Jetzt lasst euch doch mal dieses Zimmer aufschließen, Ayla«, da sage ich plötzlich: »Aber das ist doch sowieso schon aufgeschlossen, oder, Ayla?«

Als ich das gesagt habe, schaut Ayla mich an, und Mama schaut Ayla an. Ayla schaut mich so an, dass ich Angst bekomme und auf die Terrasse renne. Aber als ich mit Oma beim Fastenbrechen war, habe ich doch gesehen, dass da Licht brannte!

Ayla redet den ganzen Abend lang. Mama sagt überhaupt nichts. Papa schaut Mama an, und Ali schaut Samim an. Ali sitzt oder steht die ganze Zeit neben Samim. Samim streichelt ihm den Kopf und drückt Ali an sein Bein. Ali hat seine Hand in die Tasche gesteckt, in die Tasche mit seinen Schnüren.

Als er mich an sein Bein drückt, erinnert er mich an Hüseyin. Da weiß ich, dass er einer von uns ist. Ich schaue die anderen an, aber die wissen nicht, dass Samim einer von uns ist. Vielleicht weiß Samim ja auch nicht, dass ich einer von uns bin. Ich stecke meine Hand in die Tasche und drehe am Rad von dem Feuerzeug. *Knirsch knirsch*. Damit er es auch merkt. Aber er hört es nicht. Er redet mit Ayşes Papa.

»Aydın, hast du davon gehört, was dieser Kerl ... äh, dieser Ergun Göze ... was der im *Tercüman* geschrieben hat?«

»Erst der Detektiv, und jetzt auch noch du! Ich frage mich, woher ihr immer so genau wisst, was in diesen Zeitungen steht!«

»Beim Rundfunk liegen die alle aus, da schaut man halt mal rein. Also, der Mann hat gesagt: ›Kemal Türkler war Marxist, für so einen kann man kein Totengebet lesen!‹ Toll, was?«

»Immer die gleiche Geschichte. Wir hatten ja mal einen in der Rechtsabteilung, den Erol ... Als der Leichnam eines linken Studenten in sein Dorf gebracht wurde und der ach so rechtgläubige Imam sich weigerte, für einen Gottlosen das Totengebet zu lesen, da sagte Erol: ›Dann mach dich vom Acker und lass mich es lesen!‹ Erol war ein Revolutionär, darum trauten sie es ihm nicht zu, aber er hat es trotzdem gemacht.«

»Wir brauchen endlich unser eigenes Bestattungsritual!«

Samim streichelt mir den Kopf. »Du gehst doch morgen mit Ayşe zum Mausoleum ...« Statt ihm zu antworten, knirsche ich in meiner Tasche mit dem Feuerzeug. »Wenn ihr da seid, richte Kemal Pascha bitte einen Gruß von mir aus und sag ihm, dass ...« *Knirsch, knirsch*. Hör doch hin! Ich mache das extra so leise, damit nur er es hört! »... dass wir heute nicht so tief in der Scheiße stecken würden, wenn er sich im Befreiungskrieg von Anfang an klar zu Lenin bekannt hätte. Du kannst

Kemal also sagen: ›Samim grüßt dich, aber deine Sünden vergibt er dir nicht!‹«

Sie lachen. Da höre ich auf, mit dem Feuerzeug zu knirschen.

Ali geht zum Sofa, und ich laufe auch hin. Die Erwachsenen schauen uns an. Mama sagt: »Ich glaube, sie schämen sich.« Samim sagt: »Die Kinder eines Landes, das in der Welt so mutterseelenallein dasteht …« Dann bringen sie Ali und mich nach Hause. Weil wir nämlich auf dem Sofa eingeschlafen sind. Aber als wir in unseren Betten liegen, schlafen wir nicht mehr. Wir hören Stimmen von der Polizeiwache und schauen aus dem Fenster. Ein Mann schreit was.

»O türkische Jugend! Deine erste Pflicht …«

Als wir beim Mausoleum ankommen, bleiben Ayşe und ich mit den Schuhen immer wieder zwischen diesen Steinen hängen. Die mit den fünf Zentimetern Abstand, auf dem Löwenweg. Auch die Absätze von Ayşes Oma bleiben stecken. Wir müssen aufpassen, dass wir nicht stolpern.

Ayşes Oma redet wie eine Lehrerin. »Atatürk hat unsere Heimat vor den Feinden gerettet, Kinder. Mit seinen Kameraden verjagte er die Feinde aus unserem … ach herrje, auf diesem Weg bricht man sich ja die Fußgelenke. Ich war so lange nicht mehr hier, dass ich ganz vergessen habe, flache Schuhe anzuziehen.«

»Sind Atatürks Kameraden auch hier tot?«, frage ich.

»Das heißt bestattet, mein Junge. Nein, die sind hier nicht bestattet.«

»Warum ist Atatürk denn ganz allein hier?«

»Schau dir doch mal die Löwen an, Ali! Meinst du, ihr schafft es, auf einen draufzuklettern?«

Ali und ich wollen nicht auf die Löwen klettern. Ganz viele andere Kinder machen das zwar, aber mir sind die Löwen unheimlich. Sie haben riesige Augen und aufgerissene Mäuler. Was, wenn sie plötzlich lebendig werden, wenn man sie mit der Hand berührt? Wegen den Steinen kann man nicht rennen. Aber wenn wir weiter so langsam gehen, kommen wir nie an. Oma hat uns gar nicht gesagt, ob man hier traurig oder fröhlich sein muss. Am 10. November muss man auf jeden Fall traurig sein, weil Atatürk da nämlich gestorben ist, und am 23. April fröhlich, weil da das Kinderfest ist und er »in unseren Herzen weiterlebt«. Aber was man dazwischen sein soll, hat Oma nicht gesagt.

Hier ist alles so groß, dass man ganz viele Häuser bauen könnte. Als ich mir gerade ausrechne, wie viele Häuser hier hinpassen würden, fängt plötzlich Musik an. Nicht die Nationalhymne, sondern was anderes. Was Trauriges. Alle bleiben stehen. Wir auch. Die Leute haben ihre Festtagskleider angezogen, also ist hier wahrscheinlich immer Nationalfeiertag. Wir stehen jetzt da wie Soldaten. »Der Befreiungskrieg war ein Kampf des Volkes, und Mustafa Kemal war einer seiner Führer …«, hat Hüseyin mal gesagt. Aber hier ist überhaupt kein Volk, nur lauter feine Pinkel. Kein einziger Gecekondu-Junge ist hier. Alle haben saubere Schuhe an. Ist Hüseyin auch wohingegangen, wo man saubere Schuhe hat?

»Die haben uns mitten in der Sonne erwischt«, sagt Oma. Wir müssen jetzt »strammstehen«. Das dauert total lange. Oma schwitzt. Aber sie kann ihr Taschentuch nicht aus der Handtasche holen, weil wir ja strammstehen müssen. Von ihrem Kinn fällt ein Schweißtropfen, aber sie merkt es nicht. Dürfen sich nicht mal Kinder bewegen, wenn man strammstehen muss? Ich traue mich nicht, es auszuprobieren. Wenn man sich bewegt, wird man nämlich bestimmt ganz böse angeschaut. Als hätten wir Atatürk nicht lieb.

Als wir ins Museum reingehen, scheint die Sonne genau von gegenüber, und der Boden glänzt, als wäre er aus Glas. Wenn der Boden so glänzt, bedeutet das, dass man gerade an einen wichtigen Ort kommt. Alle werden zu Schatten, ganz dünn und schwarz. Keiner sagt was. Drinnen ist es ein bisschen dunkel, und man braucht eine Weile, bis man die Gesichter von den Leuten wiedererkennen kann. In einem großen Flur erklärt ein Mann einer Gruppe von Menschen was. Er zeigt auf Medaillen und tut so, als würde er »Unseren Eid« sprechen. Weil der Boden so glänzt, spiegeln sich überall die Geräusche.

»… über die Goldene Verdienstmedaille, hier die Nummer zwei, sagte Atatürk: ›Man mag mir alle meine Medaillen wieder abnehmen, nicht aber diese. Denn diese Medaille habe ich mir bei Gallipoli mit dem Blut von zweihundertfünfzigtausend Gefallenen erworben.‹«

Ali nimmt mich an der Hand. Im Flur hängen Fotos von ein paar sehr ernsten Männern. Man kann nicht erkennen, ob sie gut oder böse sind. Auf jeden Fall sind sie alle alt. Pascha Soundso, Pascha Soundso, und davon noch lauter andere. Ali und ich rennen. Im Flur sind Lichtflecken auf dem Boden, ich glaube, wir versuchen da mit unseren Füßen draufzutreten. Es gibt ein trappelndes Geräusch. Nur wir rennen. Ali bringt mich in die kleinste Ecke, wo keiner hinschaut. Weil es da nämlich leise ist, das habe ich schon kapiert. Ali schaut sich die Bilder an, dann flüstert er: »Hier sind sie!« Er liest, was in Kleinbuchstaben unter den Bildern steht. Die Bilder sind schon so alt, dass man kaum noch was erkennen kann. Es sind

Frauen vom Dorf drauf. Sie sind viel kleiner als die Männerbilder. Aber Ali liest trotzdem alles.

»*Halime Çavuş … Kastamonu.* Guck mal, Ayşe, die sieht aus wie Gökhans Oma. Die ist mal mit einer Spitzhacke auf einen Polizisten losgegangen. Sie hat ihm auf den Kopf geschlagen, und danach hat er immer alle Wörter verwechselt. Statt Brot hat er zum Beispiel Vogel gesagt oder statt Wasser Auto. *Havva und ihre Mutter Zehra Hanım …* die haben die gleichen Kopftücher wie Nuran. *Nezahat Onbaşı …* Guck mal, die sieht aus wie Birgül. Die gleiche Bluse und die gleichen Haare. Die kleben ihr nämlich immer im Gesicht, wenn sie lacht und wenn sie rennt und so. Deine sind auch so! *Hatice Hatun … Adana …* schau, wie die ihr Kopftuch vor den Mund gezogen hat, genau wie die älteren Frauen bei uns im Viertel. Und die da sieht eigentlich aus wie Seher. Die ist nämlich auch mal mit einem Gewehr zur Nachtwache gegangen, als die Männer nicht konnten. *Senem Ayşe* heißt die, schau, aus *Maraş. Drei Widerstandskämpferinnen der Kuvayı Milliye aus Aydın.* Ich schwöre dir bei meinem Leben, die hocken genauso da wie bei uns immer. Ayşe! Guck mal! Die sieht doch aus wie meine Mama, oder?«

Ali ist ganz aufgeregt. Er ist ganz anders als sonst. Als würde er immer reden. Ich schaue. Die Kleinbuchstaben kann ich nur langsam lesen. »Ka-ra Fat-ma aus Er-zu-rum.«

»Stimmt's? Die sieht doch genauso aus, oder?« Ali freut sich sehr. »Hier hängen die Bilder von lauter Frauen, die so ähnlich aussehen wie die Frauen in Seyranbağları!« Dann steckt er seine Hand in die Tasche, und aus seiner Tasche kommt ein Knirschen. »Die haben sie hier versteckt, weil das nämlich Revolutionärinnen waren!«

»Was hast du denn da in der Tasche?«, frage ich, und Ali sagt: »Ein Feuerzeug. Ein Ibelo-Feuerzeug. Von Hüseyin. Hüseyin ist jetzt nicht mehr da, Ayşe. Er wurde abberufen.«

»İs-ma-il E-fe aus Da-niş-ment und sei-ne Söh-ne.«

Ali nimmt mich an der Hand. Wir rennen wieder zu dem Licht.

»Ich hätte nicht gedacht, dass es unsere Leute hier gibt«, sagt Ali beim Rennen. »Dabei gibt es sie doch!«

»Herrje, ich dachte schon, ich hätte euch verloren. Vielen Dank, gute Frau! Der Junge ist mir nämlich nur anvertraut. Wenn mir der abhandenkäme, Gott behüte! Ayşe! Ali! Haltet euch an meiner Hand fest. Und lasst nicht los, bis wir wieder draußen sind. Wir gehen jetzt ins Mausoleum.«

Oma ist der Absatz abgebrochen; sie läuft jetzt, als würde sie hinken. Wir halten uns an ihren Händen fest und gehen zu diesem Mäuseding. Da ist Atatürk. Da gibt es ganz viel Licht.

Alle sind ganz still hier. Ayşes Oma versucht auf einem Bein zu balancieren. »Ich kann doch hier nicht herumstehen wie eine Elster«, flüstert sie. »Macht schnell, damit wir bald gehen können.« »Was sollen wir schnell machen?«, fragt Ayşe.

»Tja, hier kann man keine Fatiha lesen, ich weiß gar nicht, was man hier tun soll«, sagt Oma und schaut auf dieses Mäuseding. Da drücke ich auf den Knopf von der Lachkiste. Sie geht doch noch. Ali hat gesagt, sie wäre kaputt, aber das ist sie gar nicht.

Als das Lachen anfängt, geht der Mund von Ayşes Oma auf, und er geht nicht mehr zu. Da muss ich selber lachen. Ayşe lacht auch. Ganz laut lachen wir. Ayşes Oma will schnell mit uns raus, aber wegen ihrem Absatz kann sie nicht rennen.

Bis Oma den Ausschaltknopf gefunden hat, lachen ganz viele Männer, Frauen und Kinder. Das gehört sich, glaube ich, überhaupt nicht, aber es ist auch sehr lustig. Das ganze Mäuseding ist voller Gelächter. Wir gehen raus vor die Tür. Oma ist nicht mal richtig böse. Weil sie Angst hat, dass die Soldaten auf uns böse sind. Neben der Tür steht ein Soldat ganz still, und ich kann lesen, was hinter ihm steht. Weil es nämlich in Großbuchstaben geschrieben ist.

»Ali, guck mal! O türkische Jugend!«

»Das habe ich dir doch gleich gesagt!«

»Aber sie fragen es doch gar nicht ab! Es steht nur da an der Wand!«

»Auf der Polizeiwache haben sie es die Studenten aber abgefragt heute Nacht. Und sie geschlagen, weil sie es nicht konnten!«

Der Soldat schaut zu uns rüber. Wir gehen so schnell wie möglich weg.

Zu Oma sage ich: »Können wir in den Schwanenpark gehen, bitte, Oma!« Aber sie antwortet: »Mir ist der Absatz abgebrochen, Kinder, damit kann ich nirgendwohin! Wir gehen nächste Woche.« Jetzt müssen wir unsere Pläne verschieben.

Als wir in den Dolmuş steigen, knirscht Ali wieder mit dem Feuerzeug in seiner Tasche. »Hat Hüseyin dir das geschenkt?«, frage ich. »Nein, ich habe es bei Samim und Ayla gefunden, aber es gehört Hüseyin«, sagt er. »Ich habe herausgefunden, dass das abgeschlossene Zimmer bei denen gar nicht abgeschlossen ist«, sage ich.

Oma nimmt ihren Schuh in die Hand und versucht den Absatz wieder festzumachen. Weil sie dabei mit sich selber redet, schauen alle zu uns rüber.

»Die bringen Unglück! Immer nur Unglück!«

# 11. KAPITEL

## Die große türkische Nation

### Unser Volk ist von edler Gesinnung

»Ab einem bestimmten Punkt der Rotation beginnen einige Atome sich unabhängig von dem Strudel, dem sie ausgesetzt waren, zu bewegen. Denn manche Atome ermüden rascher, werden schneller träge als andere. Was wir Ordnung nennen, entsteht durch diese erschöpften Atome. Die, die sich weiterdrehen und bewegen, bilden den Kern, die müden Atome hingegen die Schale. Gebäude, Brücken, Systeme, Banken, Ehen, ja, das ganze Leben baut auf dieser Schale auf. Ordnung gründet auf Erschöpfung, die dem Tode nahe kommt, Detektiv!«

Während Papa redet, knabbert der Detektiv Nahit an seinen Fingernägeln und blinzelt. Er sagt erst überhaupt nichts, dann spuckt er ein Stück Fingernagel aus. »Ganz schön große Worte, Aydın!«

Ich bin in der Kneipe. Weil Mama heute Abend mit Oma zum Arzt gehen muss. Ich liebe diese Kneipe, weil sie hier Köfte und Pommes frites für mich machen. Außerdem steht was Lustiges an der Tür:

*Finde erst zu dir selbst, dann finde hier herein / Denn dies soll ein Tempel für Lebenskünstler sein / Es ist der Weg jener, die sich selbst besiegen / Bist du dafür nicht reif, such woanders Vergnügen.*

»Schon gut, Detektiv. Sag mir lieber, ob es Neuigkeiten gibt.«

»Wir wollten ja noch die Aussagen dieser Augenzeugin

überprüfen, aber in der Zwischenzeit ist was Beschissenes passiert.«

»Sag nicht, die Frau wurde erschossen!«

»Nein, nichts in der Richtung. Aber ich glaube, wir haben einen ganz armen Teufel geschnappt. Du weißt, diese beiden Verdächtigen beim Pogrom von Balgat, diese Faschisten. Einer von den beiden Jungen ist unschuldig.«

»Was?«

»Mustafa Pehlivanoğlu … Aydın, der andere soll zu ihm gesagt haben: ›Wenn du nicht das Kommunistencafé beschießt, dann kriegst du von mir eine in den Schädel geballert, du Hurensohn!‹ Da hat er natürlich geschossen. Ich war dermaßen darauf fixiert, sie zu schnappen. Und dann kämpfen wir ja bekanntlich auch um unser eigenes Leben.«

»Warte, warte! Waren die zwei nicht aus dem Gefängnis ausgebrochen?«

»Ja, genau. Nach ihrer Flucht sind sie nach Kütahya. Die Sache lief ab wie im Film. Wir hatten einen Hinweis bekommen, die beiden seien in einem Dorf dort versteckt. Wir also da hin, die sind zu viert …« Der Detektiv fuchtelt beim Erzählen mit den Armen rum.

»Papa! Ich muss mal aufs Kl…, auf die Toilette. Darf ich alleine gehen?«

Wenn man nicht zu Hause ist, sagt man zum Klo »Toilette«. Ich gehe durch die ganzen Rauchwolken durch. Jeder Tisch hat eine eigene Wolke, und in jeder Wolke wird geredet. Ich mache die Rauchwolken mit den Armen kaputt, als hätte ich Schmetterlingsflügel.

Vor der Toilettentür sitzt eine alte Frau. Sie hat riesige Ohrringe und ein Kopftuch. Neben ihr sitzt ihr Sohn. Eigentlich ist er schon groß, aber er benimmt sich wie ein kleines Kind. Sein

Gesicht ist mir ein bisschen unheimlich. Er wackelt immer so mit dem Kopf. Er ist blind, hat Papa gesagt. Seinetwegen traue ich mich nicht, auf die Toilette zu gehen. Ich bleibe an der Tür stehen und hoffe, dass vielleicht noch jemand anderes kommt. Die Frau liest ihrem Sohn aus der Zeitung vor. Und der Sohn tut so, als würde er in die Luft lachen. Seine Augen sind weiß.

»Hör dir das an, mein Hübscher. Zeki Müren posiert jetzt mit Frauen. Weil Bülent Ersoy schlecht für sein Image ist. Die Leute sagen nämlich, dass eigentlich Zeki mit dieser Travestiegeschichte angefangen hat. Schau ihn dir an! Der sieht doch weiblicher aus als die Frau, die er küsst, mit dem Lidschatten und der Wimperntusche. Sogar die Lippen hat er sich geschminkt! So was, der hat echt Lippenstift drauf! Und dann zieht er über Bülent her ... die Leute bei uns lieben Heuchler, mein Hübscher! Auweia! Die haben bei der Messe Bülents Plakate runtergerissen. Na, das habt ihr aber fein gemacht! Und einen Schnurrbart haben sie Bülent gezeichnet. Wie originell! Das sind doch alles Meuchelmörder! Wer nicht so ist wie sie selbst, dem kratzen sie die Augen aus! Nicht wahr, mein Hübscher?«

Die Frau streichelt ihrem Sohn die Wangen. Aus seinen Augen kommen Tränen, die wischt sie mit ihren Fingern weg. Da sieht sie mich. »Musst du Pipi, mein Fräulein?«

Ich renne zurück zu Papa. Aber ich bleibe im Rauch stehen, wo er mich nicht sehen kann.

Der Detektiv hat seine Arme verschränkt und sich zurückgelehnt. »Aydın, nimm's mir nicht übel, aber ist dir klar, was du da sagst?«

»Das ist keine simple Eifersuchtsgeschichte, Detektiv! Vielleicht ist der Typ, mit dem Sevgi sich da trifft, von der alten Organisation. Vielleicht wird sie da in etwas hineingezogen, ohne sich dessen bewusst zu sein.«

»Dann sprich doch mal mit ihr!«

»Sie würde nichts sagen. Sie ist wie vernagelt! Ich bitte dich, Detektiv, könntest du sie nicht einige Tage lang bescha…«

»Beschatten? Bist du verrückt geworden?« Da sieht mich der Detektiv. »Ayşe!«, sagt er, als hätte ich ihn bei irgendwas erwischt. Papa achtet gar nicht auf mich. Ich traue mich nicht, ihnen zu sagen, dass ich nicht auf die Toilette gegangen bin. Sie schweigen.

Der Detektiv versucht zu lachen. »Nichts für ungut, Aydın, aber solche Angelegenheiten kann man nicht klären, indem man einander verdächtigt.«

»Was denn für Angelegenheiten, Detektiv!« Papas Stimme ist laut geworden.

Der Detektiv kaut an seinen Nägeln. Er rückt näher an Papa ran. »Ich will dir nichts versprechen, aber … ich werde mal sehen, was ich machen kann.«

»Da ist noch etwas.«

»Und zwar?«

»Unser Nachbar, Samim. Er arbeitet beim Rundfunk, aber so ganz sauber scheint der mir auch nicht zu sein.«

»In Ordnung, in Ordnung. Nur, Aydın … versteh mich bitte nicht falsch, aber du solltest ein wenig entspannen. Du machst keinen guten Eindruck auf mich.«

»Es geht mir gut, Detektiv. Ich war vielleicht in letzter Zeit ein bisschen neben der Spur, aber so allmählich habe ich wieder Boden unter den Füßen.«

»Wie du meinst, Aydın.«

Da schreie ich endlich: »Ich muss mal Pipi!«

Alle Rauchwolken stehen still. Alle Rauchwolken lachen. Als sie lachen, fange ich an zu weinen. Papa versteht mich nicht. Er streichelt mir nicht den Kopf und wischt mir auch nicht die Tränen weg.

## Der gesunde Menschenverstand unserer Nation

»Jagen wir ihm eine Kugel in den Kopf!«

Als Seher schreit, sprüht ihr die Spucke aus dem Mund. Ihre Pluderhose hat sie sich fast bis zum Hals hochgezogen. Sie streckt ihren Zeigefinger aus: »Was sollen wir denn sonst tun? Jagen wir dem Schwein eine Kugel in den Kopf!«

Keiner sagt was. Birgül fasst sie am Arm, damit sie sich auf einen Stuhl setzt. »Beruhige dich, Seher.«

»Lass mich! Wenn du Mutter wärst, würdest du dich auch nicht beruhigen! Vedat! Richten wir ihn hin, den räudigen Hund.«

Keiner in der Verbraucherkooperative sagt was.

Nicht mal der Krämer Mustafa. Der weint nämlich. »Bitte lass mich gehen, Vedat, ich flehe dich an! Ich schwöre bei allem, was mir heilig ist, dass ich nie wieder einen Fuß in dieses Viertel setzen werde. Ich schwöre es beim Leben meines Kindes!«

Am Tag vorher hatten sich die Frauen getroffen. Birgül hatte einen Rock über ihre Hose gezogen und trug ein Kopftuch. Sie erzählte den Frauen vom Pogrom in Maraş: »… und deshalb müssen wir das Thema Selbstverteidigung sehr ernst nehmen, Schwestern. Ihr seht ja selbst, dass die staatliche Justiz Bedürftige nicht unterstützt …«

Als Birgül fertig war mit ihrer Ansprache, sprach Seher leise mit ihr, und ich ging mit Mama zu ihnen rüber.

»Er hat den Krämer angerufen, daher weiß ich es.«

»Hat Cem denn etwas gesagt?«

»Nein, nur, dass er gegen Abend noch mal anrufen würde. Wir haben bis Ladenschluss dagestanden, mein Mann und ich, aber das Telefon hat kein einziges Mal geklingelt.«

»Wahrscheinlich hatte er einfach nicht die Gelegenheit. Dein

Sohn ist auf der Flucht, Seher, wir können nur warten. Wer weiß es noch, außer dem Krämer?«

»Niemand, meine Liebe, nur eben mein Mann. Und der kriegt ja immer gleich Magenschmerzen, jetzt liegt er zu Hause im Bett.«

»Ich werde trotzdem mal bei den Genossen in Istanbul nachfragen.«

»Ja, meine Liebe, bitte tu das!« Seher rieb ihre Hände aneinander. Es raschelte, so trocken waren ihre Hände. Weil sie bei den Reichen immer Wäsche wäscht. Ihre Hände waren ganz rot.

Mama stupste Seher an. »Kopf hoch! Dein Sohn hat einen Tunnel gegraben, um aus dem Gefängnis abzuhauen, da wird er sich wohl kaum in der flachen Ebene erwischen lassen!«

Seher tat so, als würde sie lachen. Ohne was zu sagen, ging sie ins Haus. Mama und Birgül schauten einander an. Da wusste ich schon, dass was Schlimmes passieren würde. Außer uns waren nur noch drei alte Frauen da, eine davon war Gökhans Oma. Sie strickten. Die Wollknäuel hatten sie in ihre Pluderhosen gesteckt, sodass sie immer weiterstricken konnten. Sie saßen im Schatten, strickten und sangen Klagelieder. Für die Toten von Maraş.

*Ein Schwarm Kraniche, der über Maraş fliegt / Flügel gebrochen, Kreischen hallt durch die Stadt / Die Mutter, deren Sohn tot am Boden liegt / Blökt wie das Schaf, das sein Lamm verloren hat …*

»Dieser Krämer …«

»Genau, dazu muss ich dir noch etwas sagen, Birgül. Ich mag Mustafa, und wir haben gute Erfahrungen mit ihm gemacht, aber in letzter Zeit …«

»Ist er irgendwie seltsam, nicht wahr?«

»Ich weiß es von einer der Frauen. Es gehen Männer in seinem Laden ein und aus. Mit Funkgeräten, hat sie gesagt. Aber da ihr ihm ja vertraut …«

»Wir sind Außenseiter hier, Aliye, und wir vertrauen ihm, weil ihr ihm eben auch …«

»Hier weiß doch keiner richtig Bescheid. Bevor die Kooperative gegründet wurde, konnte man außer bei ihm nirgends einkaufen. Und weil natürlich keiner Geld hat und das mit dem Anschreibeheft immer nur zu Streitereien führt, hat Mustafa diese Marken an uns verteilt, womit er zum Liebling des ganzen Viertels …«

»Was willst du mir damit sagen?«

»Ich will ihn nicht zu Unrecht beschuldigen, aber so ganz geheuer ist Mustafa mir nicht. In letzter Zeit ist er eben irgendwie merkwürdig … Was sagst du eigentlich zu Sehers Sohn? Sie haben ihn doch wohl nicht erwischt, oder?«

*Die Gesunden haben die Toten verbrannt / Die Mutter weint, sie hat ihr Kind verloren / Doch die Tropfen rauschen, das Meer hat Bestand / Ein Mahir, ein Sinan wird neu geboren / Berg von Maraş, du brauchst nicht traurig zu sein …*

Als es Abend wurde, strickten die drei alten Frauen immer noch. Sie strickten und strickten und bemerkten mit ihren blinden Augen nicht, wie es dunkel wurde.

Ich schaute rüber zu Sehers Haus. Bis ich einschlief, brannte die ganze Zeit das Licht. Meine Eltern redeten im Bett.

»Mir ist zu heiß, Hasan, rutsch mal ein Stück!«

»Als ob ich dich berühren würde! Ich kriege schon so fast einen Hitzschlag!«

»Beweg dich einfach nicht so viel.«

»Weißt du, Aliye, das mit Mustafa ist eine ziemlich ernste Sache.«

»Ja, ich finde, er macht schon seit längerem einen schuldbewussten Eindruck, und eine der Frauen hat gesagt, sie hätte beobachtet, wie er heimlich …«

»Ja, davon habe ich gehört. Dürüst hat mir gegenüber neulich Andeutungen gemacht, aber ich habe nicht weiter nachgehakt.«

»Was hat der Verrückte denn gesagt?«

»Stehendes Wasser setze Algen an. Dem Einzelhandel sei nicht zu trauen …«

»Wir nennen Dürüst zwar einen Verrückten, aber vielleicht weiß er ja doch was.«

»Ja …«

»Die Mücken stechen immer nur mich, dich rührt keine an!«

»Was wollen die auch mit mir, wenn sie dich haben können?«

Sie lachten ein bisschen. Danach schliefen wir alle ein.

Am nächsten Morgen weckte uns Sehers Stimme. Die Sonne war noch nicht aufgegangen, der Himmel war dunkelblau. Seher schrie, und es hörte sich an, als würde jemand ein Leintuch zerreißen.

»Mein Sohn! Mein Cem! Was haben sie mit dir gemacht!«

Birgül versuchte, Seher festzuhalten, aber weil Seher so dick ist, schubste sie sie einfach weg. Mama rannte in ihrem Nachthemd zu ihnen. Seher umarmte Mama und schluchzte: »Die Faschisten haben sich Cem geschnappt, sie haben ihn gefoltert, ihn gefesselt und … ach, Aliye! Sie haben ihn in eine Grube geworfen wie einen Hund!«

Alle Frauen waren inzwischen in ihren Nachthemden rausgekommen und zu Seher gelaufen. Die drei alten Frauen setzten sich wieder in den Garten. Sie zwitscherten wie Vögel. Genau wie am Abend. Als wäre nicht zwischendurch Nacht gewesen und dann wieder Morgen geworden, sangen sie ihre Klagelieder. Aber die Wollknäuel lagen in ihrem Schoß. Sie strickten nicht. Mir kam es so vor, als wäre die Zeit überhaupt nicht vergangen …

*Gott, hast absolute Gewalt / Herrschst über die Nacht und den Tag / Hast Namen, doch keine Gestalt / Mit nichts man dich vergleichen mag …*

Vedat unterhielt sich mit den Studentinnen, die mit Birgül gekommen waren. Dann ging er mit zwei älteren Männern den Abhang runter. Ich sah den Krämer Mustafa, wie sie ihn zwischen sich nahmen. Sie hielten ihn an den Armen fest und zogen ihn den Hügel rauf. »Was denn für ein Prozess, Vedat?«, schrie er. »Haltet ihr mich etwa für einen Verräter?«

Mama hob Sehers Kopftuch vom Boden auf.

Vedat schob Mustafa in die Kooperative. Dort blieben sie bis zum Abend. Dann bekamen wir die Nachricht. Die Studentinnen sagten: »Heute Abend gibt es einen Prozess.« Ich ging mit Papa hin. Aus allen Häusern hatten sie Stühle mitgebracht. Mustafa saß in der Mitte.

Vedat spielte mit seinem Schnurrbart. Die älteren Männer setzten sich in die vorderste Reihe und verschränkten die Arme. Sie taten fast so, als wäre Mustafa ein Fremder.

»Die Kooperative ist dir ein Dorn im Auge, stimmt's, Mustafa?«

»Nur du hast mit Cem gesprochen. Hat er dir gesagt, wo er ist?«

»In deinem Laden gehen in letzter Zeit gewisse Herrschaften ein und aus, Mustafa. Mit Funkgeräten. Was sind das für Kerle?«

»Hat Cem dir nun gesagt, wo er ist, oder nicht, Mustafa?«

Mustafa antwortete keinem. Erst als die Männer ruhig geworden waren, sagte er: »Hasan, als dein Haus abgebrannt ist, habe ich dir da nicht geholfen? Nuran, als dein Kind Milch brauchte, wie oft habe ich dich da anschreiben lassen! Ihr solltet euch was schämen! Undankbares Gesindel …«

»Na, na, na! Mustafa, darum geht es hier nicht! Wenn wir uns ganz sicher wären, würden wir diesen Prozess gar nicht erst abhalten.«

»Soll das heißen, dann hättet ihr mich gleich umgebracht? Wer seid ihr bloß, Leute! Seid ihr etwa der Staat? Ihr träumt doch! Als ob demnächst die Revolution käme! Wie viele seid ihr denn schon! Schaut euch doch mal um! Gibt es in dieser Kooperative, von der ihr euch so viel versprochen habt, auch nur zwei Säcke Reis?«

Da kam Seher rein, mit zerrissenem Kragen. Birgül versuchte sie festzuhalten, aber sie riss sich los. Und da hat sie gerufen:

»Jagen wir ihm eine Kugel in den Kopf!«

Da sind plötzlich alle mucksmäuschenstill.

Seher schreit: »Wenn sie deinen Sohn in eine Grube geworfen hätten wie ein Tier, Birgül, würdest du dich auch nicht beruhigen! Richten wir ihn hin, den räudigen Hund! Wir verlieren so viele wertvolle Menschen, und da soll ausgerechnet der am Leben bleiben? Nennt ihr das etwa Gerechtigkeit?«

Da packt Vedat Mustafa am Arm und zieht ihn hoch. Er bringt ihn weg. Alle gehen raus, und Papa raucht vor der Tür mit ein paar von den anderen Männern.

»Vertreiben wir ihn doch von hier. Soll er woanders seine gerechte Strafe erhalten.«

»Wieso denn, Hasan? Lass uns die Sache selbst erledigen. Wozu andere mit diesem miesen Denunzianten belasten?«

»Woher wisst ihr denn, dass er ein Denunziant ist?«

»Er hat doch selber gesagt, wir würden träumen und es gäbe keine Revolution.«

»Also, wenn man dadurch schon zum Denunzianten wird …«

Mama kommt in dieser Nacht nicht mehr von Seher zurück.

Als die drei alten Frauen aufstehen, fällt einer von ihnen ihr Wollknäuel auf den Boden. Es kullert den Hügel runter und rollt sich dabei immer weiter ab. Aber weil so ein Wollknäuel keine Geräusche macht, sieht das niemand. Das Ende von dem Faden bleibt genau vor Mustafas Krämerladen liegen. Mustafa soll wegrennen und nie mehr wiederkommen …

## Alle für einen, einer für alle

Erstens hat Mama ihre schönen Schuhe angezogen. Zweitens könnten heute die Schmetterlinge schlüpfen. Also habe ich gebettelt, dass Mama mich mit ins Parlament nimmt, aber sie hat gesagt: »Hör auf zu quengeln, Ayşe, ich habe heute viel zu tun.«

Da habe ich gesagt: »Ich habe Papa aber auch nichts von diesem Mann erzählt.« Das hat Mama verstanden. Aber dann hat sie nicht mehr mit mir geredet. Als wir im Parlament waren, hat sie telefoniert.

»Heute geht es leider nicht … Nein, ich kann nicht kommen … Wir bleiben in Kontakt … Tschüs.«

Mama schaut mich böse an. »Zum Mittagessen kommt Günseli ins Parlament. Und danach habe ich ein ernstes Wörtchen mit Ihnen zu reden, Ayşe Hanım.«

Oje! Es ist alles ganz schlimm geworden. Mama schreit mich nicht an, aber das macht mir nur noch größere Angst. Sie schaut mich an, als wäre ich eine Fremde.

Bis zur Mittagspause schaut Mama immer nur auf die Papiere auf ihrem Schreibtisch. Erst als das Telefon klingelt, lacht sie. Günseli ist gekommen, sie wartet draußen vor der Tür auf uns. Vielleicht hat Mama jetzt vergessen, dass sie böse auf mich war.

Günseli hat diesmal grüne Schuhe an. Grüne Schuhe habe ich noch nie gesehen. Ich schaue dauernd auf ihre Schuhe. Mama auch. Und auch alle anderen. Wir essen Fisch in der Kantine. Mama und Günseli trinken Weißwein.

Mama lässt ihre Hand vom Stuhl runterhängen und berührt aus Versehen meinen Nacken. Da halte ich sofort ganz still. Damit ihre Hand noch ein bisschen länger da liegen bleibt. Oder ist Mama wirklich nicht mehr böse auf mich? Nein, sie merkt überhaupt nicht, wo sie ihre Hand hingelegt hat. »Hast du die Parlamentsprotokolle gefunden, die ich für meine Forschung brauche, Sevgi?«

»Habe ich. Wir gehen gleich runter ins Archiv. Aber erst trinken wir einen Kaffee im Garten.«

Mama und Günseli sehen sehr schön aus beim Kaffeetrinken. Der Wind bringt die Blätter und die Sonne auf ihren Gesichtern zum Rascheln. Weil sie nicht mehr so schön wären, wenn ich jetzt zu ihnen gehen würde, bleibe ich lieber weg. Mama mag mich nämlich nicht mehr. Deswegen macht sie auch immer so ein Gesicht. Ich »falle ihr zur Last«, hat sie einmal gesagt. Eigentlich will sie von uns weggehen, aber sie kann nicht, weil ich da bin.

Direktor Ibrahim, Abdullah und Muzaffer kommen raus in den Garten. Abdullah lächelt. Muzaffer lässt den Kopf hängen. Direktor Ibrahim ruft: »Sevgi Hanım, würden Sie uns bitte Ihre Aufmerksamkeit schenken?«

Ich renne hinter Mama her auf ihn zu.

»Schicken Sie Ihre Besucherin weg, wir haben etwas mit Ihnen zu besprechen.«

»Aber sie ist gerade erst gekommen, wir haben ein bisschen zu ...«

»Schicken Sie sie weg!«

Günseli ist gegangen. Weil Mama mich vergessen hat, bin ich ihr in Direktor Ibrahims Büro hinterhergelaufen. Abdullah und Muzaffer sind auch mit dabei. Abdullah spielt mit seiner Gebetskette. Als Mama sagt: »Ich bringe Ayşe kurz weg, wenn Sie gest...«, sagt Abdullah lachend: »Nein, nein, sie kann gerne mithören, Sevgi Hanım.« Also bleibe ich.

Dann sagt Direktor Ibrahim: »Sevgi Hanım, wie Sie wissen, versuchen wir hier einiger persönlicher Differenzen zum Trotz eine ordentliche Arbeit zu machen. Sie wissen auch, wie sehr man Sie schätzt. Ihnen dürfte bekannt sein, welche Achtung ich Ihnen entgegenbringe. Aber heute wurde etwas entdeckt, das mich, offen gesagt, schockiert hat. Zum einen diese Kokons, die wir im Archiv gefunden haben, dann die Schmetterlinge, die Abdullah Bey beim Eintreten entgegenflatterten, und schließlich diese anderen Dinge ...«

Die Schmetterlinge sind ausgeschlüpft!

»Wenn Sie mir nicht glaubhaft versichern, dass Sie mit diesen Vorfällen nichts zu tun haben ... dann ließe sich ein Disziplinarverfahren wohl nicht vermeiden.«

»Schmetterlinge?«

»Es geht auch noch um andere Dinge, Sevgi Hanım.«

Als Abdullah spricht, schaut er auf die Gebetskette. »Sevgi Hanım, dass Sie von der Revolution träumen, wussten wir ja, aber Schmetterlinge? Das ist doch sogar für Sie ein bisschen zu kindisch!«

Mama achtet nur auf Direktor Ibrahim.

»Nun, Sevgi Hanım, bei den Schmetterlingen drücken wir mal ein Auge zu, aber diese anderen Dinge …«

»Wovon sprechen Sie, Ibrahim Bey? Sagen Sie es offen, von den Briefen?«

Mama weiß es nicht! Es sind ja nicht nur Briefe. Mama weiß nichts von den Fotos in den Umschlägen. Sie weiß nicht, dass da Kinderfotos drin sind. Aber die Schmetterlinge sind geschlüpft! Da wird Ali sich vielleicht freuen! Wir haben sie reingebracht, wir haben die Schmetterlinge ins Parlament gebracht!

»Kommen Sie mit, Sevgi Hanım. Abdullah Bey, Sie bleiben hier. Wir brauchen nicht noch mehr Spannungen.«

»Aber Ibrahim Bey, ich muss Ihnen doch noch zeigen, wo ich die Umschläge gefunden habe.«

»Das genügt, ich habe schon verstanden. Kehren Sie zurück an Ihren Schreibtisch.«

Wir werden uns die Schmetterlinge anschauen! Als ich vor Freude einen Hüpfer mache, zupft Mama mich am Arm.

»Was hast du denn, Ayşe?«

»Ich freue mich! Weil wir die Schmetterlinge ins Parlament gebracht haben. Du hast doch gesagt, die könnten nicht rein. Darüber warst du traurig. Deswegen haben wir die Schmetterlinge ins Parlament …«

»Wie bitte, Ayşe?«

Wir kommen ins Archiv, und die Schmetterlinge fliegen. Ein paar von Mamas Kollegen versuchen sie einzufangen. Sie rennen den Schmetterlingen hinterher. Aber sie erwischen sie nicht. Jetzt machen sie die Fenster vom Archiv auf. Es kommt ganz viel Licht rein. Aber die Schmetterlinge fliegen nicht raus. Sie wollen im Parlament bleiben! Die Schmetterlinge fliegen durch das Licht. Ich muss laut lachen und klatsche in die Hände.

Da lacht endlich auch Ibrahim Bey. »Sevgi Hanım, schauen Sie … Muzaffer, das hier bleibt unter uns, okay? … Sevgi Hanım, die Sache mit den Schmetterlingen haben wir offensichtlich unserer Ayşe zu verdanken. Das ist, wenn ich es recht bedenke, wohl auch nicht weiter schlimm. Aber diese andere Sache? Die Briefe, die Kinderfotos …«

»Welche Kinderfotos, Ibrahim Bey? Wovon sprechen Sie?«

»Hier, in diesen Umschlägen, Sevgi Hanım. Darin sind … wie soll ich sagen? Es sind nur ein paar Briefe darin und eben diese Fotos. Trotzdem muss ich ein Disziplinarverfahren einleiten. Wozu natürlich keine Notwendigkeit bestünde, wenn Abdullah Bey sie nicht gesehen hätte … Ihr Mann wird davon selbstverständlich nichts erfahren, keine Sorge.«

»Ich verstehe, Ibrahim Bey. Danke.«

Mamas Hände zittern, ihr Gesicht ist ganz rot, und sie schwitzt. Sie zieht mich weg. Dabei will ich mir doch die Schmetterlinge anschauen. »Mama, schau!«, sage ich. »Es sind sogar orangene dabei!«

Es ist wie im Traum. Die Schmetterlinge verschwinden hinter den großen schwarzen Büchern. Überall, wohin sie fliegen, kommt Licht. Je länger die Männer den Schmetterlingen hinterherrennen, desto mehr von ihnen müssen lachen. Irgendwann lachen sie alle. Alle außer Mama. Sogar Muzaffer lacht. Wenn ich Ali das erzähle, wird er sich freuen! Wie gut, dass es Ali gibt. Weil außer uns beiden ja niemand eine Ahnung hat.

»Wenn wir die Schmetterlinge nicht ins Parlament kriegen, wird das mit den Schwänen erst recht nichts«, hat er gesagt. Aber jetzt wird es eben doch was!

## Eine klassenlose, homogene Gesellschaft ohne Privilegien

Sie kommen ganz früh, ihre Stimmen wecken mich. Mama ist auch gerade erst aufgewacht. Sie trinkt mit Aliye Tee in der Küche. Ali haben sie ins Wohnzimmer gelegt, damit er weiterschlafen kann. Ich lausche an der Tür.

Aliye sagt zu Mama: »Bei uns im Viertel ist die Lage ziemlich schwierig, ich meine, hier ist sie natürlich auch schwierig, aber bei uns ist es doch noch mal anders. Wenn uns etwas zustößt, dann möchten wir euch Ali gerne anvertrauen.«

Mama sagt erst überhaupt nichts. Sie rührt lange in ihrem Tee. Dann sagt sie: »Tja ... äh ... na ja ...«

Aliye flüstert: »Ich will euch nicht zur Last fallen, egal, vergiss es, Sevgi.«

»Nein, nein, das ist doch überhaupt kein Problem. Ich meine: ja, natürlich!«

Es wird still. Dann sagt Aliye mit lauter Stimme: »Ach, vergiss einfach, was ich gesagt habe. Ich habe nichts gesagt, und du hast nichts gehört. Das war's!«

Jetzt wird Mamas Stimme auch lauter. »Mensch, Aliye! Ich war doch nur für einen Augenblick so verwirrt ...«

»Ihr führt eben ein anderes Leben ...«

»Was denn für ein anderes Leben?«

»Ayşe, mein Spatz! Um diese Zeit schon auf den Beinen? Ali, und du bist auch schon wach, mein Junge?«

Als Oma mich im Flur gesehen hat und nach mir ruft, werden Mama und Aliye still. Ali hatte wohl hinter mir gestanden, aber jetzt rennt er ins Wohnzimmer. Ich renne ihm nach. Mama versucht mit Aliye zu reden, aber Aliye geht sich umziehen.

»Jetzt sei doch nicht so empfindlich, Aliye.«

»Schon gut, Sevgi, nur heute noch, dann bist du mich los. Wenn ich die Wohnung geputzt habe, bin ich weg.«

»Du hast das falsch verstanden!«

»Ja, ja, schon okay!«

»So viel unterscheidet uns gar nicht voneinander. Wir haben damals auch bei der Mobilisierung der Gecekondu …«

»Ja, damals vielleicht!«

»Was?«

Dann hören sie auf zu reden. Aliye ist sauer. Sie zieht ihren Rock aus. Sie hat so eine kurze Hose an, bis zum Knie. Im Zimmer gegenüber zieht Mama sich an. Sie steht mit dem Rücken zur Tür, als sie an ihrem BH rumfummelt, und Aliye dreht sich auch nicht zu ihr um. Unter ihrem weißen Unterhemd sehe ich Aliyes Brüste. Sie bindet sich ein Kopftuch um, und Mama dreht ihre Haare hinten zu einem Dutt, mit einer einzigen Bewegung. Mama ist zu ungeduldig, um ihre Bluse ganz zuzuknöpfen, und lässt die Hälfte von den Knöpfen offen. Aliye zieht ihre Pluderhose bis zu den Brüsten hoch und ihre Hosenbeine bis zu den Knien. Weil Mama es nicht schafft, ihren grauen Rock hinten zuzuknöpfen, dreht sie ihn nach vorne, aber als er zu ist, sitzt er so eng, dass sie ihn nicht wieder zurückdrehen kann. Aliye will nur mit ihren Füßen in die Pantoffeln schlüpfen. Als das nicht klappt, nimmt sie die Hände dazu. Beide kommen gleichzeitig aus ihren Zimmern raus, und stehen sich gegenüber. Ich bin genau zwischen ihnen. Mama hat ihre Knöpfe falsch zugeknöpft und Aliye ihre Bluse falsch rum angezogen. Aliye geht ins Bad, um Wasser in ihren Eimer zu füllen, Mama nimmt ihre Handtasche und geht zur Wohnungstür.

»Aliye, du hast mich missverstanden! Ich wusste nur nicht, ob man mir überhaupt ein Kind anvertrauen kann! Weil …«

Ihre Stimme fängt an zu zittern, sie geht raus und knallt die Tür hinter sich zu. Oma schaut mich an, aber weil ich nichts sage, geht sie ins Badezimmer und fragt: »Was ist denn passiert, Aliye Hanım, so früh am Morgen?«

»Nichts, Nejla Hanım. Machen Sie sich keine Sorgen. Nejla Hanım, heute ist mein letzter Tag, wenn es etwas Besonderes zu tun gibt, sagen Sie es mir.«

Oma fragt: »Aber wieso das denn?«, aber Aliye antwortet ihr nicht. Oma läuft ihr hinterher, um Fragen zu stellen, aber Aliye läuft so schnell vor ihr weg, dass ihr das Wasser aus dem Eimer schwappt. Als Oma sagt: »Ich wollte die Kinder heute mit in den Schwanenpark nehmen, was halten Sie davon, Aliye?«, da sagt Aliye: »Von mir aus.«

Ich schreie: »Ali! Wir gehen heute in den Park!«

»Sei still!«, sagt Ali. Er spielt mit seinen Schnüren. »Ich komme nicht mit. Wir schaffen das eh nicht.«

»Aber die Schmetterlinge sind doch durchs Parlament geflogen! Ich habe alle meine Aufgaben erfüllt.«

Ali sagt nichts. Da gehe ich beleidigt in mein Zimmer. Ich glaube, es ist ihm nur peinlich, dass er seine eigenen Aufgaben nicht erfüllt hat.

Ayşes Oma hat sich angezogen und sagt zu mir: »Jale Hanım wird uns in den Park begleiten.« Ich mag diese Frau nicht. Ayşe mag sie auch nicht. Aber mit Ayşe spreche ich heute nicht. Weil sie von nichts eine Ahnung hat. Nicht vom Gericht, nicht von Hüseyin, nicht von Birgül, nicht von Maraş. Sie kennt nur Schokella! Sie ist stolz, weil sie die Schmetterlinge ins Parlament gebracht hat. Dabei ist das doch total leicht, du Schlaubergerin! Versuch mal Chloroform zu finden oder eine Schubkarre! Sie ist halt reich, darum hat sie die schweren Aufgaben mir überlassen. Wenn ihre Mama meine Mama nicht sauer gemacht hätte, würde ich ja mit ihr sprechen. Ich bin auf Mamas Seite. Mama sagt: »Wir machen die Drecksarbeit, und die sind die Revolutionäre!« Mama ist wütend. Sie hat Schweißperlen auf der Stirn. Vielleicht ist sie sauer, weil wir jetzt kein Fleisch mehr bei Gima kaufen können. Sie redet mit sich selber. »Als hätte ich von ihr verlangt, dass sie ihn adoptieren soll! Die eingebildete Kuh!«

Ali klebt die ganze Zeit an seiner Mama. Aliye ärgert sich über Mama. Aber Mama konnte ihr doch nichts von den Briefen sagen! Das habe ich schon kapiert, aber ich darf es ihr nicht erzählen. Schließlich habe ich Mama versprochen, ich habe sogar geschworen, dass ich keinem davon erzähle. Sie hat Papa nichts von den Schmetterlingen erzählt, und ich habe nichts von Önder erzählt.

Abends hat Mama zu mir gesagt: »Diese Briefe und Papiere waren mir anvertraut, Ayşe. Du bist noch zu klein, das zu verstehen. Aber für etwas, das einem anvertraut wird, trägt man Verantwortung. Und wer für das, was ihm anvertraut wird, nicht die Verantwortung übernimmt, den mag niemand. Ich habe das Vertrauen von jemandem gebrochen, und das war sehr gemein von mir. Erzähl bitte deinem Vater nichts davon, dann erzähle ich ihm auch nicht, dass du die Seidenraupen ins Archiv gebracht hast.«

Darum kann ich das alles Aliye nicht erzählen. Ich kann ihr nicht erzählen, dass Mama die Briefe in den Regalen versteckt hat. Mama wollte Ali ja nur deswegen nicht nehmen, damit ihm nichts passiert. Weil sie Ali vielleicht auch finden würden, wenn sie ihn versteckt.

Ali bleibt bei seiner Mama, bis Oma sagt: »Kommt, Kinder, wir gehen Jale Hanım abholen.«

Wir steigen in ein Taxi, weil Jale Hanım nämlich gesagt hat: »Bei dieser Hitze quetsche ich mich nicht in einen Dolmuş, das wäre ja wohl unerträglich. Ich bezahle auch.« Über Geld zu reden, gehört sich zwar nicht, aber Jale Hanım macht das trotzdem manchmal.

»Prinzessin Caroline hat es ja wohl faustdick hinter den Ohren. Kaum ist ihr Ehemann mit diesem italienischen Flittchen in die Türkei gekommen, angelt sie sich schwuppdiwupp den Sohn dieses berühmten Regisseurs.«

»Aber meine liebe Jale, doch nicht im Beisein des Fahrers ...«

»Inzwischen kann man offen über solche Dinge sprechen. Schließlich ist es die normalste Sache der Welt, zwischen Mann und Frau. Wenn dagegen Männer mit Männern ...«

»Jale, bitte, nicht vor den Kindern!«

»Als ob die Kinder das nicht wüssten! Die Zeiten haben sich geändert, Nejla. Übrigens, was ich dir noch erzählen wollte. Du kennst doch Cavit Bey ...«

»Was ist mit dem?«

»Also, sobald es um Herrn Caviderma geht, wirst du empfindlich ... Jedenfalls hat Cavit Bey offensichtlich vor, sich von seiner Frau zu trennen.«

»In seinem Alter?!«

»Dafür ist er doch nicht zu alt! So ein Bild von einem Mann! Falls du also immer noch Ambitionen in dieser Hinsicht ...«

»Jale, die Kinder ... lass uns das später besprechen.«

»Das ist doch nun wirklich nicht unanständig! Aber gut, wie du willst. Herr Fahrer, bitte lassen Sie uns vor dem Schwanenpark schon raus. Wir wollen uns noch ein wenig die Füße vertreten.«

Als wir ausgestiegen sind, will ich Alis Hand nehmen. Aber Ali steckt seine Hände in die Hosentaschen.

»Ich habe die Raupen ins Parlament gebracht! Du darfst überhaupt nicht sauer auf mich sein!«

Keine Antwort.

»Bloß, weil du deine Aufgaben nicht erfüllt hast, spielst du jetzt die beleidigte Leberwurst.«

»Du weißt doch überhaupt nichts!«

»Was weiß ich nicht?«

Oma und Jale Hanım gehen langsam hinter uns her. Jale Hanım versucht sich bei Oma unterzuhaken und bleibt vor jedem Geschäft stehen und schaut sich die Schaufenster an.

Auf den Mauern zwischen den Schaufenstern hängen Fotos von jungen Männern und Frauen. Auf manchen von ihnen steht »Gesucht«, auf manchen »In der Sonne beerdigt«. Da werden ganz viele gesucht, die hat also alle irgendjemand verloren. Immer wenn Oma und Jale Hanım bei einem Schaufenster stehen bleiben, schauen Ali und ich uns diese Fotos an.

Wenn Ayşe mich nur mal in Ruhe lassen würde! Ich muss doch schauen, ob Hüseyin vielleicht gesucht wird! Dauernd stellt sie sich vor die Fotos.

»Ali, was weiß ich nicht?«

»Verstehst du zum Beispiel, was das hier heißt?«

»›In der Son-ne be-er-digt …‹ Was gibt es denn daran nicht zu verstehen?«

»Was bedeutet es denn?«

»Das weißt du doch selber nicht!«

»Weiß ich wohl!«

»He! Streitet ihr euch etwa?«, ruft Ayşes Oma. Jale Hanım zieht sie wieder am Arm.

»Schau dir mal diesen Stoff hier an, Nejla. Du kennst dich doch damit aus. Wir brauchen etwas Vornehmes, aber nicht zu Schweres für Ferides Verlobung.«

Ayşe stemmt die Hände in die Hüften. »Warum musst du mich eigentlich dauernd testen? Frag doch lieber mal nach den Schmetterlingen! Die habe ich nämlich deinetwegen ins Parlament …« Gleich fängt sie an zu weinen. Ihr Gesicht ist schon ganz schrumpelig.

Ich laufe vor ihr weg. Als ich mich umschaue, steht sie immer noch da. Keiner beachtet sie. Ihre Oma und diese Frau schauen sich die Schaufenster an, und Ayşe verschwindet ganz alleine in der Menschenmenge. Da, wo es am lautesten ist. Wenn jetzt auf einmal die Faschisten kämen, könnte sie nicht mal abhauen. Ich glaube, ein richtiger Revolutionär hätte das nicht so gemacht. Der wäre nicht weggelaufen, bloß weil ein Mädchen zu weinen anfängt. Ich gehe zu ihr zurück und nehme sie an der Hand. Wir schauen uns die Fotos neben dem nächsten Schaufenster an. Ayşe zieht die Nase hoch und hört auf zu weinen.

»Du hättest mal sehen sollen, wie die Schmetterlinge geflogen sind! Es hat sich angefühlt, als wären mein Bauch und meine Brust riesengroß geworden …«

»Du bist eben schon eine richtige Revolutionärin!«

»Die Leute, die da gesucht werden – haben die sich alle verlaufen?«

»Nein, die werden von der Polizei gesucht. Wenn die sie findet, foltert sie sie und übergibt sie den Faschisten. Die fesseln sie dann und werfen sie in eine Grube. Darum müssen sie verschwinden.«

»Wohin verschwinden sie denn?«

Ich sage nichts.

»Ich glaube, ich weiß es!«

»Wohin denn?«

»Sie gehen dahin, wohin die Schwäne fliegen!«

Ayşe ist eigentlich sehr klug.

Ali und ich schauen uns alle Fotos an. Manchmal laufen wir zurück und schauen sie uns noch mal an.

»Nein, hier ist er nicht«, sagt Ali. »Wer?«, frage ich. »Hüseyin«, antwortet er. »Sie suchen ihn also nicht.«

»Nejla, kaufen wir den Kindern ein Eis. Damit sie auch mal was haben, woran sie sich freuen können. Der arme Junge hat bestimmt noch nie ein Eis gegessen!«

Ali hat sie gehört. Ich nehme seine Hand. »Die ist blöd«, sage ich. »Mach dir nichts draus.« Sie kaufen uns ein Eis. Obwohl Ali eigentlich gar keins will.

»Nejla, ich möchte dir mal was sagen: Du musst diese Sache mit Cavit Bey klären. Vom Alter her würdet ihr doch wunderbar zueinander passen, und wenn er sich scheiden lässt ... Er ist so elegant! Ich meine, was spräche dagegen?«

»Der verlässt seine Frau nicht.«

»Woher willst du das denn wissen? Vielleicht verlässt seine Frau ja auch ihn. Wann hätte überhaupt jemals der Mann die Frau verlassen?«

»Und wie soll ich mich da nun verhalten?«

»Erst mal musst du ein bisschen positiv denken. Entspann dich ein wenig! Dann klappt das schon.«

»Wir haben jetzt auf allen Mauern geschaut, dein Hüseyin ist nicht dabei«, sage ich. Ali lächelt ein bisschen. Wir können den Schwanenpark schon sehen. Ali weiß nicht, wie man ein Eis isst. Es tropft ihm immer von der Waffel auf die Hand. Ich zeige es ihm. »Du musst vom Rand aus lecken«, sage ich. Er macht es trotzdem nicht. Weil, wenn er was nicht kann, dann ärgert er sich nämlich. Als wir in den Schwanenpark gehen, hängt sich Jale Hanım wie eine Klette an Omas Arm.

»Ich kann dir behilflich sein, Nejla, aber würdest du mir dann auch einen Gefallen tun?«

»Worum handelt es sich denn?«

»Na, dieses Verlobungskleid. Heute findet man doch keinen vernünftigen Schneider mehr. Du dagegen nimmst es als eine vom alten Schlage ganz genau und hast einen Sinn für Eleganz. Wo findet man heutzutage eine Frau wie dich, die die Hauswirtschaftsschule besucht hat! Eure Generation ist wirklich was Besonderes!«

»Vielen Dank für die schönen Worte, meine Liebe, aber ich hätte dir doch sowieso geholfen …«

Wir laufen mit unserem Eis durch den Park. Jale Hanım und Oma haben sich auf eine Bank gesetzt. Wir wollen eigentlich zu den Schwänen gehen, aber Ali rennt zu der Mauer vom Park. Er schaut die Fotos an.

Jale Hanım redet und redet. »… und als dieser Bülent seinen Auftritt hatte, riefen die Leute doch tatsächlich: ›Ausziehen! Ausziehen!‹ Da ist er in Tränen ausgebrochen und von der Bühne gerannt!«

»Der Arme!«

»Von wegen arm! Hast du eine Ahnung, wie viel Lira der pro Abend bekommt? Und dann bezahlt er nicht mal Steuern, hab ich gelesen!«

Auf einmal fällt Ali das Eis aus der Hand. »Hüseyin!«, sagt er. »Sie suchen ihn doch!«

Da taucht Jale Hanım hinter uns auf. Sie sagt: »Ach, mein Junge«, zieht ein Taschentuch aus ihrer Handtasche und wischt Ali die Hand ab. Ali bewegt sich nicht. »Du brauchst nicht zu weinen, mein Junge, ich kaufe dir ein neues! Wo du dir doch so sehr ein Eis gewünscht hast!« Da nehme ich Alis Hand und ziehe ihn mit zu den Schwänen. Meine Hand ist jetzt auch voller Eis, aber das ist mir egal. Hauptsache, Jale Hanım sieht Ali nicht weinen.

Die Leute im Park werfen bunte Teller durch die Luft. »Frisbees« heißen die, hat Ayşe gesagt. Keiner von den Leuten weiß, dass Hüseyin gesucht wird. Außer Ayşe. Sie weiß eigentlich ziemlich viel. Nur mit ihr kann ich die Schwäne retten.

»Weil du die Schnur gefunden hast, kann ich jetzt auch meine Aufgaben erfüllen. Ich habe nämlich geglaubt, du würdest das nicht machen.«

»Warum das denn?«

»Weil du keinen Hüseyin hast und weil deine Mama dich nicht zu fremden Leuten gibt.«

»Woher willst du das denn wissen? Meine Eltern haben mich sowieso nicht besonders lieb. Und Oma ist in letzter Zeit auch komisch geworden.«

»Wenn wir die Schwäne retten, haben deine Eltern dich vielleicht auch wieder lieb.«

»Vielleicht.«

»Guck mal, Ayşe, den da werden wir retten. Der gerade die Flügel ausbreitet, der kleine!«

# 12. KAPITEL
## Lügen haben kurze Beine

### Wer die Wahrheit sagt, gewinnt

Ich drücke auf den Knopf von der Lachkiste. Meine Eltern stopfen ihr Frühstück in sich rein, und Papa sagt zu Mama: »Können wir uns heute Abend vielleicht bei einem Gläschen unterhalten? Unter vier Augen?«, und Mama sagt zu Papa: »Warum? Was ist denn los? Worüber willst du dich unterhalten?« Das Teeglas in ihrer Hand zittert, niemand sagt mehr was, und Mama und Papa wippen unter dem Tisch mit den Beinen. Da drücke ich den Knopf, und noch mal und noch mal.

Beim dritten Mal schreien Mama und Papa gleichzeitig: »Ayşe! Hör auf!«

Oma kommt in die Küche. Sie hat sich schick angezogen und sogar die Lippen rot angemalt. Weil Jale Hanım nämlich zu ihr gesagt hat: »Dann gehen wir am Samstag eben zusammen zu Herrn Caviderma!«

»Guten Morgen, Kinder!«

Meine Eltern nicken.

»Jale Hanım und ich unternehmen heute einen Samstagsausflug. Ich würde mich freuen, wenn Ayşe mitkommen dürfte …«

»Mutter, apropos Jale Hanım … was ist denn das für ein Stoff? Lässt sie dich etwa ein Kleid nähen?«

»Ich wünsche dir noch einen schönen Morgen, meine liebe

Sevgi! Und dir natürlich auch, mein lieber Aydın!« Oma verschwindet genervt in den Flur.

Mama räumt die Teller ab und stellt sie ins Spülbecken. Dann stützt sie sich mit den Händen auf das Becken und bewegt sich nicht mehr. Papa will zu ihr gehen. Da dreht Mama sich plötzlich um, stößt mit Papa zusammen, entschuldigt sich und geht aus der Küche. Papa zündet sich eine Zigarette an. Als er gerade auf den Balkon gehen will, streckt Mama ihren Kopf in die Küche rein.

»Aydın?«

»Ja, mein Schatz?«

»Wie heißt noch mal Aliyes Mann? Ach ja, Hasan! Sag Hasan Bey, dass ich Ayşe und Ali nächste Woche mit ins Theater nehmen will. Wenn er den Jungen nach Kızılay bringt, kann ich ihn da abholen. Vor dem Gima.«

»Mache ich, Sevgi.«

Bei Papa gehen die Lichter aus. Ich drücke wieder auf den Knopf von der Lachkiste. »Juhu!«, rufe ich. Papa schaut mich böse an. Mama hat das nur gesagt, weil ich nämlich in der Nacht gesagt habe, wenn Ali nicht mehr kommt, höre ich auf zu essen. Und weil es ihr leidtut, was sie mit Aliye gemacht hat. Davon weiß Papa aber natürlich nichts.

Mama und Oma umarmen sich im Flur. Mama sagt: »Mutter, es ist vielleicht wirklich eine gute Idee, wenn du Ayşe mitnimmst und ihr ein bisschen spazieren geht. Ich muss was mit Aydın besprechen.«

Oma flüstert Mama ins Ohr: »Allein lebt es sich auch nicht leichter, meine Tochter, vergiss das nicht!«

Sie will Mama die Haare glatt streichen, aber Mama schüttelt den Kopf. Ich drücke wieder auf den Knopf von der Lachkiste, aber nur Oma lacht.

»Na los, mein Spatz, zieh dich an! Wir machen einen Ausflug!«

Der Dolmuş bleibt vor uns stehen. Alle Leute schauen zu uns raus. Der Fahrer schreit Oma an: »Steigen Sie jetzt ein oder nicht?«

Wenn ich Oma nicht hinter mir hergezogen hätte, wären wir wahrscheinlich nicht eingestiegen. Weil Jale Hanım nämlich, als wir an ihrer Tür geklingelt haben, gesagt hat: »O weh, das habe ich ja ganz vergessen!« Sie hatte so runde Dinger auf dem Kopf. Solche, mit denen sich die Frauen in der Werbung die Haare lockig machen. »Was machen wir denn jetzt? Verschieben wir den Ausflug doch auf morgen!«

Jale Hanım ist wirklich eine blöde Kuh! Als wir die Treppen runtergestiegen sind, ist Oma ganz klein geworden. Dann ist sie stehen geblieben und hat gesagt: »Ayşe, mein Kind, wäre es schlimm, wenn wir ein andermal gingen? Ich fühle mich plötzlich so müde.« »Ich will aber jetzt, Oma!«, habe ich gerufen. Sie hat nach oben geschaut. Wir konnten ja sowieso nicht nach Hause gehen, weil meine Eltern was zu besprechen hatten! Als wir auf der Straße waren, hat sie sich den obersten Knopf von ihrer Bluse zugeknöpft. Wir wollten gerade losgehen, da ist vor uns der Dolmuş stehen geblieben, der zur Burg fährt. Aber Oma hat gesagt: »Wie soll ich denn jetzt ohne Jale Hanım … so ganz allein …« Und als der Fahrer geschrien hat: »Steigen Sie jetzt ein oder nicht?«, da habe ich zu Oma gesagt: »Aber ich bin doch bei dir!«

Als wir in den Dolmuş eingestiegen sind, guckt Oma traurig vor sich hin. Also muss ich ihr eine Geschichte erzählen, das hilft nämlich. Auch wenn jemand Angst hat, denn wenn man eine Geschichte erzählt, verschwinden sogar die Monster unter dem Bett.

»Oma, jetzt hör mal. Es war einmal ein Mädchen. Das hatte ganz viele Locken. Darum dachte sie über alle möglichen Sachen nach. Weil Menschen mit Locken ja kompliziertere Gedanken haben. Und die hatte einen Freund. Einen Jungen … Oma!«

Weil Oma überhaupt nicht zuhört, schreie ich. Da drehen sich die Leute im Dolmuş zu uns um.

»Ich habe sogar die Schmetterlinge ins Parlament gebracht, aber Mama und Papa … wann haben die mich endlich lieb, Oma?«

Die Leute machen »ts ts ts«. Und Oma sagt: »Würden Sie uns hier bitte aussteigen lassen?«

Um zur Burg zu kommen, hätten wir eigentlich noch den Hügel hochfahren müssen, aber Oma wollte ja unbedingt, dass wir aussteigen. »Was ist los mit dir, mein Kind?«, sagt sie zu mir. Sie hat sich hingehockt. Wenn Erwachsene sich hinhocken, dann meinen sie es ernst. Dann muss man ihnen eine Antwort geben.

»Darf Ali nie wieder zu uns nach Hause kommen, Oma?«

»Ach, mein Spatz, ist es das, was dich so traurig macht?«

Oma nimmt mich an die Hand. Wir kommen an einer kleinen Konditorei vorbei, und sie kauft mir einen kandierten Apfel. Immer wenn ich einen kandierten Apfel sehe, finde ich ihn ganz toll, aber später geht er mir auf die Nerven. Der Zucker pikt einen in den Mund, wenn man reinbeißen will.

»Puh! Jetzt haben wir schon September, und trotzdem ist es noch so brütend heiß! Was sollen wir tun, Ayşe? Sollen wir ins Museum gehen?«

»Lass uns in die Apotheke gehen, Oma. Du willst es Cavit Bey doch sagen!«

»So, so! Was will ich ihm denn sagen?«

»Na, alles eben!«

»Also wirklich, Ayşe!« Sie lacht. »Wenn man doch wirklich alles im Leben sagen würde, meine liebe Ayşe …«

Dann macht sie einen Knopf an ihrem Kragen auf. Wir laufen den Hügel hoch. Omas Haarknoten geht auf, aber weil sie lacht, ist das egal. Ich finde Oma gerade sehr schön. Vielleicht erzähle ich Oma später von den Schwänen. Vielleicht hilft sie uns sogar.

Als wir in die Apotheke kommen, sind da schon zwei Frauen in Omas Alter. Sie kichern.

»Und dann, mein lieber Cavit Bey, zeigte Bülent Ersoy doch tatsächlich seine Brüste!«

»Ach, Cavit Bey, stellen Sie sich das einmal vor!«

»Der Mann ist nicht mehr ganz richtig im Kopf, meine Damen, er scheint wirklich verrückt geworden zu sein.«

»Ach, sind wir nicht alle ein bisschen verrückt, mein lieber Cavit Bey?«

Oma und ich stehen an der Tür und warten darauf, dass Cavit Bey uns sieht. Oma hat ihren Kragen wieder zugeknöpft. Wir tun so, als würden wir uns den Glastisch mit den Medikamenten anschauen. Solange die Frauen nicht weggehen, bleiben wir hier. Endlich sieht Cavit Bey uns.

»Oh! Nejla Hanım, herzlich willkommen. Treten Sie doch näher!«

»Ich will nicht stören, Cavit Bey.«

»Aber ich bitte Sie, Sie stören doch nicht! Im Gegenteil, es ist mir eine Ehre. Die Damen …«

Die Frauen nicken Oma zu, dann sagen sie: »Wir müssen weiter, mein lieber Cavit Bey.«

»Gute Besserung für Ihren Fuß. Bis bald«, sagt Cavit Bey. Bis die Frauen weg sind, schaut Oma sich wieder die Medikamente an und wischt mir mit Kölnischwasser und einem Taschentuch die Hände ab.

»Trinken wir eine kühle, erfrischende Limonade zusammen?«, fragt Cavit Bey.

»Machen Sie sich keine Umstände«, sagt Oma, und als sie sich hingesetzt hat, knöpft sie ihren Kragen wieder auf. Cavit Bey schickt einen Jungen Limonade holen. Dann sagt er: »Also, womit kann ich dienen?«

Da fängt Oma an zu reden, und ich schleiche mich zu den Medikamenten.

»Cavit Bey, ich habe Ihnen etwas zu sagen. Möglicherweise werden Sie erstaunt sein, aber ich bitte Sie, lassen Sie mich zunächst ausreden. Vielleicht werden Ihnen meine Worte kindisch erscheinen. Aber wenn man mit fortschreitendem Alter nicht das Recht erwirbt, sich lächerlich zu machen, wo bleibt dann der Reiz des Alterns! Nicht wahr?«

»Aber ich bitte Sie! Sie und sich lächerlich machen!«

»Nun, wie Sie wissen, gehören wir beide einer anderen Zeit an. Hätten wir uns jemals vorstellen können, dass dieses Land in einen derartigen Zustand geraten würde? Irgendwo müssen wohl auch wir einen Fehler gemacht haben. Vielleicht, so denke ich, haben wir uns nicht genug für unsere Kinder interessiert. Oder wir glaubten, dass alle so seien wie wir selbst, und haben deshalb das, was um uns herum geschah, falsch verstanden. Wir meinten womöglich, dass jeder sich uns anschließen würde, wenn wir für ein gemeinsames Ideal kämpften. Ich bekomme an Nationalfeiertagen noch immer eine Gänsehaut, Cavit Bey, und wenn ein Kind dieser Republik im Ausland einen Erfolg erringt, erfüllt mich das mit Stolz. Sicherlich ist Ihnen bewusst, dass eine solche Einstellung mittlerweile belächelt wird. Aber so wurde es uns nun einmal beigebracht. Meine Eltern mussten große Opfer bringen, um mich an der

Mittelschule einzuschreiben. Damals herrschte Hungersnot. Ich nahm die Überreste des am Vorabend gegessenen Fisches mit in die Schule. Glaubten wir nicht schließlich, dass wir das ganze Land voranbrächten, wenn wir uns bildeten? Unsere Jugend, Cavit Bey, war von Sparsamkeit und von amerikanischen Filmen geprägt. Ich wunderte mich, als die Jugend zum ersten Mal gegen Amerika demonstrierte, das Land von Greta Garbo und Clark Gable. Denn nicht zum Denken wurden wir erzogen, sondern zum Arbeiten. Wir meinten, dass man sich nur gesittet zu benehmen bräuchte, dann bliebe man schon nicht allein im Leben. Doch das Leben ist ein großes Rätsel und hält sich nicht an die Regeln von Sitte und Moral, Cavit Bey. Meiner Meinung nach sind wir jung geblieben, während die nach uns Geborenen die eigentlich Alten sind. Wir, die Kinder der Republik, versuchen immer noch, der Klassenbeste zu sein, aber auf das Älterwerden verstehen wir uns nicht, habe ich nicht recht?«

»Nun, Nejla Hanım ...«

»Kurz gesagt, Cavit Bey, das eigentliche Problem am Alter ist nicht, dass man tatterig wird, sondern dass sie einen aufs Abstellgleis schieben. Die Menschen in diesem Land sind doch inzwischen ebenso verroht wie das Land selbst. Sie nehmen kein Blatt mehr vor den Mund. Dabei galt das zu unserer Zeit als pubertär, nicht wahr, Cavit Bey? Einem Menschen sein Herz auszuschütten, sich ihm ganz zu offenbaren, wurde für unreif angesehen. Es kommt einem Selbstmord gleich ... ja, und sofern dich keiner davon abhält, verblutest du an deinen eigenen Worten. Als ich nun hörte, dass Sie sich von Ihrer Gemahlin scheiden lassen werden, entschloss auch ich mich zu einem solchen Selbstmord, in Ihrer Gegenwart. Wie soll ich es ausdrücken, Cavit Bey? Ich hege suizidale Gefühle Ihnen gegenüber!«

»Ihre Limonade!«

Ich bin von den Medikamenten zurück. Als die Limonade kommt, steht Cavit Bey so schnell auf, dass Oma immer noch auf den Stuhl schaut, auf dem er gesessen hat, aber jetzt nicht mehr sitzt.

Cavit Bey tut so, als hätte Oma überhaupt nichts gesagt. »Das Wetter ist schon wieder erträglicher geworden, nicht wahr, Nejla Hanım? Der September hat zumindest ein wenig Kühle gebracht.«

Auf der Glasscheibe unter der Limonade hat sich Wasser gesammelt. Oma wischt es mit dem Taschentuch weg, mit dem sie meine Hände sauber gemacht hat.

»Nun, es ist so, Nejla Hanım: Es gibt da in Kurtuluş eine ehrenwerte, wenn auch sehr redselige Frau, deren Name mir entfallen ist und die gern ein wenig Tratsch verbreitet.«

Jetzt hebt Oma ihr Glas hoch und wischt das Wasser an der Unterseite weg.

»Ich lasse mich nicht von meiner Frau scheiden, auch wenn das offensichtlich viele Menschen glauben. Machen Sie sich bitte keine Vorwürfe, Sie sind nicht die Einzige, die … Ich weiß nicht, was jene Dame sich davon verspricht, derlei Gerüchte in Umlauf zu setzen.«

Oma wischt wieder Wassertropfen von der Glasscheibe.

»Nejla Hanım, ich fühle mich geehrt, von einer so einzigartigen und unvergleichlichen Frau wie Ihnen ein solches Kompliment zu bekommen, aber …«

Platsch! Ich habe mein Limonadenglas fallen gelassen. Extra, auch wenn Oma glaubt, ich hätte es aus Versehen gemacht. Dann renne ich raus, so schnell ich kann. Oma rennt mir hinterher. »Ayşe!«, ruft sie mir nach. »Bleib stehen, mein Kind! Wo rennst du denn hin?« Sie tut so, als wäre sie sauer, aber in Wirklichkeit will sie selber wegrennen. Als sie nicht mehr kann, drehe ich mich um, damit sie mich nicht aus den Augen verliert. Ich renne bis zum *Entographischen Museum*. Da warte ich auf Oma. Als sie endlich kommt, bleibt sie stehen und schnappt nach Luft. Sie schaut sich um.

»Keine Angst! Hier kann man uns von der Apotheke aus nicht sehen, Oma.«

Sie schaut mich mit großen Augen an.

Da sage ich: »Ich finde, die sind alle blöd, Oma! Jale Hanım sowieso und Cavit Bey auch!«

Wir gehen in den Garten vom Museum. Da passiert auf einmal was. Als hätte Oma alles vergessen.

»Jetzt waren wir in der Apotheke und haben gar nichts gekauft?«

Ich bekomme ein bisschen Angst. Aber ich darf keine Angst haben. Ich brauche auch keine Angst zu haben, weil wir später mit Ali ins Theater gehen. Ich ziehe das Fläschchen aus meiner Tasche.

»Wir haben doch das hier gekauft, Oma!«

»Was ist das, mein Kind?«

»Hustensaft!«

Mit meiner Hand verdecke ich das Schildchen, auf dem *Chloroform* steht. Cavit Bey hat es mit der Hand geschrieben, aber ich habe zu Hause lang genug geübt. Auch in Kleinbuchstaben konnte ich den Namen sofort lesen. Ich stecke das Fläschchen in meine Tasche.

## Lügner mag keiner

»Hier, das ist alles, was ich dir geben kann! Nimm ihn und verschwinde von der Bildfläche, ich bitte dich. Bleib nicht in Ankara.«

Mama streckt ihre Hand aus, ohne sich umzuschauen. Ihre

Hand schwebt in der Luft und sucht nach seiner Hand. Noch hat es keiner im Restaurant gesehen. Niemand achtet auf uns. Aber wenn jetzt doch jemand herschaut?

~~

Am Morgen, als Papa aus dem Haus gegangen ist, hat Mama zu mir gesagt: »Erzähl deinem Vater nicht, wohin wir heute gehen, in Ordnung, mein Ali? Halt einfach den Mund, egal, was passiert.«

Sie umarmte mich. Ich nickte. Ich hatte schon wieder Kopfschmerzen. Wir würden nie wieder zu Ayşe gehen.

Weil Mama nämlich zu Papa gesagt hatte: »Hasan, du musst mir eine andere Arbeit suchen; diese Sevgi ist keine Freundin, auch wenn sie so tut!«

»Das kann ich mir denken. Ich habe neulich ihren Mann gesehen, wie er sich bei einer Demo in einem Laden verkrochen hat. Vertrauen kann man denen nicht.«

Als Papa von der Arbeit wiederkam, hat er gelacht. »Was hast du eigentlich mit diesem Mädchen gemacht?«, hat er mich gefragt. Dann hat er zu Mama gesagt: »Aliye, stille Wasser sind tatsächlich tief. Ayşe hat ihren Eltern mit einem Hungerstreik gedroht, wenn Ali nicht wiederkommt. So ein kleiner Schwerenöter! Jetzt will Aydıns Frau, dass Ali mit Ayşe ins Theater geht.«

»Sie hat eben ein schlechtes Gewissen und will sich wieder mit mir versöhnen.«

»Bring ihn doch hin, Aliye.«

»Ich weiß nicht. Das muss ich mir erst noch überlegen.«

Mehr haben sie nicht gesagt. Da habe ich eben Kopfschmerzen bekommen. Weil ich Mama ja nicht sagen konnte, dass sie mich hinbringen soll. Weil sie sich da nicht wohlfühlt. Weil ich ihr nicht sagen konnte, dass ich aber trotzdem ins Theater gehen will. Weil Mama dann vielleicht gesagt hätte: »Ist es dir bei uns etwa nicht mehr gut genug?« Aber wenn wir nicht hingehen, kann ich die Schwäne nicht retten.

Mama hatte ein Blatt Papier in der Hand. Auf dem Blatt stand eine Nummer. Wir liefen jetzt durch Ulus. Mama hielt meine Hand ganz fest, aber ich sagte nichts. Vor einem Restaurant blieben wir stehen. Im Schaufenster von dem Restaurant gab es Pilaw und Kichererbsen. Und auch drei Hühner. In dem Restaurant waren ganz viele Leute.

»Ah, hier ist es!«, sagte Mama. »Ali, keinen Mucks, egal was passiert, abgemacht?«

Ich verstand nicht, was Mama meinte. Als wir uns hingesetzt hatten, sagte sie zum Kellner: »Für den Jungen einen Pilaw.« Wir saßen mit dem Rücken zur Tür. Ich hätte lieber in die andere Richtung geschaut, zu den Leuten, die durch die Tür kamen, und zum Essen. »Dreh dich um«, sagte Mama und legte ihre Hand auf mein Bein. »Und nicht bewegen.«

Da setzte sich jemand hinter uns. Ganz leise sagte er: »Hallo.«

Ich wollte gerade losschreien, da hielt mir Mama den Mund zu. »Hallo.«

»Tut mir leid, Aliye, dass ich dich hierhergerufen habe, ich mache es kurz. Wir werden gesucht, ich bin nach Ankara gekommen, aber ich muss bald wieder gehen …«

»Wenn du Geld brauchst: Wir haben leider keins. Hier, das ist alles, was ich dir geben kann! Nimm ihn und verschwinde von der Bildfläche, ich bitte dich. Bleib nicht in Ankara.«

Und da hat Mama Hüseyin ihren Ehering gegeben. Ihre Hand sucht nach seiner Hand. Noch achtet keiner auf uns. Aber wenn jetzt doch jemand herschaut und ihn erkennt? Ich darf Hüseyin nicht anschauen. Ob er wohl inzwischen so aussieht wie auf dem »Gesucht«-Foto? Wenn ich ihn nicht anschaue, vergesse ich Hüseyins Gesicht vielleicht und kann mich irgendwann nur noch an das »Gesucht«-Foto erinnern. Mama hält mir immer noch den Mund zu. Da fällt mir was ein. Ich stecke meine Hand in die Tasche.

»Aliye, behalt ihn, den kann ich nicht annehmen.«

»Nimm ihn! Ich brauche den Ring nicht.«

*Knirsch knirsch!* Es ist so laut hier, dass Hüseyin das Feuerzeug nicht hört.

»Danke, Aliye, dann nehme ich ihn eben. Was ich dir noch sagen muss: Die Sachen aus eurem Kohlenkeller konnten wir leider nicht mitnehmen. Außer mir weiß keiner davon. Lasst sie verschwinden. Und dann …«

»Ja?«

»Kümmere dich bitte um Birgül. Und gib ihr das hier von mir.«

*Knirsch knirsch* … Hüseyin! Hier bin ich! Ich habe dein Feuerzeug, Hüseyin!

»Das mache ich. Wenn du sonst nichts mehr zu sagen hast, gehen wir jetzt besser.«

Der Pilaw kommt. Mama sagt: »Iss deinen Pilaw, Hüseyin … äh, ich meine Ali, iss deinen Pilaw, mein Sohn!«

Also fange ich an, den Pilaw zu essen. Ich stopfe ihn mir in den Mund. Ich schlucke, ohne zu kauen, und schlucke und schlucke. Ohne einzuatmen. Meine Hand habe ich in der Tasche. *Knirsch knirsch* … Ich darf auf keinen Fall weinen! Hüseyin darf mich auf keinen Fall weinen sehen!

»Wenn sie den Brief gelesen hat, soll sie ihn verbrennen.«

»Okay. Also, wir gehen dann.«

Wir stehen auf. Ich habe noch den ganzen Mund voll. Tränen laufen über mein Gesicht, und meine Nase läuft auch. Ich kann meinen Mund nicht aufmachen. Hüseyin schaut mich an und lächelt. In meiner Tasche mache ich Geräusche. *Knirsch knirsch* ... Er sieht gar nicht aus wie auf dem »Gesucht«-Foto. Kein bisschen! Hüseyin hat sich einen Bart wachsen lassen.

Wir gehen raus und steigen in einen Bus. Mama zittert. Sie schaut mich an. »Du darfst keinem davon erzählen, Ali«, flüstert sie mir ins Ohr. »Keinem!« Ich schaue sie an. Und dann ... kommt mir der ganze Pilaw wieder raus aus dem Mund. Ich muss mich übergeben, mitten im Bus.

Als in der Nacht der Strom ausfällt, buddelt Mama im Garten ein Loch. Sie holt die Waffen aus dem Sack und vergräbt sie. Niemand sieht sie. Niemand außer mir. Aber dann kommt eine Katze, die an der Erde schnüffelt. Geh da weg, Katze, geh weg! Ich werde nie wieder Pilaw essen. *Knirsch knirsch* ... Morgen gehen wir ins Theater. Weil Mama Angst hat, dass ich nie wieder spreche. Dabei hat sie auch Angst davor, dass ich spreche. Im Bus habe ich den Kopf auf Mamas Schoß gelegt. Auf den Sitz vor mir hatten Leute mit blauem Kugelschreiber geschrieben: »Es lebe die Brüderschaft der Völker!«, »Hurensohn!« und: »Ich liebe dich, Ömer!« Es waren ganz viele Herzen hinten auf dem Sitz, in denen steckten Pfeile, von denen Blut tropft.

## Keine Lüge währt ewig

»Vielleicht glaube ich inzwischen ans Flüstern, Sevgi. Um im Geschrei besser gehört zu werden ...«

»Warum hast du mir das alles überhaupt gegeben!«, regt Mama sich auf. Sie versucht die gelben Papiere aus ihrer Handtasche rauszuziehen. »Als hätte ich es je geschafft, irgendwas zu retten!«

Weil der Bahnhof so eine hohe Decke hat, sehen die Menschen hier winzig aus. Überall sind Leute vom Dorf. Jungen mit ganz kurzen Haaren. Und sogar ein Mädchen, dem sie die Haare abrasiert haben. Sie schaut mich die ganze Zeit an. Auf einer riesigen Matratze, die zusammengerollt ist wie ein gefülltes Weinblatt, sitzt eine Familie: ein alter Mann, eine alte Frau, ein junger Mann und eine junge Frau. Die junge Frau hat ein lila Samtkleid mit Silbermünzen an. Auf ihrem Kinn hat sie das Bild von einer lila Blume. Ihre Schuhe sind ihr viel zu groß. Ein Mann mit roter Mütze popelt in der Nase. Er hat ein rundes Ding in der Hand, das er immer hochhebt und den Zügen zeigt. Dann sind da noch drei junge Männer in Uniform mit ganz kurzen Haaren. Jeder hat eine Postkarte auf dem Schoß. Alle die gleiche, eine Postkarte vom Gençlik-Park. Sie haben aber nur einen Stift, und die anderen beiden Männer müssen warten, bis der erste fertig ist. Der Mann schreibt sehr langsam. »Ey, Leute, wird hoffentlich mit g oder mit ch geschrieben?«, fragt er, und die anderen lachen.

Hier ist so viel los, aber Mama schaut nur in ihre Tasche und zerrt an den Umschlägen.

Da fasst Önder sie am Arm. »Sollen wir uns nicht ins Bahnhofsrestaurant setzen? Ayşe, hättest du Lust auf eine Cola?«

Er braucht mir keine Cola zu kaufen, ich verrate Papa doch eh nichts.

Als Mama nämlich heute Morgen aus dem Haus gehen wollte und ihre schönen Schuhe aus dem Schrank genommen hat, habe ich gerufen: »Ich will mit ins Parlament!« Da hat Mama erst gesagt: »Ich habe heute ziemlich viel zu tun«, und als Papa gefragt hat: »Sevgi, warum ziehst du ständig diese Schuhe an? Kriegst du davon keine Blasen?«, hat sie ganz schnell hintereinander gesagt: »Blasen? Unsinn. Wie kommst du denn darauf?« Und Papa: »Na ja, Ayşe hat neulich gesagt, dir würden davon die Füße wehtun …« Mama hat ganz große Augen gekriegt und gesagt: »Ayşe, zieh dich an, du kommst mit mir!«

Ich wollte Mama was ins Ohr flüstern, aber sie hat nur gesagt: »Na los! Beeil dich!« Dabei wollte ich ihr doch nur sagen, dass ich Papa nichts verraten hatte!

Als die Cola kommt, frage ich Mama: »Willst du sie nicht mit Wasser verdünnen?«, aber sie beachtet mich gar nicht, sondern zündet sich nur eine Zigarette an.

Auf dem Weg hat mir Mama ganz viele Sachen erklärt. »Önder fährt heute, Ayşe. Wir werden uns nie wiedersehen. Deswegen muss ich mich ein letztes Mal mit ihm treffen und ihm etwas geben. Es ist nämlich so …« Sie hat erklärt und erklärt. Aber sie hat mich dabei nicht angeschaut. Und erst als sie Önder am Bahnhof gesehen hat, hat sie mich an die Hand genommen. Vorher nicht.

»Hör auf, so mit der Cola zu blubbern, Ayşe!«

Als sie da sitzen, ohne was zu sagen, muss ich ein Geräusch machen. Deswegen puste ich in die Cola, bis sie fast überläuft, dann höre ich auf und fange wieder von vorne an. Da wird Mama böse. »Du kippst noch das Glas um!«

Mama stellt ihre Handtasche auf ihren Schoß. Sie tut so, als wäre ihre Tasche so groß, dass sie die gelben Umschläge nicht finden kann. Dann zieht sie die Umschläge langsam raus.

»Willst du nicht reinschauen, ob etwas fehlt?«

Ich blubbere mit der Cola.

»Hast du das noch nicht getan, Sevgi?«

»Nein.«

Ich blubbere weiter.

»Da sind überall die Gesichter rausgebrannt worden. Sind die verrückt, Sevgi?«

»Wessen Fotos sind das, Önder?«

»Kindheitsfotos unserer toten Genossen.«

»Das war bestimmt Abdullah, dieser Mistkerl.«

»Wie erbärmlich!«

»Warum hast du sie mir überhaupt gegeben?«

»Vielleicht glaube ich inzwischen ans Flüstern. Um im allgemeinen Geschrei besser gehört zu werden … Unsinn, ich weiß. Aber unsere Generation kennt doch nur noch die Fotos von toten jungen Männern, und ich wollte nicht, dass man sich nur so an sie erinnert. Ich wollte, dass es Bilder von ihnen gibt, wie sie am 23. April Gedichte aufsagen oder wie sie im Schulhof spielen, oder Passfotos aus der Grundschule. Und die sollten tief unten im Parlament liegen, im Herzen unseres Landes … Verstehst du? Eine bekloppte Idee, nicht? Du gibst mir auch die Briefe zurück?«

»Sie zu behalten, wäre zu gefährlich für mich.«

»Weil es die Ordnung ins Wanken brächte, Sevgi? Die Ordnung eures häuslichen Zusammenlebens?«

Mama lacht nicht. Önder lacht so halb. Ich habe inzwischen aufgehört, mit der Cola zu blubbern, weil sie mich ja eh nicht verstehen.

»Alles hat also einen Platz im Archiv dieses Landes, nur diese Kinder nicht. Ist es so, Sevgi?«

Mama schaut vor sich auf den Tisch. Önder schaut zu den Zügen.

»Nur unsere Kinder sollen im Parlament nicht vertreten sein!«

Ich blubbere zum letzten Mal mit der Cola und trinke alles in einem Zug aus. Endlich hebt Mama ihren Kopf hoch und schaut mich an.

Es trillert. Der Mann, der vorhin noch in der Nase gebohrt hat, ruft: »Istanbul-Express von Gleis eins!«

Önder steht auf und will Mama umarmen. Mama geht einen Schritt zurück. Sie zieht mich an sich, sodass ich genau zwischen Önder und ihr stehe. Er soll endlich gehen, egal wie hübsch er ist!

## Lügen ist besser als schweigen

Da kommen sie ja endlich! Wir haben vor dem Gima auf Ali und seine Mama gewartet. Meine Mama hat schon gesagt: »Ich glaube, die kommen nicht mehr, sollen wir gehen, mein Schatz?«, aber ich habe sie an der Hand festgehalten.

»Die kommen wohl! Das weiß ich!«

Vor Ali und seiner Mama gehen lauter Menschen. Ich ziehe Mama in ihre Richtung, und die Menschen versperren uns den Weg. Alle stoßen gegen meine Provianttasche.

»Hallo, Aliye. Ayşe hatte schon Angst, ihr würdet nicht kommen.«

»Hallo. Die Leute aus dem Viertel sind heute alle zum Staudamm von Çubuk gegangen. Aber weil Ali unbedingt ins Theater wollte …«

»Das Stück dauert zwei Stunden. Willst du Ali danach wieder hier abholen? Du, Aliye, ich muss dir noch etwas sagen. Du hast mich neulich vollkommen falsch verstanden.«

»Nein, Sevgi, du hast mich falsch verstanden.«

»Wieso?«

»Weil wir dir den Jungen niemals überlassen würden, wenn es keinen guten Grund dafür gäbe. Solche Menschen sind wir nicht.«

»Aliye, du musst dich nicht rechtfertigen. Lass es mich folgendermaßen ausdrücken: Im Falle eines Falles könnten wir euch doch auch Ayşe anvertrauen, nicht wahr?«

»Natürlich! Das ist doch selbstverständlich.«

»Und außerdem … wenn du willst … wenn du am Donnerstag wiederkommen könntest, wären wir sehr glücklich.«

»Ich werde kommen, Sevgi.«

Mama freut sich. Sie nimmt die Hände von Ayşes Mama. Und Ayşes Mama nimmt Mamas Hände. Dann gehen wir ins Theater. Der Eingang vom Theater ist die aufregendste Sache der Welt. Wie ein Märchentor.

»Furzhonig!«, schreie ich, um Ali zum Lachen zu bringen. »Pups!« Danach mache ich Furzgeräusche.

Und als Mama gerade die Eintrittskarten kauft, sage ich schnell zu Ali: »Rate mal, was ich gemacht habe?!«

»Ich habe Hüseyin gesehen.«

»Echt?«

»Er hat jetzt einen Bart.«

»Einen langen?«

»Ja. Und ich habe was Neues in meine Liste geschrieben.«

»Was denn?«

»Dass ich nicht sterben will, bevor mir ein Bart gewachsen ist.«

»Ich finde, ein Schnurrbart passt besser zu dir. Schnurrbärte sind viel schöner. Ich habe eine Überraschung für dich!«

»Brüll doch nicht so, ich habe Kopfschmerzen.«

»Weißt du, was ich gemacht habe?«

»Woher soll ich das wissen?«

»Wenn du mich nicht fragst, dann sage ich's dir halt einfach: Ich habe Chloroform besorgt. Aus der Apotheke!«

»Und wo ist es jetzt?«

»Hier in meiner Proviantasche. Falls du mir nicht glaubst.«

»Dann zeig doch mal.«

»Da! Freust du dich? Du freust dich, oder? Ich habe es nur gefunden, weil ich die Kleinbuchstaben sofort lesen konnte. Das habe ich doch echt gut gemacht, oder?«

»Ja.«

»Und es ist noch was passiert.«

»Was?«

»Sie haben es nicht rausgekriegt.«

»Das mit den Fotos?«

»Ja. Im Parlament gibt es doch diesen Abdullah, der ist so eine Art Faschist. Mama glaubt, der hätte sie verbrannt.«

Ich knirsche mit dem Ibelo-Feuerzeug in meiner Tasche. Ayşe lacht. Nur sie kann das Feuerzeug hören. Sie ist auch die Einzige, die versteht, dass wir die Fotos verbrennen mussten. Weil diese Kinder nämlich so aussehen wie ich. Und wenn sie sie sehen, dann machen sie »Gesucht« mit mir, fragen mich auf der Wache *O türkische Jugend* ab, foltern mich zu Tode und stecken mich in einen Sack.

Wie gut, dass wir die Fotos verbrannt haben. Als wir vom Schwanenpark zurückgekommen sind, habe ich Ali gezeigt, wo Mama die gelben Akten versteckt hat. Sie waren im Kleiderschrank. Zusammen mit den grün geschriebenen Briefen. Ali hat Angst bekommen. »Es darf diese Fotos nicht geben. Sonst erkennen sie sie, wenn sie »Gesucht« werden. Aber ohne die Fotos kann keiner sie finden. Darum hat deine Mama sie ja auch versteckt, damit sie nicht gefunden werden. Und später fliegen sie dahin, wo die Schwäne sind!«

»Ich verstehe«, habe ich gesagt. Dann hat Ali das Feuerzeug aus seiner Tasche gezogen, das Ibelo heißt. Er hat die Gesichter von allen Kindern ganz vorsichtig verbrannt. Bis zum

Hals. »Den Hals darfst du nicht verbrennen!«, habe ich gesagt. »Warum nicht?«, hat Ali gefragt. »Weil sie dann nicht mehr atmen können, du Schlauberger!«, habe ich gesagt.

Weil im Theater alle gute Laune haben, ist es sehr laut. Niemand hört, wie wir uns unterhalten.

»Hat deine Mama gemerkt, dass wir einen von den Briefen weggenommen haben?«

»Nein, hat sie nicht.«

»Wirklich nicht?«

»Nein, sie hat Önder alle zurückgegeben, ohne sie anzuschauen.«

»Hast du den Brief auch in der Provianttasche?«

»Ja. Nimm ihn! Du musst ihn verstecken. Er darf nicht bei uns zu Hause bleiben, sonst findet Papa ihn noch …«

»Na los, Kinder, durch diese Tür geht's rein!« Mama legt ihre Hand auf Alis Kopf. »Bist du zum ersten Mal im Theater, Ali?«, fragt sie. Ali nickt. »Wie schön! Dann wirst du gleich mit Ayşe dein erstes Theaterstück sehen! Erste Male vergisst man nie.«

Im Theater ist es irgendwie seltsam. Die Schauspieler haben alle ganz rote Gesichter und riesige Augen und Münder. Anstatt zu sprechen, schreien sie. Als würden sie aus einer anderen Welt kommen. Aus einer schöneren Welt. Die Schnurrbärte von den jungen Männern sind wie die von den Studenten bei uns, und die jungen Frauen sehen so ähnlich aus wie Birgül. Wie viele Glühbirnen es auf der Bühne gibt!

Ali hält sich die Ohren zu, weil alle so schreien, aber ich liebe das Lied, das die Schauspieler singen:

*Keiner denke nur an sich / Alle seien brüderlich / Die Gesundheit, das ist klar / Ist nicht nur für einen da / Öl und Honig spendet man / Weil man damit heilen kann / Darum wollen wir nicht ruhn / Denn es gibt noch viel zu tun.*

Bei dem Lied dürfen alle Kinder mitsingen. Ayşe singt, so laut sie kann. Ayşes Mama zieht inzwischen einen Spiegel aus ihrer Handtasche. Sie schaut ihre Augen an. Sie drückt mit den Fingern unter ihre Augen, dann über ihre Augen, dann zieht sie die Augenbrauen hoch. Dann legt sie den Spiegel in ihren Schoß und schaut wieder auf die Bühne, aber ganz ohne zu lachen. Eigentlich ist sie sehr nett. Nur sehr traurig.

Es gibt da eine alte Frau – in dem Stück, meine ich –, die ist sehr arm. Und es gibt einen reichen Mann, der hat Honig. Die alte Frau sagt: »Gib mir ein bisschen Honig«, und als der Mann ihr keinen geben will, sagt sie: »Dann soll ab jetzt jeder, der von diesem Honig isst, furzen!« Und dann furzen alle. Keiner kann mehr richtig sprechen. Ali gefällt es im Theater nicht so gut, glaube ich, er schaut ständig zu Mama rüber. Eigentlich hat er seine Aufgaben überhaupt nicht erfüllt. Alles mache ich. Aber ihm passieren ja auch alle möglichen Sachen, darum natürlich.

Ayşe hat das Chloroform wirklich gefunden. Wenn Hüseyin jetzt da wäre, hätte er gesagt: »Wow!« Das hat Hüseyin immer gesagt, wenn jemand was sehr Mutiges gemacht hat. Jetzt fehlen nur noch der Sack und die Schubkarre. Die muss ich finden.

»Meine Güte, es hieß doch, das Stück dauert zwei Stunden.« Als das Stück früher zu Ende ist, als sie gedacht hatte, sagt

Mama: »Was sollen wir denn jetzt machen? Wir haben ja noch eine ganze Stunde Zeit.« Ali und ich rufen: »Wir sollen in den Schwanenpark gehen!«

Mama lacht. »Ihr habt euch wohl abgesprochen, was? Also gut, gehen wir!«

Wir ziehen Mama an den Händen zum Schwanenpark, um schneller da zu sein.

»Warum habt ihr es denn so eilig? Werdet ihr etwa erwartet?«

Als wir beim Park angekommen sind, hören wir eine ältere Frau brüllen: »Was machen Sie denn da mit dem Schwan? Sie bringen das Tier ja noch um!«

Wir rennen los. Nur die Frau und wir haben es gesehen. Mama ruft: »Nicht so schnell! Wo wollt ihr hin, Kinder?«, aber wir rennen einfach weiter. Ali rennt noch schneller als ich. Zwei Männer halten den Schwan an den Flügeln fest. Der Schwan hat einen ganz langen Hals bekommen, so lang wie ein Seil und total verdreht.

Der Schwan macht kein Geräusch, nur seine Flügel flattern. Sie machen das gleiche Geräusch wie der Drachen, der an meiner Schnur festgemacht war. Die beiden Männer sind die, die hinten auf Şerefs Auto gesessen hatten. Sie schreien: »Mensch, jetzt klapp ihm doch den Flügel ein! Klapp ihn ein, verdammt!«

»Der ist bärenstark, Mann! Halt doch mal still, du Mistvieh!«

Ich will hingehen, da sehe ich Şeref. Er wirft seine Zigarette weg. »Es reicht, verflixt noch mal! Ihr habt das Tier genug gequält. So funktioniert das nicht. Soll der Veterinär ihn sich doch selber holen.«

Die beiden Männer lachen Şeref aus. »Bei euch Linken haben wohl auch Tiere Menschenrechte, oder was?«

»Hört auf damit!«, sagt Şeref. Er erkennt mich nicht. Sie lassen den Schwan los. Der Schwan will gerade ins Wasser rennen, da brüllt einer von den Männern: »Hiergeblieben, verdammt! Dich schnappe ich mir! Mir soll keiner nachsagen, ich könnte kein Federvieh fangen!«

Der Mann rennt dem Schwan hinterher und schmeißt sich auf ihn. Er erwischt ihn an den Schwanzfedern. Der Hals von dem Schwan wird immer länger. Er macht den Schnabel ganz weit auf. Aber ich höre nichts, kein Geräusch. Ali zieht den Mann an den Haaren. Dabei macht Ali den Mund auf. Aber es kommt kein Geräusch heraus.

Mama geht zu der Frau. »Was machen die denn da?«

»Das frage ich mich allerdings auch! Seit einer halben Stunde quälen sie den Schwan.«

Ali ist wie der Schwan. Da verstehe ich, dass Ali erst dann wieder reden kann, wenn wir den Schwan gerettet haben. Dass er erst dann nicht mehr mit offenem Mund dasteht und kein Geräusch machen kann. Darum müssen wir den Schwan retten.

Die Männer halten den Schwan fest und bringen ihn ins Auto. Ich kann nichts dagegen tun. Ayşe schaut mich an. Aber was soll ich denn machen? Da tut mir der Kopf noch mehr weh. Ayşe nimmt mich an der Hand.

»Es gibt noch einen anderen, Ali«, sage ich. »Schau, den da. Den kleinen da. Den können wir retten, Ali, okay?«

Mama wartet vor dem Gima. Als sie mich sieht, merkt sie schon, dass mir der Kopf wehtut. »Was ist passiert, mein Schatz?«, fragt sie.

Da sagt Ayşes Mama: »Ich verstehe das nicht, Aliye. Das Stück war früher zu Ende, und die beiden wollten in den Schwanenpark gehen. Und da ist dann irgendwas passiert. Ali hat zwar nichts gesagt, aber … wird er womöglich krank?«

»Das wird schon wieder«, sagt Alis Mama. Dann legt sie ihre Hände auf sein Gesicht, als ob sie Ali verstecken wollte. »Gehen wir«, sagt sie. Sie gehen sehr schnell. Aliye hat auch zu große Schuhe an. Wie die Frau im Bahnhof.

Weil die Stadtverwaltung alle Leute aus dem Viertel kostenlos mit dem Bus zum Staudamm von Çubuk gefahren hat, ist niemand da. Alles ist still. Mama sagt: »Schon ein seltsames Gefühl, wie in einer Geisterstadt.« Sie hält meine Hand. Mein Kopf tut immer noch weh. Weil ich immer noch die Zunge von dem Schwan sehe. Sie kommt aus seinem Schnabel raus, ganz dünn und schwarz. Er macht überhaupt kein Geräusch, und ihn so zu sehen, macht mir Kopfschmerzen. Ich kann nicht mal meine Schnüre anschauen.

Als wir nach Hause kommen, steht Papa in der Tür. Er hat was in der Hand. Oma sagt: »Das war wohl einer von Sevgis Freunden, ich weiß seinen Namen nicht mehr, das ist schon so lange her. Du kannst die alte Glühbirne doch auch so wegwerfen. Wozu musst du sie noch in die Schachtel stecken?« Als wir reinkommen, kriegt Omas Stirn ganz viele Falten. Dann nimmt sie mich schnell an der Hand. Papa zeigt Mama die Glühbirnenschachtel. Die Glühbirne im Flur ist an, auf der Kommode liegt die alte Glühbirne, total verstaubt. Papa sagt:

»Wessen Nummer ist das, Sevgi?« Als Mama ihre Schuhe ausziehen will, stolpert sie.

Die Tür geht schon auf, bevor Mama den Schlüssel ins Schloss stecken kann. »Na so was, ich habe wohl vergessen abzuschließen. Du hast bestimmt Hunger, Ali, wahrscheinlich tut dir deshalb der Kopf so weh. Ich mache dir eine Suppe, dann … aua!«

Ein Mann packt Mama an den Haaren. Mich packt ein anderer Mann im Nacken. Sie sind plötzlich hinter der Tür aufgetaucht. Aus ihren Taschen kommen Funkgerätgeräusche. Der große Mann schubst Mama auf den Boden.

»Halt die Klappe, du Schlampe!«

»Ist das jetzt eure Polizeiwache hier, ihr Arschlöcher?«, schreit Mama.

Da schlägt der Mann sie mit der Faust ins Gesicht. »Wen nennst du hier Arschloch, Kommunistenschlampe!« Er schlägt Mamas Kopf auf den Boden. Meine Ohren werden taub.

Der Mann schreit mich an. Ich höre nichts. Die Männer sind zu dritt. Ihre Augen und Münder kommen näher, wenn sie schreien. Aber es ist still geworden. Mama sagt was zu mir, aber ich kann sie nicht verstehen. Immer wenn Mama was zu mir sagt, schlägt der Mann sie. Die Männer haben *Ulduz und die Raben* auf den Boden geschmissen.

Mama schaut die Glühbirnenschachtel an. Ich ziehe Oma meine Hand weg. Ich will jetzt nicht in mein Zimmer gehen. Ich will Mama sagen, dass ich Papa nichts verraten habe. »Sevgi, unter dieser Nummer meldet sich das Hotel Ankara. Wohnt da jemand, den du kennst? Der Mann vielleicht, mit dem du dich am Bahnhof getroffen hast?«

Ich halte mir die Hand vor den Mund. Damit mir nichts

rausrutscht. »Ayşe! Mit wem habt ihr euch am Bahnhof getroffen?«

»Wovon sprichst du, Aydın?«, sagt Mama.

»Von dem Mann, den du am Bahnhof getroffen hast, Sevgi! Schmiedest du irgendwelche Pläne, von denen ich nichts wissen soll? Was geht da vor, Sevgi?«

Oma schiebt mich in mein Zimmer. Die Glühbirne im Eingang leuchtet ganz hell. Mama scheint ganz klein geworden zu sein. Und Papa ist plötzlich ein Riese.

Dann kommen die Stimmen allmählich zurück. »Hab keine Angst, mein Schatz!«, flüstert Mama. Sie haben uns beide auf das Sofa geschubst. Mama umarmt mich. »Ihr könnt mit mir machen, was ihr wollt! Aber lasst den Jungen gehen!«

»Was sollen wir denn mit dir machen, du gottverdammte Hure! Wo ist Sinan? Sag schon! Wo Sinan ist, habe ich gefragt!«

»Wer? Ich kenne keinen Sinan!«

Sie packen Mama an den Haaren und schlagen ihren Kopf gegen die Wand. Dann schubsen sie sie zurück aufs Sofa. Der große Mann sagt: »Das Bauernweib ist hart im Nehmen. Kriegt von ihrem Mann bestimmt genug Schläge. Hängt den Jungen an die Decke!«

Mama schreit: »Lasst die Hände von meinem Kind! Ich flehe euch an!«

Die Stimmen verschwinden wieder.

Papa schreit Mama an: »Jetzt hör mir mal gut zu, Sevgi! Ich habe die Nase voll von deinen Offizierstochterallüren. So blöd bin ich nun auch wieder nicht. Mein ganzes Leben lang habe ich versucht, es dir recht zu machen, aber du bist nie zufrieden! Jetzt sag schon, hast du ein Verhältnis?«

»Red keinen Unsinn, Aydın!«

Da fällt irgendwas um.

»Lass meinen Arm los, Aydın!«

»Schau mich an, Sevgi, mir reicht's! Du sagst mir jetzt gefälligst, was Sache ist! Wer ist der Kerl?«

Oma macht das Radio an. Sie macht das Radio an, damit ich die beiden nicht höre, aber ich höre sie trotzdem. Papa schreit Mama an: »Du hast mein Leben ruiniert!« Und Mama schreit zurück: »Jetzt werd nicht melodramatisch!« Da fällt noch was um.

»Gut, dann sag uns, wo Sinan ist!«

»Ich schwöre, ich kenne keinen Sinan!«

Sie schlagen Mama. Aber ich sage nichts. Wenn ich sage, dass Hüseyins anderer Name Sinan ist, finden sie ihn. Aber jetzt schlagen sie Mama, weil ich das nicht sage.

»Dann hängt den Jungen auf!«

»Nein, bitte! Ich flehe euch an, lasst den Jungen in Frieden!«

Mama, es tut doch gar nicht so weh, an den Füßen aufgehängt zu werden. Das können sie ruhig machen.

Der Mann, der mich am Nacken hält, dreht mir sein Gesicht zu. »Dann sag du uns doch, wo dieser Sinan ist.«

»Er kann nicht sprechen«, sagt Mama.

»Was soll das heißen, er kann nicht sprechen? Dann kann er ja vielleicht wenigstens singen. Los, sing uns einen Marsch vor!«

»Bitte, lasst das Kind in Ruhe!«

»Einen Marsch wirst du ja wohl kennen. Sing uns einen vor!«

Da singe ich, damit sie Mama vielleicht in Ruhe lassen:

*Getrost, der Morgenstern brach an …*

»Du verfluchter kleiner Bastard! Schaut ihn euch an! Er

nimmt uns auf die Schippe. Sing gefälligst den Marsch der Revolutionären Türkischen Jugend!«

Sie packen Mama an den Haaren und reißen sie zu Boden. Da verschwinden die Geräusche wieder. Ich sehe Mamas Zunge. Sie kommt aus ihrem Mund wie die Zunge von dem Schwan.

Ich beobachte Mama und Papa durch das Schlüsselloch. Oma sagt: »Das gehört sich nicht, mein Kind«, aber ich schiebe ihre Hand weg.

»Lass mich, Önder!«

»Önder?«

»Gott verdammt! Lass mich, Aydın!«

»Wer ist Önder, Sevgi? Wer ist Önder?«

Papa schubst den Arm weg, mit dem Mama ihn hält, und Mama knallt gegen die Wand. Da muss sie noch mehr weinen. Sie rennt weg und schließt sich im Schlafzimmer ein.

Papa brüllt durch den Flur: »Entweder du kommst raus und sagst mir alles, Sevgi, oder es ist aus zwischen uns! Hörst du, Sevgi?«

Da klingelt es an der Tür. Obwohl sie offen steht.

»Steckt den Rotkopfbastard in den Sack da! Und du hörst mir jetzt mal zu, du blöde Zicke! Wir wissen, dass du dich mit Sinan getroffen hast. Ach so, natürlich, ihr kennt ihn ja als Hüseyin. Ich brauche diesen Hurensohn. Entweder du sagst mir, wo er ist, oder ich stecke deinen Jungen in diesen Sack und werfe ihn den Hügel von Bademlidere runter. Dann kannst du ihn noch ein bisschen brüllen hören, bevor er stirbt.«

Mama schluchzt: »Was? Ich … ich habe keine Ahnung, wer … wer das ist. Nein, nicht meinen Arm! Aua! Auaaa!«

»Du weigerst dich also zu sprechen? Na gut! Dann warten

wir eben! Setzt euch! Und keine Bewegung. Wir warten jetzt so lange, bis dieser Köter von Sinan hier aufkreuzt.«

Mama und ich müssen uns auf das Sofa setzen. Wir dürfen nicht mehr von da weg. Mit dem Funkgerät bestellen die Männer türkische Pizza. Unsere Nachbarn sind immer noch nicht da. Draußen wird es dunkel. Mama weint. Die Männer rauchen ganz viele Zigaretten. Und sie lachen.

»Bei euch Rotköpfen fickt doch jeder jeden, oder? Wie macht ihr denn das, erzähl doch mal!«

Mama sagt nichts.

Einer von den Männern schreit mich an: »Weißt du, wer dein Vater ist?«

Ich glaube, ich habe das Sprechen verlernt. »Pups!«, sage ich.

»Was sagst du da?«

»Pups!«

»Bist du noch ganz dicht, Junge?«

»Pups!«

Mama wirft sich auf mich. Sie schlagen sie. Je mehr sie sie schlagen, desto schwerer wird Mama auf mir. »Pups«, sage ich. »Pups, pups.«

Vor der Tür steht Jale Hanım. Sie spricht ganz laut und versucht an Papa vorbei in unsere Wohnung zu schauen.

»Komme ich etwa ungelegen? Nejla hat nämlich bei Feride den Stoff abgegeben und gesagt, sie näht das Kleid nicht, darum wollte ich mich erkundigen, was los ist …«

»Kommen Sie bitte später wieder, Jale Hanım!«

»Ach, das tut mir aber …«

»Kommen Sie später.« Papa knallt Jale Hanım die Tür vor der Nase zu. Aus dem Schlafzimmer höre ich Mama weinen. Ich schaue Oma an. Sie hält sich die Hand vor den Mund.

Nach ganz langer Zeit sagt Mama: »Der Junge hat Hunger.« Sie hatten mich an den Füßen aufgehängt. Aber weil ich überhaupt nicht geschrien habe, haben sie Angst gekriegt. Weil Mama nämlich gesagt hat: »Er ist geistig behindert, er kann nicht sprechen.« Da haben sie mich wieder runtergelassen. Zuerst hat Mama mir die Fußgelenke massiert. Dann, nach ganz langer Zeit, sagt sie: »Der Junge hat Hunger. Ich würde ihm gerne eine Suppe machen.« Sie erlauben es ihr. Ich gehe mit Mama in die Küche. Mama macht den Herd an und schüttet Mehl ins Wasser. Es dampft, und die Suppe brodelt richtig. Mama sagt nichts zu mir. Sie hält die Suppe ans Fenster. Die Scheibe beschlägt. Sie schreibt »Polizei« an die Scheibe. Aus der Wohnung kommt eine Stimme.

»Was ist mit der Suppe, Hure? Beeil dich!«

Mama wischt das Wort schnell wieder weg und schaltet den Herd aus.

Es ist schon fast Morgen. Ich bin wohl eingeschlafen. Weil es plötzlich so laut ist, wache ich auf. Mama sagt: »Lasst mich den Jungen zu den Nachbarn bringen, er kann nicht allein zu Hause bleiben.« Die Männer sagen: »Es wird schon jemand kommen.« Dann bringen sie Mama weg.

Ich finde eine Kerze. Mit dem Ibelo-Feuerzeug zünde ich sie an. Als die Kerze brennt, wird alles noch dunkler. Keiner kommt.

In der Nacht schlafe ich bei Oma. Mama ist immer noch im Schlafzimmer, und Papa ist nicht wieder nach Hause gekommen. Mitten in der Nacht wache ich plötzlich auf. Ich gehe in mein Zimmer. Ich drücke auf den Knopf von der Lachkiste. Einmal drücke ich. Als das Lachen aufhört, kommt so ein Knistern aus der Kiste. Ich drücke noch mal. Jetzt lacht keiner mehr.

# 13. KAPITEL
## Unsere Märsche

### »Wir legten ein Eisennetz«

»Das wusste ich doch nicht, Nejla, ich schwöre bei allem, was mir heilig ist! Warum sollte ich dir gegenüber unehrlich sein, meine Liebe?«

Jale Hanım schwenkt ihren Schlüsselbund. Sie lässt den Pantoffel, der ihr an den Zehen hängt, an ihre Ferse klatschen. Sie ist sauer. Ich dachte eigentlich, dass Jale Hanım sich schämen müsste, aber stattdessen schämt sich Oma.

»Ich war auch wie vor den Kopf gestoßen, Jale. Die Situation war alles andere als einfach für mich. Schließlich bin ich ja ein Mensch mit einer gewissen Lebenserfahrung. Und wenn man dann einen Bären aufgebunden bekommt wie ein junges Mädchen ...«

»Jetzt gehst du aber zu weit! Was heißt hier ›einen Bären aufgebunden bekommen‹? Eine Frechheit ist das!«

Oma schämt sich jetzt richtig. Von ihrem Rock hat sich ein Faden gelöst, den rollt sie zu einem Ball. Jale Hanım hört überhaupt nicht mehr auf zu reden.

»Wir als Nachbarinnen müssen einander doch in die Augen schauen können. Wer ist schon dieser Cavit Bey! Ein Ziegenbock, der auf seine alten Tage noch mal brünstig wird! Ich meine, mir gegenüber ist das auch unfair, Nejla! Ist dieser Mann es etwa wert, mich in meinem Stolz zu kränken?«

Ich verstehe zwar nicht, wieso, aber Oma entschuldigt sich bei Jale Hanım. Und Jale Hanım scheint ihr zu verzeihen. Auf einmal lacht sie.

»Ach, was soll's, meine Liebe, so was kommt vor zwischen Freundinnen. Also los, dann kümmern wir uns endlich mal um dieses Kleid … Wir sind ja spät genug dran! Aber du schaffst es schon noch rechtzeitig. So geschickt und fleißig, wie du bist! Du lässt dir von den jungen Mädchen wirklich nichts vormachen!«

Da wird es mir zu viel. Am besten mache ich einen Rundgang durch die Wohnung, um meine Sachen zu kontrollieren.

Ich schaue nach der Haarklammer, die unter dem Teppich liegt. Aber Mama ruft Papa nicht mehr, wenn die Nachrichten anfangen. Nicht mal über Politik reden sie noch. Weil wir nicht mehr zu Samim und Ayla gehen. Da würden sie vielleicht noch miteinander reden. Wenn man bei jemandem eingeladen ist, spielt man nämlich nicht die beleidigte Leberwurst. Ab jetzt fällt Mama keine Haarklammer mehr runter, wenn sie Papa ruft. Diese Haarklammer muss hierbleiben. Das ist nämlich die letzte, die runtergefallen ist.

Oma faltet den Stoff auf, einmal nach rechts, einmal nach links. »Eins … zwei … drei«, sagt sie. »Das hier ist dann die Rockgröße.«

Jale Hanım sagt: »Das Fundament für die U-Bahn soll am 9. September gelegt werden, dem letzten Tag von Atatürks Befreiungskrieg! Und falls Demirel sich querstellt, sollen ›junge Freiwillige‹ den Bau übernehmen. Der Bürgermeister spinnt wohl! Der macht aus Ankara noch ein zweites Fatsa. ›Junge Freiwillige‹ – dass ich nicht lache! Terroristen sind das! Du kannst dich schon mal darauf einstellen, dass es am Samstag Krieg gibt, Kommunisten und Regierungstruppen werden sich eine Schlacht liefern! Wer fährt denn heutzutage noch

Zug? Diese Kommunisten sind so rückständig, die wollen nicht, dass jeder bequem im eigenen Auto fährt.«

Papas Hemdknopf ist auch noch da. Er steht am Fenster. Aber ich glaube nicht, dass Papa irgendwann noch mal »Sevgi!« rufen wird. Er wird nie wieder mit Mama fernsehen und mit ihr zusammen traurig sein. Ab jetzt müssen sie beide ganz alleine traurig sein. Weil sie bald bequem im eigenen Auto fahren.

»Na, Ferit eben, unser zukünftiger Bräutigam, wer denn sonst, meine Liebe? Der hat einen Haufen Geld verdient. Als Verlobungsgeschenk für unsere Tochter hat er ein Ferienhaus in Bodrum gekauft! Kannst du dir das vorstellen?«

Oma sagt: »Wenn die Brustpartie drapiert sein soll, dann wird es knapp, Jale, möglicherweise sogar zu knapp, vielleicht müssen wir darauf verzichten.«

»Nein, nein, drapiert sein muss es auf jeden Fall! Sonst sieht es doch nach nichts aus.«

Die Stecknadel ist auch noch da. Sie klemmt in der Ecke vom Bücherregal. Sie kichert wieder, wie die Barthaare vom Fuchs. Oma lacht auch nicht mehr so oft. Und wenn, dann lacht sie traurig, so wie Sue Ellen. Wenn sie früher Börek gemacht hat, hat die ganze Wohnung danach geduftet, aber das macht sie jetzt nicht mehr.

»Hast du eigentlich schon gehört, dass Bülent Ersoy endlich im Kittchen gelandet ist? Als er sich auf der Messe entblößt hat, haben sie ihn festgenommen. Das hat er nun davon! Wurde aber auch höchste Zeit. Jetzt wird er wohl zur Vernunft kommen, und wir haben unsere Ruhe.«

»Das arme Mädchen hat wirklich genug durchgemacht«, sagt Oma.

»Was denn für ein Mädchen? Das ist ein gottverdammter Mann! Wenn auch mit Titten. Also wirklich, Nejla! Ich habe zwar gesagt, du lässt dir von den jungen Mädchen nichts vormachen, aber in mancher Hinsicht bist du anscheinend doch noch ziemlich unbeleckt.«

Oma ist auf einmal ganz still. Ich bin auch still. Jale Hanım hat es zwar noch nicht bemerkt, aber Oma wird jetzt gleich sehr wütend. Aber Jale Hanım weiß nicht, was so ein Blick bedeutet. Sie weiß nicht, dass man den Mund halten muss, wenn einer die Stirn runzelt.

Da brüllt Oma: »Weißt du was, Jale, du nimmst jetzt diesen Stoff mit nach Hause, hockst dich auf deinen Allerwertesten und nähst selber weiter! Ich habe genug! Genug von deiner Tochter, deinem reichen Schwiegersohn, deinem Getratsche und deinem Bülent Ersoy! Es hängt mir zum Hals raus!« Oma knäult den Stoff zusammen und stopft ihn zurück in die Tüte.

»Was hast du denn auf einmal? Was habe ich denn gesagt?«

»Du weißt schon, was du gesagt hast! Sich über mich lustig zu machen … also bitte, gehab dich wohl!«

»Was? Du wirfst mich aus der Wohnung, Nejla? Also, das ist ja wohl die Höhe! Das muss ich mir nicht bieten lassen!«

»Der Worte sind genug gewechselt, Jale, raus mit dir!«

»So geht es also zu im Kommunismus, ja? Da werden Gäste also rausgeschmissen … ich werde mich bei meinem Mann über dich beschwe…«

»Du kannst dich beschweren, bei wem du willst! Geh von mir aus gleich zum Generalstabschef!«

»Du wirst dich noch wundern, Nejla! Wenn du wüsstest, was wir für Verbindungen haben!«

»Oje, mir zittern schon die Knie …«

»Dir werde ich zeigen, was es heißt, wenn einem die Knie zittern! Und deiner Tochter und deinem Schwiegersohn auch! Wartet's nur ab!«

Jale Hanım läuft die Treppe runter, und ihre Pantoffeln machen *schlack schlack schlack*. Oma knallt die Tür zu.

»Puh! Endlich sind wir die blöde Kuh los, mein Spatz!«

Oma macht die Knöpfe an ihrem Kragen auf, damit sie Luft an ihren Hals bekommt. Ihr Gesicht ist ganz rot geworden, darum schaltet sie den Ventilator an. Als sie sich davorstellt, riecht plötzlich das ganze Wohnzimmer nach Oma. Nach Seife. Oma hat die Augen zugemacht. Sie hat mich vergessen. Ich gehe zur Schublade. Die platt gedrückte Glühbirnenschachtel mit der Telefonnummer ist nicht mehr da. Dann hat Papa sie wohl mitgenommen.

Ab jetzt redet niemand mehr über die gleichen Sachen wie früher. Aber wenn Ali und ich die Schwäne retten und in die Nachrichten kommen, dann würden sie vielleicht doch wieder rufen: »Sevgi, beeil dich!« oder: »Aydın, guck mal, was da im Fernsehen läuft!« Und Oma würde mit einer Kochzange in der Hand kommen und sagen: »Kinder, macht lauter, damit ich in der Küche mithören kann. Ich darf doch die Böreks nicht allein lassen, sonst brennen sie mir an.« Dann würde die Wohnung wieder riechen wie früher. Und von der Terrasse würden sie rufen: »Samim! Ayla! Macht mal den Fernseher an! Da kommt was über Ali und Ayşe!«

Oma hat immer noch die Augen zu und hält ihren Hals vor den Ventilator. Sie singt ein Lied.

*Der Wein, der altert im Keller / Deine Liebe in meinem Herzen / Von beiden hab ich getrunken / Glaub mir … glaub mir … glaub mir, ich leide Schmerzen.*

Der Kragen von ihrer Bluse flattert wie ein Vogel.

Ja, wir müssen unbedingt die Schwäne retten. Damit endlich wieder alle anfangen zu reden. Wir brauchen bloß noch die Schubkarre und den Sack, aber die kann nur Ali finden. Das dauert vielleicht noch bis Donnerstag. Vielleicht bin ich bis dahin schon tot. Vielleicht gibt es eine Straßenschlacht, und ich sterbe dabei. Jeder könnte bis dahin sterben. Aber jetzt gibt es ja die Schwäne, und es gibt Ali, und ich muss gar nicht mehr sterben, damit sie mich lieb haben. Denn wenn wir die Schwäne retten, dann haben sie mich wieder lieb.

**»Wir erwarben uns Ehre«**

Als die Kerze ausgeht, wird es draußen schon hell. Ich krieche unter das Sofa. Da liegt der Sack. In den wollten sie mich stecken, und dann wäre ich vielleicht gestorben. Ich krieche hinein. Ich verpuppe mich, als wäre ich eine Seidenraupe.

Es kommt mir so vor, als würde in echt gar nichts passieren. Darum habe ich auch keine Angst. Als wäre alles ein Film. In dem Film wird Mama von den Männern weggebracht, und ich bleibe alleine. Beim Rausgehen bettelt sie die Männer an: »Lasst mich den Jungen zu den Nachbarn bringen!«, aber die Männer halten Mama im Film den Mund zu. Am Morgen kommen von draußen Stimmen, aber weil ich nicht in dem Film bin, kann ich nicht zu ihnen. Ich höre ihre Stimmen. Birgül kommt und setzt sich bei uns in den Garten. Weil ich ein Streichholz höre, hat sie sich eine Zigarette angemacht. Weil sie ein Glas umrührt, trinkt sie Tee. Ich höre, dass auch noch eine andere Frau da ist. Die andere Frau raschelt mit der Zeitung.

»Hier, hör mal, während unsere Leute ständig danebenschießen, stürmen die Faschisten zu fünft das Gefängnis in Konya und befreien sieben Gleichgesinnte …«

»Aliye schläft aber heute lang!«

»Was willst du denn von ihr?«

»Eigentlich will ich zu Ali … Ich liebe diesen Jungen.«

»Was sagst du eigentlich zu Vedat, Birgül?«

»Wie meinst du das?«

»Mir scheint, als könnten sich die Leute im Viertel nicht recht mit ihm anfreunden. Er ist zwar ein schlauer Bursche, aber ihm fehlt Hüseyins Charisma.«

»Er wird sich schon eingewöhnen. Ali mag ihn allerdings nicht. Eigentlich müssten sie doch längst aufgestanden sein.«

Mama schläft nicht, sie ist gar nicht hier. Ich bin hier, aber ich könnte eh nichts sagen, selbst wenn ich es versuchen würde. Weil ich nicht in eurem Film bin. Ich liebe dich auch, Birgül. Aber ich muss noch unter dem Sofa bleiben, vielleicht sogar bis ich sterbe. Ist jeder in seinem eigenen Film, Birgül? Vielleicht kommt es allen so vor, als wären sie in einem Film und würden in echt gar nicht leben. Vielleicht wollen alle unter dem Sofa bleiben. Wenn man die goldene Schnur von der Beschneidungskappe zwischen den Fingern dreht, geht sie auseinander, aber wenn man sie in die andere Richtung dreht, geht sie wieder zusammen. An dem Tag sind wir zu Männern geworden. Wir haben viel geweint und hatten große Angst. Wenn einer zu einem Mann wird, kann er nie wieder ein Kind sein. Ab da muss er sich wie ein Erwachsener benehmen. Sonst fressen ihn die Kannibalen.

»Birgül, gehen wir eigentlich zur U-Bahn-Eröffnung? Hat die Stadtverwaltung unsere Leute eingeladen?«

»Natürlich gehen wir da hin.«

»Hast du gehört, was der Minister für Städtebau gesagt hat? ›Es wird genauso verfahren wie bei einem illegalen Gecekondu.‹ Die spinnen doch! Da versucht der Bürgermeister von Ankara aus eigenen Mitteln eine U-Bahn zu bauen, und der Staat stellt sich quer …«

»Sollten wir nicht mal nach Aliye schauen? So langsam mache ich mir Sorgen.«

Ich kann keine Angst mehr haben, ich kann nicht mehr weinen, und ich kann nicht mehr reden, Birgül. Ich glaube, es gibt mich überhaupt nicht mehr. Aber es gibt ein paar seltsame Sachen. Warum war Hüseyins Feuerzeug bei Samim und Ayla? Wieso war er auf dem »Gesucht«-Foto so hässlich? Haben sie Mama da hingebracht, wo die Schwäne hinfliegen? Wenn ich den Männern gesagt hätte, wo Hüseyin ist, dann hätten sie Mama nicht mitgenommen, oder? Vielleicht hätten sie Hüseyin ja gar nicht gefunden. Hätte ich es ihnen sagen müssen? Wer weiß solche Sachen, Birgül? Aber ich brauche eine Schubkarre. Damit ich mit den Schwänen zu ihnen kann. Bitte finde mich, Birgül!

»Die Tür steht ja offen! Was ist denn da los? Aliye! Ali! Hier hat eine Razzia stattgefunden! Das ist ja das totale Chaos! Hat das denn keiner mitbekommen? Ali, wo bist du?«

Kannst du mich hören, Birgül? Ich schreie in meinen Gedanken, aber man kann es nicht hören. Das ist so, weil ich nicht in eurem Film bin. Ich drehe jetzt an dem Rad von dem Feuerzeug. Nur das Feuerzeug kann Geräusche machen. Du musst still sein, Birgül. Sonst kannst du es nicht hören. *Knirsch knirsch knirsch …*

»Was ist das für ein Geräusch?«

»Welches Geräusch, Birgül?«

»Ein Feuerzeug! Unter dem Sofa … Ali! Was machst du denn unter dem Sofa … Geht es dir gut? Was ist passiert, Ali? Wo ist deine Mutter? Wer hat dich in diesen Sack gesteckt?«

Birgül stellt ganz viele Fragen. Aber ich kann doch meinen Mund nicht aufmachen! Eigentlich rede ich ja, aber weil ich keine Stimme mehr habe, hört sie mich nicht. Dann platzt mein Mund plötzlich auf, als wäre er aus Stein gewesen. Ich sage ganz langsam: »Ich muss ei-ne Schub-kar-re fin-den, Bir-gül.«

**»Fünfzehn Millionen Kinder«**

»Was meinst du, wie viele Menschen sie inzwischen getötet haben, Aydın? Und all die, denen sie den Lebensmut genommen haben, die sie gebrochen, vertrieben und traumatisiert haben … Glaubst du, dass der Frühling irgendwann abstirbt, wenn man ihn zehn Jahre lang an seinen Wurzeln beschneidet?«

Detektiv Nahit redet ganz laut. Alle schauen uns an. Es sind lauter Polizisten, aber weil sie Schnurrbärte wie Papa haben, brauchen wir uns keine Sorgen zu machen. Es sind nur liebe Polizisten. Papa gibt ihnen gleich Unterricht in »Soziologie«. Das ist so was wie Gemeinschaftskunde, aber das lernt man ja erst in der vierten Klasse. Papa ist schon ganz nervös. Er wippt mit seinem Bein.

»Detektiv, diese Sache mit Mustafa Pehlivanoğlu, dem unschuldigen Mörder, hat dich ganz schön mitgenommen. Dabei kannst du nun wirklich nichts dafür.«

Detektiv Nahit schlägt mit der Hand auf den Tisch und brüllt: »In diesem gottverdammten Land gibt es ohnehin keine Schuldigen mehr! Das ist das Problem!«

Da kommt der große Polizist mit dem buschigen Schnurrbart. »Nahit, hast du den Verstand verloren?«

»Nicht den Verstand, Oberst, eher den Glauben an mich selbst.«

»Spritz dir mal ein bisschen Wasser ins Gesicht. Und hol dir einen starken Mokka.«

Als Nahit weg ist, sagt Papa: »Sıtkı Bey, es liegt an der Sache mit Mustafa Pehlivanoğlu.«

»O nein. Das ist längst nicht alles. Er hat einen durchgeknallten Freund, für den er dessen Frau beschatten sollte. Und so was schimpft sich Linker. Sogar seinen Nachbarn wollte der bespitzeln lassen. Die Leute trauen einander nicht mehr über den Weg. Nicht mal denen, die eigentlich zu uns gehören … Dieser Auftrag war es, der ein solches Nervenbündel aus Nahit gemacht hat. Wenn sich die Genossen schon gegenseitig verdächtigen …«

Papa runzelt die Stirn, blinzelt und spielt mit seinem Schnurrbart. Oberst Sıtkı spielt auch mit seinem Schnurrbart. Später spielen alle mit ihren Schnurrbärten. Und dabei knistern in ihren Taschen die Funkgeräte. Ich glaube, Papa hatte recht: Die Versammlung heute ist wirklich nichts für Kinder.

Am Nachmittag hat Oma plötzlich gesagt: »Dann nehme ich die Sache eben selbst in die Hand! Wenn ich nichts unternehme, zerfleischen sich deine Eltern noch gegenseitig. Los, Ayşe, zieh deine Schuhe an!«

Wir sind zu Papa gegangen. Als er uns gesehen hat, hat er sich gewundert. »Nanu, Nejla, was macht ihr denn hier? Ist was passiert?«

»Mein lieber Aydın, ich bringe dir Ayşe. Ich werde mir heute meine Tochter vornehmen. So geht das nicht weiter.«

»Weiß Sevgi, dass du kommst?«

»Nein, es ist eine Überraschung. Ich werde sie zu einem Bier einladen. Und Ayşe bleibt solange bei dir.«

»Nejla, solltest du dich nicht besser da raushalten?«

»Weil du selbst alles so gut hinbekommst, dass du Angst

haben musst, ich könnte es verderben? Das Kind leidet doch auch darunter. Und an Sevgis schlechter Laune trage ich die Schuld, nicht du. Kümmere du dich um Ayşe, wir sehen uns später zu Hause.«

»Nejla, ich habe später eine Versammlung, die ist nichts für Kinder.«

»Aydın, was von dem, das wir tagtäglich erleben, ist denn überhaupt etwas für irgendjemanden?«

Alle schalten ihre Funkgeräte leise, setzen sich hin und verschränken die Arme. Da steht Papa auf. »Die Soziologie«, sagt er. »Der Begriff setzt sich zusammen aus dem griechischen Suffix ›-logie‹, was ›Wissenschaft‹ bedeutet, und dem lateinischen …« Dann hört er plötzlich auf zu reden. Er sagt so lange nichts, dass ich schon glaube, er wäre fertig. Aber dann lacht er. »Nun, es ist zwar fast keine Gesellschaft mehr übrig, die man noch wissenschaftlich betrachten könnte, bei zwanzig bis dreißig Toten pro Tag müssen wir Soziologen den Laden wohl bald dichtmachen!«

Keiner lacht mit. Und dann bringt Papa den Polizisten ganz viel bei. Mir ist so langweilig, dass ich mir die Polizisten genauer anschaue. Manche schreiben was in ihre Notizblöcke. Alle rauchen. Nur der Detektiv hat den Kopf auf die Brust gelegt und ist eingeschlafen.

Als Papa mit dem Unterricht fertig ist, bringt der Detektiv uns zur Tür. Er hat ganz rote Augen.

Papa fragt ihn: »Hast du über Samim und Ayla irgendwas in Erfahrung bringen können?«

»Aydın, es ist folgendermaßen …«

»Was hast du herausgefunden?«

»Aydın, jeder tut eben, was er kann, so solltest du denken. Es gibt keine Schuldigen mehr. Und wenn es auch keine Schuld mehr gibt … so solltest du denken, Aydın.«

»Jetzt sag mir nicht, wie ich denken soll, sondern was du herausgefunden hast!«

»Also gut, aber bitte mich nie wieder um so etwas, Aydın. Die Sache ist nämlich folgende …«

Ich will das nicht hören. Ich schäme mich, und zwar sehr. Sie haben mir schließlich Mischa geschenkt, den Olympiabären. Und wenn wir sie jetzt nicht mehr lieb haben, muss ich ihn zurückgeben. Das würde sich nämlich sonst nicht gehören.

»Ayşe, wir müssen über die Straße, nimm meine Hand!«

»Ich laufe ab jetzt alleine!«

»Was ist los mit dir, meine Tochter?«

Ich schäme mich so sehr. Darum fange ich an, mit den Armen zu wedeln.

»Papa, ich bin doch jetzt ein Schmetterling, ich habe keine Hände!«

**»Zehn Jahre in jeder Schlacht«**

»Aliye!«

Papas Stimme klingt wie die von einer Fliege. Mama kommt zur Tür rein. Sie wird an beiden Armen von Polizisten festgehalten, weil sie nämlich nicht mehr selber laufen kann. Ihre Füße sind ganz doll angeschwollen.

»Was haben sie mit dir gemacht, Aliye?«

Als Papa zu Mama gehen will, schlägt ihn einer von den Polizisten mit der Faust. Papa liegt jetzt auf dem Boden.

»Halt die Schnauze, Hurensohn! Sprechen verboten! Also, wo sind die Waffen, du Fotze?«

Mama wirft sich den Polizisten direkt vor die Füße.

»Bitte lasst mich einen Teller saure Gurken mitnehmen!«

»Was redest du da? Was für saure Gurken, du beklopptes Weib?«

»Die habe ich einer schwangeren Frau versprochen, die auch gefoltert wurde.«

»Du Schlampe, willst du uns für dumm verkaufen? Bringst uns hierher, um uns zu zeigen, wo die Waffen sind, und dann erzählst du was von sauren Gurken, du Hure!«

»Nicht treten, bitte! Lasst mich nur die Gurken holen! Ihr könnt auch welche haben. Sie sind wirklich lecker.«

Sie treten Mama. Als Papa sich auf sie stürzen will, treten sie ihn gegen den Kopf. Jetzt liegen beide auf dem Boden. Wo bin ich? Bin ich überhaupt hier?

Nachdem Birgül mich gefunden und aus dem Sack rausgeholt hatte, haben wir zwei Tage lang gewartet. Ich habe bei Birgül geschlafen. Sie hat um sich geschlagen im Schlaf. Weil ihre Flügel gebrochen sind natürlich. Ich habe sie dann jedes Mal auf den Arm geküsst. Papa ist zwei Tage später gekommen. Sie hatten ihn festgenommen. Weil er so ähnlich aussah wie einer auf den »Gesucht«-Fotos. Als Papa gekommen ist, hat er sich in den Garten gehockt. Er hat sich eine Zigarette angezündet. Dann hat er sich nicht mehr bewegt. Fünf Zigaretten lang. Birgül hat sich neben ihn gesetzt. Ich habe mich auch nicht bewegt. Ich bin auf dem Sofa geblieben. Von da habe ich sie angeschaut. »Wir müssen warten«, hat Birgül gesagt. Papa hat die Glut von der Zigarette ausgedrückt. »Sie werden sie schon wieder freilassen, Hasan, keine Sorge.«

Papa hat weiter die Zigarette ausgedrückt. Die Glut hat sich in die Zigarette eingegraben, das Papier ist schwarz geworden. Die Zigarette ist erstickt.

Wir haben noch zwei Tage gewartet. Papa hat die Stummel von den Zigaretten noch mal geraucht. Er ist nicht zur Arbeit gegangen. Dann, am Abend, haben sie Mama gebracht.

Mamas Füße sind deswegen so angeschwollen, weil sie ihr auf die Fußsohlen geschlagen haben. Das weiß ich einfach. Ich weiß auch, dass wir saure Gurken haben.

Irgendwann wird es den Polizisten zu anstrengend, Mama zu treten. Mama krabbelt in die Küche. »Die Gurken sind wirklich lecker, ihr könnt auch welche haben«, sagt sie.

Die Polizisten lachen. »Na, dann her damit! Der Weg war schließlich lang genug.«

Aus Mamas Nase tropft Blut. Sie krabbelt in die Küche und zieht sich am Türrahmen hoch. Endlich kann ich ihr hinterhergehen. Mama schaut mich an. »Hab keine Angst, mein Schatz! Hab keine Angst!«

Sie verteilt die sauren Gurken auf zwei Teller. Einen Teller stellt sie vor die Polizisten hin. Es geht alles sehr langsam.

Die Polizisten essen die sauren Gurken. Sie schmatzen. Dann heben sie Mama an den Armen hoch. Mama kann den Teller nur schief halten.

Papa steht erst wieder vom Boden auf, als es schon längst Nacht ist. Wir warten noch mal zwei Tage. Dann steht Mama ganz früh am Morgen mit zerrissener Hose vor der Tür. Sie macht die Tür auf und schlägt sie hinter sich zu. Sie lehnt sich dagegen. Mama ist riesig geworden. Sie ist barfuß. Papa trägt sie zum Sofa.

Als Mama spricht, hört es sich an, als würde sie atmen. »Die Schweine haben mich irgendwo in Ulus rausgelassen. Ich hatte kein bisschen Geld dabei. Ein Dolmuşfahrer hat mich hierhergebracht.« Mama riecht nach Pipi. Sie lacht. »Wegen der sauren Gurken haben sie mir eine Extratracht Prügel verpasst, aber der schwangeren Frau habe ich ihren Wunsch erfüllt!«

Papa lacht und zieht dabei die Nase hoch, weil er nämlich gleichzeitig weint. Zum ersten Mal sehe ich, wie Mama und Papa sich umarmen.

Ich küsse Mamas Arme. Weil sie ja gebrochen sind, deswegen. Sie sind aber ganz schlimm gebrochen. Da nützt Küssen nicht viel. Vielleicht braucht sie sogar neue Flügel.

## »Durch unser gesamtes Land«

In der Nacht steht Mama ganz langsam auf. Zu Papa sagt sie: »Hasan, komm bitte mal mit nach draußen, ich muss dir was sagen.« Ich schaue aus dem Fenster. Mama zeigt ihm, wo sie die Waffen vergraben hat. Sie kann nicht richtig laufen. Sie hält sich an Papa fest. Dann gehen sie in den Kohlenkeller. Papa will da eigentlich nicht hin, aber als Mama den ersten Schritt macht, geht er trotzdem mit, um sie zu stützen. Als sie wieder zurück ins Haus kommen, legt Mama sich aufs Sofa. Sie hat was in der Hand. »Komm mal her, mein Schatz«, sagt sie. »Dieser Parka gehörte deinem Onkel.« Er stinkt nach Kohle. Als Papa sagt: »Mensch, Aliye, ich bringe dich doch nur in ein Krankenhaus und nicht auf den Friedhof!«, da sagt Mama: »Du hältst den Mund!« Dann schaut sie mich an. »Ali, dein Vater und ich gehen morgen in ein Krankenhaus. Merk dir, wo der Parka ist, denn er gehört jetzt dir.«

Ich ziehe den Parka an. Er ist mir viel zu groß. Mama krempelt mir die Ärmel hoch. Sie umarmt mich und schnuppert an mir. Als würde ich nicht nach Kohle stinken. »Hmmm!«, sagt sie.

Als ich am nächsten Morgen mit Birgül rausgehe, habe ich den Parka in den Sack gesteckt. Birgül fragt: »Was sollen wir denn mit dem Sack?« Mama steigt gerade in Teslims Dolmuş, um ins Krankenhaus zu fahren. Sie ruft: »Er soll ihn einfach mitnehmen, Birgül, sag nichts!«

Birgül und ich warten auf den Bus. Wir müssen zuerst nach Kızılay fahren. Die Männer, die auf den Dolmuş warten, unterhalten sich.

»Bülent Ersoy wurde ja jetzt endlich festgenommen.«

»Wegen der Brüste?«

»Nein, er hat seine Miete nicht gezahlt. Und als der Gerichtsvollzieher kam, hat er so rumgeschrien, dass sie ihn gleich mitgenommen haben.«

»Und wo sollen sie ihn jetzt unterbringen? Bei den Frauen oder bei den Männern?«

Die Männer schauen uns an. »Auf den Bus könnt ihr lange warten, junge Frau, der fährt hier nicht mehr.«

»Wieso fährt der hier nicht mehr?«

»Hier wurde doch neulich ein Anschlag verübt. Die haben eine Barrikade errichtet, angezündet und den Bus zum Kippen gebracht. Die Faschisten von Bademlidere, heißt es, aber … habt ihr das gar nicht mitbekommen?«

»Ihr müsst wohl oder übel laufen.«

Birgül schaut mich an. »Schaffst du das, Ali?«

Ich nicke.

»Also gut.«

Ich schaue sie an.

»Musst du denn unbedingt diesen Sack mitschleppen? Sollen wir ihn nicht besser zu Hause lassen?«

Ich schüttele den Kopf.

»Kannst du denn gar nicht mehr sprechen?«

»Nö, kann ich nicht.«

Birgül lacht. Sie bringt mich jetzt zu Ayşe nach Hause. Dann sage ich ihnen: »Mama ist krank geworden, sie kann heute nicht kommen.« Vielleicht übernachte ich auch bei ihnen, falls es ihnen passt. Weil Papa Mama ja ins Krankenhaus bringen muss. Unsere Nachbarn sind alle zur U-Bahn-Eröffnung gegangen, um den Bürgermeister zu unterstützen. »Entweder werden die Regierung Demirel und die Faschisten uns im U-Bahn-Schacht begraben oder wir sie«, hat er gesagt. Darum sind alle zusammen hingegangen. Sogar die Kinder. Bloß Mama und Papa müssen ins Krankenhaus.

Oma hat mich geweckt. Sie zieht mir mit den Fingerspitzen die Decke weg und flüstert mir ins Ohr: »Steh auf, mein Spatz! Wir beide machen heute einen Morgenspaziergang.«

Ich weiß nicht gleich, ob ich schon wach bin oder noch nicht. Ich muss mich erst mal erinnern.

Es ist Morgen. Ich bin am Abend ins Bett gegangen – nicht am Mittag – und ich war traurig, als ich am Abend ins Bett gegangen bin, weil meine Eltern über was Schlechtes gesprochen haben – eigentlich bin ich jetzt immer noch traurig – wo wollten wir heute noch mal hingehen – ach ja, zur U-Bahn-Eröffnung – das mit den Schmetterlingen war ein Traum – die konnten uns also gar nicht erwischen – und das mit den Schwänen war natürlich auch ein Traum – die haben wir ja noch gar nicht gerettet – und erwischt wurden wir auch nicht – das habe ich alles nur geträumt.

Oma redet mit spitzen Lippen, zieht mir mit spitzen Fingern langsam die Decke weg und kommt mit spitzer Nase näher an mich ran. Schritt für Schritt. Als ob sie eine Katzennase hätte. Oma hat eine Hose an. Das heißt normalerweise, dass sie gute Laune hat. Mir zieht sie meinen Overall an. Ich liebe diesen

Overall. Wenn sie so ist, habe ich das Gefühl, als wäre alles ganz toll. Wenn sie ihren Rock und ihre Bluse anzieht, bringt das nämlich Unglück, finde ich. Aber wenn sie sich so anzieht wie heute, dann ist das, als würden wir einen Ausflug machen. Als würde eh keiner auf uns achten. Ganz entspannt.

Oma nimmt mich an der Hand. In der Wohnung nimmt man einen doch nicht an der Hand! Und wieso schleichen wir eigentlich? Aha, weil meine Eltern in der Küche sind und flüstern. Sie haben ganz viel geraucht, in der Küche ist eine richtige Wolke. Aber die Wolke windet sich, als hätte sie Bauchschmerzen. Weil sie nämlich über was Ernstes reden. Nicht so ernst wie Politik, sondern anders ernst. Darum ziehen Oma und ich ganz leise unsere Schuhe an, als würden wir ein Abenteuer erleben. Mama sieht uns durch die Küchentür. Sie sagt nichts. Ich würde ihr gerne guten Morgen sagen, aber ich glaube, das darf ich nicht. Weil ich glaube, dass sie gerade was Wichtiges entscheiden müssen.

Als Mama und Oma am Abend nach Hause gekommen sind, hatten sie beide rote Augen und rochen nach Alkohol. Aber als Mama ihr Nachthemd anzog, schien alles gleich besser zu werden. Als würde keiner weggehen. Als würden alle für immer hierbleiben. Dann sahen Papa und ich fern. Papa beachtete Mama überhaupt nicht. Mama saß auf der Sesselkante. Sie schaute manchmal Papa an und manchmal den Fernseher.

Aber Papa drehte nur die Zigarette im Aschenbecher ein bisschen. »Wir sollten uns in nächster Zeit besser nicht mehr mit Samim und Ayla treffen.«

»Warum, Aydın? Was ist denn passiert?«

»Wir sprechen später.«

Auf einmal schienen Mama und Papa wieder zusammenzuhalten. Sie warteten darauf, dass ich ging.

Ich lauschte im Flur.

»Aydın?«

»Was?«

»Die haben ein Disziplinarverfahren gegen mich eingeleitet.«

»Warum denn das?«

»Weil Ayşe diese Raupen im Archiv versteckt hat, wie auch immer sie das geschafft hat.«

»Da wird nichts bei rumkommen.«

»Und wenn doch?«

Wir wollten es Papa doch nicht sagen! Ich habe ihm auch nichts gesagt, aber Mama hat ihm verraten, was ich gemacht habe.

»Das regeln wir schon, keine Sorge.«

Das war wirklich unfair von Mama. Die Schmetterlinge hatte ich doch extra ihretwegen ins Parlament gebracht. Und eigentlich ging es doch um die Briefe!

Als Oma und ich unsere Schuhe anziehen, beobachte ich Mama und Papa heimlich. Mama hat in einer Hand eine Zigarette, und mit dem Teelöffel in der anderen Hand macht sie langsam die Ränder vom Marmeladenteller sauber.

»Die haben nicht nur gegen mich, sondern auch gegen Muzaffer ein Disziplinarverfahren eingeleitet.«

»Wer ist Muzaffer?«

»So ein religiös angehauchter junger Mann aus der Mikrofilmabteilung. Aber er ist anders als die anderen. Er schreibt Gedichte.«

»Wenn er so religiös ist, warum leiten sie dann …«

»Weil er auch etwas im Archiv versteckt hatte.«

»Was denn? Bestimmt keine Liebesbriefe!«

»Ich habe ihn nicht gefragt.«

»Na schön. Aber ist es nicht sogar ganz gut, wenn du jetzt ein paar Tage nicht zur Arbeit gehst?«

»Glaubst du?«

»Wir müssen ja ohnehin meinen Vater besuchen. Was da in Fatsa los ist, macht ihm Angst. Wir sollten uns um ihn kümmern, meine ich.«

»Wann willst du fahren?«

»Wenn wir Freitagnachmittag aufbrechen, sind wir in der Nacht dort. Der Detektiv leiht mir seinen Wagen. Es ist eine alte Klapperkiste, aber dafür ein Kombi.«

»Gut, ich werde mit dem Direktor sprechen. Es reicht doch, wenn ich mir vorläufig anderthalb Tage freinehme, den Freitagnachmittag und den Samstag?«

»Genau.«

»Und sollen meine Mutter und Ayşe wirklich mitkommen?«

»Ich weiß es nicht, Sevgi, wie du willst.«

Da renne ich ins Wohnzimmer. Ich hole meine Sachen unter dem Teppich, vom Fenster und aus der Ecke vom Bücherregal. Sie sind ganz schön verstaubt. Ich puste auf die Haarklammer, die unter den Teppich gerutscht war, und auf den Hemdknopf vom Fenster. Und auf die Stecknadel, die im Bücherregal geklemmt hatte. Wenn man eine Stecknadel findet, steckt man sie sich an den Kragen. Also stecke ich sie mir an den Kragen, den Knopf und die Haarklammer stecke ich in meine Hosentasche.

Als Oma und ich draußen sind, sprechen wir immer noch nicht mit normaler Stimme. »Wir fahren zu Opa! Nach Ordu! Hast du gehört, Oma?«, flüstere ich. Wer soll denn dann die Schwäne retten, wenn wir wegfahren?

»Jetzt warte erst mal ab, mein Spatz. Deine Eltern haben noch einiges zu besprechen. Hoffen wir, dass alles in Ordnung kommt.«

»Fahren wir nicht mit, Oma?«

»Warte es ab! Es muss sich erst herausstellen, ob überhaupt jemand fährt.«

Als wir die Treppe runtergehen, kommen wir an Jale Hanıms Tür vorbei. Oma flüstert: »Lass doch den Schund liegen!« Aber ich hebe die *Hafta Sonu* trotzdem auf. Bülent Ersoy ist auf dem Titelblatt. Erst mochten die Leute ihn, aber als er ihnen seine Brüste gezeigt hat, sind sie ganz schön sauer geworden. Die Menschen sind seltsam. Ich glaube, darum hat Oma »Schund« zu der Zeitung gesagt. Ich werfe sie zurück auf die Fußmatte.

Birgül hat Turnschuhe von Esem. Aber weil der rechte Schuh zu kurze Schnürsenkel hat, kann sie ihn nicht richtig zubinden, und er klatscht ihr beim Laufen immer an die Ferse. Ich gebe ihr die kurze Schnur aus meiner Tasche, die Mama mir geschenkt hat. Ich schaue auf ihren Schuh. »Du bist ein Goldstück, Ali!«, sagt Birgül. Als sie meine Schnur an ihren Schnürsenkel knotet, passt es genau.

Sie hält mich an der Hand. Wir laufen bergab. Unsere Füße trappeln im Gleichschritt. An der Straßenecke ist eine Reinigung, da haben sie ins Fenster ein riesiges Bülent-Ersoy-Poster gehängt, und dann haben sie ihm einen Schnurrbart gemalt. Einen Faschistenschnurrbart.

Da fragt Birgül: »Ali, was sagst du eigentlich zu Mustafa, dem Krämer?«

Ich sage gar nichts, weil ich nämlich auf Birgüls Füße aufpasse. Damit sie nicht in ein Schlagloch tritt.

»Manchmal sind wir genauso unbarmherzig wie unsere Feinde, Ali. Bei dieser Sache mit Mustafa haben wir viel zu übereilt gehandelt. Zuerst haben wir ihn vor aller Augen öffentlich angeprangert. Dabei waren die Polizisten in Wirklichkeit Verwandte von ihm, und er hat sie sogar noch davongejagt. Öffentlich entschuldigt hat sich niemand bei ihm. Die Frauen tragen seit zwei Tagen Essen zu Mustafa. Aber der möchte es nicht haben. Er ist gekränkt, geht nicht mal mehr ans Telefon. Er sagt den Leuten im Viertel nicht, wenn ein Anruf für sie kommt. Wir haben ihn bitter enttäuscht. Und er hat ja recht. Schau, genauso machen sie es gerade mit Bülent Ersoy. Später werden diese Heuchler sich klammheimlich bei ihm entschuldigen.«

»Ich brauche eine Schubkarre, Birgül.«

»Wozu denn eigentlich?«

»Um Ayşe zu überraschen.«

»Womit willst du sie denn überraschen?«

»Hüseyin hat doch mal eine Waffel für dich gekauft. So was in der Art.«

Sie lacht. »Tja, wo soll ich denn jetzt eine Schubkarre für dich auftreiben?«

»Wir sind doch Revolutionäre, Birgül, wir finden schon irgendwie eine. Oder?«

»Wir sind Revolutionäre, verflucht noch mal! Am Ende werden wir uns Flügel anschnallen und fliegen!«

Als Birgül lacht, nehme ich mir vor, ihr bald von den Schwänen zu erzählen. Dass sie fliegen werden, meine ich. Dass wir alle bald fliegen werden. Aber wenn ich ihr jetzt sage, dass wir im Schwanengewand zurückkehren werden, vielleicht fragt sie dann genau wie Ayşe: »Tragen die Schwäne etwa Gewänder?«

Weil wir beide Hosen anhaben, ich meine, weil wir beide so guter Laune sind, laufen wir nach Kızılay. Den Knopf und die Haarklammer habe ich in der Tasche. Und die Stecknadel ist an meinem Kragen. Wir haben alles dabei. Ganz viele Menschen laufen nach Kızılay. Alles Leute, die Eisenbahnen gut finden. Oma begrüßt sie. »Guten Morgen, der Herr«, sagt sie, und: »Hallo, mein Kind.« Das macht sie, weil sie so »vornehm« ist. Das hat Jale Hanım mal gesagt. Aber jetzt reden sie ja nicht mehr miteinander. Weil Jale Hanım Oma »ausgenutzt« hat.

Ein paar alte Männer, also ungefähr solche wie mein Opa, unterhalten sich. »Also, nehmen wir mal an, die CHP würde einen Parteitag abhalten. Der würde doch sofort von den Faschisten gestürmt werden. Und genau das wünscht dieser Schuft sich!«

»Demirel?«

»Aber ja doch! Das hat nicht nur die *Cumhuriyet* geschrieben, sondern alle anderen Zeitungen auch. Seit die Regierung Demirel gebildet wurde ... wie lange ist das jetzt her? Nicht einmal ein Jahr! Wie viele führende Politiker der CHP wurden in dieser Zeit ermordet?«

»Wie viele denn? Zehn?«

»Von wegen, Meister! Neunundzwanzig!«

Weil wir zusammen mit all den Menschen laufen, kommt mir Kızılay viel näher vor. Oma sagt fröhlich: »Mein Spatz, wenn man einsam ist, dann glaubt man oft, auch seine traurigen Gedanken für sich allein zu haben. Aber in Bussen, Zügen, Fähren und so weiter ist alles möglich! Man lernt sich kennen, man lernt sich lieben ...«

Ich ziehe die Stecknadel von meinem Kragen und halte sie Oma hin.

»Was ist das, mein Spatz?«

»Eine Fuchsnadel.«

»Was ist denn eine Fuchsnadel?«

»Na, eine kichernde Nadel.«

»Also wirklich! Gib sie mir mal, aber pass auf, dass du mich nicht stichst.«

Oma steckt sich die Nadel an den Kragen. Nadeln wirft man nicht weg. Jetzt bleiben mir noch der Knopf und die Haarklammer.

»Hüseyin ist eigentlich in Ankara, stimmt's, Birgül?«

Birgül lässt meine Hand los, bleibt stehen und schaut mich an.

»Woher …«

Mehr sagt sie nicht. Wir laufen weiter. Weil sie mir nicht geantwortet hat, erzähle ich ihr auch nicht von dem Restaurant, in dem ich Pilaw gegessen habe, und ich sage ihr nicht, wie lang Hüseyins Bart geworden ist. Wir schweigen.

Da ruft jemand hinter uns her: »Birgül! Birgül!«

Es ist einer von den großen Jungen aus dem Gymnasium. Er war mal im Gefängnis.

»Grüß dich, Ismail! Wo gehst du hin?«

»Zur U-Bahn-Eröffnung, Flugblätterverteilen mit ein paar Kumpels.«

»Zeig mal her … hm … sind gut geworden. Habt ihr das selbst geschrieben?«

»Mit Gottes Hilfe, Birgül.«

Ismail ist schon alt, mindestens fünfzehn Jahre. Darum kann er seine Flugblätter auch schon selber schreiben. Aber wenn er Birgül sieht, wird Ismail rot.

Als er weg ist, schaut Birgül mich an und lacht. »Seltsamer Kerl, findest du nicht, Ali?«

»Er ist eben auch in dich verliebt, Birgül.«

»Soso! Na, sieh mal einer an! Und wer ist noch in mich verliebt?«

»Alle aus dem Gymnasium. Und natürlich …«

»Und natürlich?«

»Hüseyin natürlich!«

Birgül lässt meine Hand wieder los. Sie greift sich in den Nacken und sagt: »Puh, ist das heiß! Besonders, wenn man so lange Haare hat.«

Da gebe ich Birgül eine Schnur aus meiner Tasche. Sie macht sich einen Pferdeschwanz, und dabei wirft sie ihre Haare hin und her. »Wo hast du denn jetzt diese Schnur her, Ali?«

»Von dem Drachen, Birgül«, sage ich. »Den hat Hüseyin gemacht.«

Für eine Weile läuft Birgül, ohne meine Hand zu halten. Sie hat mich vergessen, weil sie an Hüseyin denkt. Aber dann erinnert sie sich wieder an mich.

»Was hast du eigentlich in dem Sack, Ali?«

»Den Parka von meinem toten Onkel.«

»Ist er schwer? Soll ich dir tragen helfen?«

»Nein«, antworte ich. »Er ist überhaupt nicht schwer. Aber meine Hände sind zu klein.«

»Wir hätten ihn zubinden sollen.«

Ich ziehe die Schnur von dem roten Auto aus meiner Tasche. Damit bindet Birgül den Sack zu. Jetzt sind meine Hände nicht mehr zu klein.

»Sie haben ein großes Bild aufgehängt, auf dem Atatürk aus einem Zugfenster schaut. Es war wunderbar, Nejla Hanım. Leider konnten wir nicht länger bleiben, weil meine Enkelin so gequengelt hat.«

Oma hat eine Freundin von der Hauswirtschaftsschule getroffen. Die war mit ihrer Enkelin schon bei der U-Bahn. Die Enkelin ist aber viel kleiner als ich.

»So eine schöne Idee. Aber warum hat es dem kleinen Fräulein denn nicht gefallen? Hattest du Angst vor den vielen Menschen, meine Süße?«

Oma streichelt dem kleinen Mädchen über die Haare. Aber

das Mädchen versucht Oma auszuweichen. Also sage ich zu ihr: »Du brauchst keine Angst zu haben vor den vielen Leuten. Weil hier nur *Resolutionäre* sind, braucht man sich nicht zu fürchten.«

Oma und ihre Freundin lachen. Dann hole ich die Haarklammer aus meiner Tasche und stecke sie dem Mädchen in die Haare. Und Omas Freundin schenke ich den Knopf. Sie versteht aber nicht, warum. Weil man nämlich ihre Brüste sehen kann. Wie bei den Frauen, die zu Cavit Bey gehen. Damit man die bei ihr nicht sieht und sie nachher nicht traurig sein muss wie Oma, schenke ich ihr den Knopf. Ich glaube, Oma schämt sich ein bisschen für mich.

»Also wirklich, Ayşe! Gibst jedem kleine Geschenke!«

Keiner versteht mich. Aber meine Sachen sind aufgebraucht. Ich habe gar nichts mehr. Ich bin ja jetzt schon groß.

»Wie, glaubst du, wird es weitergehen, Ali? Ich meine, was wird zum Beispiel nächstes Jahr sein?« Als Birgül sich den Pferdeschwanz gemacht hat, hat sie eine Weile nicht geredet. Dann stellt sie plötzlich mit lauter Stimme diese Frage. Bei mir ist das manchmal genauso. Wenn ich ganz lange nachdenke, dann sage ich den letzten Satz von dem, was ich gedacht habe, oft laut, ohne es zu merken. Als ich ihr keine Antwort gebe, sagt sie: »Ich glaube, Ali, dass Ankara bald uns gehören wird. Ob so oder so. Und wenn wir Ankara haben, ist der Rest leicht. Wir sind am Ende dieser Geschichte angekommen. Weißt du, warum ich dir das sage? Sie haben doch deine Mutter gefoltert, mein Schatz, aber du darfst deswegen nicht traurig sein. Du darfst dich nicht einschüchtern lassen. Weil das nämlich zum Krieg dazugehört. Deine Mutter hat heldenhaft Widerstand geleistet. Eines Tages werden wir alle genau wie deine Mutter –«

»Birgül«, sage ich, »meinst du, wir finden die Schubkarre bei der U-Bahn-Eröffnung?«

Ich möchte mir keine so traurigen Sachen anhören. Sie erzählt mir das zwar, damit ich nicht traurig bin, aber eigentlich ist sie selber traurig. Ich mache ihr aus der goldenen Schnur von der Beschneidung einen Ring für ihren Finger. Da lacht sie wieder. Warum hat sie den Ring, den Hüseyin ihr gekauft hat, nicht an?

Meine Schnüre sind alle. Ich habe keine einzige mehr in der Tasche. Weil ich jetzt einen Parka habe. Schnüre sind sowieso nur was für Kinder.

»Der Ausbau des Schienennetzes ist ein Menschenrecht!«, brüllt der Mann auf der Bühne ins Mikrophon. Alle klatschen Beifall. Wir auch. Ab und zu schreien die Leute: »Schulter auf Schulter gegen den Faschismus!« Oma schreit natürlich nicht.

Dreimal muss man das schreien, glaube ich. Wenn ich zum vierten Mal schreie, schreie ich nämlich immer alleine. Dann lachen die Leute um uns rum. Ein paar junge Männer mit gelben Bändern an den Armen, auf denen »Ordner« steht, gehen zwischen den Menschen durch und passen auf, dass keiner was falsch macht. Ich glaube, die sind von der *Resolutionären Türkischen Jugend*.

Als wir zu dem Platz kommen, schaut Birgül sich um. In der Mitte ist ein riesiges Loch, um das alle herumstehen. Ich will in das Loch reinschauen. Ich will sehen, ob aus den Tiefen Ankaras die Sachen zum Vorschein gekommen sind, von denen Hüseyin erzählt hat. Aber es schreien alle so laut. Keiner schaut in das Loch, alle achten nur auf den Bürgermeister, und der schreit auch. Ständig stoßen Leute gegen meinen Sack. Birgül entdeckt einen Bekannten. »Genosse Bahri!«

Heute hat Bahri nicht die beiden Männer aus dem Schwanenpark dabei.

»Ali, wenn du dich auf Bahris Schultern setzt, kannst du vielleicht die Leute aus unserem Viertel sehen.«

»Willst du, Ali? Also los, wenn ich *hopp* sage!«

Birgül hält den Sack, und als er *hopp* sagt, springe ich. Plötzlich bin ich ganz hoch. Von so weit oben schaut Bahri also runter. Mir wird ein bisschen schwindelig. Dann schaue ich auf die Menschen. Ich mache meine Augen zu und schnuppere. Es riecht nach guter Laune. Es riecht nach Stimmen. Und als alle gleichzeitig zu schreien anfangen, riecht Kızılay wie ein Apfel.

»Hast du gehört, meine Liebe? Der Mann fragt, ob er dich auf die Schultern nehmen soll. Willst du, mein Spatz?«

»Ja!«, rufe ich. Der Mann lacht, und ich klettere auf ihn drauf. Als ich oben bin, ist das sehr hoch und auch sehr schön. Als alle klatschen, hört sich das ein bisschen wie Mineralwasser an. Wenn es im Glas sprudelt. Ich mache meine Augen zu. Es riecht nach Stimmen und nach sprudelndem Mineralwasser.

Ich habe Ayşe gesehen! Sie sitzt auf den Schultern von einem Mann, genau wie ich. Ich breite die Arme aus. Um sie auf mich aufmerksam zu machen.

Da ist Ali! Er breitet seine Arme aus. Als ob er fliegen will. Ich lache. Ich breite auch meine Arme aus. Da werden wir zu Schwänen. Ali und ich sind zu Schwänen geworden, die ihre Flügel ausbreiten können.

Birgül redet mit Bahri. Ich zeige ihr Ayşe nicht. Es reicht ja auch, wenn ich sie sehe.

Oma redet mit dem Mann, der mich auf die Schultern genommen hat. Darum kann ich ihr nicht sagen, dass Ali auch da ist. Aber wenn nur wir beide es wissen, ist es sowieso schöner. Wie ein Abenteuer oder ein Geheimnis. Genau wie die Schwäne.

Birgül und ich holen uns von der U-Bahn-Baustelle eine Schubkarre. Birgül sagt zu den Arbeitern: »Können wir uns die ausleihen, wir geben sie auch später wieder bei der Stadtverwaltung ab?« Und die Arbeiter sagen: »Ihr kommt doch aus Seyranbağları, oder? Nehmt sie mit!« Wir laufen bis nach Kurtuluş mit der Schubkarre. Birgül schiebt sie, und ich habe den Sack draufgelegt.

»Die Schubkarre hat uns berühmt gemacht. Alle schauen uns an, mein lieber Ali«, sagt Birgül. »Mein lieber Ali«, hat sie gesagt! Bei uns im Viertel sagt niemand: »Mein lieber Ali«, nur die Menschen im Fernsehen sagen so was. Als Birgül das sagt, schäme ich mich. Aber Birgül schämt sich überhaupt nicht.

»Es ist lange her, dass ich das letzte Mal in der Innenstadt war, Ali!«, sagt sie und lacht. »Bei den ganzen Demos weiß man irgendwann nicht mehr, was die Menschen hier so machen. Die normalen Menschen, meine ich. Allerdings haben die natürlich auch keine Ahnung von uns.« Birgül zieht ihren Zeh zurück, der aus dem Loch in ihrem Schuh rausschaut. Damit man ihn nicht sieht. »Sie lachen uns aus, Ali. Als wären wir naive Träumer. Sie lachen, als wäre es aus der Mode gekommen, von Armut zu sprechen. Als würden sie die Tagesordnung bestimmen. Dieses spöttische Lachen ist gefährlicher als jede Waffe. Was meinst du, Ali?«

Ich nicke.

»Ach ja, ich wollte dir noch was sagen.« Birgül lässt die Schubkarre los und stemmt ihre Hände in die Hüften, genau wie Ayşe. »Sprich, Ali. Hab keine Angst, weil alle dich anschauen und du etwas Falsches sagen könntest. Denn es gibt ohnehin schon so viel Lärm, dass man uns selbst dann nicht hört, wenn wir aus voller Kehle schreien. Okay, mein lieber Ali?«

»Okay«, sage ich.

Da kneift Birgül mich in die Wange. »Bravo, mein Junge!«

Alleine kann ich die Schubkarre nicht schieben, aber zusammen mit Ayşe werden wir es schaffen. Weil wir inzwischen beide schon groß sind.

Als wir bei Ayşe ankommen, sagt Birgül: »Hier ist es? Bist du sicher?« Dann schaut sie zu dem Haus von Samim und Ayla. »O Gott!«, sagt sie. Ich knirsche mit dem Feuerzeug. Ab jetzt werde ich nichts mehr erzählen. Erst wieder, wenn wir den Schwan gerettet haben. Dann erzähle ich Birgül alles. Von Hüseyins Bart und dass sie fliegen können, und das Feuerzeug gebe ich dann auch endlich zurück.

# 14. KAPITEL

## Nachbarschaftliche Beziehungen

**Unsere Nachbarn sind uns näher als unsere Verwandten**

»Aber natürlich bleibt er bei uns, gar keine Frage!«

Papa und Mama kommen gleichzeitig nach Hause. Als sie ihre Schuhe ausziehen, erzählt Oma ihnen von Birgül. Sie erzählt, dass Ali bei uns bleiben muss, und dann sagt sie noch mit ganz leiser Stimme: »Alis Mutter wurde gefoltert, hat das Mädchen gesagt, das mit ihm hier war. Eine Frau vom Dorf! Wieso sollten sie die foltern?«

Mama hat einen Schuh noch an. Sie schaut zu Oma, ohne was zu sagen. Manchmal ist sie, als ob sie auch Omas Mama wäre. »Aydın, sollen wir nicht zum Krankenhaus fahren, um zu sehen, wie es ihr geht?«

»Wir wissen doch gar nicht, ob sie im Krankenhaus ist, Sevgi. Bestimmt ruft Hasan heute Abend an, dann wissen wir mehr.«

Papa ist ja nicht besonders neugierig. Aber er ist schließlich auch sauer. Jetzt ist er, als ob er auch Mamas Papa wäre.

Oma sagt: »Sevgi, dem Jungen geht es auch nicht gut. Er hat so einen leeren Blick.«

»Okay, Mutter, überlass das uns.«

Oma ist jetzt ganz klein. Aber als Ali und Birgül gekommen sind, war sie ganz hochnäsig. »Ja, bitte, Sie wünschen?«, hat Oma Birgül mit ihrer »vornehmen« Stimme gefragt. Und als Birgül sie gefragt hat: »Können wir uns kurz in der Küche unterhalten?«, da hat Oma gesagt: »Aber selbstverständlich, bitte treten Sie doch ein.« Aber als Birgül gerade reinkommen wollte, hat Oma mit dem Finger auf die Fußmatte gezeigt. »Die Schuhe ziehen wir hier aus.«

»Ich bleibe nicht lange.«

Danach haben sie nichts mehr gesagt. Und dann haben sie die Küchentür hinter sich zugemacht, damit Ali und ich nichts hören konnten. Wir haben sie aber trotzdem gehört!

Ali hatte einen Sack in der Hand. Ich stand neben ihm vor der Küchentür, und er schaute mich an. Als würden wir uns überhaupt nicht kennen. Er knirschte mit dem Feuerzeug in seiner Tasche. Er hatte mir wohl viel zu erzählen. Durch die Milchglasscheibe sahen wir die gezackten Sternbilder von Oma und Birgül.

»Wie soll ich Ihnen das erklären … Wissen Sie, was sich in unseren Vierteln momentan abspielt?«

»Über den Zustand dieses Landes bin ich durchaus im Bilde, verehrtes Fräulein!«

»So habe ich das nicht gemeint, aber … na ja, es ist folgendermaßen: Alis Mutter Aliye … Herrje! Das mag sich jetzt so anhören, als würde ich Ihnen von einem Film erzählen, aber …«

»Sie halten mich wohl für ein Starenjunges, das gerade aus dem Ei geschlüpft ist, mein Fräulein. Wir leben schließlich im selben Land! Also, was ist mit Aliye?«

»Nun gut, Ihre Putzfrau Aliye …«

»Aliye Hanım ist unsere Haushaltshilfe, junge Frau.«

»Gut, gut. Dann wurde eben Ihre Haushaltshilfe festgenommen und gefoltert.«

Ali sagte immer noch kein Wort, aber ich verstand, was er mir sagen wollte. Er wollte sagen: »Schau in den Sack. Ich kann mich gerade nicht bewegen.« Ich nahm Ali den Sack aus der Hand. In dem Sack war ein grüner Mantel. Er roch nach Winter, nach einer Winternacht.

»Ein Mantel.«

»Ein Parka.«

»Was ist denn ein Parka?«

»Ein Mantel mit Blut drauf.«

»Und von wem ist das Blut?«

»Von einem Schwan.«

Ein Parka ist vielleicht ein Mantel, den man anzieht, um Schwäne zu retten.

»Machen Sie sich keine Sorgen, Nejla Hanım, sie wurde schon wieder freigelassen.«

»Diese Barbaren! Eine einfache Putz… äh, unsere Aliye Hanım zu foltern!«

»Wir sind im Widerstand, Nejla Hanım.«

»Widerstand, Widerstand … na und! Eine Frau und Mutter …«

Ali knirschte mit dem Feuerzeug in seiner Tasche. Seine Mama war also in die Polizeiwache gebracht worden. Dann hatte sie ganz viel geblutet. Ali zog seine Liste aus der Tasche. Die Liste mit den Sachen, die er vor seinem Tod noch machen will. »Jetzt, wo keine Schnüre mehr übrig sind«, sagte Ali leise, »brauche ich auch die Liste nicht mehr.«

Ali verbrannte die Liste mit dem Feuerzeug. Ein Punkt nach dem anderen verschwand:

6. Die Schwäne retten. (Es könnte aber sein, dass ich nicht alle schaffe, weil sie so groß sind. Die Spannweite eines ausgewachsenen Schwans beträgt drei Meter.)

5. Die Schmetterlinge ins Parlament bringen. (Weil Hüseyin dann auch reinkommt.)
4. Mama eine ganze Kammer voll Brot kaufen (wie bei *Heidi*), und dazu Fleisch (wie bei *Wickie und die starken Männer*).
3. Für Hüseyin das größte Gewehr kaufen.
2. Den Parka von meinem Onkel anziehen und was sehr Wichtiges machen.

Nur der erste Punkt blieb übrig:
1. Das *Konservationslexikon* durchlesen …

Ali verbrannte die Liste und ließ sie auf den Teppichboden fallen. Ich hätte ihm gerne gesagt, dass wir ja jetzt groß waren und dass ich deswegen auch meine geheimen Sachen verschenkt hatte. Aber vielleicht hatte er mich auch so verstanden. Weil er nämlich mit seinem Feuerzeug knirschte. Wir waren zwar jetzt groß, aber je größer man wird, desto kleiner fühlt man sich, glaube ich. Jedenfalls fühlte ich mich kleiner als gestern.

»Es wäre am besten, wenn Ali für ein paar Tage bei Ihnen bleiben könnte. Bis Aliye wieder aus dem Krankenhaus kommt.«

»Aber natürlich bleibt er bei uns, gar keine Frage! Wenn nur Aydın und Sevgi schon zu Hause wären …«

»Wenn Sie wollen, warte ich, bis sie wiederkommen, und erkläre ihnen alles.«

»Nein, das wird nicht nötig sein. Es ist alles in Ordnung. Ich bin schon wieder ganz beruhigt. Aber was sollen wir denn tun mit dem Jungen?«

»Gar nichts. Wenn er sich ein paar Tage in Ruhe erholen kann, kommt er schon wieder zu sich.«

Ali nahm mir den Parka ab. Aus der Tasche zog er den Brief. Den Brief, den Mama von Önder bekommen hatte, den mit der grünen Tinte. Mit dem Feuerzeug zündete er auch ihn an. Die Wörter verbrannten schnell.

*Meine liebe Sevgi,*
*Lieben, das ist ein wenig so, als würden einem Vogel die Flügel gebrochen. Wusstest du, Sevgi, dass man Tauben die Flügel bricht, damit sie nie davonfliegen und für immer zu Hause bleiben? Jemanden zu lieben, das bedeutet eben, sich jenen Knochen, der zum Fliegen dient, freiwillig, furchtlos und mit einem Lächeln aus dem eigenen Flügel herauszuschneiden und einem anderen zu schenken. So besitze ich nun deinen Flügelknochen und du meinen. Dies ist der letzte Brief, den ich dir aus dem Gefängnis schreibe, denn bald werde ich entlassen. Bald werden wir beide …*

Genau an dieser Stelle war der Brief verbrannt. Jetzt hatten wir nur noch uns beide. Wir besaßen nichts mehr. Wir waren groß geworden.

»Was riecht denn hier so? Riecht das verbrannt?«

Bevor Oma aus der Küche kam, steckte Ali schnell das Feuerzeug in seine Tasche, und ich stellte mich auf die Asche. Es schwebte ein bisschen Rauch in der Luft. Wir schauten Oma und Birgül an. Oma wollte sagen: »Was habt ihr denn da angestellt!«, aber sie konnte es nicht. Als sie Ali anschaute, kriegte sie kein Wort raus. Birgül zog eine Schnur aus ihren Haaren und gab sie Ali.

Als Birgül weg war, gingen Ali und ich raus auf den Balkon. Birgül verschwand in dem Haus von Samim und Ayla. »Ali, guck mal!«, sagte ich. »Pssst«, sagte Ali.

Dann sind meine Eltern wiedergekommen. Oma hat ihnen von Birgül und Aliye erzählt, sie haben sich Zigaretten angezündet, und jetzt sitzen sie in der Küche und unterhalten sich. Papa streichelt Alis Kopf. Bis zum Abend sprechen meine Eltern nicht mehr miteinander. Erst als die Nachrichten anfangen, reden sie. Aber Papa sagt nicht mehr wie früher »Sei so lieb« zu Mama, und Mama darf auch nicht mehr sauer auf ihn sein. Ich glaube, Mama hat eine Strafe bekommen.

*… Oppositionsführer Bülent Ecevit, der darauf hinwies, dass Grundnahrungsmittel sich im letzten Jahr um einhundert Prozent verteuert hätten …*

»Gibt es Neuigkeiten, was das Disziplinarverfahren angeht?«

»Sprechen wir jetzt nicht darüber, Aydın.«

»Sag doch, Sevgi. Haben sie es tatsächlich eingeleitet?«

»Haben sie.«

»Und mit welcher Begründung?«

»Wegen unsittlichen Verhaltens, Aydın!«

*Ecevit fügte hinzu, dreißig Prozent der bei Privatbankiers angelegten Gelder seien nicht versteuert worden, und übte damit Kritik an Ministerpräsident Demirel, der …*

Papa zündet sich noch eine Zigarette an.

»Sie konnten ja schlecht meine politischen Ansichten und die Schmetterlinge als Begründung heranziehen, Aydın.«

»Ich glaube eher, dass sie mit unsittlichem Verhalten Önders Briefe meinen!«

Mama sagt nichts.

*Aufgrund von politischen Auseinandersetzungen und Terrorakten kamen landesweit neunundzwanzig Menschen ums Leben, darunter vier Kinder. Nun zum Wetter …*

»Ayşe und Ali, geht ein bisschen ins Kinderzimmer und spielt.«

Wir gehen in den Flur. Ich mache »Pssst« zu Ali, aber Ali spricht sowieso nicht. Dann belauschen wir Mama und Papa.

»Aydın, bitte verschone mich mit diesem Thema.«

»Sollen wir etwa so tun, als wäre nichts geschehen? Ich darf nicht fragen, wer Önder ist, aber im Parlament wird ein Disziplinarverfahren wegen unsittlichen Verhaltens gegen dich angestrengt, Sevgi Hanım!«

»Aydın, ich gehe in langen Unterhosen zu Demonstrationen, weil ich dort festgenommen und gefoltert werden könnte. Natürlich werfen sie mir unsittliches Verhalten vor! Und jetzt lass mich bitte in Frieden.«

Danach sagt Mama nichts mehr. Und Papa auch nicht. Mama hat ja auch »bitte« gesagt, deswegen.

Als der Wetterbericht fertig ist, sagt Mama: »Ich habe mir den Freitag freigenommen und den Montag auch. Wir können also nach Ordu fahren. Wenn du willst, brechen wir übermorgen in aller Frühe auf.«

Da klingelt das Telefon.

»Ah, Hasan, wie steht's? Wie geht es deiner Frau? Wenn ihr Hilfe braucht … welches Krankenhaus? Ich meine, wir könnten sofort kommen … ehrlich … na gut … Es geht ihm gut, er spielt mit Ayşe. Mach dir keine Sorgen. Und sag bitte, wenn ihr etwas braucht, dann … okay … Ach, Hasan, es tut mir leid, aber wir fahren am Freitagmorgen nach Ordu. Meinem Vater geht es nicht so gut … wie bitte? Okay … aber sag Bescheid, wenn ihr irgendwas braucht. Und sag Aliye bitte von uns allen gute Besserung … aufgelegt!«

Als Ali den Namen von seinem Papa gehört hat, hat er sich neben meinen Papa gestellt. In seinen Augen ist ein Licht angegangen, und sein Mund ist offen stehen geblieben. Aber als Papa »aufgelegt!« sagt, macht Ali seinen Mund so fest zu, als wäre er abgeschlossen, und das Licht in seinen Augen geht aus. Papa streichelt ihm den Kopf. Vielleicht glaubt er, dass Ali dann spricht, wenn er ihm den Kopf streichelt.

»Mach dir keine Sorgen, Ali, deiner Mutter geht es gut. Aber sie muss noch einen oder zwei Tage länger im Krankenhaus bleiben. Wir fahren am Freitag nach Ordu, und bevor wir fahren, holen sie dich ab.«

Als Mama zu Papa sagt: »Warum hast du das denn gesagt, Aydın? Das hörte sich ja an wie: ›Am Freitag nehmt ihr den Jungen gefälligst wieder zu euch‹«, gehen wir raus auf den Balkon. In dem dunklen Zimmer von Samim und Ayla geht kurz das Licht an und sofort wieder aus. Wir schauen rüber. Wir sagen nichts. Von der Polizeiwache kommen Schreie. Wir sagen nichts. Weil wir überhaupt nichts sagen, hören wir alle Geräusche aus der Nachbarschaft. Bei Jale Hanım läuft Musik. Der Maulbeerbaum bei der Polizeiwache raschelt.

Dann sagt Ali: »Deine Schuhe sind ganz staubig geworden. Ich habe sie vor der Tür gesehen.«

Und ich sage: »Sollen wir Schokella essen?«

»Birgül zieht sich die Schuhe sonst eigentlich immer aus, aber weil sie denkt, dass ihr reich seid, hat sie sie anbehalten.«

Dann essen wir Schokella. Ali isst nicht alles auf. Er lässt die Hälfte übrig. Weil seine Mama doch krank ist und keine Schokella essen kann. Wenn meine Mama krank wäre, würde ich auch nur die Hälfte essen.

Als wir im Bett liegen, sagt Ali: »Erzähl mir, wie das war, als die Schmetterlinge im Parlament waren.«

»Es waren auch orangene dabei«, sage ich, aber ich erzähle noch viel mehr.

»Der Junge gehört zu uns! Lassen Sie ihn los!«

Ayşe hat ihre Oma angebettelt, mit uns in den Schwanenpark zu gehen. Ich muss nämlich »das Terrain sondieren«, wegen dem Schwan.

Ayşes Oma hat sich im Schwanenpark auf eine Bank gesetzt. Sie schaut mit einer Frau zusammen in die Zeitung. Sie reden über Bülent Ersoy. In letzter Zeit reden alle über ihn. Ich habe das Gefühl, als wären alle auf ihn sauer.

»Nein, aber wenn es solche obskuren Typen nicht gäbe, wäre das Land dann in diesen Zustand gekommen?«

»Was hat Bülent Ersoy denn mit dem Zustand dieses Landes zu tun! Eigentlich kann man ihn nur bedauern.«

»Von wegen bedauern, meine Liebe! Spaziert erst kokettierend durch die Gegend, und dann heult er, weil sie ihn ins Gefängnis gesteckt haben!«

»Nein, nein, das Gefängnis ist für niemanden gut!«

Ayşe schaukelte, und ich schaute die Schwäne an. Da kamen diese Jungen. Gecekondu-Jungen, die mit lautem Geschrei in den Park rannten. Sie schrien, damit alle sie bemerkten. Sie kletterten oben auf die Schaukeln und hängten sich an den Rand von der Rutsche. Sie hoben das eine Ende von der Wippe so hoch, wie es ging, und ließen es krachend fallen. Da kam der Parkwächter und blies in seine Trillerpfeife. Die Jungen liefen weg, aber der Parkwächter erwischte einen von ihnen. Da konnten auch die anderen nicht einfach abhauen. Sie beschimpften den Parkwächter. Der schlug den Jungen. Ich ging zu ihnen und blieb vor dem Parkwächter stehen. Er packte mich am Nacken. Der andere Junge trat ihn vors Schienbein und befreite sich aus seinem Griff. Der Parkwächter hielt mich für einen von denen. Ich bin ja auch einer von denen.

»Hört auf, die Kinder zu belästigen, ihr Rotzlöffel! Ihr habt hier im Park nichts zu suchen!«

Dabei kommt der Parkwächter eigentlich selbst aus einem Gecekondu, man sieht es an seinen Schuhen. Ayşe sprang von der Schaukel. Sie schaute zu ihrer Oma. Die hatte noch gar nichts bemerkt. Da ging Ayşe einen Schritt auf mich zu und blieb stehen. Aber sie konnte nichts sagen und war wie festgewachsen. Bis ihre Oma uns endlich gesehen hat und ruft:

»Der Junge gehört zu uns! Lassen Sie ihn los!«

Da rennt Ayşe zu mir. Sie greift nach meiner Hand und zieht. Der Parkwächter hält mich am Nacken fest, und Ayşe zieht an meinem Arm.

»Guter Mann, der Junge gehört zu uns! Er ist keiner von denen! Lassen Sie ihn los!«

Die Gecekondu-Jungen hören auf zu schreien und glotzen mich bloß noch an. Dann lachen sie mich aus.

Ayşe und ich setzen uns auf die Schaukeln. Ayşe ist stumm, weil sie den Parkwächter nicht anschreien konnte.

Darum sage ich: »Ohne dich kann ich den Schwan nicht retten, Ayşe.«

Da freut sie sich. »Wenn wir die Schwäne retten, dann bin ich eine von euch. Stimmt's?«

»M-m!«

»Aber warum nicht?! Dann wäre ich nicht mehr wie Mama und Papa. Dann wäre ich wie du. Finde ich jedenfalls.«

»Ist doch egal. Hauptsache, wir retten die Schwäne! Wenn wir die Schwäne retten, dann sind sowieso alle gerettet, sozusagen.«

Mein Nacken tut immer noch weh, als wir wieder bei Ayşe zu Hause sind. Aber da habe ich sowieso schon »Temperatur«, wie Ayşes Oma sagt. Also bleibe ich im Bett, bis abends Besuch kommt.

Der Detektiv steht vor unserer Wohnung und brüllt ins Treppenhaus: »Machen Sie gefälligst die Tür zu! Zumachen, sage ich!« Er lächelt Papa zwar an, aber er ist ganz schön wütend. »Sag mal, Aydın, hat eure Nachbarin noch alle Tassen im Schrank?«

»Was ist los, Nahit?«

»Die hat einem Polizisten von der Wache erzählt, über ihr würden Kommunisten wohnen, und Samim Bey von gegenüber sei auch so einer. Ich habe es zufällig mit angehört. Da habe ich ihr aber die Meinung gesagt, und den Beamten habe ich weggeschickt.«

Papa sagt zu Oma: »Nejla, hast du gehört, was deine Jale sich da mal wieder geleistet hat?«

»Offenbar nimmt sie mir das mit dem Verlobungskleid übel. Vielleicht sollte ich runtergehen und mit ihr sprechen, was meinst du, Sevgi?«

»Ach Mutter, was willst du mit einer Frau sprechen, die dich bei der Polizei verpfeift!«

Während der Detektiv seine Schuhe auszieht, sagt er zu Oma: »Halt dich da besser raus, Nejla. Die Menschen in diesem Land sind – mit Verlaub – verrückt geworden. In Amasya sind Rechte und Linke neulich wegen einer Katze aneinandergeraten; es gab zwei Tote. Den Ortsvorsteher haben sie sogar enthauptet!«

»Das wird ja immer besser!«, sagt Papa. Mama zeigt auf mich.

»Vor dem Kind …«

Papa fasst den Detektiv am Arm. »Na gut, gehen wir ins Wohnzimmer, Nahit.«

Der Detektiv gibt Papa einen Schlüssel. »Du kannst ihn behalten, solange du willst. Ich fahre eh nie damit. Wenn ihr aus Ordu wiederkommt, sehen wir weiter; vielleicht verkaufe ich dir meine alte Klapperkiste … Was ist eigentlich aus eurer Disziplinargeschichte geworden, Sevgi? Aydın hatte gesagt …«

»Sevgi regelt das schon, Detektiv! Kein Grund zur Sorge. Was soll bei einem Disziplinarverfahren herauskommen, bei dem sich ein paar reaktionäre Mistkerle ein unsittliches Verhalten zurechtphantasiert haben? Nichts! So wollen sie den Frauen eben Angst einjagen. Sevgi nimmt es ohnehin nicht ernst.«

Mama schaut Papa an, als ob sie sauer wäre, aber auch, als ob sie lachen müsste. Sie geht in die Küche. Papa gießt dem Detektiv Rakı ein.

Ali und ich gehen raus auf den Balkon. Weil es da vielleicht ein bisschen windig ist. In dem abgeschlossenen Zimmer von Samim und Ayla brennt wieder Licht. Da sieht man eine Frau. Sie schüttelt ihre Haare. Die sehen aus wie Birgüls Haare … das *sind* Birgüls Haare! Eine Männerhand nähert sich den Haaren. Da geht das Licht aus.

Ali lacht. »Wenn wir den Schwan retten, dann kommen Hüseyin und Birgül da raus. Verstehst du?«

»Aber was, wenn wir nach Ordu fahren und gar nicht zu den Schwänen gehen können?«

»Das wird nicht geschehen. Wir machen das.«

Dann stecken wir unsere Füße zwischen die Stäbe vom Balkongeländer. Ali hat Löcher in den Strümpfen. In beiden.

Als wir am nächsten Morgen frühstücken, klingelt das Telefon.

»Aydın, schnell, schnell! Geh ran!«

Oma hat ein bisschen Angst vor dem Telefon. Sie glaubt, dass sie was kaputt machen könnte, oder dass der, der anruft, vielleicht Angst bekommt. Meine Eltern müssen bald zur Arbeit. Ali und ich sind in der Küche. Ali legt seine Olivenkerne auf den Tisch. Ich nehme sie und lege sie auf seinen Teller. So gehört sich das nämlich.

»Hallo? Ah, Hasan! Du bist es doch, oder? Guten Morgen, guten Morgen. Ach, gut … letztes Mal war er traurig, dass ihr nicht sprechen konntet. Warte, ich gebe ihn dir, sprich mit deinem Sohn.«

Als Ali den Namen von seinem Papa hört, schluckt er alles, was er im Mund hat, ganz schnell runter. Papa winkt ihn zu sich. Der Telefonhörer ist so groß, dass er nicht an Alis Ohr kommt, wenn er ihn vor seinen Mund hält. Und wenn er ihn an sein Ohr presst, kommt er nicht an seinen Mund. »Sag doch hallo«, sagt Papa. Ali schaut Papa an. Er sagt immer noch nichts. Man kann die Stimme von seinem Papa hören, weil er so laut redet.

»Ali! Großer, hörst du mich? Geht es dir gut, mein Sohn? Deine Mutter und ich kommen dich morgen abholen. Ganz früh am Morgen. Deiner Mutter geht es gut, mein Sohn, mach dir keine Sorgen. Ali? Bist du noch dran, Großer?«

Ali sagt überhaupt nichts, sondern nickt nur mit dem Kopf. Papa ruft ins Telefon: »Er ist hier, Hasan, er ist hier! Er kann dich hören, sprich weiter!«

»Ah! Sprich mit deiner Mutter, Ali! Hier, rede du mal mit dem Jungen.«

Aliye schreit aus dem Telefon: »Ali, mein Schatz, mach dir keine Sorgen um mich, mein Kind!«

Ali tritt mit dem Fuß gegen den Schrank. So macht man das, wenn man weglaufen will. Dann gibt er Papa den Telefonhörer und rennt in mein Zimmer.

»Ali geht es gut, Aliye. Er war einfach ein bisschen schüchtern … Nein, meine Liebe, wir warten auf euch. Gute Besserung übrigens. Und falls ihr etwas braucht … nanu, schon wieder aufgelegt.«

Ich gehe zu Ali. Aber er rennt aufs Klo und schließt die Tür ab. So langsam reicht es mir! Da klingelt wieder das Telefon.

»Ah, diesmal ist es bestimmt Vater! Ah, guten Morgen! Wie geht es dir? Besser? Was du nicht sagst! Du, wir kommen. Ja … morgen früh brechen wir auf. Wie bitte? Ja, in Gottes Namen, wir kaufen Melonen auf dem Weg. Also dann … mach's gut, Vater!« Papa lacht. »Dein Opa ist schon ein komischer Kauz, Ayşe! Erst sagt er, er sei herzkrank und wir müssten ihm so schnell wie möglich helfen, und dann sollen wir unterwegs noch Melonen kaufen … Sevgi, jetzt komm! Leg die Zeitung weg, wir gehen!«

Mama hat erst einen Schuh an. Sie sucht mit ihrem Fuß nach dem anderen und guckt gleichzeitig in die Zeitung.

»Ich schaue nur gerade, was da im Gefängnis von Mamak los ist … es ist der blanke Wahnsinn. Der Anstaltsleiter hat tatsächlich das Feuer auf Häftlinge eröffnen lassen.«

Mama zieht ihre neuen Schuhe nicht mehr an; sie trägt nur noch ihre alten, hässlichen. Sie geht, ohne mir einen Kuss zu geben. Schon wieder.

Oma kocht sich einen Kaffee und setzt sich ans Küchenfenster. Sie raucht eine Zigarette. Wie eine Dampflokomotive. Sie schaut aus dem Fenster. Ali kommt überhaupt nicht mehr aus dem Klo raus. Ich gehe in mein Zimmer. Da sehe ich mein Mäppchen. Ich mache es auf und rieche daran. Es riecht nach Stiften, nach Radiergummi und nach meinen Händen vom letzten Jahr. Am Montag fängt ja die Schule wieder an. Dann kauft Mama mir neue weiße Strümpfe. Und rote Lackschuhe. Am ersten Schultag bindet sie mir meinen Spitzenkragen um. Oma wischt mir meine Knie mit Kölnischwasser ab, und auch meinen Hals. Dann dufte ich. Und ich flechte meine Haare und binde sie mit der neuen weißen Kordel zusammen. Am ersten Tag nach den Ferien sind immer alle ganz sauber. Sogar die Toiletten sind sauber. In der Pause spielen wir Gummitwist. Dann gehen wir zum *Schreibwagenladen*. Wir kaufen ganz viele Hefte für mich. Am linken Rand von jeder Seite mache ich eine rote Linie mit dem Lineal. Weil man da nämlich anfangen muss mit Schreiben. Ab der roten Linie. Mit den roten Linien ist das Heft nicht mehr so leer. Aber am schönsten ist der rechte Rand. Der ist immer sauber. Und wenn man sich mit dem Arm da draufstützt, ist der rechte Rand ganz kühl. Der linke Rand wird warm und schmutzig. Ich glaube, ich habe ein bisschen die Nase voll von Ali. Er ist wie der linke Rand. Als ob er immer traurig wäre. Mir ist so langweilig! Wenn wir doch jetzt schon neue Hefte kaufen könnten, dann könnte ich ganz viele rote Linien reinzeichnen.

»Mein Spatz, ich gehe kurz zu Jale Hanım, um ihr was zu sagen. Seid schön brav solange.«

Ich stehe an der Tür und höre Omas Schritte im Treppenhaus. Da kommt Ali auch endlich wieder aus dem Klo raus, aber ich habe keine Lust mehr, mit ihm zu sprechen. Soll er doch mal sehen, wie das ist.

»Jale, guten Morgen!«

»Was gibt's, Nejla? Wir haben heute einiges um die Ohren. Du weißt ja, morgen Abend ist Verlobung. Wenn du also was zu sagen hast …«

»Gestern hat jemand mit angehört, was du diesem Polizisten von der Wache gesagt hast, Jale.«

»Und?«

»So etwas macht man nicht! Wir sind seit Jahren Nachbarn. Die Zeiten sind schlecht, Jale. Die Leute stechen einander die Augen aus, Brüder ermorden Brüder, Nachbarn Nachbarn. Wir sind anständige Menschen. Und ihr seid auch anständige Menschen. Lass uns doch das Kriegsbeil begraben.«

»Also wirklich, Nejla, ich weiß doch genau, dass deine Tochter und ihr Mann mit diesem Kommunisten von gegenüber unter einer Decke stecken und über uns herziehen. Wahrscheinlich nennt ihr uns heimlich sogar Faschisten!«

»Ach, woher denn, Jale! Ich würde ein solches Wort niemals über meine Lippen …«

»Vielleicht hättest du mal besser nachdenken sollen, als du mich eine Woche vor der Verlobung mit dem Stoff hast sitzen lassen. Aber Gott sei Dank haben wir ja unseren Schwiegersohn, der hat das Kleid bei Ankaras bester Schneiderei in Auftrag gegeben, und drei Tage später war es fertig!«

»Da bin ich beruhigt. Alles Gute damit!«

»Auf Kommunisten wie euch ist eben kein Verlass!«

»Na, na, Jale, jetzt reicht es aber langsam!«

»Es reicht noch lange nicht!«

Endlich kommt Oma wieder die Treppen hoch. »O doch, es reicht! Du treibst es wahrhaftig zu weit! So ein ungehobeltes Benehmen ist mir noch nicht untergekommen!«

»Ungehobelt benehmen sich Kommunisten wie ihr!«

Oma kommt in die Wohnung rein. Ihr Gesicht ist so rot wie eine Tomate. Sie knallt die Tür hinter sich zu. »Faschistisches Weibsstück!« Sie hält sich die Hand vor den Mund. »O weh! Herr, ich bitte dich, vergib mir meine Ausdrucksweise!«

Ali weiß noch nicht, dass ich nicht mehr mit ihm spreche.

»Sind eure Nachbarn etwa Faschisten?«

Keine Ahnung!

»Wenn eure Nachbarn Faschisten sind … habt ihr dann überhaupt Waffen? Falls sie euch angreifen, meine ich.«

Ali redet vielleicht einen Quatsch! Als würde Jale Hanım uns angreifen. Als könnte jeden Moment was Schreckliches passieren. Dabei kommt heute Abend *Heidi,* und morgen fahren wir nach Ordu, und am Montag fängt die Schule wieder an, und dann habe ich ganz viele saubere Hefte mit roten Linien drin.

»Wo sind eure Revolver?«

»Ich spreche nicht mehr mit dir!«

Ich verschwinde in mein Zimmer. Ali kommt mir nicht hinterher. Ich schreibe ein Gedicht in mein Heft, weil ich das am Montag vielleicht aufsagen muss. Ali kommt immer noch nicht zu mir. Da klopft es plötzlich laut an die Wohnungstür. Vielleicht ist Jale Hanım gekommen, um sich zu entschuldigen. Ich renne zur Tür. Ali auch.

Oma ruft: »Ich komme ja schon! Was soll denn der Lärm!«

Es ist Samim! Sein Hemd ist vorne offen. Er schwitzt und ist ganz rot im Gesicht.

»Samim! Wie siehst du denn aus!«

»Nejla, wir müssen sofort weg. Später kommt jemand zu euch, um dieses Paket hier abzuholen. Viele Grüße an Aydın und Sevgi. Wir müssen für eine Weile verschwinden ...«

Samim will die Treppen runterlaufen, aber als er uns sieht, bleibt er noch mal stehen. »Ayşejewitsch! Wir kommen wieder, Kinder! Hüseyin und Birgül kommen auch zurück, Ali. Habt keine Angst!«

Oma hält das Paket in der Hand und fängt an zu zittern. »Samim?«

Samim ist schon halb die Treppe runter. »Ja, Nejla?«

»Passt auf euch auf!«

Samim lacht nicht mehr, als würden Pferde galoppieren. Er lacht, als wären alle Pferde weggelaufen. Durchs Treppenhaus schallt Musik.

*Ich will mir mit Steinen den Kopf einhauen / Sah viel zu früh meine Haare ergrauen ...*

Als unten die Haustür zuknallt, ist auch das Lied wieder vorbei.

*Ich will mir die grauen Haare ausreißen …*

Weil Jale Hanım nämlich ihre Tür wieder zugemacht hat. Oma schaut auf das Paket, das sie in der Hand hält.

»Was ist das denn überhaupt? Wer, hat er gesagt, holt das Paket ab? Hat er das überhaupt gesagt? Mein Gott, ich verliere noch den Verstand!«

Oma zittert so sehr, dass ihr das Paket fast aus der Hand fällt. Ali nimmt es ihr ab. Er stellt es auf das Schuhregal. Es ist in Zeitungspapier eingewickelt. *Cumhuriyet*. Er macht es auf. Oma zittert immer noch.

»Oje, ich werde gleich ohnmächtig! Was ist denn das, mein Junge? Ach, du lieber Gott!«

»Revolver!« Ich glaube, das habe ich laut gesagt.

»Eine Sten Gun und eine Vierzehner«, sagt Ali. »Hüseyins Waffen.« Dann dreht er sich zu Oma um. »Habt ihr einen Kohlenkeller? Die müssen wir im Kohlenkeller verstecken.«

Oma schwankt. Sie hält sich an der Wand fest.

»Ich glaube, ich falle in Ohnmacht, Kinder!«

Als Oma gerade in Ohnmacht fallen will, macht es draußen *bumm!* »Eine Bombe!«, sagt Ali.

Oma schlägt die Hände über dem Kopf zusammen. »Die schwarzen Männer kommen, Ayşe! Zeit, sich zu verstecken!«

Oma will das Manöverspiel spielen. Aber wir bleiben einfach stehen. Ali sagt: »Wir müssen die Waffen verstecken.« Oma hat ihre Hände immer noch in der Luft. Sie versucht, das Manöverspiel alleine zu spielen. Ich schaue Ali an. Mit wichtigen Sachen kennt er sich besser aus als Oma.

»Wo bleiben denn Aydın und Sevgi? Ach, wären sie bloß schon zurück!« Ayşes Oma sagt das jetzt schon zum neunten Mal. Sie will die Waffen in der Schublade verstecken. Ich sage: »Wir müssen die entweder im Kohlenkeller verstecken oder in Töpfen.« Sie tut die Waffen in einen Topf. Von draußen kommen Schüsse.

Ayşes Oma will, dass wir uns nebeneinander auf das Sofa vor dem Fernseher setzen. Dann macht sie mit ihren Händen so komische Sachen, als würde sie beten.

»Ich schließ die Kinder ein / In hellen Lichterschein / In Atlas und in Perlen / Geschützt vor bösen Kerlen / So sei es, toi toi toi / O Herr, steh ihnen bei!«

Als sie das gemacht hat, schauen wir einen Zeichentrickfilm. Heidi erzählt Klara von den Bergen. Heidi vermisst die Berge. Ayşe fragt: »Vermisst du dein Viertel auch? Das ist doch auch auf einem Berg, oder?« Ich sage nichts. So sieht unser Berg jedenfalls nicht aus. Außerdem müssen wir jetzt unsere Aufgaben erfüllen. Wenn ich an solche Sachen denke, tut mir der Kopf weh, und dann kann ich überhaupt keine Aufgaben mehr erfüllen. Hinter dem Fernseher ist die Balkontür. Durch die Scheibe kann man die Wohnung von Samim und Ayla sehen. Ayşe und ich schauen uns gleichzeitig *Heidi* an und die Wohnung von Samim und Ayla.

Als die Nachrichten anfangen, kriegt Ayşes Oma Angst. Sie macht den Fernseher lauter und setzt sich neben uns.

*In einer Erklärung wies das Innenministerium entschieden die Behauptung zurück, der Leiter der Haftanstalt in Mamak habe das Feuer auf politische Gefangene eröffnen lassen. Derartige Unterstellungen dienten allein der Provokation. ›Ziel derjenigen, die diese Behauptung aufgestellt haben, ist es, die Leute gegeneinander aufzuwiegeln und in den Straßen Anarchie zu verbreiten‹, so das Ministerium weiter. Derweil dauern die Untersuchungen an …«*

»Ah! Darum geht es doch, nicht wahr? Draußen auf der Straße, meine ich …«

Ayşes Oma schaut mich an. Vielleicht, weil ich ein Revolutionär bin. Vielleicht glaubt sie ja, dass ich darum alles weiß.

Jetzt muss ich doch mal was sagen. »Die, die manchmal Ladehemmung hat, ist die Port Said.«

»Was sagst du da, mein Junge?«

»Samim und Ayla haben die Port Said mitgenommen.«

Da steht Ayşes Oma auf und zieht die Vorhänge zu. Sie geht zum Telefon. Sie hält sich den Hörer ans Ohr, horcht und legt ihn wieder zurück.

»Funktioniert.«

Sie geht in die Küche und raucht eine Zigarette. Ayşe macht die Vorhänge wieder auf. Weil sie nämlich eigentlich sehr klug ist. Dann gucken wir Werbung.

»Dick streichen! Viel essen!« Es geht um Frischkäse.

Ayşe sagt: »Ich habe noch nie Frischkäse gegessen.« »Ich auch nicht«, sage ich. »Ich glaube, das gehört zu den Sachen, die nur die Amerikaner essen. Wie *Cornflakes*«, sage ich. »Zu den Sachen, bei denen man lachen muss, wenn man sie isst.« »Ja, aber jetzt essen wir das eben auch«, sagt sie. Ich sage nichts. Ayşe sagt: »Man muss doch eigentlich dünn streichen, oder? Um sich die beiden Sachen einzuteilen. Damit man immer gleich viel Brot und Käse hat, stimmt's?« Und ich sage: »Ja.« Obwohl man sich eigentlich Brot und Oliven einteilt. Wir beobachten jetzt beide das Haus von Samim und Ayla.

Es klingelt an der Tür. Ayşes Oma ruft aus der Küche: »Gott sei Dank!«

Ayşes Eltern sind gekommen. Als Ayşes Oma die Tür aufmacht, hat sie noch einen Topf in der Hand. Ayşe rennt ihren Eltern entgegen. Sie umarmt ihre Mama. Und ihre Mama umarmt sie.

»Mein Gott, Sevgi! Wo wart ihr denn so lange!«

»Hast du nicht gehört, Mutter? Auf der Straße gibt es eine Schießerei. Wir haben an der Straßenecke ausgeharrt. Aber was ist denn das für ein Topf?«

»Frag nicht … frag nicht, was alles passiert ist! Samim war heute Nachmittag da. Er sah ziemlich mitgenommen aus und hat ein Paket dagelassen. Es werde später von jemandem abgeholt, hat er gesagt. Darin steckte das hier.«

Als Ayşes Oma den Topfdeckel hochhebt, flucht Ayşes Papa. »Hat Samim sonst noch was gesagt, Mutter? Wer die Dinger abholt, wann sie abgeholt werden, und so weiter?«

»Nein, das war alles.«

Ayşe und ich schauen die ganze Zeit rüber zu der Wohnung von Samim und Ayla. Ayşes Eltern fragen ihre Oma aus. Aber Ayşes Oma kann sich nicht mehr daran erinnern, dass ich gesagt habe, dass das Hüseyins Waffen sind. Sie hat es vergessen. Und uns fragt ja keiner. Darum sagen wir auch nichts.

»Was sollen wir denn jetzt machen, Aydın?«

»Na, was schon! Nichts! Morgen früh fahren wir. Und wenn bis dahin jemand kommt …«

»Sollen wir die Fahrt nach Ordu nicht besser verschieben? Sollen wir nicht warten, bis Samim und Ayla wieder da sind?«

»Und warum? Wieso ziehen die uns da überhaupt mit rein? Schau dir doch bloß mal an, was die hier abgegeben haben!«

»Machst du dir denn gar keine Sorgen um die beiden?«

»Und was hätte ich davon, mir Sorgen zu machen, Sevgi?«

Sie schauen durch die Balkontür zu Samims und Aylas Wohnung. Sie stehen mit dem Rücken zu uns. Im Fernsehen fängt die Gute-Nacht-Sendung an, ein Mann erzählt ein Märchen. Ayşes Eltern unterhalten sich flüsternd. Dabei kommt Rauch aus ihren Mündern.

Ich greife in meiner Tasche nach dem Feuerzeug. Bestimmt hat Hüseyin das inzwischen vergessen. Wenn Menschen eine Sache vergessen und du merkst zum Beispiel, dass sie sie vergessen haben und sagst es nicht, dann bleibt diese Sache da, wo sie ist. Dann tun die Menschen so, als hätte es sie nie gegeben. Und die Sache selber macht auch keinen Mucks. Sie wartet ab, bis sich wieder jemand an sie erinnert. Und wenn die Menschen dann zurückkommen und sagen: »Ah, ich habe ja diese Sache vergessen!«, dann ist das so, als würde sich die Sache freuen und wieder zum Leben erwachen. Hüseyins Ibelo-Feuerzeug freut sich auch und erwacht wieder zum Leben, wenn er zurückkommt. Aber im Moment sitzt es noch in meiner Tasche und wartet ab.

Ayşes Mama zieht die Vorhänge zu. Die Wohnung von Samim und Ayla kann man jetzt überhaupt nicht mehr sehen. Ayşes Eltern gehen flüsternd ins Schlafzimmer. Ayşe zieht die Vorhänge wieder auf. Dann setzt sie sich zurück zu mir. Im Fernsehen fängt ein Film an, der heißt: *Die Maus, die brüllte*. Ich glaube, er ist lustig, aber Ayşe und ich schauen in die Dunkelheit. Die Fensterscheibe ist wie ein großer Fernseher. Ein kaputter Fernseher, auf dem man nichts sehen kann.

Ayşes Papa holt die Waffen aus dem Topf in der Küche. Er legt sie in die Schublade beim Telefon. Dann holt er sie wieder raus, steckt sie zurück in den Topf und bringt sie in die Küche. Ayşes Oma geht ständig vor uns auf und ab. Ayşes Eltern haben Angst. Und Ayşes Oma hat auch Angst. Sie haben Angst, weil nichts passiert.

»Müsst ihr sehr früh abfahren?«, frage ich Ayşe. Sie nickt. »Wann sollen wir dann die Schwäne retten?«, sage ich. Sie zuckt mit den Schultern. »Ich weiß es nicht«, heißt das. Da höre ich auf zu fragen. Weil Ayşe nämlich auch Angst hat. Aber wenn sie an die Schwäne denkt, hat sie keine Angst. Man hat nämlich keine Angst, wenn man eine Aufgabe hat. Ayşes Oma bleibt genau vor uns stehen. In der Hand hat sie ganz viele Wäscheklammern. »Sevgi, kann ich die Wäsche auf den Balkon hängen?«

Ayşes Mama sagt was aus dem anderen Zimmer, aber man kann nichts verstehen.

»Was sagst du, Sevgi? Ich habe dich nicht verstanden!«

Da kommt plötzlich dieses Geräusch: *flapp flapp flapp*. Wie das Flattern von einem Drachen. Von einem Drachen, der direkt neben deinem Ohr fliegt. Eine Männerstimme ruft: »Ergeben Sie sich!«

Alles passiert ganz langsam. In der Wohnung von Samim und Ayla geht das Licht an. Ayşes Eltern kommen ins Wohnzimmer. Ayşes Oma bleibt mit den Wäscheklammern vor uns stehen. Ayşe und ich stellen uns vor ihre Oma, um besser sehen zu können. Die Balkontür von Samim und Ayla geht auf. Hüseyin und Birgül kommen heraus! Hüseyin hat die Port Said in der Hand! Birgüls Haare sind ganz zerzaust. Sie steigen auf das Balkongeländer. Hüseyin sieht mich. Er hebt die Waffe in die Luft. Lacht er? Birgül steht neben ihm. Sie sieht mich nicht, sie schaut nur Hüseyin an. Sie hält seine Hand. Dann ... *flapp flapp* ... Hüseyin und Birgül fliegen. Sie fliegen in die Richtung von Ayşes Balkon. Sie sind in der Luft ... da gehen die Vorhänge zu. Die Wäscheklammern fallen auf den Boden. Ayşes Papa schreit: »Ins Bad! Ins Bad!«

Plötzlich geht alles ganz schnell. Ayşes Oma versucht die Wäscheklammern aufzusammeln. Ayşes Mama schreit: »Mutter, lass sie liegen! Lass sie liegen, Mutter! Ins Bad!«

Ayşe weint. Aber sie macht kein Geräusch dabei. Ich bleibe stehen. Wir schauen beide ihren Papa an. Er schreit: »Ins Bad! Los!«

Wir bewegen uns keinen Zentimeter. Ich greife nach Ayşes Hand. »Heute Nacht müssen wir die Schwäne retten. Bevor Hüseyin und Birgül landen.«

# 15. KAPITEL
# Staatsbürgerkunde

## Gegenseitige Hilfe

Wenn die Soldaten ins Licht schauen, werden sie blind. Deswegen haben Ayşe und ich uns unter dem beleuchteten Aquarium versteckt und bleiben im Dunkeln, im Schatten. Den Parka haben wir uns zusammen angezogen. Mein rechter Arm ist im rechten Ärmel von meinem Onkel, Ayşes linker Arm im linken Ärmel. Mein Onkel ist unser Zelt geworden. Darin kann uns niemand sehen. Hinter der Schubkarre hervor schauen wir auf die Soldaten. Sie springen von den Militärlastern, und es macht *trapp trapp trapp*. Die Fische machen *gluck gluck gluck*. Das Licht vom Aquarium macht *summ*. Wenn die Fische durch das Licht schwimmen, werden sie zu ihren eigenen Schatten. Die Fenster von den Häusern machen langsam *knarz knarz*. Bei den Menschen ist es wie bei den Fischen: Sie werden zu Schatten. Die Vorhänge machen beim Aufgehen langsam *ratsch* und beim Zugehen schnell *ritsch*. Die Fische drücken ihre Augen gegen die Scheiben. Dann hört man nur noch das Geräusch vom Aquarium: *summ*. Und das Geräusch von den Fischen: *gluck gluck gluck*.

Wenn sie uns erwischen, werden sie uns nichts tun. Weil ich Ayşe gesagt habe, dass sie ihre weißen Strümpfe anziehen soll. Schlimm wird es nur, wenn sie in Ayşes Provianttasche schauen.

Mitternacht ist was Wunderschönes. Ich sehe das zum ersten Mal: die Mitte von der Nacht. Wenn Ali mich nicht geweckt hätte, hätte ich das nicht gesehen. Ein bisschen fühle ich mich, als würde ich noch schlafen. In meiner Provianttasche sind das Chloroform und die Schnur drin. Den Sack und den Parka haben wir auch mitgenommen, weil wir ja in den Park gehen. Damit Ali alle Geräusche hören konnte, mussten wir selber ganz leise sein. Bevor wir losgegangen sind, hat er in den Flur gelauscht. »Ich höre nur Schlaf«, hat er geflüstert. Und ich habe geschnuppert. Die ganze Wohnung hat nach Schlaf gerochen. »Es riecht irgendwie blau«, habe ich gesagt, und Ali hat »Psst« gemacht. Er hat die Tür so langsam aufgemacht, dass ich schon dachte, wir würden nie gehen. Auch die Treppen sind wir ganz langsam runtergeschlichen. Ali hatte die Schubkarre im Hauseingang versteckt. Zuerst war sie sehr schwer, aber als wir losgelaufen sind, wurde sie gleich leichter.

»Ich dachte schon, deine Eltern schlafen nie ein.« Dann hat er komisch gelacht und gesagt: »Die hatten bestimmt Angst, dass Hüseyin und Birgül runtergefallen sind, und konnten deswegen nicht einschlafen!«

Unter der Straßenlaterne sehe ich, dass Ali ganz rote Wangen hat. Vielleicht hat er ja wieder Fieber, auf jeden Fall sieht er so aus, als würde er träumen. »Die Straße hier heißt Ahmetler Yokuşu. Das ist der kürzeste Weg.« Ali kennt sich mit Straßennamen aus wie ein Erwachsener. Er glaubt, dass Hüseyin und Birgül geflogen sind. Ob er das alles nur für ein Spiel hält? Aber wenn man abstürzt, dann stirbt man. Als Papa und Samim mich einmal von einem Balkon zum anderen gehoben haben, hat Oma nämlich gesagt: »Ihr bringt sie noch um! Passt doch auf!«

Warum hat Papa nur die Vorhänge zugezogen? Wenn Hüseyin und Birgül auf unseren Balkon gesprungen wären, dann wären sie nicht abgestürzt. Hält Papa Abstürzen auch für ein Spiel? Vielleicht muss ich jetzt selber so tun, als ob alles ein Spiel wäre.

Vielleicht hat es ja auch eine Revolution gegeben. Aber wenn die Leute sich nicht trauen, aus den Fenstern zu schauen, war es wahrscheinlich doch keine. Sie ziehen die Vorhänge zu, wenn sie die Soldaten sehen. Wenn sie rausschauen, haben sie Angst. Wenn sie nicht rausschauen, haben sie vielleicht auch Angst. Wenn die Fische durch das Licht schwimmen und zu ihren eigenen Schatten werden, wenn sie dunkel werden, dann haben sie keine Farben mehr. Haben die Fische wohl auch Angst davor rauszuschauen? Oder haben sie Angst, weil sie drinnen sind? Ayşe rückt unter dem Parka näher an mich ran. »Es ist wie im Winter, stimmt's?«, sagt sie. »Wenn wir in dem Parka stecken, kommt es mir vor, als würden wir Winter spielen.« Ayşe macht Windgeräusche in mein Ohr. *Huuui huuui* … Davon wird mir kalt. Jetzt stellen sich die Soldaten in eine Reihe und stampfen mit den Stiefeln. Niemand spricht. Weil keiner von ihnen so aussieht wie Hüseyin, hat es wohl keine Revolution gegeben. Weil keiner von ihnen lacht. Und weil keine Frauen dabei sind. Es ist was Schlimmes passiert.

»Wir müssen gehen, Ayşe!« Ali steht plötzlich auf. Ist er wütend, weil ich Wind gespielt habe? »Wir müssen im Dunkeln bleiben, Ayşe. Weil es jetzt einen Putsch gibt!«

Es stehen noch ein … zwei … drei … zehn Soldaten vor der Post. Die anderen steigen in einen Laster und fahren weg. Die zehn Soldaten stehen ganz still, als ob sie nur gemalt wären. Als ob alle Leute sie anschauen würden. Dabei ist doch niemand auf der Straße!

Wir kommen nur langsam voran. Weil Ayşe eben ein Mädchen ist. Mit den Jungen aus dem Viertel würde es schneller gehen. Aber die würden mir nicht glauben. Die würden Lärm machen. »Ich glaube, wenn wir hinter den Laternen langlaufen, können sie uns nicht sehen, Ali!« Weil Ayşe ein Mädchen ist, ist sie auch klüger.

»Ali, wir sind doch zurück, bevor meine Eltern aufwachen, oder? Mit dem Schwan. Dann frühstücken wir alle zusammen, stimmt's?« Aber weil sie ein Mädchen ist, hält sie das Ganze immer noch für ein Spiel. Die Vögel fangen an zu zwitschern. Bald geht die Sonne auf. Bis dahin schaffen wir es auf keinen Fall, den Schwan zu holen. Wenn sie uns erwischen, wäre Mama sehr traurig. »Wir müssen den kleinsten Schwan nehmen, Ali. Den haben sie nämlich bestimmt noch nicht operiert, weil sie Mitleid mit ihm hatten, weil er noch so jung ist.« Ich finde, Ayşe ist das klügste Mädchen, das es gibt. Zwei Vögel schauen von der Straßenlaterne auf uns runter. Die sind auch schwarz wie Schatten. Bald ist es Morgen. Dann können alle die Soldaten sehen. In unser Viertel gehen die Soldaten wahrscheinlich nicht. Weil kein Bus zu uns fährt, kämen sie ja nicht mehr weg.

Ali hat überhaupt keine Angst. Ich schon. Ein bisschen jedenfalls. Da steht eine Familie am Fenster: Papa, Mama und ein Mädchen. Vor ihnen auf der Fensterbank steht ein Radio. Ich glaube, das Mädchen hat den gleichen Schlafanzug wie ich. Das Radio hört man nicht. Wenn ich jetzt da oben wäre, würde ich schlafen. Ich hätte überhaupt keine Angst. Ich glaube nicht, dass sie uns zur Wache bringen würden, wenn sie uns erwischen. »Sie sind doch noch so klein«, würden sie sagen. Und weil ich seine Schuhe geputzt habe, bevor wir losgegangen sind, würden sie Ali auch nichts tun. Glaube ich jedenfalls. Da fangen die Vögel an zu zwitschern. Die wissen bestimmt alles, weil sie ja über ganz Ankara drüberfliegen können. Ali sagt: »Schnell, leg dich hin!«

In einem Hauseingang legen Ayşe und ich uns auf den Boden. Wir müssen uns verstecken. Die Studenten haben Handschellen um und müssen in den Lastwagen einsteigen. Dann kommt ein Mann raus. Er ist der Hausmeister. Er schreit: »Lasst die Jungs in Ruhe! Was haben sie euch getan?«

Einer von den Soldaten, mit einer flachen Mütze, steigt aus. Er schlägt den Hausmeister. Mit dem hinteren Teil von seiner Waffe. Ich glaube, der Wächter spuckt Blut auf den Boden. Als er so was sagt wie: »Du verdammter …«, gibt ihm der Soldat einen Fußtritt. »Nehmt den hier auch noch mit!«, ruft er. »Dem reißen wir den Arsch auf!« Da kommt ganz leise ein Hund zu uns. Man kann nur sein Hecheln hören. Er wedelt mit dem Schwanz. Ayşe fürchtet sich.

Der Hund stinkt. Wenn er uns beißt, kriegen wir Tollwut. Straßenhunde haben nämlich Tollwut, das haben sie in der Schule gesagt. Dann bekommt man eine Spritze in den Bauch. Ich verstecke mich im Parka. »Hab keine Angst«, sagt Ali, »das ist doch nur ein Straßenhund.« »Und wenn er uns beißt?«, sage ich, und Ali sagt: »Er will uns doch nur beschützen.« Der Soldat schlägt diesen älteren Mann ganz arg. Aber die jungen Männer, die in den Laster steigen müssen, sagen gar nichts. Es ist wie in der Schule. Wenn wir uns da nämlich in einer Reihe aufstellen müssen und der Lehrer jedem mit einem Lineal auf die Finger haut, redet auch keiner. Der Hund mag uns, glaube ich, aber er kann nicht mit uns mitkommen. Als der Laster wegfährt, rennen wir los, so schnell wir können. Weil wir jetzt oben auf dem Hügel angekommen sind, ist die Schubkarre ganz leicht geworden. Die Luft ist blau. Das sieht sehr schön aus. Das ist also das *Morgenblauen*.

Wir sind schon fast beim Park, aber ich bin ein bisschen erschöpft. »Ab jetzt müssen wir vorsichtig gehen, Ali, und uns immer verstecken, stimmt's?«, sagt Ayşe. Die Militärlaster rasen an uns vorbei. Wenn sie uns erwischen, wird Papa sehr wütend auf mich sein, dass ich Ayşe mitgenommen habe. Und Mama wird traurig sein. An der nächsten Straßenecke lässt der Hund uns allein. Er bellt uns hinterher. »Kehrt um! Geht nicht da hin! Ich kann euch nicht beschützen«, will der Hund sagen. Straßenhunde wollen nämlich immer jemanden haben, den sie beschützen können. Weil sie sonst Angst haben. Wenn Ayşe nicht wäre, hätte ich auch Angst.

Wir gehen weiter, aber zwischendurch bleiben wir in ein paar Hauseingängen stehen. Wir wollen gerade wieder loslaufen, da hält vor uns noch so ein Laster an. Wir verstecken uns im Eingang von einer Konditorei. In dem Laster sitzen junge Frauen. Sie gucken in unsere Richtung, aber sie sehen uns nicht. Sie sind wie ein sehr trauriges Foto, so still sitzen sie da. Sie haben Handschellen an. Ali schaut durch das Fenster in die Konditorei. Vielleicht hat er plötzlich Lust auf Kuchen bekommen. Sogar mich hat er vergessen. Als ich da hocke, kommt ein Käfer zwischen meine Füße gekrabbelt. Ein riesiger schwarzer Käfer. Der Laster mit den Frauen fährt weg.

Die Studentinnen sind hinten auf der Ladefläche. Ich schaue weg, damit sie sich nicht schämen. Wenn sie wüssten, dass wir die Schwäne retten, hätten sie nicht so viel Angst. In der Konditorei summt ein Kühlschrank. Alle Kuchen sehen sehr hässlich aus. Als der Militärlaster weggefahren ist, setze ich mich neben Ayşe. Zwischen ihren Füßen krabbelt ein Käfer. Er stolpert und fällt auf den Rücken. Er strampelt mit den Beinen. Er ruft um Hilfe. Er will sich festhalten. Ayşe schaut mich an. Sie gibt dem Käfer einen kleinen Schubs, und er kommt wieder auf die Beine. Er krabbelt davon. Ich glaube, Ayşe kann es hören, wenn Käfer schreien. Wie ich.

Als alle Laster und Soldaten weg sind, rennen wir schnell weiter. Die Schubkarre kippt manchmal zur einen oder zur anderen Seite, aber weil wir in dem Parka stecken, fallen wir nicht um. Wenn sie nach links kippt, hält uns der rechte Ärmel vom Parka fest, und wenn sie nach rechts kippt, der linke. Der Parka ist wie ein Lebewesen. Wie ein lieber Riese. Wenn wir es nicht schaffen, die Schwäne zu retten, wäre das sehr schlimm. Aber wenn wir es schaffen, dann wäre Mama nicht böse auf mich, dass ich mitten in der Nacht weggelaufen bin. Dann wäre Mama auch nicht böse auf Papa. Und Papa hätte keine Angst. Oma würde »Also wirklich, Ayşe!« sagen, und wir würden lachen. Es ist nur noch ein ganz kurzes Stück bis zum Park. Wir sehen eine Frau und einen Mann. Der Mann hat einen kleinen Koffer in der Hand. Sie laufen auf uns zu. Als würden sie aus dem Schwanenpark fliehen. Die Frau kann nicht mehr. Sie zieht ihre Schuhe aus. »Warte, Hikmet! Ich bin fix und fertig!«, ruft sie. Der Mann sagt: »Lauf, Nezihe! Der Wagen wartet am Ende der Tunalı. Das ist unsere einzige Chance!« Wir stehen einfach so da. Als sie uns sehen, wundern sie sich. Aber sie bleiben nicht stehen. »Kehrt um!«, sagt der Mann. Und die Frau fragt: »Kinder? Um diese Zeit?« Aber sie rennen. Und dann sind da plötzlich Schmetterlinge. Orangene!

Aus dem Mund von der Frau kommt ein ganz heller Pfeifton. Als hätte sie einen sterbenden Vogel im Hals. Die beiden hauen ab, das ist klar. Vielleicht gehen sie irgendwohin, wo es keine Türkei gibt. Aber wenn sie nicht erwischt werden ... wenn man Fangen spielt und nie erwischt wird, dann glaubt man, es würde einen gar nicht geben. Wenn keiner einem hinterherrennt, dann ist man schon verschwunden. Ayşe zeigt mir die Schmetterlinge, sie sagt: »Orangene!«, aber sie sind überhaupt nicht orange. Ayşe hält wahrscheinlich alle Schmetterlinge für orange. Aber jetzt sind sie wieder weg. Abgehauen. Die Schmetterlinge, die wir ins Parlament gebracht haben, wurden gefangen. Aber wenn sie nicht gefangen worden wären, weil nämlich niemand sie gesehen hätte, dann hätte man gar nicht gemerkt, dass wir sie ins Parlament gebracht haben! Seltsam.

Die Schmetterlinge sind wohl orange! Ich glaube, Ali hat keine Augen im Kopf. Ali glaubt, dass Hüseyin und Birgül fliegen können, aber dass die Schmetterlinge orange sind, glaubt er nicht! Die Schmetterlinge im Archiv sind zwischen die Bücher gekrochen, und da haben sie orangene Spuren hinterlassen. Wenn die Leute später ins Archiv schauen, dann werden sie sagen: »Ali und Ayşe haben Schmetterlinge hierhergebracht.« Wenn sie die Bücher anfassen, kommt ganz viel orangener Staub an ihre Hände: Schmetterlingsflügelstaub. Dann werden sie lachen und sagen: »Niemand ist so mutig wie Ali und Ayşe!«

Als wir im Park angekommen sind, lassen wir die Schubkarre im Gras stehen. Ayşe breitet den Parka darin aus. »Damit er es schön warm hat«, sagt sie. Wenn der Schwan schreit, erwischen sie uns. Da steht nämlich ein Militärlaster. »Was macht ihr hier?«, würden die Soldaten schreien und mich festhalten. Ayşe würde dann vielleicht zurückschreien: »Er gehört zu uns! Lasst ihn!« Aber dann würden sie Ayşe auch mitnehmen. Vielleicht nehmen sie inzwischen sogar Mädchen mit weißen Strümpfen mit.

Gleich hält Ali dem Schwan das Chloroform auf die Nase. Dann stecken wir ihn in den Sack. Er ist so klein, dass wir ihn leicht auf die Schubkarre legen können. Und dann gehen wir den Weg zurück, den wir gekommen sind. Ich glaube, es wird alles ganz leicht. Ali ist ein richtiger Held. Jetzt ist er schon bei den Schwänen. Sie schlafen sowieso alle. Ali geht zu dem kleinsten und schwächsten von ihnen. Es wacht kein Einziger auf. Ali hält ihm die Watte an den Schnabel. Der Schwan hebt seinen Kopf hoch. Plötzlich wachen doch alle Schwäne auf. Unser Schwan wackelt mit dem Kopf. Aber Ali hält ihn am Schnabel fest.

Der Schwan macht kein Geräusch. Genau wie ich. Die anderen Schwäne schauen uns an. Dann schauen sie zu den Soldaten beim Militärlaster. Sie machen kein Geräusch. Aber nicht, weil sie stumm sind, sondern weil sie genau wissen, wer wir sind. Sie sind alle aufgestanden, aber sie laufen nicht weg. Sie bleiben einfach stehen. Mit ihrem einen Auge schauen sie zu den Soldaten, mit dem anderen Auge schauen sie zu uns. Der Schwan schläft sofort ein, als ich ihm die Watte an den Schnabel halte.

Ali breitet die Flügel von dem Schwan aus. »Es ist der richtige«, sagt er, »weil seine Flügel so schön sind.« Dann wird der Schwan plötzlich ganz lang. Wie ein Strich. Oder wie Börekteig. Ein ganz langes, trauriges Ding. Seine Flügel sehen zerbrechlich aus. Wir stecken ihn in den Sack. Sein Kopf verschwindet als Letztes. »Erstickt er nicht?«, frage ich. »Nein«, sagt Ali. Weil Ali das nämlich weiß. Wahrscheinlich aus dem *Konservationslexikon.* Wir schauen uns den Kopf von dem Schwan an. Er ist wunderschön. Um seine Augen rum ist er schwarz. Sonst ist er überall so weiß wie Schnee. »Wie Schneewittchen«, sage ich. »Gut, dass die keine Geräusche machen«, sagt Ali. »Nur wenn sie sterben …« Da macht es plötzlich *tack tack tack!*

Ein Mann rennt aus dem Park. Er hat einen Revolver in der Hand. Ich sehe den Revolver, weil es inzwischen schon ein bisschen hell ist. Die Soldaten rufen: »Stehen bleiben!« Der Mann rennt. Dann … *tack tack tack!* Die Soldaten schießen auf den Mann. Der Mann fällt hin. Sein Gesicht schaut in unsere Richtung. Er kann die Augen nicht zumachen, der Mann. Es ist total seltsam. Ayşe und ich setzen uns ins Gras. Unter unseren Füßen krabbeln Ameisen. Die Ameisen kriegen nicht mit, was passiert. Sie laufen alle in einer Reihe. Die einen verkriechen sich in ihrem Loch, die anderen kommen aus ihrem Loch raus. Die Ameisen laufen und laufen. Pausenlos. Da rattert was. Der Krämer zieht sein Ladengitter hoch. Er schaut nicht auf den Mann, der hingefallen ist. Er schaut auch nicht auf die Soldaten. Er schaut nur auf die Schlüssel in seiner Hand. Er schließt die Tür auf und verkriecht sich in seinem Loch. Vielleicht ist er ja taub.

Als der Mann hinfällt, schaut er zu uns. Aber ich schaue nicht zu ihm. Ich schaue auf die Ameisen. Ich bin sauer auf die Ameisen. Ich trete auf ihr Loch. Das Loch geht zu. »Lass das«, sagt Ali. Da höre ich auf. Wir müssen jetzt nach Hause gehen. Wir müssen dem Schwan Salat zu fressen geben. Denn Schwäne mögen Salat, das wissen Ali und ich.

Auf der Straße sind Männer in Schlafanzügen. Sie scheinen

Verstecken zu spielen. Sie laufen ganz dicht an den Hauswänden lang. Da hinten ist eine Bäckerei, da gehen sie hin, um Brot zu kaufen. Dann rennen sie sofort wieder zurück in ihre Häuser. Weil alle ganz schnell Brot kaufen müssen, achtet niemand auf uns. Zum Glück schläft der Schwan. Als wir in unsere Straße kommen, sehen wir Mama und Papa. Mama hat geweint! Papas Gesicht sieht irgendwie schwarz aus. Als sie uns sehen, rennt Papa auf uns zu. Wir wollen ihm entgegenrennen, aber wir bleiben stehen. Papa ist wütend. Und wie! Mama presst sich die Hand vor den Mund, um ihre Stimme zurückzuhalten. Dafür kommt sie ihr fast aus den Augen raus. Wir bleiben zwischen unserem Haus und dem von Samim und Ayla stehen. Eigentlich werden sie sich gleich sehr freuen, aber das wissen sie natürlich noch nicht. Vor dem Haus von Samim und Ayla liegen Filmstreifen. Solche, die man in einen *Protektor* einlegen muss. Ganz viele. Ein ganzer Haufen. Das sind die Filme, die Samim »rausgeschnitten« hat. Die er in seiner Wohnung versteckt hat …

Ich glaube, Ayşes Papa will uns schlagen. Aber das macht nichts. Weil wir ja den Schwan geholt haben. Inzwischen ist es schon richtig Morgen geworden. Die Farben sind jetzt alle zurückgekommen. Auch das Rot. Die rotbraunen Flecken auf dem Boden. Als ihr Papa Ayşe auf den Arm nimmt und losrennt, schiebe ich die Schubkarre alleine weiter, und als ich die Schubkarre in den Hausflur schiebe, weint Ayşes Mama und umarmt Ayşe. Mich umarmt keiner. Als Ayşes Mama »Mein Kind!« ruft, gehen nacheinander alle Türen im Haus auf. Bei allen läuft das Gleiche im Radio.

*»Das Parlament und die Regierung …«*

Tür zu, Tür auf.

*»… wurden aufgelöst.«*

Tür zu, Tür auf.
*»Im ganzen Land …«*
Tür zu, Tür auf.
*»… wurde der Notstand …«*
Tür zu, Tür auf.
*»… ausgerufen.«*
Tür zu. Danach geht keine Tür mehr auf.

# 16. KAPITEL

## Sauberkeit kommt vom Glauben

**Umweltschutz**

»Ayşe! Ali! Bleibt stehen, Kinder! Das arme Tier rennt doch nur, weil ihr so rennt!«

Der Schwan will rennen, weil er seine Flügel ausgebreitet hat. Erst rennt er durch den Flur. Dann rennt er durchs Wohnzimmer. Wir versuchen ihn festzuhalten.

Mama und Papa rauchen Zigaretten und warten auf die Nachrichten im Radio. Aber im Moment läuft ein Lied.

*Und wieder bäumt es sich auf / Des Anführers graues Ross*

Seit dieses Lied im Radio läuft, breitet der Schwan seine Flügel aus und tanzt. Oma ist sauer auf uns. Sie raucht jetzt auch eine Zigarette.

»Ruhe jetzt, Kinder! Es ist gleich ein Uhr, dann kommen die Agenturmeldungen, und die Generäle halten im Fernsehen ihre Ansprache. Also lasst endlich das Tier in Frieden, man versteht ja sein eigenes Wort nicht mehr!«

Weil der Mann im Radio mit seiner tiefen Stimme so schön singt, will der Schwan immer weiterrennen.

*In den Krieg zieht unser Tross!*

Mama macht den Fernseher an. »Aydın, Schatz, schalt das Radio aus. Die Generäle betreten die Bühne!«

Mama hat »Schatz« zu Papa gesagt!

Ayşes Eltern sind immer noch im Schlafanzug. Sie sitzen die ganze Zeit vor dem Radio am Fenster. Obwohl im Radio ja bloß das erzählt wird, was auf der Straße passiert, schauen sie trotzdem nicht aus dem Fenster, sondern nur auf das Radio. Als der Schwan in die Wohnung gekommen ist, hat er sich in den Flur gesetzt und sich erst mal nicht mehr bewegt. Ayşe und ich haben ihm Salatblätter gegeben, und danach hat er angefangen rumzurennen. Ayşes Oma hat gesagt: »Sperren wir ihn ins Badezimmer«, aber das haben wir dann doch nicht gemacht, weil Ayşe sonst geweint hätte. Jetzt rennt er immer wieder um den Couchtisch rum. Als der Fernseher angeschaltet wird, stellt er sich genau davor. Ayşes Eltern schauen auf den Fernseher. Wir stehen hinter ihnen. Im Fernsehen tritt ein General auf. Er hat Papiere in der Hand und liest was von ihnen ab. So hält man doch keine Rede! Wenn man abliest, hört nämlich keiner zu. Er sagt auch nicht »Bevölkerung«, er sagt »Nation«. Das sagt man doch nicht!

*Die Republik Türkei als untrennbar mit ihrem Territorium und ihrer Nation verbundener Staat, wie der große Atatürk ihn uns anvertraut hat, ist durch feindliche Umtriebe innerhalb und außerhalb unseres Landes – Sie konnten es in den letzten Monaten beobachten – heimtückischen Angriffen auf seine Existenz, seine Regierungsform und seine Unabhängigkeit ausgesetzt …*

Als Papa den Sack aufgemacht hat und den Schwan gesehen hat, hat er gesagt: »Was habt ihr denn da angestellt?« Aber so richtig sauer waren sie nicht, ich glaube, sie hatten Angst, dass wir tot wären. Ali hat mir ins Ohr geflüstert: »Sag du es.« Ich habe Mama angeschaut, aber die hat immer noch geweint. Papa hatte ganz rote Augen, und Oma hat mit einem Turbantuch um den Kopf auf dem Sofa gelegen und hatte »hohen Blutdruck«. »Wir haben den Schwan nur gerettet, um euch eine Freude zu machen«, habe ich gesagt. Aber ich glaube, sie haben mich nicht gehört. »Wie bitte?«, hat Papa gesagt. Also habe ich es noch mal versucht: »Wenn wir den Schwan retten, dann haben wir doch sozusagen gewonnen, deswegen halt!«

Da kam dieses Lied im Radio:

*Und wieder bäumt es sich auf / Wir führen so manche Schlacht / Zieh'n von Gefecht zu Gefecht …*

Und der Schwan ist aufgestanden und losgerannt. Das Lied lief ganz oft hintereinander, und er ist die ganze Zeit gerannt. Aber jetzt, wo die Nachrichten anfangen, bleibt der Schwan stehen. Er stellt sich vor meine Eltern. Weil er seine Flügel ausgebreitet hat, kann man nur noch die Mütze von dem General sehen. Das ist doch der General, den wir im Konzert gesehen haben, der die Schwäne zerschneidet! Weil der Schwan jetzt direkt vor ihm steht, sieht es so aus, als würde nur seine Mütze sprechen.

*Ziel der durchgeführten Operationen ist es, die Integrität des Landes zu schützen, nationale Einheit und Zusammenhalt zu gewährleisten, einem etwaigen Bürgerkrieg vorzubeugen, die Existenz und Autorität des Staates wiederherzustellen sowie …*

Ayşe lacht, aber worüber? Der General spricht doch gar nicht über die Schwäne. Vielleicht macht er das extra, weil er weiß, dass wir einen gerettet haben. Er ist bestimmt wütend deshalb. Unser Schwan flattert mit seinen Flügeln genau wie der Drachen. Er weiß, dass der General unser Feind ist, darum macht er das. Er macht sich über den General lustig!

*Das Parlament und die Regierung wurden aufgelöst. Die Immunität der Abgeordneten wurde aufgehoben. Landesweit wurde der Notstand ausgerufen. Reisen ins Ausland wurden verboten …*

Meine Eltern versuchen an dem Schwan vorbeizuschauen, weil sie den General sehen wollen, aber es geht nicht.

»Aydın, schaff diesen Vogel da weg!«

»Wieso ich, mach es doch selber!«

»Ich? Für mich ist der viel zu groß!«

»Und ich weigere mich, ihn anzufassen.«

Da muss ich lachen. Der General redet immer noch, aber der Schwan schlägt so laut mit den Flügeln, dass man ihn nicht mehr hören kann.

*Im ganzen Land wurde ein Ausgangsverbot …*

Da lachen auch meine Eltern. Sie vergessen, ihre Zigaretten zu rauchen, sodass die Asche ganz lang wird, und tun so, als ob sie Kinder wären.

»Soll ich den etwa anfassen? Nein, das machst du!«

»Aber nicht doch, ich lasse Ihnen gerne den Vortritt, meine Dame!«

»Herrjemine!«, sagt Oma andauernd. »Herrjemine!« Dann fängt sie auch an zu lachen. Wie gut, dass wir den Schwan gerettet haben. Die Wohnung riecht nach Börek.

Als Ayşe und ihre Eltern so lachen, geht der General aus dem Fernseher raus. Da ruft draußen der Muezzin. Ayşes Oma lauscht. Auch alle anderen werden ganz leise. Man hört sogar den Teekessel in der Küche brodeln. Dann macht Ayşes Oma ihre Augen ganz weit auf, als ob sie sagen wollte: »Die schwarzen Männer kommen«, aber in echt sagt sie: »Der Begräbnisruf – es ist jemand gestorben, heißt das.«

Mama und Papa lachen weiter, obwohl sie es gar nicht wollen. Weil sie seit heute Morgen nicht miteinander gesprochen haben, können sie gar nicht mehr aufhören zu lachen. Sie lachen heimlich. »Ich bin mit den Nerven am Ende«, sagt Mama.

Papa geht zum Fenster. »Sevgi, sieh dir das an! Jale Hanım hängt eine Flagge an den Balkon. Sie strahlt wie ein Honigkuchenpferd.«

Das Telefon klingelt. Als Papa hinrennt, rennt der Schwan ihm voraus. »Jetzt geh mir doch mal aus dem Weg, Junge! Oder Mädchen! Oder was auch immer du bist! Hallo? Hallo! Aufgelegt.«

Wir stellen uns alle hinter Ayşes Papa in eine Reihe und schauen ihn an. Der Schwan steht neben uns und schaut ihn auch an. »Hallo? Hallo! Aufgelegt.« Als Ayşes Papa den Hörer auflegt, breitet der Schwan die Flügel aus. Und Ayşe ruft: »Wir müssen Selahattin anrufen, Papa! Wir müssen ihm sagen: ›Ayşe und Ali haben den Schwan gerettet!‹«

Ayşes Mama tut so, als wäre sie sauer. »Über die Sache mit dem Schwan reden wir später noch ein Wörtchen, Ayşe Hanım!«

Der Schwan gehört schon richtig zu uns. Aber Ayşe mag er am liebsten, glaube ich. Bestimmt, weil sie ein Mädchen ist.

Ayşes Eltern unterhalten sich.

»Was machen wir denn jetzt mit dem Tier, Sevgi?«

»Keine Ahnung. Vielleicht sollten wir wirklich Selahattin fragen. Immerhin ist er Ornithologe.«

»Ausgerechnet heute, wo es einen Staatsstreich gegeben hat!«

»Apropos … das ganze Viertel hat die Boiler angeworfen. Sollten wir nicht auch …?«

»Natürlich!«

»Und was machen wir mit den Waffen, Schatz?«

Mama hat schon wieder »Schatz« zu Papa gesagt! Ich habe es im Flur gehört. Sie sind auf einmal wie die Eltern aus einem

Film. Weil sie jetzt nämlich einen anderen Feind haben. Weil diese Generäle gekommen sind. Und weil sie Angst haben. Ich freue mich. Aber Ali ist traurig. Er belauscht immer noch meine Eltern.

»Das mit dem Jungen ist schon schlimm. Wir wissen ja nicht einmal, in welchem Krankenhaus Aliye liegt.«

»Ja, und jetzt können sie nicht kommen ... Wer weiß, wie es morgen aussieht ...«

Wenn meine Eltern jetzt hier wären, würde ich ihnen erzählen, dass wir den Schwan gerettet haben. »Du brauchst keine Angst mehr zu haben, Mama. Hüseyin und Birgül sind weggeflogen«, würde ich sagen.

Ayşes Papa kommt zu mir und streichelt mir den Kopf. »Deine Eltern können heute nicht kommen, Ali. Sie kommen sicher morgen. Stimmt's, Sevgi?«

Mama guckt Ali an. »Du hast ja wieder Fieber, Ali! Der Junge ist glühend heiß, Aydın, er muss sofort ins Bett.«

Das Telefon klingelt.

»Hallo, Vater! Du bist im Krankenhaus?! Wann ... wer hat dich hingebracht? Es ist also jemand bei dir. Ja, uns geht es gut ... nein, Vater, vielleicht morgen ... nein, wie stellst du dir das denn vor! Es hat einen Putsch gegeben, es wurde eine Ausgangssperre ... Ich bitte dich, hör auf damit, was hat das denn damit zu tun! Gut, wir kommen morgen.« Papa legt den Hörer auf. Er sagt zu Mama: »Vater meint, er liege im Sterben und wir müssten unbedingt kommen. Was machen wir denn jetzt?« Mama hat eine Hand auf Alis und eine auf meine Stirn gelegt. Ich wünschte, ihre Hände würden für immer da bleiben. »Wir müssen bis morgen früh warten, etwas anderes bleibt uns nicht übrig.«

Ich muss schlafen. Weil mir mein Kopf wehtut und ich Fieber habe. Wenn ich jetzt nicht schlafe, kommt alles durcheinander, und dann vermischen sich meine Träume mit der Wirklichkeit. Dann wird alles zu einem Traum. Hoffentlich bringen Ayşes Eltern den Schwan nicht weg, während ich schlafe.

»Mensch, Sevgi, was machen wir denn jetzt mit dem Schwan?«

»Der bleibt erst mal hier. Um den kümmern wir uns später.«

»Wie wär's, wenn wir einen leckeren Braten aus ihm machen? Mit Soße und Reisbeilage. Wie fänden Sie das, Ayşe Hanım? Und was sagen Sie dazu, Ali Efendi?«

Da falle ich um. Ich falle einfach hin. Wie wenn Wasser auf den Boden fließt. Meine Augen gehen zu. Das Letzte, was ich sehe, ist Ayşe.

Ali ist in Ohnmacht gefallen wie die Frauen in Filmen, und der Schwan hat mit den Flügeln geschlagen. Jetzt hat Oma Essigwasser für Ali gemacht. Ich sitze an seinem Bett. Als das Handtuch mit dem Essigwasser ihm von den Füßen rutscht, lege ich es wieder zurück. Der Schwan bleibt auch bei ihm, und während Ali schläft, schlägt er kein einziges Mal mit den Flügeln. Dann klingelt wieder das Telefon. Papa hält sich den Hörer ans Ohr und gibt ihn an Mama weiter, ohne was zu sagen.

Als sie aufgelegt hat, fragt er: »Wer war das?«

»Önder.«

»Was sagt er?«

»Nichts sagt er.«

»Sprich mit mir, Sevgi.«

»Er kommt in zwei Tagen nach Ankara.«

»Und?«

»Was, und? Wir sind doch sowieso nicht da! Ich schlage vor, wir lassen den Schwan bei Jale Hanım.«

»Was?«

»Wenn wir wegfahren. Und die Waffen klemmen wir ihm unter den Flügel. Was halten Sie davon, Aydın Bey?«

Da lacht Papa ein bisschen. Wie gut, dass wir den Schwan gerettet haben.

Meine Eltern gehen ins Bad, um den Boiler »anzuwerfen«. Sie wollen den Schwan doch nicht braten, ich habe sie gefragt. Sie wollen nur was verbrennen. Ali schläft, und wenn sie dem Schwan was antun, solange Ali schläft, dann sterbe ich. Ich setze mich wieder an Alis Bett. Es vergeht viel Zeit. Es wird sogar Abend. Oma sitzt vor dem Fernseher.

Mama schimpft mit ihr. »Schaust du jetzt etwa auch noch *Welt des Glaubens*, Mutter? Ich geb's auf!«

Das Fenster von dem abgeschlossenen Zimmer von Samim und Ayla bewegt sich. Es steht immer noch offen. Ali macht ab und zu die Augen auf. Alles riecht nach Essig.

Immer wenn ich meine Augen aufmache, sehe ich das Fenster von dem abgeschlossenen Zimmer von Samim und Ayla. Es bewegt sich. Die Straßenlaternen gehen an. Als ihr Licht auf die Scheibe fällt, bilden sich Formen. Ayşe taucht die Handtücher in Essig und legt sie mir auf die Füße, auf den Kopf und auf die Hände. Weil sie die Handtücher nicht so gut auswringen kann, tropft der Essig aufs Bett. Alles ist feucht, als hätte ich ins Bett gepinkelt. Von meiner Stirn tropft der Essig mir aufs Ohr und von da aufs Kissen. Es macht *plopp plopp plopp*. Die Formen auf der Scheibe sehen aus wie gelbe Vögel und orangene Schmetterlinge. Auf der Straße kann ich Hüseyin sehen. Er ruft was. Birgül streckt ihre Hand nach ihm aus. Dann rennen sie weg. Je länger sie rennen, desto mehr gelbe Vögel fliegen da hoch, wo sie vorbeikommen. Sie gehen in das Haus von Samim und Ayla. Aus Birgüls Haaren fliegen gelbe

Schmetterlinge. Sie gehen in die Wohnung, schließen das Zimmer ab und warten. Hüseyin denkt an mich. Er denkt an den Drachen, an Turgay, an unser Viertel, an ein Schiff, er denkt an ein Flugzeug und an ein Auto. Er streicht mit den Fingern durch Birgüls Haare. Es klingelt an der Tür. Die Polizei ist da. Hüseyin nimmt seine Waffe. Er küsst Birgül. Birgül zittert in der Scheibe. *Flapp flapp flapp,* ganz viele gelbe Drachen fliegen. Als die Polizisten in die Wohnung kommen, gehen Hüseyin und Birgül auf den Balkon. Hüseyins Waffe knirscht, aber sie knallt nicht. Dann werden sie beide zu Vögeln. Sie werden zu gelben Schwänen auf dem Balkon. Sie lachen. Sie fliegen. Je wärmer das Handtuch wird, desto weniger Essig tropft runter.

Ali hat die Augen wieder zugemacht. Im Fernsehen redet ein Mann. Ich höre seine Stimme bis hier. Sie klingt irgendwie schwarz.

*… ein Ergebnis nicht auf eine sogenannte Ursache, sondern auf den Allmächtigen zurückzuführen. Gottvertrauen bedeutet, daran zu glauben, dass dieses Ergebnis in jedem Fall zum eigenen Besten ist. Es bedeutet, zu wissen, dass Ereignisse, die außerhalb der menschlichen Macht stehen, in der Ewigkeit bewertet werden, es bedeutet, sich nicht zu grämen, sondern sie freudig zu empfangen, stets in dem Bewusstsein, dass sie vom Schöpfer kommen. Es bedeutet, liebe Zuschauer …*

Je länger der Mann spricht, desto mehr gelbe Monster tanzen auf der Fensterscheibe von Samim und Ayla rum. Wesen mit zerrissenen Flügeln. Sie fliegen im Kreis über alle Häuser. Sie setzen sich auf die Dächer, und die Häuser werden ganz dunkel. Immer, wenn sie zu einem Haus kommen, steigt Rauch aus dem Schornstein. Sie machen die Kinder müde und krank. Ich sehe Ali in der Scheibe, er ist auch ganz gelb. Er hat das *Konservationslexikon* dabei. Den Band mit den Schwänen.

Er muss ihn verstecken. Er läuft vor den Wesen mit den zerrissenen Flügeln weg. Ich bin auch da. Ich habe ganz viele Bücher in meinen Händen. Meine Lieblingsbücher. Wenn ich die nicht vor den Wesen mit den zerrissenen Flügeln verstecke, dann sehen sie uns. Weil Ali schläft, muss ich die Bücher selber retten. Also gehe ich ins Bad zu Mama und Papa. »Die hier auch!«

Die Gesichter von meinen Eltern sind ganz rot vom Feuer. Mama streicht sich die Haare aus der Stirn. »Meine Liebe, das Konversationslexikon müssen wir nicht verbrennen. Und was ist das? *Ein Pfirsich, tausend Pfirsiche?* Bring die wieder weg, Ayşe, die müssen …«

»Die auch, habe ich gesagt! Das ist der Band mit den Schwänen. Sonst merken die Monster … Ihr müsst die verbrennen, Mama!«

Mama drückt mich an ihren Bauch und sagt: »Du bist ein sehr tapferes Kind, Ayşe!« Ich will für immer so stehen bleiben, aber aus dem Treppenhaus kommt die Stimme von Jale Hanım.

»Ein Stockwerk weiter oben sind die! Direkt über uns!«

Mama ruft Oma zu: »Mutter! Ayşe! Der Schwan!« Oma schlägt die Hände über dem Kopf zusammen. Der Schwan und ich rennen in Omas Zimmer.

# 17. KAPITEL
## Der Reichtum unserer Natur

**Gehen wir ein bisschen spazieren**

Die Soldaten halten die Autos an. Wir fahren langsam auf sie zu. Niemand sagt was. Mama hat das Radio ausgestellt. Als es vollkommen still ist, riecht es im Auto nur noch nach Seife. Wir haben alle nasse Haare. Aus Alis Haaren tropft Wasser auf seine Schulter. Wenn der Tropfen an einer Haarspitze am größten ist, passen alle Häuser, Soldaten und Autos rein, die man durch das Fenster sehen kann. Wir riechen alle gleich. Auch Ali riecht nach unserer Seife.

Es gibt lauter Geräusche. Diese rote dreieckige Lampe im Auto blinkt und macht dabei *klick klack*. Draußen hört man Funkgeräte rauschen. Ayşes Mama zerdrückt ihre Zigarettenschachtel. Es knistert. Ayşes Oma murmelt ein Gebet und spielt dabei mit dem Knopf von ihrer Handtasche. Ayşes Papa macht *hmm hmm* … Im Radio spricht der General. Vom Çankaya-Hügel kann man Ankara sehen, und in der Luft schwebt ein *nnnnn*. Das Geräusch von Rauch. Vielleicht erwischen sie uns bald und stecken uns ins Gefängnis. Und dem Schwan zerschneiden sie dann die Flügel.

Als wir anhalten, sagt Papa: »Jetzt kein Wort mehr!« Aber wir sagen ja eh nichts. Ali und ich sitzen im Kofferraum auf einem

Kissen. Der Schwan liegt in dem Sack neben uns. Wir haben ihn mit Chloroform betäubt.

Ayşes Papa spielt ständig mit der Gangschaltung rum. Sie quietscht die ganze Zeit. Aber als Ayşes Mama ihre Hand auf seine Hand legt, hört das Quietschen auf. Das Auto bleibt stehen. Ayşes Papa kurbelt das Fenster runter und sagt ganz schnell:

»Guten Morgen. Wir fahren mit der Familie nach Ordu. Mein Vater ist herzkrank, müssen Sie wissen. Die Kinder hinten haben die Masern, aber sie schlafen ja zum Glück. Tja, wir sind mit der ganzen Familie unterwegs. Nach Ordu. Weil mein Vater nämlich in Ordu lebt.«

Der Soldat sagt nichts. Er streckt seinen Kopf ins Auto rein. Man hört ihn atmen. Weil er nicht spricht, hört man uns alle atmen. Der Soldat zieht seinen Kopf wieder raus. Er schreit: »Die Ausweise!«

»Die Ausweise!«

Als die zwei Polizisten vor unserer Wohnungstür standen, sagte der große Polizist zu Papa: »Die Ausweise! Zeigt uns erst mal die Ausweise.«

Mama war in ihrem Zimmer und zog sich an. Als sie rauskam, hatte sie unsere Ausweise in der Hand. Ich stand hinter Papa und schaute. Der kleine Polizist schien zu lächeln, aber der große Polizist lächelte überhaupt nicht. Der kleine Polizist sagte: »Guten Morgen, Fräulein.« Der große Polizist sagte: »Wir werfen dann mal einen Blick in die Wohnung.« Der kleine Polizist erklärte: »Wir ermitteln wegen der gestrigen Vorfälle im Nachbarhaus.« Der große Polizist zog seine Schuhe nicht aus. Er ging ins Wohnzimmer und schaute durch die Balkontür. Der kleine Polizist zog seine Schuhe aus. »Es heißt nämlich, Sie kannten die Leute, deshalb.« Mama sagte: »Na ja, gut kannten wir sie nicht gerade. Und die jungen Leute, die gestern auf dem Balkon waren, haben wir noch nie gesehen. Ich bin mir nicht einmal sicher, ob Samim Bey und seine Frau sie kannten.« Der kleine Polizist nickte. Der große Polizist sagte: »Sie sollen versucht haben, hier herüberzuspringen, sagt die Nachbarin.« Dann fragte er Papa: »Wie heißt du?«, als wäre Papa ein Kind. »Aydın«, sagte Mama. Papa hob die Augenbrauen und sagte zu dem Polizisten: »Wieso fragen Sie?«

»Wo sind dieser Samim und seine Frau jetzt, wisst ihr das?«

»Nein, das wissen wir nicht.«

»Die Nachbarin unter euch will gesehen haben, wie sie in eure Wohnung hochgestiegen sind, bevor sie sich aus dem Staub gemacht haben.«

»Sie lügt. Es gibt nämlich gewisse Animositäten zwischen uns, müssen Sie wissen.«

»Ach, müssen wir das?«

»Meine Frau und ich sind Beamte. Ich bin in der Staatlichen Planungsbehörde, und meine Frau arbeitet im Parlamentsarchiv ...«

»Danach habe ich dich nicht gefragt!«

Da sagte der kleine Polizist: »Enver, wenn du willst, mache ich hier mal weiter«, und der große Polizist begann, in der Wohnung herumzusuchen. Mama ging hinter ihm her. Ich blieb mit Papa bei dem lächelnden Polizisten. Der sagte ganz schnell: »Ich heiße Osman. Wir haben uns bei dem Seminar kennengelernt, erinnerst du dich? Aydın, diese Ermittlungen sind ernst. Ich versuche euch da rauszuhalten, aber ... falls es hier was gibt, kannst du es mir sagen, Aydın.«

Papa schwitzte.

»Detektiv Nahit ist einer von uns, Aydın. Sag mir, haben sie irgendwas hiergelassen? Gibt es was in der Wohnung?«

»Wir haben alles verbrannt. Es gibt nichts.«

Aus dem Schlafzimmer kam Mamas Stimme: »Darin sind unsere Privatsachen, wenn Sie das bitte nicht aufmachen würden.« Und dann: »Also, ich bitte Sie, das sind die Malbücher unserer Tochter!«

Der große Polizist schrie Mama an: »Geh mir aus dem Weg! Du hast wohl noch nicht kapiert, dass die Armee jetzt das Sagen hat!«

Papa und der kleine Polizist schauten sich an wie in einem Cowboyfilm. Der große Polizist machte die Badezimmertür auf. Da rief Mama: »Mutter!« Und der große Polizist: »Was ist das denn!«

Papa, ich und der kleine Polizist liefen zum Bad.

»Einen guten Tag, Herr Beamter.« Oma saß auf dem Boden. Sie hatte den Kopf von dem Schwan unter ihren Arm geklemmt und tat so, als würde sie dem Schwan Federn aus dem Po rupfen. »Wir haben aus dem Dorf eine Gans bekommen. Auf dem Boiler wollen wir sie braten. Sevgi, meine Tochter, bring mir ein großes Tablett, damit ...«

Alle glotzten Oma an. Aber den Wattebausch mit dem Chloroform sah nur ich. Papa hatte schon wieder Schweiß auf der Stirn. Der große Polizist sagte: »Das Land steht kopf, und den Leuten ist es egal. Euch geht ja wohl alles am Allerwertesten vorbei!«

Er ging zuerst nach draußen, weil der kleine Polizist noch seine Schuhe anziehen musste. Dabei sagte er leise zu Papa: »Am besten verschwindet ihr für ein paar Tage von der Bildfläche. Die Ermittlungen sind wirklich ernst. Es heißt nämlich, euer Nachbar habe die Organisation mit Waffen versorgt. Vielleicht war er auch nur ein Helfershelfer, aber ... seine Wohnung wird jetzt auf jeden Fall zum Hauptquartier. Und der tote junge Mann soll der Bruder eures Nachbarn gewesen sein. Er und die junge Frau wurden dabei beobachtet, wie sie versuchten, auf euren Balkon zu springen. Also wenn sie versuchen, euch da mit reinzuziehen … lasst euch nichts anhängen, Aydın.«

Da kam der große Polizist plötzlich wieder zur Tür rein.

»Ich benutze mal eben das Telefon da!«, sagte er und wählte eine Nummer. »Ah, hallo, Nazime! Ich bin's! Die Bäckerei in Kurtuluş hat auf. Soll ich Brot mitbringen? Ja? Also dann, bis später!«

Die Tür fiel ins Schloss. Oma rief aus dem Bad: »Sind sie weg?!« Niemand antwortete ihr. Ali stand vor der Tür von meinem Zimmer und zeigte seinen Bauch. Zum ersten Mal hörte ich ihn schreien. »Ich glaube, ich sterbe!«

Mama lief zu ihm und schaute sich seinen Bauch an. »Das hat ja gerade noch gefehlt!«, sagte sie.

Oma kam mit etwas Weißem in der Hand aus dem Bad. »Herrje, nun habe ich dem Tier tatsächlich eine Feder ausgerissen!« Als Oma Alis Bauch sah, rief sie: »Du hast ja die Masern!«

Mama streichelte Ali. »Du wirst nicht sterben, mein Lieber. Die Masern sind nicht gefährlich. Aber das heißt, dass Ayşe jetzt auch die Masern bekommt. Tja, so ist das!«

Weil Ali gehört hatte, dass Hüseyin tot war und dass er Samims Bruder war, hatte er so rote Punkte auf dem Bauch bekommen. Mama legte ihre Hand auf meine Stirn.

»Ha! Sie hat schon Fieber! Was machen wir jetzt, Aydın?«

Papa machte keinen Mucks. Er blinzelte nicht mal. »Aydın, geht es dir gut, mein Süßer?« Mama hatte »mein Süßer« zu Papa gesagt! »Kommt mal mit, Kinder«, sagte Oma. »Ich bringe euch jetzt schön ins Bettchen. Ändern kann man daran ohnehin nichts mehr, das müsst ihr jetzt gemeinsam durchstehen. Sevgi, kümmere du dich um Aydın, mein Kind. Er wirkt so seltsam, vielleicht hat er einen Schock erlitten.« Als Mama Papa am Arm anfasste und sagte: »Aydın, was ist los mit dir?«, da sagte Papa: »Ist das alles wirklich wahr, Sevgi?«

Ayşe und ich schliefen lange. Meine Träume waren durcheinander. Ich glaube, Papa rief an. »Nein, wir können leider nicht kommen, kann Ali mit euch nach Ordu fahren?«, fragte er Ayşes Papa. Danach waren wir plötzlich in Ordu, alles war voller Schlamm, es waren überall Fußspuren, aber mein Fuß passte in keine von ihnen rein. Als ich aufwachte, fütterte Ayşes Oma mich mit Suppe. Später legte mir jemand die Hand auf die Stirn und sagte: »Ich glaube, sein Fieber fällt.« Einmal wachte ich auf und sah direkt vor mir Ayşes Füße. Es kam mir so vor, als hätte ich überhaupt nicht geschlafen. Oder vielleicht auch die ganze Zeit.

In meinem Traum waren wir im Sommer am Strand. Wir sind mit dem Schwan im Meer geschwommen. Als ich einmal die Augen aufmachte, kam der Schwan, glaube ich, aber dann sah ich Oma mit einer Feder in der Hand, und sie machte »*Husch husch!*«. Aber es kann auch sein, dass ich das nur geträumt habe. Ich bin hundertmal wieder eingeschlafen. Ich habe von Alis Füßen geträumt. Dann habe ich von seinem Gesicht geträumt. Er hatte rote Punkte im Gesicht. Das sah sehr lustig aus. Der Schwan hat auch gelacht.

Als wir aufwachten, rannten die Erwachsenen alle rum. Ich schaute in Ayşes Gesicht, und sie in meins. Weil sie da nämlich rote Punkte hatte, und ich anscheinend auch. Es juckte. Ich hörte die Stimme von Ayşes Mama.

»Mutter, was willst du denn mit der ganzen Suppe anfangen,

um Gottes willen? Man nimmt doch keine Suppe mit auf Reisen!«

»Das lass mal meine Sorge sein!«

Ayşes Eltern standen an der Kinderzimmertür und unterhielten sich leise.

»Wir haben so viel heißes Wasser, da werde ich die Kinder ein Bad nehmen lassen. Gestern haben sie den ganzen Tag geschlafen, das wird ihnen guttun.«

»Kranke Kinder zu baden …«

»Halt du dich da raus! Die Kinder nehmen ein Bad, und damit basta.«

»Was machen wir denn nun mit den Waffen, Sevgi?«

»Ich weiß es nicht, kannst du dir nicht selber etwas ausdenken!«

Als ich meine Eltern reden hörte, hatte ich gar keine Lust, meine Augen aufzumachen. Ich hatte nämlich geglaubt, dass mir gleich der Duft von Toastbrot und Knoblauchwurst in die Nase steigen würde. Wir hatten also den ganzen Tag geschlafen? Hieß das etwa, gestern gab es jetzt nicht mehr? Wo war eigentlich der Schwan? Mir juckte der Bauch. Mama hielt meine Hand fest.

»Nicht kratzen, meine Kleine. Na los, steht mal auf. Ihr nehmt jetzt ein Bad, und danach fühlt ihr euch schon wieder besser.« Als Mama mich ins Badezimmer brachte, rief sie zu Oma in die Küche: »Mutter, wir brechen doch bald auf, um Gottes willen!«

»Meine Sorge!«

Es kam mir vor, als ob jeder sein eigenes Spiel spielte. Ich machte meine Augen zu und wieder auf, da waren wir schon im Bad. Im Bad roch es so schön verbrannt.

Als Ayşe weg war, setzte ich mich im Bett auf. Ayşes Papa kam und sagte: »Bleib noch ein bisschen liegen.« Er deckte mich zu. Papas können einen nicht so gut zudecken wie Mamas. Da gucken die Füße noch raus, und die Decke kommt einem in den Mund. »Dein Vater hat angerufen. Er hat gesagt: ›Ali soll ruhig mit euch nach Ordu fahren, dann kommt er mal ein bisschen rum.‹ Okay, mein Kind?« Was das wohl bedeutete? Ob vielleicht was Schlimmes passiert war? »Wo ist der Schwan, Aydın?«, fragte ich. Ayşes Papa lachte. »Steh auf«, sagte er. »Schauen wir mal nach ihm.« Wir gingen ins Bad. Er hielt mich an der Hand, als könnte ich nicht selber gehen. »Schau, Ali, wir haben ihn in die Wanne gesetzt. Es hat einen Putsch gegeben, und wir lassen einen Schwan schwimmen. So einen Unsinn machen wir!« Ich ließ die Hand von Ayşes Papa los und ging ins Wohnzimmer. Ich setzte mich auf das Sofa gegenüber von der Balkontür. Das Fenster von Samim und Ayla war jetzt zu. Es bewegte sich nicht mehr. Ayşe kam aus dem Bad gerannt. Sie setzte sich neben mich.

Als wir schliefen, hatten meine Eltern alles umgeräumt. Die Bücher waren verschwunden. Wo sie früher gestanden hatten, lagen jetzt Omas Spitzendeckchen. Auf die Deckchen hatten sie Tassen gestellt. Die Tassen, die sonst immer im Schrank stehen. Wir haben eine Vase, eine rote. Da stellen wir nie Blumen rein. Sie stand jetzt auch auf dem Regal. Und dann noch so eine bunte Lampe. Als wir schliefen, war unsere Wohnung wie die Wohnung von Jale Hanım geworden.

Ayşes Mama hatte vergessen, uns die Köpfe abzutrocknen. Mit nassen Haaren gingen wir raus auf die Straße. Ayşe und ich setzten uns in den Kofferraum. Ayşes Oma hatte den Schwan wieder in den Sack gesteckt. »Schaut, hier ist sein Schnabel«, sagte Ayşes Oma zu uns. »Immer wenn der Schwan aufwacht, werde ich euch einen Wattebausch geben mit Arznei, und den haltet ihr dann hierhin, in Ordnung?« Wir nickten.

Während wir frühstückten, füllte Oma die Suppe in zwei Töpfe. Mama schüttelte entnervt den Kopf. Oma lachte. Als meine Eltern ihre Schuhe anzogen, schaute Oma uns an. Dann drehte sie sich wieder zum Herd. Zweimal hörte ich was in die Suppe plumpsen.

»Was sollen wir jetzt noch machen? Wir müssen die Waffen in der Wohnung lassen«, sagte Papa zu Mama. »Und wenn sie sie finden, dann finden sie sie eben. Dann sagen wir, wir wüssten von nichts.«

Im Auto fragte Ayşes Papa: »Wo bleibt denn deine Mutter, Sevgi? Es ist schon sieben, wir müssen los!«

»Brüll nicht so, sonst weckst du noch die ganze Nachbarschaft auf.«

Da kam Ayşes Oma. »Puh!«, sagte sie, als sie ins Auto stieg, und dann lachte sie. »Also dann! Worauf warten wir! Gib Gas, Käpt'n!«

Ayşes Eltern schauten sich verständnislos an.

»Kinder, ich habe Jale Hanım zwei Töpfe Suppe vor die Tür gestellt. Mit zwei kleinen Abschiedsgeschenken von Samim und Ayla! Jetzt kann sie den Polizisten so viel erzählen, wie sie will!«

~~

»Die Ausweise!«, sagt der Soldat. Mama streckt sie ihm hin.

»Ich sehe hier vier Ausweise. Sie sind aber zu fünft!«

Mit ihrer »vornehmen Stimme« sagt Oma: »Das hier ist der Sohn unserer Putzfrau, junger Mann. Den setzen wir unterwegs zu Hause ab. Die Kinder haben die Masern bekommen. Fragen Sie nicht, junger Mann!«

Der Soldat schaut sich die Ausweise an. Es dauert ganz schön lange. Er steckt noch mal seinen Kopf ins Auto und guckt überall rum. Wir trauen uns jetzt nicht mehr zu atmen.

»Weiterfahren!«

Da atmen wir alle aus. Das war vielleicht aufregend! Wir fahren los, ohne was zu sagen. Wir kommen an einem Schild vorbei, auf dem Ankara rot durchgestrichen ist. Papa macht das Radio an. Da singen Kinder ein Lied.

*Schau dir schöne Sachen an – fahr nach Anatolien! / Willst du einfach lachen, dann – fahr nach Anatolien!*

Papa zeigt auf ein kleines Haus, das ganz weit weg allein auf einem Hügel steht.

»Schau, Ayşe, dort hättest du auch geboren werden können. Dann hättest du vielleicht nicht zur Schule gehen können, du hättest vielleicht ganz viele Geschwister gehabt, auf die du hättest aufpassen müssen, du hättest auf den Bergen Ziegen gehütet, keine Bücher besessen ...«

Als Papa das sagt, sehe ich mich selber da oben. Ich schaue zu mir runter. Weil ich ja auch die Ayşe da oben bin, schaue ich auf die Ayşe runter, die auf der Straße fährt. Ich bin wütend auf diese Ayşe. Weil sie mich da oben vergessen hat. Dann bin ich wieder die Ayşe, die auf der Straße fährt, und schäme mich, weil ich mich überhaupt nicht um die Ayşe in dem kleinen Haus gekümmert habe.

Oma sagt: »Nanu! Schaut mal, Kinder, Möwen! Und das mitten in der Steppe!«

Mama sagt: »Die fliegen den Fischlastern hinterher, die nach Ankara fahren, und dann werden sie abgehängt.«

*Flüsse, kristallklar und pur – fahr nach Anatolien! / Und wunderschöne Natur – fahr nach Anatolien!*

Da sagt Papa: »Ja, unser Land ist schon einzigartig, aber ...« Er zündet sich eine Zigarette an.

Plötzlich fängt Mama an zu weinen. Papa hält an. Er wirft seine Zigarette weg. Sie steigen aus. Auf der Straße ist es ganz still.

Wir haben bei den Pappeln angehalten. Die Haare von Ayşes Mama werden vom Wind zerzaust. Der Wind drückt auch alle Pappeln zu einer Seite. Ayşes Eltern stehen vor den Pappeln. Ihr Papa gibt ihrer Mama eine Zigarette. Er sucht sein Feuerzeug. Beide haben eine Zigarette im Mund. Die Zigarette im Mund von Ayşes Mama zittert. Ich klettere vom Kofferraum auf den Rücksitz. Ich steige aus, gehe zu ihnen und schaue sie an. Sie sehen aus, als hätten sie einen Albtraum gehabt. Ich ziehe das Ibelo-Feuerzeug aus meiner Tasche und halte es Ayşes Papa hin. Er streckt seine Hand danach aus.

»Samims Feuerzeug ...«

Er wirft die Zigarette auf den Boden und steckt das Feuerzeug in seine Tasche.

# 18. KAPITEL

## Der Bauer ist der Herr der Nation!

### Der Anatolier an sich ist tolerant

*... nach der Verhängung des Ausnahmezustands normalisiert sich das Leben im Land wieder. Im Gefängnis von Samsun verließen rechte und linke Häftlinge heute Morgen ihre Zellen und versöhnten sich miteinander. Sie kündigten an, von nun an ihre Zellen miteinander teilen zu wollen ... Die führenden Köpfe der Konföderation Revolutionärer Arbeitersyndikate leisten dem allgemeinen Aufruf zur Kapitulation Folge. Es wurde verlautbart, dass die Generäle, die dem Nationalen Sicherheitsrat angehören, im Senatsgebäude des Türkischen Parlaments ...*

Ayşes Mama schaltet das Radio aus. Sie kurbelt das Fenster runter, streckt ihre Hand raus und lässt sie in den Wind tauchen, als wäre sie ein Delphin. Unter ihrer Hand rasen die Felder und die Strommasten vorbei. Manchmal fliegt ihre Hand hoch in den Himmel, zusammen mit den Vögeln, dann sinkt sie wieder auf die Erde und lässt die gelben Gräser hinter sich. Wenn sie abtaucht, wird die Hand zu einem Delphin, und wenn sie fliegt, zu einem Vogel.

Dann dreht sich Ayşes Mama zu uns um. »Kinder, warum habt ihr den Schwan jetzt eigentlich entführt?«

Im Auto wird es zuhörstill. Ayşe wartet darauf, dass ich was sage.

»Wir haben ihn nicht entführt. Wir haben ihn gerettet.«

»Gut, dann habt ihr ihn eben gerettet. Aber warum, Ali?«
Wir sagen nichts. Ayşes Mama sagt: »Wollt ihr es uns nicht sagen?«, und da wird Ayşe ein bisschen sauer.
»Was gibt es denn daran nicht zu verstehen! Verflixt noch mal!«

Meine Eltern lachen in sich rein. Mama zündet sich eine Zigarette an. »Ihr habt das toll gemacht, Kinder!«, sagt Oma. »Wirklich hervorragend! Nicht wahr, Sevgi?«
»Ja, was soll ich sagen? Bravo, Kinder!«
»Das Tier braucht übrigens Wasser, meine Lieben. Halt doch mal an dem Brunnen da vorne, Aydın!«
»Er ist aufgewacht, Papa! Der Schwan ist aufgewacht!«
Wir halten an. Als wir den Sack aufmachen, streckt der Schwan seinen Kopf raus, immer weiter und weiter ... Mama und Papa sagen: »Wie machen wir das denn jetzt am besten?« Aber sie tun gar nichts. Da bringt Oma dem Schwan mit ihren Händen Wasser. Der Schwan trinkt. Wir streicheln den Schwan. Mama setzt sich an den Brunnen, auf die Mauer. Da rollt ihr was vor die Füße. Ein Apfel! Hier liegen ganz viele Äpfel.

Ayşes Mama schaut nach, ob wir noch Fieber haben. Sie schaut sich die roten Punkte auf unseren Bäuchen und unseren Gesichtern an. Als Ayşe fragt: »Mama, kann der Schwan auch die Masern bekommen?«, lacht sie. Sie umarmt Ayşe. Da sieht sie mich und umarmt mich auch. Wir setzen uns an den Brunnen.

Mama streichelt uns mit den Händen die Stirn und sagt: »Ich will euch etwas Wichtiges erklären. Wenn eines Tages irgendwo ein ungewöhnliches Tier erscheint ... sagen wir, ein Seehund strandet plötzlich in einer Kleinstadt. Oder ein unbekannter Vogel wird gesichtet oder vielleicht ein Tiger. Dann sind die Menschen manchmal sehr grausam. Sie glauben, diese Tiere einfangen und einsperren zu müssen. Aber manchmal ist alles auch ganz anders und viel wundersamer ... bevor du geboren wurdest, Ayşe, fiel über Ankara ein Pelikan herab. Eine alte Frau fand ihn. Sie nahm den Pelikan mit und setzte ihn zwischen ihre Hühner. Dann kam der Winter. Die alte Frau strickte dem Pelikan Babyschuhe. Sie gab ihm auch einen Namen. Sie nannte ihn Seltsam. Denn wer sich aus seinem Nest entfernt und ganz allein ist, den halten die Leute für seltsam ... Aber Seltsam wollte die Babyschuhe nicht anziehen, und die alte Frau musste immer mit ihm kämpfen, damit er nicht fror. Sie nahm ihn überallhin mit, wohin sie auch ging. Wie ein Hund folgte er ihr auf Schritt und Tritt. Er war unser Pelikan mit den Babyschuhen, wir liebten ihn ... Kinder, im Radio wird es jetzt immer heißen, die Studentinnen und Studenten seien verblendet gewesen, weil sie sich für solche Außenseiter ... denn jetzt wurde die Macht von denen übernommen, die Tiger und Seehunde und Pelikane und Schwäne einsperren. Die sich über alte Frauen, die Babyschuhe für Pelikane stricken, lustig machen. Die sich einen Seehund anschauen und dabei nur darüber nachdenken, für wie viel man den wohl verkaufen könnte, ob der wohl was einbrächte. Die wollen, dass alle Fische und alle Vögel immer gleich aussehen. Versteht ihr, Kinder?«

Papa ruft uns von weitem was zu. Er steht alleine unter einem Baum. »Sevgi, die Äpfel sind hier, schau! Sie fallen alle auf den Boden!«

Wir laufen zu dem Apfelbaum. Mama macht aus ihrem Rock einen Korb.

»Kinder, ihr sammelt die auf, die auf dem Boden liegen!«

Während wir die Äpfel aufsammeln, lachen wir. Weil die Äpfel nämlich gelb sind und klein und jung. »Sie sind gar nicht mal alle verfault, Aydın«, sagt Mama zu Papa, und Papa sagt zu Mama: »Das wären sie aber, wenn wir nicht stehen geblieben wären.« Etwas später sagt Mama: »Irgendjemand wäre bestimmt stehen geblieben.«

Oma kommt auch und macht aus ihrem Rock auch einen Apfelkorb, und wir legen ganz viele Äpfel hinein. Wir lachen so viel, dass Papa seinen Fotoapparat aus dem Auto holt.

»Wartet mal, lasst uns ein Foto von uns machen!«

Mama und Oma zeigen die Äpfel in ihren Röcken dem Fotoapparat. Jetzt sind wir alle zu Äpfeln geworden. Zu lustigen Äpfeln. Papa schaut von oben auf den Fotoapparat und stellt ihn auf die Mauer von dem Brunnen. Als der Apparat anfängt zu rattern, rennt er zu uns und lacht und umarmt Mama. Oma hat nämlich gerufen: »Lauf, Aydın, lauf!«, und da ist Papa losgerannt, um noch rechtzeitig auf dem Foto zu sein, das er selber gemacht hat. Als wir darauf warten, dass der Apparat *klick* macht, kommt von der Straße ein Brummen, und es fahren ganz viele Laster vorbei, Militärlaster. Mamas Hände fangen an zu zittern, und ein Apfel fällt ihr aus dem Rock. Meine Eltern haben aufgehört zu lachen. Ali auch. Da macht es *klick*. Der Apfel, der Mama aus dem Schoß gefallen ist, rollt weg und bleibt am Brunnen liegen.

Ich hebe den Apfel vom Brunnen auf und lege ihn dem Schwan vor den Schnabel. Damit er ihn fressen kann, wenn er aufwacht. Wir schlafen auf dem Rücksitz ein.

Als der Blinker vom Auto *klick klack* macht, wachen Ali und ich auf. Ich liege auf Omas Schoß, und Ali liegt an mich gelehnt.

»Das Auto gibt seltsame Geräusche von sich, Sevgi. Es scheint gar nicht richtig zu fahren, obwohl ich ganz normal Gas gebe. Ich lasse an der Tankstelle mal jemanden nachschauen.«

»Wenn wir anhalten, würde ich gerne Pfefferminzbonbons und Kölnischwasser kaufen. Mir wird schlecht in diesem Auto«, meint Oma.

Als wir aus dem Auto steigen, ist da ein alter Mann mit einem Gebetskäppchen auf dem Kopf. Er kniet hinter einem Militärlaster und betet. Als er fertig ist, ruft er: »Gott sei Dank! Die haben ständig von Umsturz geredet, aber was wollten die denn umstürzen? Allah schütze unsere Armee!«

Auf dem Militärlaster sind ganz viele Soldaten. Sie lachen über den alten Mann. »Lauf, geh an deine Arbeit, Mekkapilger!«, sagt einer von ihnen.

Ayşes Mama geht mit uns in den Laden. Da drin gibt es ganz viel Zeug: Plastikpuppen mit blau angemalten Augen, bei denen die Farbe übergelaufen ist. Die Augen sehen total unheimlich aus. Feuerzeuge, auf denen *Türkei* steht. Kleine Gebetsteppiche mit Kompass. Sachen aus Holz zum Auf-den-Tisch-Stellen und An-die-Wand-Hängen, mit der türkischen Flagge drauf. Drei Bücher. Eins heißt: *Ruhe finden im Islam*, das andere: *100 Gründe, auf das Türkentum stolz zu sein*, und das dritte: *Die anatolische Küche*. Tüten mit Süßigkeiten. Glänzende Pfefferminzbonbons. Gebetsketten aus Holz, bunte Spielzeugrevolver. Farbige Lampen mit der Kaaba drinnen. Auf dem Boden stehen Statuen von Katzen und Hunden. Alles ist total hässlich.

Der alte Mann kommt rein. Er ist nämlich der Verkäufer. Der Laden riecht nach Kichererbsen. Er schreit: »Was wollten die denn überhaupt umstürzen? Gott sei Dank, dass wir unsere Armee haben!« Ich glaube, er hat Mama eine Frage gestellt, aber als Mama keine Antwort gibt, sagt er: »Salem aleikum, gute Frau, was darf's denn sein?«

»Zigaretten!«

Ayşe zieht an meinem kleinen Finger. Vielleicht, weil ich den alten Mann zu lange angeschaut habe. Deswegen schaue ich mir die Werbung im Fenster an. »Frischkäse! Dick streichen! Viel essen!« Auf dem Plakat ist ein grinsender Junge, der hat den ganzen Mund mit Käse verschmiert.

Der Mann sagt: »Die kennen doch ihre eigenen Leute nicht! Die haben keine Ahnung von der Welt!«

Jetzt schreit der Mann, aber vorher hat er Angst gehabt. Er hat Angst gehabt, dass er selber umgestürzt wird. Und weil er jetzt keine Angst mehr hat, schreit er. Darum trete ich gegen die hässlichen Katzen- und Hundestatuen. Der Mann sieht nicht, dass sie alle umstürzen. Ayşes Mama hat es gesehen, aber sie sagt nur: »Kommt, Kinder, gehen wir raus.«

»›Bis nach Çorum macht er's noch, aber spätestens da müssen Sie ihn reparieren lassen‹, hat der Tankwart gesagt. Was soll ich denn tun, Sevgi!«

Als Papa sagt: »Wir bleiben ja nur eine Nacht in Çorum, und gleich morgen früh fahren wir weiter«, ist Mama sehr sauer. Sie lässt ihren Löffel in die Suppe plumpsen.

Oma fragt: »Sevgi, meine Tochter, ist es denn in Çorum jetzt gefährlich?«

»Ach was, nicht wahr, Aydın? Was soll denn da schon gefährlich sein! Kinder, esst eure Suppe auf!«

Die Suppe sieht total ekelhaft aus. Und das Brot haben sie ganz dick geschnitten. Außerdem sind die Teller aus Plastik, mit braunen Blumen drauf, als wären sie dreckig. Und meine Beine kleben am Stuhl fest, weil die Stühle nämlich auch aus Plastik sind.

»Ich rufe meinen Vater an«, sagt Ayşes Papa. Wir dürfen nicht in Çorum übernachten! Ich müsste jetzt »Nein« sagen, aber ich bin so krank, dass ich es nicht kann. Ich habe das Gefühl, als wären die roten Punkte sogar in meinem Kopf, als würde es in meinem Kopf jucken. »Da stechen sie den Toten die Augen aus«, müsste ich sagen. »Hüseyin war mal da, danach konnte er nicht mehr schlafen«, müsste ich sagen, aber ich kann es nicht. Vielleicht ist alles anders, weil ich mit Ayşe und ihrer Familie zusammen bin. Als die Polizisten in ihre Wohnung gekommen sind, haben sie ja auch niemanden geschlagen. Vielleicht stechen sie mir in Çorum nicht die Augen aus, wenn ich mit Ayşe und ihrer Familie da bin. Mir fallen die Augen zu.

Ayşes Oma zieht eine Tüte aus ihrer Handtasche und tut ein bisschen Salat rein. Als ich noch mal kurz die Augen aufmache, zwinkert sie mir zu, glaube ich. »Für unseren Freund im Kofferraum, mein Spatz!«

Sie hat »Spatz« zu mir gesagt, als wäre ich Ayşe. Ich höre, wie sie mit dem Schwan redet. »Keine Angst, mein Lieber! Ich mache es mir nur ein wenig bequem. Ah, hier kann ich sogar die Beine ausstrecken! Wir werden uns schon vertragen, mein Vögelchen, was?«

Ali und ich sind auf dem Rücksitz eingeschlafen. Da höre ich Omas Stimme. »So ein braves Tier, Sevgi, fast wie ein Mensch. Schau mal, mein Lieber, schau! Wie die Vögel fliegen!«

Oma zeigt dem Schwan die fliegenden Vögel. Ich schaue mir auch die Vögel an. Auf einmal riecht es nach Winter. Die Luft ist grau geworden. Ziehen Zugvögel den Sommer eigentlich hinter sich her, in ein anderes Land? Wenn unser Schwan auch wegfliegt, dann ist der Sommer bestimmt zu Ende. Draußen regnet es.

Wir sind in ein Zimmer gekommen. Als Mama mich ins Bett legt, wache ich auf. Ich sehe, wie Oma ein Bettlaken auf einem Sofa ausbreitet.

»Die Bettlaken riechen auch etwas streng, aber was sollen wir machen? Für die eine Nacht wird's schon gehen. Sevgi, zieh deine Blusen über die Kissen der Kinder, damit sie sich nichts einfangen. Dieses Hotel ist wirklich schmutzig.«

»Wo ist der Schwan, Oma?«

»Er schläft, mein Kind, er schläft.«

Die Lampe surrt. Neben dem Bett stehen künstliche Blumen, aber in die Vase ist von ihren Stängeln lauter braunes Eisenwasser geflossen. Ich glaube, wir sind in Çorum. Oma sagt: »Nicht mal Decken haben sie hier«, als sie den Schrank aufmacht. Nur einen zerbrochenen Kleiderbügel gibt es im Schrank. Und dann noch einen kleinen Kelim. Zum Beten. An der Wand steht was auf Arabisch, in Goldfarbe. Daneben hängt ein Bild von einem Turm. »Oma, ist der Turm in Istanbul?«, frage ich, und Mama antwortet: »In Paris, Ayşe. Komm, leg dich zu mir. Lass uns gleich schlafen, damit bald morgen ist.«

Eins von den Kissen stinkt. Weil Mama ihre Bluse draufgelegt hat, riecht es zwar sehr schön nach Mama, aber darunter stinkt es. Die Vorhänge stinken wie Aschenbecher, bis zum Bett kommt der Gestank.

Ich habe die Augen auf, aber das sieht niemand, weil ich nichts sage. Wenn Ayşes Mama mal zu uns nach Hause käme, würde sie es vielleicht genauso machen: alles nur mit den Fingerspitzen anfassen und die Nase ganz weit weg halten, wenn sie daran riecht. »Pfui!«, sagt sie. »Ziehen wir uns lieber nicht aus, Aydın, es ist wirklich dreckig hier.«

»Na, wenn das deine einzige Sorge ist, Sevgi.«

»Stimmt, wie sieht es denn draußen aus?«

»Alles voller Soldaten halt. Aber die Leute sprechen über das Spiel. Das Leben hat sich eben wieder ›normalisiert‹!«

Ayşes Eltern stehen am Fenster und rauchen.

»Ich habe ganz vergessen zu fragen, wie es deinem Vater geht.«

»Oh, es geht ihm schon besser, sie haben ihn aus dem Krankenhaus entlassen. Er hat mir eingeschärft, dass wir unterwegs Melonen kaufen sollen. Der und seine Melonen!«

»Ich kann nicht schlafen, Aydın.«

»Ich auch nicht.«

Ayşe sagt im Schlaf ganz leise: »Mama, Mamilein.« Ich vermisse meine Mama. Wenn sie kommt, sage ich auch »Mamilein« zu ihr. Da wird sie sich ganz schön wundern!

Als meine Eltern so vor dem Fenster stehen, kann ich in der Scheibe ihre Gesichter sehen. Sie schauen sich an in der Scheibe. Mama schaut Papa an, und Papa schaut Mama an. Plötzlich ziehen sie die Vorhänge zu. Jetzt weiß ich, warum Papa an dem Abend, als Hüseyin und Birgül abgestürzt sind, die Vorhänge zugezogen hat. Weil man nämlich in der Scheibe sich selber sieht, wenn es dunkel ist. Sein dunkles Ich. Das ist schon irgendwie unheimlich.

»Aber du musst doch etwas essen, mein Kind.« Oma will unbedingt, dass ich diesen Stinkekäse esse. Dabei habe ich gar keine Lust. Außerdem haben Mama und Papa auch überhaupt nichts gegessen. Papa wippt unter dem Tisch mit dem Bein. Es gibt Marmelade in kleinen Döschen, aber sie riecht nicht nach Marmelade. Sie riecht nach gar nichts. Außer uns ist niemand im Restaurant vom Hotel. Zwei Männer hängen eine riesige Flagge an die Wand. »Du musst sie stärker spannen! Sie muss straff hängen.«

Papa sagt zu mir: »Sei so lieb, Ayşe, und iss, damit wir bald fahren können.« Er ist nicht sauer auf mich, nur ein bisschen genervt.

Mama sagt: »Nanu! Schaut mal, was da in der Zeitung steht.« Ali und ich schauen. »Aber ich lese es euch nur vor, wenn Ayşe isst, denn es ist eine gute Nachricht. Und zwar eine sehr, sehr, sehr gute!«

Da fange ich an zu essen. Wenn ich schlucke, ohne zu kauen, schmecke ich den Käse vielleicht nicht.

Mama liest vor:

*Es wird vermutet, dass die Schwäne, die nun erstmals in Perşembe in der Provinz Ordu gelandet sind, aus Sibirien kommen. Der Bürgermeister erklärte, sofern man die Schwäne sich selbst überlasse, blieben sie für einen oder zwei Tage in ihrem Zwischenquartier, bevor sie weiterflögen. Indessen strömen die Schaulustigen scharenweise nach Perşembe, um die Schwäne zu sehen …* Habt ihr das gehört? Die Schwäne sind da!«

Ali will gerade die Zeitung aus Mamas Hand nehmen, da kommen eine junge Frau und ein junger Mann rein. Sie setzen sich an einen Tisch. Die Frau bindet sich ein Kopftuch um. Der Mann sagt ganz schnell: »Chef, zweimal Tee, bitte!«

»Einen Moment, wir hängen erst die Flagge hier auf!«

Die junge Frau und der junge Mann schauen nach draußen. Beide rauchen eine Zigarette. Sie haben rote Gesichter, wahrscheinlich sind sie gerannt. Da kommen am Fenster zwei Männer vorbei. An ihren Gürteln haben sie solche Funkgeräte, wie der Detektiv eins hat. Die Männer, die die Flagge aufgehängt haben, steigen von der Leiter und sagen: »Ist doch schön geworden!« Sie gehen raus. Die junge Frau und der junge Mann drücken ihre Zigaretten aus. Der Mann hält die Hand von der Frau. Sie schauen sich an. Und wir schauen sie an. Ali steht auf. Mama sieht die Männer. Sie sagt: »Ali, setz dich.« Aber Ali hört nicht auf Mama. Er läuft los. Die Männer mit den Funkgeräten kommen rein und schauen sich um. Ali läuft zu der jungen Frau und dem jungen Mann. Er brüllt: »Mama! Du weißt doch genau, dass ich jeden Tag eine streichholzschachtelgroße Portion Käse essen muss!«

Die Frau bekommt ganz große Augen. Sie schluckt, und dann sagt sie: »Ist ja gut, mein Junge, wir sagen es dem Kellner gleich. Hab noch ein bisschen Geduld.«

»Mach deiner Mutter keinen Kummer, Ahmet!«, sagt der Mann. Die Frau nimmt Ali auf den Schoß und gibt ihm einen Kuss. »Aber er macht mir doch keinen Kummer, nicht wahr, mein Sohn?«

Die Männer mit den Funkgeräten nicken Papa zu, dann gehen sie raus. Ali steht auf. Die Frau hält ihn fest und umarmt ihn. »Danke, mein Junge!«

Die junge Frau und der junge Mann wollen gerade zur Tür rausgehen, da fängt plötzlich die Nationalhymne an. Sie schaffen es gerade noch rauszurennen, als der eine von den Männern, die die Flagge aufgehängt haben, schreit: »Stillgestanden!« Auch der andere Mann kommt rein, und beide stehen still. Sie schauen uns an. »Die Nationalhymne wird gespielt! Haben Sie denn überhaupt keinen Respekt?«

Papa wird schwarz. Ich glaube, er ist sehr wütend. Mama lässt ihre Zigarette in den Aschenbecher fallen. Sie schauen einander an.

Oma flüstert: »Steht besser auf, Kinder, sonst könnte es hier noch unangenehm werden ...«

Ali und ich stehen auf. Die Nationalhymne kommt mir total lang vor. Mama legt ihre Hand auf Alis Schulter. »Du bist ein sehr tapferer und kluger Junge, Ali!«, sagt sie. Sie schaut Papa an. Als die Nationalhymne vorbei ist, nimmt Papa mich auf den Arm. »Kommt, wir gehen!«

Wir steigen ins Auto. Oma hat dem Schwan die Füße zusammengebunden. Als sie ihn losbindet, entschuldigt sie sich bei dem Schwan. »Schau, mein Junge, ich habe dir auch Tomaten mitgebracht. Nimm ...« Sie wischt sich mit dem Taschentuch das Gesicht ab. »So eine Hitze schon am frühen Morgen! Aydın, vergiss nicht, dass wir unterwegs noch Melonen kaufen müssen.«

»Nein, wir kaufen keine Melonen!«, sagt Papa. Er dreht sich zu uns um. Sein Gesicht ist immer noch schwarz. Rabenschwarz. »Wir fahren auch nicht nach Ordu!«

Mama und Oma sind ganz still.

»Wir fahren nicht nach Ordu, weil wir, verflucht noch mal, nach Perşembe fahren! Ich will den Kindern nämlich die Schwäne zeigen ... so, und los geht's, verflucht noch mal! Sind wir bereit, ihr mutigen Abenteurer?«

Ayşes Papa flucht wie Hüseyin. Er zündet sich mit Hüseyins Feuerzeug eine Zigarette an. Ayşes Mama legt ihre Hand auf die von Ayşes Papa. Sie hat ihr Gesicht zum Fenster gedreht. Ich glaube, sie lacht.

## 19. KAPITEL
## Was ich in den Sommerferien erlebt habe

**Dort gibt es ein Dorf in der Ferne**

»Wir sind pünktlich zum Mittagessen in Perşembe, Kinder!«, sagt Papa. »Die Schwäne landen dort immer auf dem Balkon eines Restaurants. Wie hieß das Lokal, Sevgi?«

»Dallas!«

»Dallas?«

Meine Eltern lachen. Ich frage mich, was daran so lustig sein soll.

»Und was, wenn unser Schwan nie mehr zurückkommt, Ali?«

»Das spielt keine Rolle!«

»Wieso das denn? Es spielt wohl eine Rolle!«

»Eben nicht. Weil die anderen Schwäne gesehen haben, dass wir ihn befreit haben. Nur das spielt eine Rolle.«

»Es ist gleich elf, Sevgi, mach das Radio an, damit wir die Nachrichten hören können.«

*Mit einem Volkslied aus der Schwarzmeerregion kommen wir zum Ende unserer heutigen Sendung:* In dieser grausamen Welt bleibt niemand gerne allein, *ein Lied aus Pokut, interpretiert von den Künstlern der TRT, Studio Ankara …*

Als das Lied anfängt, steht »Fatsa« auf dem Straßenschild. »40 km« steht da. Plötzlich habe ich das Gefühl, als könnte ich Hüseyin und Birgül sehen, wenn ich in den Himmel schaue.

Als würden sie da fliegen und in den Bergen irgendwo landen. Als ich in den Himmel schaue, muss ich fast weinen. Weil das Lied so traurig ist:

*Mein Schatz, tritt nicht in den Schlamm, sie finden unsere Spur, o großer Schmerz, sie finden unsere Spur / Doch glauben uns verloren, gehen im Nebel wir nur, o großer Schmerz, gehen im Nebel wir nur.*

Wo Dürüst wohl ist? Wahrscheinlich hat ihn jemand mitgenommen, als der Putsch war. Die Soldaten haben es bestimmt nicht geschafft, jemanden aus dem Viertel in einen Militärlaster zu stecken. Sonst hätte Seher nämlich ganz laut geschrien und sie mit ihrem Nudelholz weggejagt. Und wenn die Leute gefragt haben: »Wo ist Ali?« Dann hat Gökhan sicher gesagt: »Habt ihr nicht gehört? Er ist weggefahren, um Hüseyin und Birgül zu retten!« Ich wünschte, das hätte er wirklich gesagt.

Als das Auto ganz plötzlich nach rechts fährt und stehen bleibt, werden Ali und ich an die Seitenscheibe gedrückt. Da sehen wir einen Hund. Der Muezzin ruft zum Gebet, und der Hund jault das kleine Minarett an. Das klingt so traurig wie das Lied im Radio:

*In dieser grausamen Welt bleibt niemand gerne allein, o tiefer Schmerz, bleibt niemand gerne allein / Sanft von Flechten umfangen wird selbst der herzlose Stein, o tiefer Schmerz, wird selbst der herzlose Stein.*

Aus der Moschee kommen zwei Männer. Die schlagen den Hund!

Die zwei Männer schlagen den Hund, weil er gejault hat, als der Muezzin zum Gebet gerufen hat. Aber der Hund kennt den Gebetsruf doch gar nicht! Dass die das nicht wissen! Die wissen ja noch weniger als der Hund!

Ayşe greift nach meiner Hand. Das Lied läuft noch.

*Du raubtest mir den Verstand, ich vegetiere dahin, o tiefer Schmerz, ich vegetiere dahin / Seit ich kein Mann mehr, sondern nur ein Verrückter noch bin, o tiefer Schmerz, nur ein Verrückter noch bin.*

Es fängt an zu regnen.

Als der Regen anfängt, laufen die beiden Männer in die Moschee. Der Hund bleibt draußen. Er bellt, als hätten sie ihn gar nicht geschlagen. Es hört sich an, als würde er lachen.

»Die Kerle sind vor Fatsa aufmarschiert! Es gibt eine Straßensperre«, sagt Papa.

Oma murmelt ein Gebet. Sie macht diese Glaskuppel um Ali und mich und sagt den Spruch mit dem Atlas und den Perlen. Und dann, als der Regen immer stärker wird, macht sie für den Schwan das Gleiche!

Als der Soldat winkt, dass wir durchfahren sollen, hält Ayşe ganz fest meine Hand. Wir fahren langsam vorbei, und keiner im Auto schaut nach draußen. Außer mir. Nur ich sehe die Leute, die sich auf der Straße auf den Bauch legen müssen. Dann fangen die Nachrichten an:

*… gehen derweil unzählige Anzeigen ein. Ab morgen wird eine ganze Wagenladung von Anzeigen aus allen Teilen des Landes …*

Die Gesichter von den Leuten auf dem Boden werden nass. Sie wollen ihre Köpfe hochheben, aber die Soldaten schreien sie an.

*Einer Erklärung des Nationalen Sicherheitsrats zufolge soll die Aneignung Atatürk'scher Prinzipien in den Haftanstalten zur Pflicht werden. Sämtliche Inhaftierten haben daher »Atatürks unveränderliche Botschaft an die türkische Armee« auswendig zu lernen. Diese Botschaft lautet: »Ich wende mich an die türkische*

*Armee, deren Siegesserie am Anfang der Menschheitsgeschichte begann und die das Licht der Zivilisation bei ihrem siegreichen Fortschritt trug! Wenn ihr euer Land in den kritischsten und schwierigsten Zeiten vor Unterdrückung, Tragödie und feindlicher Invasion gerettet habt, habe ich keine Zweifel, dass ihr in der fruchtbaren Ära der Republik, ausgestattet mit allen modernen Waffen und Mitteln der militärischen Wissenschaft, eure Pflicht mit derselben Loyalität erfüllen werdet …«*

»Macht das Radio aus, Kinder. Hören wir lieber dem Regen zu«, sagt Oma. Der Regen trommelt auf das Autodach. Als keiner mehr redet, spüre ich in mir drin so einen lauwarmen Schmerz. Papa sagt: »Zünd mir doch mal eine Zigarette an, Sevgi, mir ist so wehmütig zumute.« Aha, so sagt man also zu diesem lauwarmen Schmerz in einem drin.

Während die Soldaten kleiner werden, schaue ich zu den Bergen rüber. Die Vögel fliegen immer noch, obwohl es regnet.

»Herzlich willkommen. Sie können sich hinsetzen, wo Sie wollen, es sind alle Tische frei.«

Der Kellner hat Zeitungsblätter in der Hand.

»Bitte nehmen Sie es uns nicht übel, aber wir legen statt Tischdecken Zeitungen aus. Wir konnten die Tischdecken nicht waschen, weil …«

»Weil es einen Staatsstreich gegeben hat, oder weil es einen Putsch gegeben hat?«

»Weil es einen Putsch gegeben hat, Bruder, einen Putsch …«

Papa und der Kellner lachen. Sie lachen, ohne ihre Köpfe hochzuheben und ohne sich anzuschauen. Als würden sie sich schon kennen.

Als Ayşes Papa »Putsch« sagt und der Kellner auch, da erkennen sie sich. So wie zum Beispiel die Leute, die »die Ereignisse von Çorum« sagen, sich nicht mit den Leuten anfreunden können, die »das Pogrom von Çorum« sagen.

»Was darf ich Ihnen bringen?«

»Ach, bringen Sie uns einfach den frischesten Fisch, den Sie haben. Und einen Salat dazu.«

»Geht in Ordnung.«

»Wir haben in der Zeitung gelesen, dass es hier Schwäne geben soll. Sie landen angeblich direkt vor dem Balkon von Ihrem Restaurant, stimmt das?«

»Aber ja, das stimmt. Die Mütter im ganzen Land weinen, aber hier bei uns geht es lustig zu! Die kommen aus … wie hieß das gleich wieder? Diese kalte Gegend da oben in Russland …«

»Sibirien!«

Das hat Ali gesagt. Alle lachen.

»Nicht schlecht, der Junge weiß Bescheid! Ja, aus Sibirien kommen die. Selbst die Alten hier haben so was noch nie gesehen. Die Vögel können einem leidtun, dass sie sich ausgerechnet den Tag aussuchen mussten, an dem dieser Putsch stattfindet. Seltsame Sache!«

»Seltsam, ja, das kann man wohl sagen.«

Papa spielt mit dem Salzstreuer. Oma liest in der Zeitung, die auf dem Tisch liegt.

»Oje! Hör mal, Sevgi, was Bülent Ersoy gesagt hat: ›Ich bin vor allem dem hochgeschätzten General Evren Pascha, aber auch allen meinen Freunden, ob hochrangig oder nicht, unendlich dankbar. Sollte auch mir als Künstler eine Aufgabe zufallen, so bin ich sofort bereit, diese zu erfüllen.‹«

Oma schüttet ein bisschen Kölnischwasser auf ihr Taschentuch und wischt Ali und mir die Hände ab.

»Tja, Mutter. Jetzt ist es genauso gekommen, wie Jale Hanım es sich immer gewünscht hat. Selbst Bülent Ersoy hat auf den Pfad der Tugend zurückgefunden! Bravo!«

Oma lacht nicht. Ich dachte eigentlich, darüber müsste sie lachen, aber sie lacht nicht. »Sag das nicht, Sevgi, diese arme Frau hatte wirklich genug zu erdulden«, sagt sie. »Die eigentlichen Ungeheuer findest du unter denjenigen, die am anständigsten aussehen.« Als das Taschentuch nur noch ein winzig kleiner Ball ist, wirft sie es in ihre Handtasche. Sie riecht an ihren Händen.

»Wie das duftet! Wie konnte ich nur jahrelang Cavit Beys stinkendes Tabakwasser benutzen?«

Unter Ayşes Hand steht die »Gemeinsame Erklärung der Künstler«. »Gott möge es den Generälen lohnen!«, ist die Überschrift. Die Sängerinnen haben sich wie Lehrerinnen angezogen. Keine lacht. Sie stehen da, als müssten sie morgen in die Schule gehen.

»Lass uns Rakı bestellen, Aydın. Was sagst du, trinken wir je einen Doppelten?«

Papa lacht. »Nejla, trinkst du auch einen Rakı?«

»Na, wenn du so fragst ...«

Aber da kommt der Kellner schon mit einer Flasche. »Sie haben zwar nicht ausdrücklich welchen bestellt, aber weil Sie ja sowieso noch warten müssen, wenn Sie die Schwäne sehen wollen ... In etwa einer Stunde werden sie hier sein. Sie kommen jeden Tag zur gleichen Zeit ... Möchten Sie Eis in den Rakı?«

Ich flüstere Ayşe ins Ohr: »Sie haben auf uns gewartet. Die Schwäne, meine ich. Um den Schwan, den wir gerettet haben, mitzunehmen. Verstehst du? Woher wussten sie wohl, dass wir hierherkommen würden?«

»Die wussten es einfach!« Ayşe sieht lustig aus mit den roten Punkten im Gesicht. Ein bisschen lustig und ein bisschen schön. Die Hand von Ayşes Mama liegt auf dem Rakıglas. Manchmal kommt die Sonne durch die Wolken, dann funkelt das Licht am Rand von dem Glas. Ayşes Mama merkt vielleicht gar nicht, dass sie mit ihrem Ring immer nur dann ans Glas schlägt und *tick tick tick* macht, wenn gerade die Sonne scheint. Aber dann hört sie auf und sagt: »Ach ja!«

Der Fisch ist gekommen. »Wollen Sie ihn filetieren oder Ihre Frau?«, fragt der Kellner. »Heute übernehme ich das mal«, sagt Papa. Dann schaut er Mama an. »Was ist los, Sevgi?« »Nichts«, sagt Mama. Sie hört dem Lied zu und schaut uns an. Oma singt nämlich.

*Du bist nicht da, du weißt es nicht, ich kann einfach nicht mehr …*

»Weil du so geseufzt hast, Sevgi …«

»Nein, es ist nichts, Aydın. Für einen Moment … ich meine … du bist eben immer für mich da! Ach, egal … verteilst du den Fisch?«

Papa will den Fisch am Bauch aufschneiden, aber es klappt nicht. Er versucht es am Schwanz. Wieder nichts. Der Fisch zerfällt in lauter kleine Stücke. Da muss ich lachen. »Lachst du mich aus, meine Kleine? Gefällt dir wohl, wie ungeschickt dein Vater sich anstellt, was? Dir auch, Ali? Wartet nur, Kinder, gleich habt ihr genug gelacht, denn ich werde diesen Fisch besiegen! Zack! So, das war's!« Wir lachen uns kaputt.

Das Lied ist sehr schön.

*Es ist der Liebe Schicksal, meines nicht / Trennung und Tränen im Gesicht …*

Ayşes Mama schaut Ayşes Papa an. Sie lehnt sich zurück und schaut ihn an, als ob sie ganz woanders wäre. Und weil sie ihn anschaut, macht Ayşes Papa lauter lustige Sachen. Ayşes Mama hat Tränen in den Augen, obwohl sie irgendwie auch lacht. Je mehr Ayşe lacht, desto größer werden die Tränen in den Augen von ihrer Mama. Dann dreht sie ihren Kopf weg und schaut aufs Meer. Sie bückt sich und zieht ein Pflaster von ihrer Ferse. Sie faltet es, bis es ganz klein ist. Dann, als wir anfangen den Fisch zu essen, nimmt sie die Hand von Ayşes Papa.

»Du hast den Fisch wirklich sehr schön filetiert und verteilt, Aydın.«

Oma hat ihren Rakı als Erste ausgetrunken. Papa lacht.

»Sollen wir schon wieder nachbestellen, Nejla?«

Als sie mit den Gläsern anstoßen, ist es wieder wie damals, als Oma Likör getrunken hat. Ihre Augen sind ganz feucht. »Sevgi, ich wollte dich schon so lange danach fragen, aber ich fand einfach keine passende Gelegenheit. Diese Narbe auf deiner Wange – wann ist das geschehen, mein Kind?«

Mama fasst sich ins Gesicht. Ihr Lachen ist plötzlich weg. Da macht Papa mit seiner Zigarette eine riesige Rauchwolke.

»Nejla, das ist doch keine Narbe! Das ist der Knutschfleck, den Ayşe ihr gemacht hat, an dem Tag, an dem sie geboren wurde.«

Mama schaut Papa an. Sie lacht. Und Oma lacht auch. »Also wirklich, Aydın!«

Papa schaut Mama in die Augen. Sie stoßen ganz leicht mit ihren Gläsern an, ohne dass es ein Geräusch macht.

»Wie gut, dass wir den Schwan gerettet haben, oder, Ali?«, sagt Ayşe zu mir.

Da sehe ich über ihr plötzlich Schatten mit langen Hälsen

und ausgebreiteten Flügeln. Obwohl sie noch weit weg sind, höre ich sie schon flattern. Es regnet ein bisschen, aber sie fliegen trotzdem.

»Onkel Aydın!«

Ali hat Papa Onkel Aydın genannt! Er hat so laut gerufen, dass Papa aufgesprungen ist. Sein Rakıglas ist übergeschwappt. »Was ist denn, mein Kind?«

»Wir müssen den Schwan aus dem Auto holen!« Dann zeigt er an den Himmel.

»Die Schwäne!«, schreie ich.

Oma ruft: »Wie schön! Sie kommen, Kinder!«

»Was willst du denn mit dem Schwan machen, Ali?«, fragt Mama.

»Wir müssen ihn fliegen lassen!«, sagt er.

»Also gut, zu Befehl, kleiner Hauptmann!«

Als Papa das sagt und lacht, schaut Ali ihn ernst an. Die Schwäne flattern ganz laut mit den Flügeln!

Da sagt Ali leise, aber ich glaube, Mama und Papa haben ihn trotzdem gehört: »Macht wenigstens das!«

Ayşes Papa stellt sein Glas auf den Tisch. Er will den Sack aus dem Auto holen. »Warte mal kurz«, sage ich. Er hört auf mich!

Ali hat es geschafft, dass Papa stehen bleibt. Die Schwäne fliegen und fliegen und landen genau unter dem Balkon von dem Restaurant. Um anzuhalten, laufen sie über das Wasser. Sie laufen mit ihren riesigen Füßen und strecken ihre Hälse nach vorne. Als ob sie nicht anhalten könnten.

»Was ist denn das für eine Schnur, kleiner Hauptmann?«, fragt Papa. Ali sagt nichts. Dann fragt Mama: »Ali, mein Kleiner, was soll mit dieser Schnur geschehen?«

Ali schaut mich an. Und ich verstehe.

»Die müssen wir dem Schwan ans Bein binden«, sage ich.

»Warum das denn, Fräulein?«, fragt Oma.

Jetzt ist nur noch das Flattern von den Schwänen zu hören. Schließlich sagt Ali: »Das ist die Drachenschnur … damit Hüseyin und Birgül unseren Schwan auch erkennen. Sie sind doch vom Balkon von Samim und Ayla losgeflogen und haben sich in Schwäne verwandelt.«

Mama macht ihren Mund zu und dreht sich um. Papas Gesicht wird schwarz. Oma sagt zu sich selber: »Mein Gott, erhalte uns unseren Verstand!« Ali hat dem Schwan die Schnur schon längst um den Fuß gebunden.

Ayşes Papa setzt den Schwan ganz ans Ende vom Balkon. Damit er die anderen Schwäne sieht. Sie schwimmen auf dem Meer. Der Kellner kommt und lacht. »Haben Sie etwa Ihren eigenen Schwan mitgebracht?«

»Pssst«, macht Ayşes Papa. Der Schwan bleibt am Rand vom Balkon sitzen. Die Schwäne auf dem Meer bewegen sich auch nicht. Am Himmel bilden sich Wolken. Gleich fängt es wieder an zu regnen. »Flieg!«, denke ich. »Flieg zu Hüseyin!«

Der Schwan breitet seine Flügel aus. Er dreht sich um und schaut Ali und mich an. »Danke, Kinder! Ihr seid sehr tapfere Kinder, finde ich«, sagt der Schwan. Dann fängt er an, mit den Flügeln zu schlagen. Er schlägt … und schlägt … und dann … stürzt er ab!

»O Gott!«, rufen wir. Wir schauen vom Balkon runter. Aber der Schwan fliegt. Um auf dem Meer zu landen, läuft er über das Wasser. Er läuft so, als würde er gleich umfallen.

Der Kellner steht neben uns. »Was sind das doch für schöne Tiere!«, sagt er.

Keiner von uns spricht.

»Es ist zu Ende«, sagt Ali. Er setzt sich hin und fängt an, seinen Fisch zu essen. Der Kellner steckt seine Hände in die Taschen und geht. Dann dreht er sich um. »Soll ich Ihnen noch ein Fläschchen aufmachen?«, fragt er.

Er ist kurz still, dann sagt er: »Geht aufs Haus!«

Ich esse zum ersten Mal Fisch. Ayşes Papa ruft dem Kellner zu: »Herr Ober! Falls Sie welche haben, bringen Sie uns doch bitte noch zwei Zuckermelonen!«

# EPILOG

## Junge Leute retten von Tränengas geschädigte Schwäne

Die sogenannten Gezi-Proteste begannen in Istanbul, als im Rahmen der Umgestaltung des Taksim-Platzes Bäume im Gezi-Park gefällt werden sollten, griffen jedoch bald auf das ganze Land über. Dabei kamen in Ankara auch die Schwäne des dortigen Schwanenparks durch das von der Polizei massiv eingesetzte Tränengas zu Schaden. Die Demonstranten, die im Schwanenpark ihre Zelte aufgeschlagen hatten, brachten die verletzten Schwäne nach dem Angriff der Polizei in Sicherheit. Den vier Studenten der Technischen Universität des Mittleren Ostens, die die Schwäne retteten und die Stadtteilverwaltung von Çankaya davon in Kenntnis setzten, ist es zu verdanken, dass die Vögel von Veterinären in das Rehabilitationszentrum für Tiere in Mühye gebracht und dort untersucht werden konnten. Danach wurden die Schwäne, die Gänse und die anderen Bewohner des Parks vorübergehend im Entenpark von Anıttepe untergebracht.

Einer der Studenten berichtet von dem Moment, als die Polizisten mit Tränengas gegen die Demonstranten vorgingen und auch die Schwäne Schaden nahmen, wie folgt: »Die Polizisten griffen uns ganz plötzlich an. Wir wurden einer massiven Tränengasattacke ausgesetzt. Da wir schon seit mehreren Tagen hier sind, war uns bereits aufgefallen, dass auch die Schwäne unter dem Tränengas litten. Sie bekommen keine Luft mehr, und einige haben wir bewusstlos aufgefunden. Dieses Mal haben wir die Schwäne schnell aus dem Park gebracht. Wir sind zur Stadtteilverwaltung von Çankaya gegangen. Die Verwaltung hat Veterinäre gerufen, die die Vögel ärztlich versorgt und mitgenommen haben.«

Der Bürgermeister von Çankaya, Bülent Tanık, informierte die Öffentlichkeit in den sozialen Medien über den Gesundheitszustand der Tiere und teilte mit, dass diese so lange im Entenpark verbleiben müssten, bis im Schwanenpark wieder Sicherheit herrsche.